# 老县城

叶广芩文集

北京出版集团
北京十月文艺出版社

# 目　录　Contents


001　**老县城**

003　自　序　舀取秦岭水一瓢

007　第一章　傥骆道

051　第二章　老县城

083　第三章　土匪们

120　第四章　老百姓

163　第五章　大熊猫

203　第六章　华南虎

230　第七章　众生灵

271　第八章　山与水

297　第九章　保护神

324　后　记　感念这方净土

333 又进青木川
337 回周至
342 感知京城旧王府
361 紫禁城遐思
371 在平民百姓中间
430 跟着丈夫做夫人
433 广岛情愫
436 感受地震
439 刷碗也疯狂
443 白夜涅瓦河

# 老县城

## 自　序　舀取秦岭水一瓢

对于这座城我不知能写出些什么。

常常是太熟识的东西太难写，这是作家们都有过的体验。

1993年，我和《陕西日报》的田长山等一行五六个记者曾经沿着通往老县城的土路开车走了一段。那天烈日当空，天气很热，车上除了我，大家的情绪都不很高，走了不远，他们无论如何也不再前行了，说在谷口看看就可以了，老县城不就是个老县城嘛。司机小杨也拒绝再继续服务，大爷一样地在树荫下歇着。那天我发了脾气，在回程的路上许久没有说话。老县城的诱惑力对我实在是太大了，大到了让我在同行们面前失了态。

其实那天去老县城的路我们走了不到百分之一。据说走到最后40华里，只是羊肠小道，路径盘纡，道路陡斜，甭说车，连人走都困难。

后来，那趟车里的记者们几乎没有谁再到过老县城。

老县城对我们来说太遥远，太艰难了。

若干年后，一个深秋时节，我终于背着背包在厚畛子乡副乡长焦彦文的带领下风尘仆仆走进了老县城。穿过了那个坍塌的城门洞，迈过了那些散落在衰草寒烟中的断壁残垣，踏入了久违的梦境，这种感受的本身就让我很激动了。我在老城人惊异的目光下走在村街上，俯身辨认着脚下铺路垫沟的块块石碑，翻检着历史的丝丝缕缕。孤村落日残霞，轻烟老树寒鸦，这情这景让人的心一下沉淀下来，连接上了历史的久远。村里人有礼貌地和我保持着距离，拘谨又客气，我没法和那些朴实的山民讲清我的来历和目的，甚至没法和他们说明白电灯和电视，言语的障碍，见识的差异，使我想到了陶渊明的《桃花源记》，虽没到“不知有汉，无论魏晋”的份儿上，那闭塞也让我吃惊。那晚在书记吕志诚家喝的苞谷豆稀饭，大柴锅熬的，绵软黏稠，就着农家腌的浆水菜，直撑得肚儿圆圆。晚上睡在牛老汉女儿的炕上，“月明松下房栊静，日出云中鸡犬喧”，想的是还得再来，我对这块地方恐怕是放不下了。

2000年作为周至的县委副书记，我再次住进老县城。和第一次来相比，这里有了不少变化，路通了，有了地膜玉米，也有了小型的用泉水带动的发电机，尽管到晚上睡觉时候电机就不转了，比点松明子总是进了一大步。山里人对官员有着本能的敬畏和疏远，见了你，老远就站下打招呼，所问无外乎“吃了?”“忙呢?”没有人还记得我曾经来过，包括他们的书记吕志诚，跟他提起，也只是摸着脑袋咿呀呀地“啊，好像……有印象……”只有文质彬彬的牛老汉，还能依依稀稀地记起当年我住在他家的情景，言谈间一口一个“父母官”。最明白我心态的怕还是焦彦文，他已调回周至县城，在组织部工作，在县城的办公室聊天时他说，叶书记，你到老县城蹲点的目的终于达到了。

我说，不要叫我书记，还是叶大姐吧。

焦彦文说，以前行，现在怎么好叫……

我突然觉得得到这个机会的同时也失掉了些什么，包括那个记不得我的吕志诚，大概再不会记不得了。

大家的关系变得有点儿微妙。

我现在也说不清楚作家到地方挂职当领导是好事还是坏事，有人告诉我，凡是下去挂职的，没有几个是“善终”的。我想，对“善终”这个词或许有多角度的理解，在别人看来许是惨烈无比，几败俱伤，但我却感觉和周至的人处得很不错。作为西安市委组织部委派下来的副书记，我照例要参加县委常委的学习和各种会议，这些跟我的写作没有关系也大有关系。很多时间，我和“县官”们在一起摸爬滚打，上山下乡，检查工作，战友一般，熟识得很了。彼此的玩笑也是开得有荤有素，全不计较。我最感兴趣的是在机关食堂的饭桌上，那是搜集素材、听取各样工作信息的最佳时机，我在周至真是学到不少东西。

作为领导，我的经验欠缺得厉害，我深切地明白我在周至的身份和应该把握的尺度。在这里我只能作为一个文人，一个散淡的文人，混迹于瓜棚豆架之下，周旋于野老村妇之中，干些没有咸淡的事情，扯些不登大雅之堂的闲话，自以为活得有滋有味。这也才是我的真性情。

材料搜集了不少，人员访问了不少，会议参加了不少，开始动笔写老县城了，开篇竟然是在日本广岛。不是我有意选择这个地方，是正值春节期间，我去和丈夫、孩子团圆。人家上班上学，不理睬春节，我便用日本的电脑写《老县城》，从感觉上有点儿奇怪。用日本生产的软件写作汉语，生疏而别扭，一切都得重新摸索，语言更是格格不入。我仿佛从老县城的城圈中飞升起来，飞出秦岭，飞过日本海，回头再看老县城，那城已经变得虚幻而遥远，成为了一种意念。窗外是濑户内海，美丽而恬静，湿润的海风扫过屋内的榻榻米，纸的隔扇在时时而起的地震中轻轻晃动。这里没有秦岭深山的氛围，却又有着某种说不清的相连。广岛城是“二战”原子弹爆炸后新建的城，我由秦岭深山的古老一下跳到了现代城市的巅峰，反差的巨大让人不可思议。然而古老与现代都是相对的，它们应该是一个圆，无所谓起也无所谓止。我不能否认，老县城那股可以发电的羞涩山泉与眼前浩瀚的太平洋没有联系；我也不能否认，那些匿于老林的熊猫哪一只在哪一天会走进繁华的东京，——生活本身就是这样，没有规律，摸不着头绪，交换的迅捷犹如一个个闪念，抓不住，怎么也抓不住。于是只好依着性情，信马由缰地写来，不论章法，不讲形式。现今世界，“模糊”词汇十分流行，有“模糊概念”“模糊数学”，也应该有“模糊写作”吧。模模糊糊我将那片藏于深闺的山水原汁原味地托出，像是一瓢水，一瓢从秦岭山里舀来的水，清而又清，淡而又淡，对于干渴灼热的我们，或可化燥清淤。

# 第一章　傥骆道

1986 年，我到秦岭腹地佛坪国家级自然保护区采访大熊猫的保护工作，保护区管理局的越野车由佛坪县城出发，从深山驶向更深的山。车在东河台拐向林场伐木工作便道，一路大颠近一个小时，开到龙草坪林场叫作“五队”的地方再不能前行了，于是弃车攀山，翻过一座海拔 2100 米的叫作凉风垭的陡峭山峰就进入了森林。我的目的是三官庙动物保护站，要沿着河谷走大半天。

时值盛夏，山里树木遮天蔽日，清爽如同中秋，天气预报却报道西安是 39℃高温，身处清凉中的我，实在难以想象 39℃的煎熬是种怎样的情景。周围群山环耸，长林密竹，给我的感觉像是走到了高山峡谷尽头。层层的落叶，厚厚的苔藓，天上是绿，地上是绿，前后左右全是绿。看不见水，只听见水响，那水也被隐在绿色当中。一棵巨大的枯树，呆呆地立着，我用手一推，竟轰然倒下，立了千年的树，难道等待的就是这一把力？这个问题带有宿命性质，它让我思考半天，参不透其中的因果循环。有大熊猫在竹林里叫，像羊，细声细气的，我循着声音往里找，被竹枝上一条青绿的小蛇挡了回来，什么也没看见。

林子是深得很了。

沿途的名字却热闹辉煌。

蒸笼场、骡马店、火地坝、牌坊沟、三官庙、三星桥……店铺、商旅、住民、文化，内容包含广泛。

可是那些庙啊，场啊，桥啊，牌坊啊，一个个都消逝了，消逝在这浓重的、抹不开的绿色中，空留下名字，变作保护区制作的一个个路牌，插在“路”边。一条小路，沿着河谷在山间绕啊绕，甩啊甩。路牌下，“几处败垣围故井，向来一一是人家”，老房的宅基，硕大的碾盘时有所见，均被绿苔覆盖，看不清所以然。树丛背后，一片宽敞的平台，有石条铺就的台阶，那应该是一座富裕的宅院。三星桥已无桥可寻，架桥的洞穴还在，从那粗壮的圆孔，可以想象到当年桥的规模，应该是一座能走车的大桥。被灌木遮掩的高处有斑驳的碑，是曾经热闹过的桥头，碑上的字迹无法读出，我在杂树丛中费了几十分钟，用身上被叮咬的十数个大红包为代价，换取了一点儿有限的信息：“……茶坊四两，□银号五两，□□铺一两三钱，骡马店五钱，盛义局六两，李熊氏二钱，赵德贵六十文，何李氏十五文……”

这是一座清朝集资建桥的功德碑。

也就是说，过去这里站联铺递，商旅连绵，是穿越山林的一条热闹的道路。如今那些茶坊、店铺、银号、赌局连同着那些繁华和快乐以及兴许善良美丽的李熊氏、何李氏们都到哪里去了？他们为何退得如此匆忙，与故土决绝得这样义无反顾？

他们再也没有回来。

我向周围巡视——

清风残月，空谷无言。

问带路的李老汉，也是茫然，他说他小的时候就是这个样子。老汉六十多了，这就是说六十年前这些人就走了，是闹哄哄一下搬走的，而不是陆陆续续的撤离。老汉指着房基后面的空地说，他们连祖坟也搬走了。

连祖坟也带着走了？我走到空地去看，都是荒草，我相信李老汉的话，的确是“都”搬走了。后来，我写中篇小说《山鬼木客》，说到核桃坪的王老汉依据国家退耕还林的政策迁出深山，老汉坚持要“带着祖先的坟墓，带着鸡鸭猪狗和一切有生命的东西才肯离开”的根据，便取自于此，绝非妄说。

密林中，这条消逝的路是一条什么样的路，这些离去的人是些个怎么样的人？我决计要探出个究竟。

闲谈中保护区管理局的杨水泉副局长告诉我，佛坪山里隐藏着一条有名的古道，叫傥骆道，是旧时入蜀的七条蜀道之一。我问他是否走过，他说没有。

我借来资料查阅，内中果然有傥骆道一说。大意说傥骆道北从陕西周至骆峪进秦岭，南由洋县傥水河谷出，至汉中，长 240 公里，是褒斜道、文川道、子午道、金牛道、故道、连云栈道等蜀道中最近捷也是最险峻的一条道路。

一提蜀道，人们马上会想到李白的《蜀道难》，“蜀道之难，难于上青天。”

诗的开头，就把人们震慑住了。可是据说，李白并没有真正走过蜀道。

蜀道通指从汉唐首都长安穿越秦岭、巴山，到四川成都的道路。由汉中而分，有南段、北段，大体有七条，因走的路线不同，经过的地区地理形势也不同，风光和社会环境更是不同。充满艰难险阻的蜀道，在古代是全国政治中心向西南联系的重要通道，在国家处于战乱时，又是得力的军事通道，是各方争夺控制的目标。汉中是几条蜀道的集结地，是秦岭和巴山之间的一块大平地，盆地东西长200余里，南北宽50里，是蜀道上的一个中继站。这里不但是一个富饶的、旱涝保收的粮仓，也是个得天独厚的战略要地。古人称它“北瞰关中，南蔽巴蜀，东达襄邓，西控陇蜀”，当不为虚。北面有迤逦而来的子午、傥骆、褒斜等六条蜀道，南面有通连四川的金牛道，左首沿汉江直达湖北，右边策马可奔陇西。难怪南宋丞相张浚也说它“前控六路之师，后据两川之粟，左通荆襄之财，右出秦陇之马。号令中原，实基于此”。汉中不守，巴蜀有难。所以，汉中的安危，是四川的根本。

和现在的高速公路建设一样，驿道的建设在封建社会中是一项重要的基建项目，驿道的发展状况体现了这一时期国家的经济实力和政治形势。晋朝时有种叫作“千里牛”的快马传递，从山东兖州到河南洛阳可以做到“旦发暮还”，来回千里。元朝也有记载，说那些传递文件的“铺兵”们“皆腰革带，悬铃，持枪，挟雨衣，赍文书以行。夜则持炬火，道狭则车马者、负荷者，闻铃避诸旁，夜亦以惊虎豹也”。中国文坛有“驿道传梅”的佳话，说的是南朝名士陆凯从江南托驿使给北方长安的史学家范晔捎去一枝梅花，附诗说：

折花逢驿使，寄与陇头人。

江南无所有，聊赠一枝春。

就是现在看，从南方向西安寄送一枝梅花也是极不容易的，首先邮局就拒绝办理此业务，托人带也要送机场，说好话，极费精神。可是我们的古人却做到了，在折花的时候碰上了驿使，顺便就把花捎来了。多么的轻松，多么的方便，多么的浪漫。

南方，平原的驿道多艺术、享乐；北方，山林的驿道则多动荡、战乱。

秦岭深山傥骆古道的全面疏通，主要赖于三国时期的刘备。刘备在汉中建立了对付曹魏的军事基地，傥骆道是通北的首选道路，路上遍布亭帐馆舍，以备军旅之用。诸葛亮对在山中行军也有重要规定："金鼓不闻，旌旗不睹，此谓慢军。""十里之内，数里之外，五人为部，持一白幡，登高外向，明看隐蔽之处……凡候见贼百人以下但举幡指，百人以上便举幡大呼……"光绪九年《佛坪厅志》中记载："（傥骆道）高岩深涧，长几五百里，路屈曲，凡八十四盘。蜀姜维伐魏，魏钟会寇蜀，曹爽攻汉中，晋司马勋伐赵，唐德宗、僖宗幸兴元，皆由此。"著名诗人杜甫带领全家入蜀，走的也是这条傥骆道，留下诗篇说：

…………

二十一家同入蜀，

惟残一人出骆谷。

自说二女啮臂时，

回头却向秦云哭。

…………

傥骆道在宋朝，以秦岭为界而成为宋金要塞，骆峪以北，连同长安在内大片北方地区是金的地界；傥水河谷以及华阳、洋县、汉中南方领域为大宋。傥骆道自明以后因奇险而疏于使用。1935 年，李先念、徐海东、程子华曾率红二十五军借道傥骆，北上抗日。

解放以后，随着通向四川各条道路的建成和完善，傥骆道再也无人问津。但是从西安往汉中的飞机航线，至今仍依据傥骆道的线路飞行，足见这条道路的直接和优选。汉中有作家王蓬，用电视专题片的手段表达了从长安奔赴蜀中的几条道路。遗憾的是那些道路已大多为现代公路所重复，所见只有零星石孔沿水横列，那便是栈道的遗迹了。寻找完整的蜀道，很难。在今天寻找“难于上青天”的感觉更为不易。

傥骆道见于历史记载较其他蜀道晚，这条道路的走向是从骆峪口进山，过陈家河上游，翻老君岭，沿八斗河、大蟒河河谷，至厚畛子；然后过秦岭大梁到老县城、都督门，向西南翻越比秦岭分水岭更高的兴龙山到洋县的华阳镇。这是一条奇险的山路，它要翻过五六座海拔近 3000 米的高山，从老君岭到都督门之间，道路一直沿着太白山南侧迂回，上上下下，极为艰难。这是傥骆道最恐怖的一段，山高谷深，野兽出没，没有人烟，有被称为“黄泉”的险地，生长着毒虫和有毒植物，有着不散的瘴气，让人谈之色变。

毕竟它是一条最短的蜀道，它的存在价值就是快捷。唐时它是进蜀的首选，官员赴任、述职、使臣出使多走此路。杜牧感叹“一骑红尘妃子笑，无人知是荔枝来”，说的是唐玄宗为杨贵妃，通过蜀道快马飞驰，运送产于山南西道涪州乐温县新鲜荔枝的事。荔枝由涪陵郡的乐温县经过梁山县、通川郡（今四川达县）到陕西的西乡县，然后转向子午道，至长安。这条路因此又被称为“荔枝道”。荔枝道与傥骆道是相近的两条并行道路，《五代会要》载，后唐明宗在天成三年，开通了兴道，将荔枝道和傥骆道连接起来，再到涪陵，将“比今官道近二十五驿”。遗憾的是此时杨贵妃已去世近两百年，再没有新的贵妃来承享荔枝的美味了。

为傥骆道我曾请教过西北大学历史地理系教授李志勤先生，他曾经带着学生走过一部分，终因过于艰难，条件不具备而放弃了。交谈中，李教授特别提到了老县城和都督门两个地方。他说他到过都督门，都督门过去是屯兵要塞，是商贾汇集之地，是傥骆道的心脏部位。只是交通十分不便，一切全得靠步行。

我决定拜会一下这条道路。

于是背着简单的行李，利用假期零散的时间，5 月走一部分，10 月走一部分，走得有一搭没一搭。傥骆道上有河叫大蟒河，传说当年汉刘秀兵败至此，被一条大蟒拦住去路，刘秀大怒，将剑插在地上，令大蟒自行缠绕上去。蟒蛇依令而行，围着剑越缠越紧，由此而将自己斩为十八段。是晚，大蟒给刘秀托梦说，我拦住你，只是向你讨封号，并没有害你的意思，你却将我斩为十八截，这个代价你是要偿还的。后来就有了王莽篡位当皇上十八年的说道。算起来，王莽的新汉政权从始建国起至更始三年止，大概没有十八年，跟传说就算不得这个细账了，还是姑妄言之，姑妄听之吧。山中的大蟒被刘秀斩成一段一段的，这条路也被我走成了一段一段的，支离破碎，难以连缀。以后到了周至县挂职，有人介绍我的情况时说，我们的叶书记啊，自己独自六次走过傥骆道！

这样的神话连我自己听着也被感动了。

六次是没有的，而且我一次也没走通过。

位于秦岭北坡的骆峪口是傥骆道的起点，是古道第一站，古称骆口驿，现在是骆峪乡政府的所在地。整个山村常常被云彩环绕，静谧中有种神奇，“河水萦带，群山纠纷”。这里历来是兵家争战之地，一条古道，串联了多少战斗，倒下了多少英雄，无法计数。时耶命耶，从古如斯，为之奈何！

我到骆峪口正值冷雨瑟瑟的初冬，天下着小雨，山野精湿，道路泥泞，涧水汩汩，雾气弥漫，一谷水气，幽幽直通山的深处。周围静得没有一点儿声音，只听见自己的喘息。大静中包含着大动，那“野竖旌旗，川回组练，法重心骇，威尊命贱，利镞穿骨，惊沙入面，主客相搏，山川震眩”的场面不是虚构，就在我的脚下，就在这阴冷的宁静中。山寂寂，鸟无声，“此古战场也，常覆三军，往往鬼哭，天阴则闻”。

我没有听到鬼哭，只听到自己的心在咚咚撞击。

骆口驿东面的黑水峪口有演乐洞，相传周穆王西征路过周至，在洞内演奏古乐三日。明末闯王高迎祥在黑水峪口与陕西督军洪承畴、巡抚孙传庭大战，受伤，藏匿于演乐洞中。由于叛徒告密，高迎祥被捕，惨遭杀害。现在，那个半山的洞仍旧冷冷地注视着脚下的河水，如同一个遍历世事又沉默无语的老人。我上去看过那个洞，空荡荡的住着一个半出家的道士，身居超凡之地，道士却因着凡间的事而苦恼，絮絮叨叨，不能自拔。

骆峪村西有水库，是“大跃进”时期的产物。这里截了水，下头的河就干了，亮着一河的卵石，如同赤裸着鳞甲的龙。水库边有唐朝驿城遗址，是一片残乱的青砖和石头，南边有门，北边有墙，城的形势隐约可见。建城的大块大块青石被附近农民搬回家去盖了猪圈，城内地下泥土中，遍布着碎瓷片，其中不乏唐宋时代残片，也可以找到元朝白瓷，古代的存留，俯拾皆是。农民们不看重这些，嫌它们碍事，耕地时候顺手捡起，扔得远远。当年这里有驿卒、马夫、馆舍、城楼、邮亭、马厩……“贞观之治”和“开元盛世”为唐的盛世，这时期全国的驿站有 1639 个，以今日的西安为中心，向全国辐射。史书记载驿道的情景，“告至告去之役，不绝于道；送往迎劳之礼，无旷于日。”在通往汉蜀的几条道路上，更是“十里一走马，五里一扬鞭”，“一驿过一驿，驿骑如星流”，那是一种多么热闹的场面。西周末年周幽王伐褒，褒国战败，进献美女褒姒。褒国的故地在汉中北 30 里的褒谷南口，至今还有褒姒铺村，是褒姒的故里。至唐朝这里的驿站规模号称天下第一，厅堂廊庑无不宏丽精美，驿外有沼，可凭栏赏月，可泛舟垂钓，一年之中来做客者不下数百。这样的驿站大约可以与今日的星级饭店媲美，其建设耗资可想而知。比褒城驿规模小得多的陕西扶风的凤鸣驿，在骆城驿北面，相距不很远。苏东坡曾留下过《凤鸣驿记》的美文，文中详细描绘了驿中情况：“视客之所居，与其凡所资用，如官府，如庙观，如数世富人之宅，四方之至者，如归其家，皆乐而忘去。”这个驿站修建时动用了36000民夫，耗资之巨可想而知，结果也就是个中等水平。唐人的《国史补》中说，驿内有酒库，藏有各种美酒，有茶库，备有各地名茶，还有酱菜库……可以算是风格迥异的政府招待所了。

繁华尽，风云歇。

现在什么都没了……

我站在骆口驿的废墟上，头脑有些空白，白惨惨的太阳从云端中怯怯窥出，有风淅淅从谷中吹来，吹得人皮肤发紧。踏着湿淋淋的枯草，抚着阴冷的老砖，我突然不知自己是谁，不知为何而来，仿佛我自古就站在这里，没有移动过。烟波荡漾的水面传来了历史的气息，时光一寸一寸移过去，人群一拨一拨走过来。日寒草短，月苦霜白，白居易披着一身烟霞骑马向这里走来。这里是周至的辖地，他到这里是为着某桩公干，也为着这凄美的景色。年轻的县尉进得城驿，视察完毕，发现了驿馆墙壁上有个叫王质夫的写的诗，读罢王诗，白居易不能自持，撩袍提笔，在壁上写下了这样的回应：

石拥百泉合，云破千峰开。
平生烟霞侣，此地重徘徊。
今日勤王意，一半为山来。

白县尉题罢诗回了县城，就将此事忘了。他在周至的事情很多，作为诗人，在朋友们的撺掇下他正在写《长恨歌》。还是那个王质夫和周至人进士陈鸿，曾经在骆峪东边的仙游寺和白居易一起喝酒。那是个慵懒的黄昏，暮霭正缓缓升起，几个人站在岗上北望，渭水一线北流，马嵬驿在尘寰中模糊难辨，杨玉环墓在天帐下悲悲切切。此时距天宝遗事不过五十年，贵妃墓上的粉香尚未散尽。王质夫遥指马嵬对白居易说，夫希代之事，非遇出世之才润色之，则与时消没，不闻于世。乐天深于诗，多于情者也，试为歌之，何如？白居易慨然从命。作为男人，白居易正钟情于县内杨家的女儿，“早聆懿范”，互相倾慕，并且和她的弟兄们打得火热，“杨氏弟兄俱醉卧，披衣独起下高斋”（《宿杨家》）。也就是说我们的白居易白县尉在周至生活得相当充实。

后来，《长恨歌》在仙游寺写成，白居易也与杨家的女孩结成了伉俪。有人在皇帝面前状告白居易的《长恨歌》，说是曲意诬蔑先皇，诽谤朝廷，要求治罪。幸而有明智之士反驳：若以优秀诗歌给诗人定罪，恐影响大唐国威。当时的皇帝唐宪宗深以为是，便对白居易不予追究。

日子一天天过去，有一天，诗人元稹从骆口驿路过，宿在驿站。元稹是性情中人，关于他在各个驿站闹出的热闹多有传闻。作为御使，他要到各地视察，走了许多地方，宿了很多驿站，题了很多诗，也留下了很多故事。有一回返回长安时他住在敷水驿，那天朝廷权力炙手可热的宦官李士元正巧也到了敷水，双方为客厅的使用争执起来。李士元仗势，提着棍子将元稹追赶得满院逃窜，元稹鞋也没有穿，脸也被打伤了，最后回来还挨了皇帝一顿骂。就是这个元稹，在骆城驿的墙上看到了字迹模糊的唱和诗，用袖子擦去灰尘，辨出竟是白居易的大作。于是终日站在墙前品味，临行前还不能放下，走出去的他又返回来，在王、白的诗旁题写道：

邮亭壁上数行字，
崔李题名王白诗。
尽日无人共言语，
不离墙下至行时。

元稹走后没有多久，白居易有事又到骆驿，看到墙上久未谋面的好友元稹的诗，忙问驿卒此人在何处，驿卒说数日前就离去了。白居易大为怅惘，要来笔墨，重笔题出《骆口驿旧题诗》：

拙诗在壁无人爱，
鸟污苔侵文字残。
惟有多情元侍御，
绣衣不惜拂尘看。

岑参、章士标、韩琮等等都在骆驿留下优美诗篇，那些诗随同驿站的倾圮而散落在残砖碎瓦间，珠玑般叮咚滚动，俯首拾捡，能捡一把。

小小的村落承载了太多的战乱，也承载了太多的文化，凝重得化不开了。

说到白居易，我总感到有某种契机将我和他连接，这契机就是周至。我们通过周至这根链条一环环传递，从元和年间的周至县尉到21世纪的县委副书记，竟然是毫不间断地传承下来。细想让人吃惊，这也是一种缘分。我不敢附大先辈的骥尾，牵强附会地攀附什么，但在周至的滚滚尘埃中，我们至少能沿着那漫长的官谱相遇，在县衙的里里外外，我仍旧能依稀辨出他的脚印。

今天的县政府大门两侧有新栽的槐树，尚未成荫，无甚特色。讶其古旧的县衙竟有年轻的新嫩陪衬，人们说政府门口两侧曾有过两棵大松树，后来被伐去了。我至今想不明白为什么要将那两棵树除去，据说还是上过县级会议研究的，砍伐的原因之一是树的年龄并不久远，与白居易种的松树也没有关系。让人痛心的是斧凿砍下去的时候也砍下去了文化，砍下去了时光留给我们的记忆，砍下去了艰难成活的生命和那“曾经沧海难为水”的深邃意境，我们常干些一失足成千古恨的事。

白居易的确在县衙门口栽过两棵松，是由仙游寺移来的，如果存在，当是千多年的祖爷爷了。关于这两棵松，白居易在《寄题盩厔厅前双松》中吟道：

忆昨为吏日，折腰多苦辛。
归家不自适，无计慰心神。
手栽两树松，聊以当嘉宾。
…………

如今白居易亲手在衙门口栽的两棵松没有了。

或许当时他就没把松树栽活？

县委大院后院里的住宿者常常是我一个人，离西安太远，我不常回去，平时就住在办公室里。夜深时推窗而望，后院一派静谧。窗南，月光下几株藤蔓在栏杆上穿来绕去，花已谢去，果实也不见踪影，只留几片叶迎着清冷的月，组成一片婆娑。有风吹来，夹带着残菊的苦香。

时光乱了，不知今夕是何年。西汉？唐朝？宋朝？

白居易在这个院里住过，他二十九岁中进士，来到周至时是三十六岁，按现在的说法是主管政法的副县长。三十六岁的县尉尚是单身，闲暇时在县衙内院移栽了数株蔷薇，那地点大约也就是我视线内的南面栏杆，县尉为此作了一首诗：

> 移根易地莫憔悴，
> 野外庭前一种春。
> 少府无妻春寂寞，
> 花开将尔当夫人。

诗很美，在白居易留下的近三千首诗中，这首可能并不为人注意，与他创作的千古绝唱《长恨歌》相比，更是淡若秋菊。但在周至读，在栽花的栏前品味，感触又是不同。斯时斯地，情景交融，竟钻到了诗的内核当中，想象当年的诗人站在南墙的藤蔓前，在晚风中为他的花而吟唱，由不得不为之感动。

白居易将他的信息留在了周至，与我们时时相遇。

千年不绝。

从骆峪口沿着当年古道向南进深，顺着河道，一路向上。骆峪村被远远地甩在了后面，山道转了几个弯，连鸡鸣狗吠也听不到了。路面很宽，可并排走车，常见有拉石头的车下来，马达沉重地呜呜。据说上面有铜矿，唐初大将尉迟恭曾于山谷中开采过矿石，至今仍有宋元时代留下的老矿井。原本我以为走进深处，荒废的古道会变得狭如羊肠，孰料，道路的宽阔出乎想象，许多地点宽在三米以上，即便是长满了荒草荆棘，那基础也清楚地向人们展示着。征伐进退，逾岭翻山，长年地行走车马，路面竟然走成了一条沟，变得低洼下去。千百万人的践踏，千百万兵的践踏，这是一种什么功夫，一种什么心劲儿啊！它的不能泯灭是必然的。

荒废得最早，保存得也最完好。

偏僻险峻，使它逃避了现代文明的侵害。

无孔不入的现代文明，有时可恶得像一只让人腻味的大苍蝇。

攀高山，下幽谷，古道执着地在山间盘迂，过老君岭，下八斗河谷；上父子岭，奔秦岭大梁。越往里走，人的痕迹越少，往往行程一日，不见一人一户。邃谷深林，层峦叠嶂，“路”极难行，有时一路直上，石径陡斜，汗水将衣服湿透，在极高处，硬风一吹，索索战栗；有时下到谷底，两山夹峙，山水沸腾，声如雷鼓，需大声呼喊，才能听清彼此言语。想起《西游记》中描写的“那山高不高，顶上接青霄；这涧深不深，底中见地府”，真是生动极了。

行走在老林中，没有任何现代生活的侵入，连半导体也成了哑巴。我想，大约这里一千多年前就是这个样子，现在哪怕迎面走来“腰革带，悬铃，持枪，挟雨衣，赍文书”的驿使也不会使我感到唐突和奇怪。

向导是个年轻小伙，他在前面时而用砍刀砍倒挡道的杂木，时而扯开嗓子吆喝两声，在山里这是一种宣示，在警告一切虎豹豺狼远远回避，作用和大老爷坐轿过街，当当的锣声和“回避”“肃静”的仪仗相同。我的大半心思用在脚下，时刻提防着草根间居住的秦岭土著，那些毒气实足又脾气暴躁的蝮蛇和晃动于草茎的旱蚂蝗们。两种东西都是麻麻的土色，让它们叮一口，是吃不了兜着走的事。就这，在目的地我脱下鞋袜，鞋里也满是鲜血，吸足了血的蚂蝗黑紫发亮，贴在皮肤上如同一片厚壮的树叶，抠也抠不下来。唯一对付它们的办法是用火柴烧，实际上，在烧它们的时候也烧了自己的皮肤。蚂蝗们在吸血的同时还会分泌一种抗凝血的物质，鲜血要流好一会儿才会止住，也不疼，只是很吓人。

向导说我穿上农家缝的长筒布袜，打上裹腿，就会好些。

可他却光脚穿着解放鞋，鞋前头破了个洞，大脚趾头在洞里探头探脑，犹如不安分的老鼠，也没见有什么蚂蝗光顾。

山里另一种可怕的生物是小蠓虫，你根本就看不见它，它只有针尖一般大小，你一进老林，它们就跟上了你，成百上千地围着你飞，像一团团的烟，没有任何办法将它们赶开。它们在你暴露的皮肤上尽情叮咬，真正让你难受的时光是以后几天，奇痒难忍，你恨不得把一层皮肤剥了去。这种痒，至少在半个月以后才会消失。晚上睡觉的时候，我数了数身上的红包，大大小小一百二十多个，代价可谓惨痛。

还需提着精神躲避的是蜂，追着你蜇的“牛蝇子”在这里已算是小菜一碟。难以招架的是盘踞在地上的“裤裆蜂”，它们的窝就造在地面，你不留神踏上去，“轰”的一声，千百蜂腾起，自下而上，钻进你的衣裤，其悲惨结果尽可以想象……

这大概就是书籍上记载的傥骆道最艰难的那段“黄泉”之地，“有毒虫，还有吃人的花”。

跟着向导翻了几架山来到一个叫殷家坪的小村，村外有棵巨大的玉兰树，树荫占地两亩多，树干几个人也抱不拢。花开时节，一树洁白花朵，耀得山村一片灿烂辉煌。树边不远有块两层楼高的平滑红石，与玉兰树相依相伴。人说这是一棵玉兰王，宋之前就很繁茂了。宋朝将军杨从仪在这儿练过兵，嫌树枝太繁，碍事，用剑劈去半边，要不长得更大。玉兰树是深山里掩藏的美丽，给殷家坪带来了一股灵秀之气。若干年后，我和周至县委副书记张长怀陪西安晚报社的几个朋友来看玉兰树，树依旧繁盛，石依旧光滑。张长怀托我在西安请个书法家，写“玉兰王”三个大字刻在石头上，我未置可否。在我的感觉中，任何人为的痕迹与自然的造化相比都会逊色，都会破坏这天然的和谐与舒畅。赏花的人来了，会用自己的心在石头上刻上自己的“玉兰”，将这一片空白留给所有懂花的人，是种近乎宗教的神圣。花是洁净的，山水是洁净的，我们还是给人类留片空白吧。真来个什么乡长、县长、委员长，用墨汁刷出俗陋不堪的字刻上，整条山沟就都臭了。

世间爱到处题字的人太多。

殷家坪是我走傥骆道之前华阳镇一位姓洪的老汉反复交代的一个

落脚之地。老汉说，你一定要住一宿，那个地方有利女人。问为什么，老汉说殷家坪是出过娘娘的地方。传说刘秀兵败逃窜，过了大蟒河，斩了讨封的大蟒，来到了殷家坪。后面追兵正紧，遇到了殷家的姑娘，追兵问姑娘刘秀是何人，姑娘说是我男人；问刘秀姑娘是何人，刘秀说是我媳妇。追兵没有怀疑，走了。刘秀是天子，天子无戏言，殷姑娘的身份就此而改变。结果刘秀这一走便是永不回头，慌乱中随便说的话他根本就没往心里去。跟害了大蟒河的蟒一样，刘秀也害了殷家姑娘：皇上亲口封过的娘娘，谁家敢娶？由此，殷家人在村口高高的山尖上盖了座庙，让姑娘住进去，为的是朝廷来人了，在上面远远就能看见。姑娘在上面住了一辈子，青灯黄卷，铁马木鱼，到死也没等来接她的人。

留下了一座殷娘娘庙，成了傥骆道上的标志。

都说秦岭北麓傥骆道路边有汉朝摩崖石刻，已剥蚀大半，字迹遒劲飘逸，很是珍贵。我却没有看到，大概只顾低头走路了。2002 年底，和周至文人张兴海、王安泉、赵晋川专门到石刻地点看过，上面字迹隐约还在，下边的因为拓展道路，被凿掉了，让人痛惜不已。后来我在厚畛子乡西面的崖壁上也看到过石刻，用粉笔依着字描出来，是“厚畛子营官地界”的字样，普普通通用的馆阁体，没什么书法价值，却是古道上另一个重要标记。

傥骆道接近厚畛子路段道边有黑色深潭，因为石黑，潭水便黑，两岸险峰，夹峙一潭，幽暗凄寒，水深莫测。传说此潭为黑龙所栖之地，专司这一地区雨水。有人建议在潭边立碑亭，刻白居易《黑潭龙》诗于其中：

黑潭水深黑如墨，传有神龙人不识。
潭上架屋官立祠，龙不能神人神之。
丰凶水旱与疾疫，乡里皆言龙所为。
家家养豚漉清酒，朝祈暮赛依巫口。
神之来兮风飘飘，纸钱动兮锦伞摇。
神之去兮风亦静，香火灭兮杯盘冷。
肉堆潭岸石，酒泼庙前草。
不知龙神享几多，林鼠山狐长醉饱。
狐何幸，豚何辜，年年杀豚将喂狐。
狐假龙神食豚尽，九重泉底龙知无。

看来白居易是绝不相信有什么神龙存在了，将供奉一味喂了山中野物，实在的荒诞可笑。这里有个概念的错误，白居易诗中的“黑潭”是黑水峪口仙游寺的黑龙潭，此黑龙潭非彼黑潭也。现在仙游寺的黑龙潭已沉入库水之底，潭中黑龙顺黑河逆流而上，来到这山间的别墅也未可知。

厚畛子是当今厚畛子镇政府所在地，一条百米短街，过去是两排木板房，现在成了贴了瓷砖的小楼，没有任何特色。最近，为保护黑河水源，镇政府将沿河居民全部搬迁，远离河水，使厚畛子镇成了一条沿河的宽敞道路。厚畛子是西去老县城的要道，是攀太白山的始发，人来人往很热闹，且游客装扮都很“洋活”，很现代，国际上任何时髦的旅游设备都能在小镇上出现，红黄白黑各色人种也常在这徘徊。所以，厚畛子镇的老百姓视野和观念并不闭塞。生物学家、动物学家、地理学家、画家、摄影家、作家在这条百米的小街上来来往往，感叹这里的水色山光，感叹这淳美的空气和清凉的风。老百姓在这条百米的小街上安静地过日子，开饭馆，办旅社，做小买卖，挣钱不多，都很知足。

没有谁追究过“厚畛子”名称的来历，有人告诉我厚畛子“就是厚厚的小雪粒儿”。恐怕不对。“畛”，田间之路也，也是古代道路的一个宽度单位。《左传》中有“封畛土略”说法，就是划定界线的意思。西周时期田间的道路和水利沟洫是相辅相成的，《周礼》载，“凡治野，夫（一夫百亩）间有遂，遂上有径；十夫有沟，沟上有畛；百夫有洫，洫上有涂；千夫有浍，浍上有道；万夫有川，川上有路，以达于畿。”这样看来，径、畛、涂、道、路分别指道路的宽窄。“沟上有畛，容大车”，“畛宽七尺，涂宽八尺”，厚畛子，实际是后来人以傥骆道在此相对的宽度命名的驿站。看街的形势，古时也就是七八尺宽罢了。

镇北面高坡上是镇政府所在地，领导们做着他们的官，我从政府的坡下过来过去，很少上去打扰。尽管从我认识的最早的乡长焦彦文到陈世芳到杜安庆到刘武州到刘安济，已经换了几届，他们都是我的朋友。我还记得考察傥骆道第一次来到厚畛子，接待我的是女乡长陈世芳。那是一个深秋，满山的红叶让人心醉，我们俩坐在小板凳上，漫无边际地瞎聊，她用河里的卵石给我砸核桃吃，核桃砸得满地滚，滚到床底下，钻进去掏……我佩服她一个女子在山里当领导的不容易，她淡淡地说那有啥办法……

在古代，厚畛子是驻军的地方，恐怕还没有过女守备。陈世芳是这里第一个女官，挺伟大的，可她自己并没感觉到这一点。

值得一提的是，厚畛子这块小小的不起眼的地界竟然经历过中国最早的工人起义。因为地处原始森林，明朝以后进入了全面采伐时期，大批伐木工人被集中在此地，衣不遮体，食不果腹，过着饥寒交迫的日子。清嘉庆十八年（1813 年）伐木工人终于不堪忍受而爆发了大起义，两千多工人占领了厚畛子，既而转战四川、贵州，成为一支很有实力的起义军。这些，厚畛子东面沙梁子三义庙的碑文上都有记载。厚畛子搞旅游开发，设计者欲请美术界的人士在镇南面的照壁山前建一组清朝的起义群雕，我想，一旦这群留着长辫子的人物在崖壁前站立起来，定会为这山里的小镇增色不少，为小镇的历史增加厚度。

厚畛子往上，秦岭大梁梁顶有驿站遗址，就是营盘梁了。营盘梁地面相对平整，有石砖砌就的城圈。城内房屋倒塌，一片荒败，一株小桃，在碎砖旁挣扎生长。高大石碑断成数截，脸面朝下，沉睡草间。只一块清康熙年间的碑，仰面青天，稍许完整，说的是重建驿站的事。问随行的焦彦文，这些巨大碑石何以如此下场，焦说是“文革”红卫兵所为。

“我们是毛主席的红卫兵，从草原来到天安门”，歌词都还记得，却不想又从天安门到了秦岭深山，这些红卫兵，了得！

营盘梁颓于燹乱的小小驿站出土过千余老砖，百余石条，大量箭头、铜钱、铁镞……1935 年红二十五军攻打过营盘梁，1947 年李先念率中原解放军在这儿与国民党军队和民团激战。山间的树林里埋葬了无数战死者的尸骸，没有留下姓名也没有谁再提起过他们，谁属国民党谁属共产党从那些枯骨上已难说得清楚。其存其没，家莫闻之，他们化做泥土，真正地与青山同在了。

只有山间的风还记得他们。

厚畛子西边，临河有栈道，石孔整齐排列，石桩插入其间，上棚石板，为青苔所盖。这样的栈道，傥骆道上一共有十三处之多，望着那些栈道遗迹，念及“地崩山摧壮士死，然后天梯石栈相钩连”的诗句，一种悲壮与凝重油然而生。它们连接了历史与今天，连接了祖先与我们，触摸着印满祖先脚印的石条，过去和现在的刹那交叉使我们感到了筑路壮士怦怦的心跳和灵魂的颤动……这是进入时光隧道的桥梁，远古的默契与今天的理解由它而融为一体。

这是祖先留给我们的符号。

我去年带朋友再去看河水边的栈道，卯在榫亡，石柱已荡然无存，只留些洞眼，泪眼汪汪地注视着苍天。我问周围的人，那些石柱哪里去了，说是附近的农民拆回去搞建筑了。

愚昧得让你说不出话来！

当年先人们凿岩伐檀，火烧水激，几代人几十代人修成的路被某个人一夜之间毁去，胆子大得没了边。现在我们有些人，既不知感恩也不知敬畏，他什么都不在乎，什么都不怕，他无法无天！我当即以县委副书记的身份要求：追回来，原封不动地给我安上去！我知道我的话是白说，对于农民，拿回去的东西要是要不回来的，更何况已经成了建筑的一部分，甭管是堂屋还是猪圈。

把人气得肝儿颤，扇他几巴掌的心都有。

顺着那条路，翻过秦岭大梁就到了都督门这个地方。为什么叫都督门，是纪念哪位都督，莫考所自，问当地山民，也都说不知道。“文革”时候，这里被改做“解放门”，颇有大城市味道，其实不过是个五六户人家的小居民点，是四公里之外老县城村的一个小组，我将它戏称为老县城的“飞地”。无论是“都督”还是“解放”想必都与战事相关，这里历来是傥骆道上屯兵的重镇。

旧时的都督门，人来人往，曾经是个很活跃的所在，如今街口还有戏楼的遗迹，街西的洋芋地里有大量瓷片散落，其中不乏青花细瓷。去年在这里拍专题片，我和王安泉及西安电视台的几位在这里寻到过不少瓷片，寻到过雕刻精美的盘龙碑帽，寻到过攀山用的锈蚀了的铁脚马。查不出年月，都是早年的遗留。瓷片下面是庙台的基地，汉白玉的石阶，面对着苍翠青山，大半掩埋在泥土中，与洋芋相混杂。街的高处有极小的院，朝北三间房，据说是公房，住过古代孤独的守备将军，住过革命的解放军通讯兵，后来又换成了大熊猫保护站的工作人员。有人告诉我，这个小院出过命案，闹鬼闹得厉害，阳气弱的人根本压不住。我却是不信，第一次去的时候，没有守备也没有解放军，小院木门虚掩，门庭萧索，屋宇欹漏，窗纸飘零，门框歪斜，鸟兽遗粪遍布其间，一片凄凉。院中的地上横着一块石质细腻的碑，碑头刻着五族共和的旗子，上面有“清官第一”几个大字。

这块碑是“佛坪县四里乡众”在民国十二年送给佛坪县县长孙培经的，孙培经人称孙胡子，陕西户县人，廉洁果敢，士民爱戴。当地老乡说，“文革”时孙培经还活着，在他的家乡作为国民党残渣余孽被斗，时局稍微松动，有人在厚畛子地方看见过老汉，是为他做饭的厨子在街上认出他来的。老汉大概也是自认生日无多，要到他过去的任上来看看，毕竟他在这里赢得过一块“清官”的碑。我不知道“文革”期间厚畛子乡是怎样一种情形，从梁顶的石碑全部被红卫兵推倒砸烂来看，应该也是一处严酷的所在。据说“厨子”和“县长”相遇，竟然全无一语，四目短暂相对又仓皇逃避……可以写出一篇很好看的小说。

我认为这件事是老县城地区百姓的杜撰，一个风烛残年的老人，无论如何不可能从平原的户县走进这深山老林，一个旧社会的县长更不会艰苦跋涉到他的任所来旧梦重温。但山间的百姓还记着他，他们永远怀念着曾经在这里做过一点好事的任何官员。现在这块“清官第一”的碑被文管所的人拾起，伫立在老县城的城门口，虽然位置有点不伦不类，但是很醒目。

在孙培经以外老乡们津津乐道谈论的还有一位女性——卢建国。卢建国原是西安市的副市长，上世纪80年代末，这位女市长来到这里，给这里带来了地膜玉米的新技术，带来了水利发电机，解决了农民的温饱问题……一老农对我说，她是到我们这儿来的最大的官，她来这儿不是白来。

能让老百姓记住是不容易的。

都督门靠近老县城方向有杨泗将军泉，山阴处三泉并涌，其大如斗，甘洌清醇，形成一股水势，一味流向西南。这股水经黄柏原、二郎坝，从汉中成固（今为城固县）庆山流出，名为胥水，或曰婿水。源其名称，东汉末年（约172年~184年）南郑处士祝龟立“仙人唐公房碑”有记载，大意说唐公房在居摄二年（王莽摄政）为郡吏，一年夏天，天气炎热，大家在瓜田吃瓜，当时旁边有一真人，众人都没在乎，唯独唐公房送瓜给真人吃，且礼敬之。真人与唐公房相约在胥谷口山上会面，相见之后真人送唐公房神药，说“服药以后，当移意万里，知鸟兽语”。公房与真人一起归家，真人“以药饮公房妻子曰：可去矣。妻子恋家不忍去，又曰：岂欲得家俱去乎？妻子曰：固所愿也。于是，乃以药涂屋柱，饮牛马六畜。须臾，有大风玄云来迎，公房、妻子、屋宅、六畜倏然与之俱去”。这就是著名的“一人得道，鸡犬升天”的故事。据说唐公房的女婿闻讯赶到时，岳丈全家连同猫狗已平地飞升，成仙去了，女婿后悔万分，气恼不过，投河而死，从此河水改名为胥水。

去年年底，为追寻胥水的踪迹我来到城固，是新华社驻汉中的干事贾连友将我引向了这里。涓涓山泉在这里已经变做了浩荡大水，河上有汉朝水利工程五门堰，五门堰保存至今，完整无损。宋碑《妙严院记》内载：“山之根，有胥谷之水，截水作堰，别为五门，灌溉民田之利，盖其溥也。岸之北，稻畦千顷，烟火万家。”站在以铁浆、米汁灌就的石堰上，脚下汹涌清澈的渠水正以极快速度泻向身后的万亩橘园，那是汉中地区有名的产橘基地。一车车的甘橘在装载待运，鲜绿鹅黄的一片，让人喜不自胜。作为“阖县亿万生灵养命之源”，我不禁为都督门那股小小的水流自豪了。

命之所系，神或临之。

让我们还是回到胥水的源头，回到我们的傥骆道上来吧。

我问当地老乡，泗郎泉何以叫泗郎泉，众说纷纭。有说是与宋朝杨延辉杨四郎有关；有说是宋朝皇帝走到都督门人困马乏，让杨泗将军去找水，杨将军走到山脚下，看到三股细水潺潺漫出，用扎枪连扎三枪，水流立刻喷出，兵士欢呼，争相饮用。杨泗将军回报皇上，说是“山间胥水长流”，昏庸的皇上竟听成了“细水长流”，一时大怒，说杨泗将军无用，一条细水，莫不是要渴死三军，当时下令把这个无用的杨泗推出去斩了。斩了杨泗，皇上来到泉水边一看那喷发的水，知道杀错了人，于是命令在泉边建杨泗将军庙，将泉水命名为杨泗将军泉。

至今泉水边庙宇还在，门长年锁着，我去了几次，从未见开过，也没有香火。从门缝往里望，里面空空荡荡，连神龛牌位也没有。我立即对这个传说发生了怀疑，它附会的成分似乎太多。历史上并没有宋朝的皇帝行军到过此地的记载。在和金的无数战斗中，宋的皇帝从来是懦弱胆怯，一忍再忍，一让再让，龟缩在江南一隅，偏安于温柔乡中，哪个会舍出身家性命到这野兽出没、危机四伏的秦岭深山来？对于抗金英雄，人们熟知的是岳飞，提及岳飞便离不开那索命的十二道金牌，宋高宗绍兴十一年（1141 年），十二道金牌从驿道传出，追向战场前沿。从陕北永乐大战战场败退回乡的沈括在《梦溪笔谈》中谈到金牌时说，金牌为尺长朱漆木牌，上面金书八字“御前文字，不得入铺”。也就是说，这个金牌连驿站的铺房也进不得而要火速传递下去，要求日行 400 至 500 里，金牌过路时驿使骑快马，金牌“光明眩目，过如飞电，望之者无不避路”。若真如传说中那样，杨泗将军的命运便与岳飞如出一辙的相似。杭州西子湖畔有岳将军的庙宇，秦岭山中有冷冷的泉，空空地记录了一个武断皇帝的忏悔和一个忠臣良将的委屈。

让人无可奈何！

有人说杨泗将军指的是宋朝将领杨从仪，傥骆道南口有杨从仪将军祠，祠前立有4000多字的碑，刻于南宋孝宗乾道五年（1169年）。因碑与将军同时，固“多与史合”，为后来人研究宋金战争提供了鲜活准确的历史资料。从碑文记录看，靖康之难，徽、钦二宗被掠往北藩，国难当头，农民杨从仪三十五岁投军，在军中四十年，独当一面，卡住了金兵南下通路，为南宋朝廷争得了片刻安宁。杨从仪的活动范围主要在秦岭，1131年5月，金军大将乌鲁折合集兵五万，两路夹击，想打通蜀道，南下汉中，占领中国南部地区。乌鲁折合破大散关，攻和尚原，杨从仪率宋军轮番迎击，四战四捷。金是由游牧民族发展起来的，以马上功夫为特长，在这群山夹峙、道路歧迂的峡谷中，只好舍长就短，下马与宋军作战。来时如虎，去时如鼠，后果可想而知，大败于宋军，逃出秦岭。历史上有名的跟岳飞作战的金四太子金兀术，在乌鲁折合战败后的当年，再统兵十万进攻蜀道之一的故道。金兀术是个有胆有谋的军事家，他采取了沿途修建连珠堡寨，稳扎稳打的策略，一举攻占了故道要隘神岔。宋军充分利用了山地的复杂地形，乱弩齐射，又派兵抄敌人后路，激战三十余次，将金军打败，“四万户孛堇等二十多人和千户以下官兵万余人被俘”。1997年秋天，我到过宝鸡西南两军交战的战场，那里被定为嘉陵江源头公园，山的环绕中，有一片几个足球场大的草地，当地人指着草地说，这是片打过大仗的古战场……

1983年，我刚到报社工作，夏天和两个同事骑着摩托沿着210国道穿越秦岭到汉中去，210 国道有一部分和子午道是重复的。走到石泉县西北叫饶峰的小镇，下了雨，前面的道路被冲毁了，不能通行，我们只好在饶峰这个小得不能再小的地方滞留下来。先是满街转，不到十分钟就转完了，又到办公室去找干部喝茶聊天，聊着聊着，干部从柜底下抽出一个锈迹斑斑的铁家伙，告诉我们说是铁矛，古代打仗用的，这里地里这种铁兵器多得是。说着又拉出了一根铁链，言是绊马索……我说这儿一定打过大仗，他说不知道。二十年后，查阅李志勤先生的《蜀道话古》才明白了那些兵器的来源。1133 年 2 月，“金军身着重铠（接受前年在故道神岔被射教训），三人一组，猛攻饶风关。宋军居高临下，用滚木擂石，强弓劲弩阻击。激战六昼夜，死伤山积，而战不稍衰”。

总之，在抗金的西北战场上，因了杨从仪的指挥和将士们的英勇奋战，割让给金二十年的大宋国土“渭水以南，复归版籍”。杨从仪七十五岁退休，定居成固县安乐乡水北村，封安康郡开国侯。农民出身的开国侯，退休以后带领百姓修渠作堰，大兴水利，八百年来一直使用至今，深得百姓爱戴。

这是利用蜀道，保卫江南国土的一个重要人物。

都督门往南，过吊沟，翻活人坪梁，走三天时间，就到了洋县的华阳镇。我曾经两度到过这座美丽的小镇。这次来，是在深秋，一下车就被熙熙攘攘的人拥住了，原来这里正逢集，不宽的街两边摆满了各样摊子，衣着鲜亮的姑娘媳妇相邀着在街上逛；男人们围着摩托车摊子站起来蹲下去，看得眼睛发直；路边有洗发屋，有裁缝铺，有大小饭馆，强烈的阳光下，流行音乐震耳欲聋，鸡鸣狗叫此起彼伏，空气中弥漫着蒜辣的香味和人们脑袋上发出的头油气息。小镇的繁荣，小镇的浮躁一览无余地在眼前展开了。华阳镇是古镇，方圆面积 560 平方公里，人口 6800 人。过去镇西有个三台寺，极大，高低三层，占地数百亩，有打马关庙门之说，现在都成了农田。整个镇从高处看就是一只大船，漂在两条河的交汇处，船头的位置有块高大的碑，走近前竟然是一个字也没有，全被水冲刷掉了，让人感到时光的流逝，岁月的无情。

拜访洪老汉更加深了我的这种感觉，上一次来华阳，在副镇长王敬礼的带领下访问过老汉，他为我提供了傥骆道的准确路线和沿途的资料。我说我要走一遍，他说要是那样，让我一定把傥骆道现在的照片带给他看看。没想到这次来老汉已经作古，我想我们上一次接触是十二年前，那时他已七十多岁，我以年轻人的时间来计算，算计他应该还在，却不知老汉已经等不得了。这是我的失误。老汉在年轻时候经常走傥骆道，他曾详细地给我画了一张图，我拿他的图和古道的图对比过，精确得几乎不差分毫。他告诉我怎么走这条道路最安全便捷，从哪儿到哪儿必须歇一宿，从哪儿到哪儿有人家，从哪儿到哪儿是多少里，从哪儿到哪儿万不可停留，要躲避哪条深谷的瘴气，要留神哪座林子里隐藏在地下的裤裆蜂。他告诉我什么时候站在山顶上看见了周至城里的八云塔，傥骆道就快走出来了。

都是很切实的经验，虽然已没体力再走，老汉对这条古道仍是充满了神往。

老汉是再见不到了，老汉家的门扉紧闭着，上着锁。

小镇光滑的石板路幽幽延续，路尽头有戏台，雕梁画栋，金碧辉煌。几个半大小子站在台上远远地朝着我看，指手画脚地说什么，后来哄地一片笑。我也看着他们笑，想的是1936年3月16日红二十五军从华阳出发，沿傥骆道进山奔了老县城，敌人反扑回来，逮住了一个叫蒲海水的十二岁红军通讯员，用铁钉子活活钉死在戏楼前。小红军临死前叫骂不止，想象那情景大概跟电影上的一样，英勇悲壮。十二岁，还是个孩子，人生的路刚刚迈步，试想现在的独生子女，哪个能有这样的精神和心劲儿，包括那些见了我颇有起哄意味的少年。如今的戏楼，被描画得美丽无比，十二岁孩子的魂魄想必仍留滞其中，他无言地看着这座变化的小镇，正如我们无言地看着凝固的历史。村外有高大的红军纪念碑，上面有当年红二十五军首长李先念和程子华的题字，碑文很长，但没有提到蒲海水这个名字。

搞汉中地方志的郭鹏曾告诉我，1977年6月，搞文物调查。他在华阳镇南边100米的河边崖上发现了唐朝石刻，四行二十七字："建中三年造此得意阁并回河镇，同节度副使张大侠，石工沈光浚记。"石刻从右向左直书，这是记载唐朝修建傥骆道的唯一资料，十分珍贵。下午，我到河边去看石刻，却怎么也找不到。问当地人，说"文革"后扩建河边的道路，将这片岩炸掉了一大半。我直说可惜，一声炮响，千年的古迹就灰飞烟灭，再也无处可寻了。得意阁的遗迹还在，河底的巨石上明显地分布着凿洞，那是柱桩的基础，从洞眼的距离看，阁的规模十分壮观，当是华阳镇的重要建筑。

镇上的干部接待了我，他们领我去看红军的司令部，看司令部墙上的大标语：穷人要吃饱饭就要参加红军。口号提得直接又实在，创意也十分好，按现在说是条绝好的广告，可以想见当年红军中的济济人才。饭桌上干部们跟我谈起了华阳游击队，他们如数家珍，队长是谁，书记是谁，在哪儿哪儿打了一仗，活捉了谁谁，不时的旁边有人给予纠正和补充。说到激动处，众人满脸放光，眼睛滃出一片水来，就好像他们都参加了一样。我突然觉得这些人很可爱，尽管对镇上的古代文化遗留，对被炸的唐朝摩崖石刻一问三不知，我还是觉得他们很可爱。

老百姓向我说起华阳的阴阳石，说那是很值得一看的景观，男根在余家院下面，女阴在黄泥梁上面，两物遥遥相对，很是神奇。逢到交媾时，周围便雾气沉沉，淫声阵阵。后来有人嫌不雅，将那男根砍了，于是“石㞗流血三月，石×叹息半年”。现在华阳发展了旅游业，人们将男根修补起来，高大而勃发，比原先雄伟壮观，且装有高压水管，水由顶尖喷出，据云“能射数十米远”……

山里人的思路往往过于实在。

我想笑，忍着。

深山里自有它自己生成的文人，干部们告诉我华阳镇吊坝河村有个文化型的农民叫董云光，写了不少文章，是个很有思想的人物。于是就着人去喊，董云光正在地里干活，跟着就过来了，来了以后见是跟外头来的文人吃饭聊天，赶紧又跑回去，洗了脸，换了衣裳，特意穿了一双没有沾泥的鞋。我看了小董的文章，全不是农民的思维，张口是“遗址”，闭口是“墨迹”，从历史到今天，把个华阳翻了个底朝天。听说我在走傥骆道，这个农民的劲头比我还大，当下约定，明年夏天，他从华阳往老县城走，我们从老县城往华阳走，像红军会师一样，在山的某个地方碰头……

美丽的华阳镇，可爱的华阳人，傥骆道因了它而光彩照人。

从华阳往下走，傥骆道由高山转入了逐渐低矮的丘陵。过新化、长坝，路边有不少高大树木，多在数百年以上，以银杏和槐为主，成为古道的标志和见证。道边种树是中国古来的习惯，尤其是山中的道路，经常遭山崩水毁，必要时要用木料修整通行，为就近取材，也为过路人马避免日晒之苦，周秦时代就有在路边植树的规定。在宋徽宗时代更下明文"指挥所属知县、令丞劝谕乡保，遍于驿路及通州县官路两畔栽种杉、松、冬青、杨、柳等木"。南宋时在蜀道南段道旁也是广栽松树，南宋庆元三年，武连县令何琰曾在蜀道上立过《种松碑》。"明代剑州知州李璧主持栽植的以'翠云廊'为名的数十万株参天巨树，至今仍以其雄姿浓荫，乐利行人，成为蜀道上的胜景之一。"（李志勤等编撰的《蜀道话古》）我在日本广岛，上街买菜，要沿着一条不宽的街往南走，路边常有被保护得极好的古松，有牌标明这条道曾经是日本的"山阳古道"，山阳道从京都一直通到下关，近千公里长。我对古道有兴趣，开着车沿着山阳道走，路边老松随处可见。在下关海边，也就是在山阳道的终点，蒙蒙细雨中，我竟然踏上了当年"李鸿章散步小路"。这条小路把我引到了一座叫作"引接寺"的寺庙，是李鸿章从下关上岸的居住地。小路的尽头是"春帆楼"，一个旅店兼饭馆的老旧建筑。1895 年 4 月 17 日，李鸿章在春帆楼里与日本首相伊藤博文签订了丧权辱国的《马关条约》。春帆楼外也有大松树，表明古道已经到了尽头……不说那让人肚子疼的条约，就说那些树，无论中国或是日本，它们都是和古道伴生的。

傥骆道走出华阳的部分，那些苍劲的古树还顽强地显示着它们的生命力。银杏树又称帝王树，在秋阳的照耀下，一片明黄，亮丽得如一面面旗。就是在这条古道上，在帝王树们的注视下，惶恐地奔走过唐朝的两位皇帝和他们的嫔妃，奔走过疲惫而华丽的逃难队伍，那匆忙散乱的脚步和沉重的叹息至今响犹在耳。

德宗李适在建中四年（783 年），因大臣造反，从骆谷逃往汉中。历史记载，建中四年十月，朱泚叛乱，泾原军倒戈于京城，德宗出逃奉天，“皇太子、王韦二妃、唐安公主及中人百余骑以从”（《新唐书》)。“既入骆峪，怀光以骑追袭，赖山南（汉中）兵以免。”前来救驾解围的是镇守汉中的大将严震，这个善战的四川盐亭人将叛军“击之而退”，救了李适一命。后来，李适将严震封为检校户部尚书，冯翊郡王，实封 200 户，以感激救命之恩。今在洋县四郎乡田家岭还有大庙清凉寺，为“严震接驾处”，现在是清凉寺中学。

唐德宗李适进入骆谷的时间是在冬天，秦岭气候向是“夏无酷暑，冬日极寒”，盛夏“太白积雪六月天”成为关中一景。在今天，我们乘着汽车进入老县城也要避开严冬季节，大梁上的冰雪要到来年五月才化，那些厚厚的冰让所有的司机望而生畏，那种寒冷不是谁都受得了的。唐朝的皇帝带着他的嫔妃、皇子、皇女们走在地冻天寒的老林里，前有险路，后有追兵，车用不上，轿也没法抬，谁也代替不了谁，金枝玉叶们面临着空前绝后的生死考验。

最先倒下的是李适的大女儿唐安，唐安是德宗的长公主（即大女儿），元妃王氏所生，和皇太子是同胞兄妹，为德宗之最爱。这位二十三岁的公主已经出嫁，逃难的队伍中还有她的丈夫驸马韦宥和一个小女儿，一家三口随着父皇穿林海跨雪原，被拖得气息奄奄。当时的情况是“缭绕江山，逶迟禁辇，公主有疾不言倦，孝以安亲”，病中的唐安为了减轻父母的精神压力，挣扎着走出华阳，刚刚进入平坦地带，便再难以坚持。《旧唐书》载：“庚寅，车驾次成固。唐安公主薨。上爱女，悼惜之甚。”皇上要为公主造塔厚葬，大臣姜公辅上谏说：“以山南非久安之地，公主之葬，会归上都（长安），此宜俭薄，以副军须之急。”德宗大怒，将姜公辅贬官，在成固为公主造一砖塔，于是，唐安公主便被葬在傥骆道道边的马畅镇，筑 80 米高大冢，后在此建寺，为唐安寺，将该冢称为“安冢”。人们说安冢实为空冢，德宗李适在返回长安当年就将唐安公主的遗骨迁回上都了，他不忍心自己的爱女一人孤单地被抛弃于傥骆之南，那条险峻崎岖、夺人魂魄的蜀道于唐德宗来说是太刻骨铭心，太可怕了，他认为，这样的路就连他女儿的魂魄也难以穿越，回长安是必须的。

《唐书》说唐安公主的女儿后来嫁给了平定淮蔡的功臣李诉。有人认为那个女儿非唐安所出，理由是公主虽“诏尚韦宥”，却“未克礼会而遇播迁”，直至薨。也就是说定了亲，还没过门，不可能有女儿跟随。贞元十五年，德宗将女儿追册为“韩国贞穆公主”，公主获赐谥号，唐安是第一人。

千年过去，1989 年 7 月，建筑队在西安东郊王家坟电力职工医院外施工，无意中掘开了一座墓葬，叫来了文物部门，经考证为唐安公主墓。墓室中有墓志铭，两块方形的石板相合，四侧线刻牡丹花纹，盖上有“大唐故唐安公主墓志”九个篆字，墓志记述了她随父亲奔走傥骆道这件事情，与历史相吻合。这块墓志铭现藏于西安碑林博物馆。

今据西安碑林《集刊》刊出拓本，节录志文如下：

> 皇唐唐安公主，今上之长女，东宫之同母妹，元妃王氏所生也。（略）逮年甫有行，礼及厘降，锡之美号，是曰唐安。同姓诸侯，即开汤邑，高车使者，且择勋华，聿求令族，方系韦氏。属殷忧在运，銮跸时巡，缭绕江山，逶迟禁辇，公主有疾不言倦，孝以安亲。（略）兴元元年三月十九日薨于梁州成固县之行在。（略）春秋廿有三，（略）越十月廿二日，迁神于长安城东龙首原，诏京兆尹李齐运监护礼也。（下略）

车辚辚，马啸啸，铁血阴冷的傥骆道，因了这位惨淡的公主而增加了些许温柔，些许色彩。

更为狼狈的是僖宗李儇，在他的老祖先李适百年以后，因了黄巢进围长安，同样在腊月初二滴水成冰的时节，又重演了一遍进山的游戏。李儇走傥骆道较之他的祖爷爷要窝囊，他是偷偷溜出皇宫的，《旧唐书》载：广明元年（880 年）“十二月庚辰朔。辛巳，贼据潼关……是日，上与诸王、妃、后数百骑，自子城含光殿金光门出幸山南，文武百官不之知，并无从者，京城晏然”。没有官员跟随，只带着内眷和诸位王爷，行走在傥骆道上的皇帝该是加倍的含辛茹苦了。深山苦旅，连滚带爬，皇家的脸面丢失殆尽，在此不予细说。

傥骆古道还替唐朝皇家隐瞒了一个不能言说的秘密，成为永未破解的千古之谜。学者俞平伯先生有文说，唐朝天宝十四年十一月，安史之乱，杨贵妃马嵬之死是着人替代，真正的杨贵妃由马嵬坡悄悄南下，进傥骆道，直达汉中，沿汉江入长江，到扬州，在扬州改名换姓为太真，混迹青楼，后去日本。前面说过，白居易写《长恨歌》毕竟离事件的发生只有五十年，昔日的当事者有些还健在，因为时间的接近，作者一来可以得到真实的素材，二来又不可能将实情一一写出，所以在《长恨歌》里便埋下了许多伏笔。例如“马嵬坡下泥土中，不见玉颜空死处”“忽闻海上有仙山，山在虚无飘渺间”“钿合金钗寄将去，钗留一股合一扇”等等。唐玄宗出长安，过马嵬，走的是蜀道之一的褒斜道，《明皇别录》载：“明皇既幸蜀，西南行，初入斜谷……”皇帝奔向西南，暗中留下的贵妃绝不能追随其后，退回长安更不可能，唯一一条道路就是直接南行，进傥骆道，逃生于南方。傥骆道的骆口驿与马嵬坡极近，在一条线上，彼此可遥遥相望。由此，杨贵妃走傥骆道的时间当在德、僖二宗之前，她是行走于这条蜀道的唐皇室第一人。

“魂断马嵬春讯远”，这一远竟远出了国界，远到了日本。今年，我在日本朋友喜美子的带领下，追寻杨贵妃的足迹，专程来到日本“杨贵妃故里”山口县向津具半岛。

这是一个叫作“油谷町”的小渔村，我到的这天油谷町的村民们正在过“秋祭”。大家集中在村委会的前头，出售着自制的产品：杨贵妃酒、杨贵妃酱、杨贵妃寿司、杨贵妃瓷……封闭的小圈子里突然出现了我这个外国人，一时成了新奇，听说我是从中国西安来的，更是稀罕得不行。几个老汉正围着桌子喝酒，已经半醉，见了杨贵妃家乡来的人话就更多，内容也离不开杨贵妃，言语间处处要显出他们收留过中国落难妃子的大度与骄傲。我跟他们说陕西话，他们很认真地听，他们知道，现在从我嘴里流出的陌生语言就是当年杨贵妃在他们这里使用过的语言，听到我说话，就是听到杨贵妃在说话，不懂是当然的。逻辑有些混乱，但是不无道理。

依据村人的指点我来到了埋葬杨贵妃的二尊院。除了庙堂本身，整个院落完全是中国庭园风格，红漆柱子，斗拱飞檐，青砖墁地，连厕所也是中国式的蹲坑，男左女右，写着中国字："男厕""女厕"。

引人注目的是院中伫立的汉白玉杨贵妃像，发髻高绾，步摇丁冬，侧身站立，面向大海，将一片想象留给后人。这尊像和陕西兴平马嵬坡杨贵妃墓地的石像完全相同，只是日本的脸庞要瘦一些。像的制造是西安美术学院，设计和监制是西安美协主席王西京。在隔山隔海的日本渔村，看到熟识朋友的作品，有种异地重逢的喜悦。是他们，为漂泊海外的杨贵妃制造了一个家乡的环境，托出了乡人慰藉离乡孤魂的一片温馨。后来一问，油谷町的贵妃像的确要比马嵬坡的瘦。一则是杨贵妃马嵬死里逃生，颠颇流离地来到日本，绝不会再像"温泉水滑洗凝脂"那般的雍容与娇嗔，必定是一脸风尘的疲惫与落魄，瘦是理所当然的；二则，日本人将杨贵妃推举为"世界三大美女"之首（另两位美女不知为谁)，他们心目中的美人是娇小玲珑、单薄消瘦的种类，倘若把马嵬坡那个肥硕滋润的贵妇照搬过来，这边大概不能接受。这也是王西京们煞费苦心的地方。

我见到了油谷町二尊院的住持田立志昭，他说，这所寺院始建于恒武天皇御宇延历年中（公元 782 年左右），与中国“天宝轶事”时间相差五十年上下。田立住持拿出寺院 55 世长老惠学的记录给我看，文献中记录了安禄山造反，唐玄宗被迫西逃，行至马嵬坡六军不发的大致经过，谈到处死杨贵妃时说：

> 高力士将贵妃引至佛堂前，缢杀。将其尸体横陈车上，置于驿站院中，令六军总领陈玄礼等人见之。大军既发，唐玄宗随军往蜀地而去，陈玄礼见杨贵妃并未真死，气息有所和缓，念及皇帝的悲切，着人救之，后命下吏造空舻舟（没有橹的船），舟中放置数月粮食，放逐海中，任其漂流……天宝十五年七月，唐土玄宗皇帝的爱妃杨贵妃乘空舻舟漂泊到本村唐渡口，上岸不久死去。里人怜之，葬于本寺境内，凭吊者不绝。

我看到过日本另一种说法，说杨贵妃在久津，改杨氏为“八木”，从大富大贵中幡然醒悟，淡泊存活，给后人留下了“久津出美人”的佳话。神奈川的称名寺，至今藏有杨贵妃使用过的玻璃珠帘；1963 年，一名日本少女拿出文件证明，在电视上宣称自己是杨贵妃后裔。2002 年，我为周至县涌泉寺探访日本的泉涌寺。周至的涌泉寺隋唐时代是仙游寺下院，属皇家寺院。及至到了京都的泉涌寺，我才知道，该寺院的前身竟然也叫仙游寺，供着杨贵妃的菩萨像。据说这像成于唐朝，雕刻者见过杨贵妃，所以面目表情和杨贵妃很接近，是寺中的国宝级文物……

各样的传说和证据，搞得人眼花缭乱。

中国《旧唐书》记载，第二年上皇密命（将贵妃遗体）改葬他所，最初埋时以紫褥包裹，再葬时肌肤已坏，惟胸前香囊犹存，内侍献上，上皇悲哀。

日本人听了大呼，紫褥子里包的是另外的女人！真正的杨贵妃埋在了油谷町二尊院，这才是历史的真实！

的确，二尊院的海边有墓地，突出的位置有个一米多高的石头五轮塔。所谓五轮塔是由五块方圆各异的石头组成，顶尖肚圆底方，这就是传说中的杨贵妃墓了。贵妃墓周围环绕着许多一尺多高的小塔，说是随同杨贵妃乘船而来的侍女们的墓。墓地很安静，没有谁特意到这里来，墓旁插着一块中国驻日使馆公使衔参赞章金树先生立的木牌，牌上字迹已经模糊，章先生在墓前留下一首诗：

长生殿内情意长，天长地久两难忘。
长安一别何处去，油谷町里望家乡。

杨贵妃墓面向大海，海的那一边就是中国大陆。大陆的腹地有长安，长安的西边是马嵬，那是她的亡命之处。“文革”期间，我利用值夜班休息时间，坐着工厂拉化工产品的卡车到那里看过。在西兰公路旁边，在一片庄稼地里，有一个小小的院落，前面三间破烂享殿，后面一个砌了砖的土堆，几块明、清时代的碑断成几截，散乱地横在老玉米地里。那天下着小雨，我的衣服在卡车上淋得精湿，顺着头发往下淌水，冷透了的我来到冷透了的杨贵妃墓，感觉十分的到位。

现在马嵬坡的杨贵妃墓成了陕西旅游热点之一，墓地有了簇新的殿宇和洁白的贵妃像，有了买卖兴隆的商店饭馆，墓冢高大壮观，砌了新石条……已经不是墓地而是娱乐场了，一切都变得热闹红火，让墓主人显出了难言的尴尬。

传说中缢死杨贵妃的地点不是在墓地，而是在南边，在更接近周至骆口驿的一个小庙里。庙的名字我已经忘却，数年前跟着兴平的朋友去过一回。从西兰公路分出一条土路，一直往南，乘车走二十分钟，上一个土塬，塬上有座小庙，庙影壁前有株粗壮的卧龙槐。庙中僧人介绍说是“唐玄宗手植槐”，槐树悲伤，不往高处长，只在低处徘徊，看模样，树龄的确有千年以上。庙后有土窑，窑内也供奉着神像，窑门口有梨树，介绍说杨贵妃就是在这棵梨树下被缢死的。我看那梨树，细嫩瘦小，绝不是老树，想必是后人附会“梨花一枝春带雨”的句子而栽。因为交通不便，到这里来的人不多，谁也不知道这个地方，更多的人是奔向了热闹的马嵬坡。

日本人说，杨贵妃死后，日日给唐玄宗托梦，唐玄宗猜测杨贵妃可能已不在人世，派陈安将释迦牟尼和阿弥陀佛两尊白檀雕刻的佛像带往“蓬莱”，送往安葬贵妃的庙宇。陈安带着佛像到了日本首都京都，寻不到贵妃葬所，就将所带寄放在京都清凉寺，以待找到贵妃葬地再行奉安。不料想，这一搁就是数百年。后来得知杨贵妃死在了油谷町，可是清凉寺却舍不得将东西送过来了，他们找了两个日本工匠，做了两个相同的佛像送到了油谷町，从此油谷町的寺庙改名为“二尊院”。

现在，二尊院这两尊像被列为日本国宝级文物，田立长老领我看过，的确很精美，用他的话说是“达到了完美的程度”。近年，京都清凉寺在解体修理“唐玄宗送来的佛像”时，在像的内胎发现墨迹，记录此像由宋朝佛师张廷皎、张廷袭兄弟于公元985年雕刻，公元987年由归国留学僧人周然带回日本。至于油谷町二尊院的两尊佛像，1952年解体修理时，在佛像的右耳发现“文永五年八月日”的墨书标志，由此判明是13世纪中期由京都建造，送往油谷町的。

都跟唐玄宗没有一点儿关系。

为什么会有杨贵妃漂流到日本向津具半岛的说辞，并且日本人将她搞得这样逼真？这也有它的历史渊源。

向津具半岛有处叫作“土井浜”的所在，1953年到1988年，几十年的时间里这儿挖掘出了300具两千年前的人骨，它们对研究日本人的起源和现代人的成立有着重要的意义。科学工作者发现，被埋葬的所有人骨，颜面都朝西，向着大海的方向，西边是中国大陆。也就是说，这些人来自中国，来自中国的汉武帝时期。那时的航海能力有限，据分析，他们是借助海流漂泊到此的。

这便是日本人起源的“漂流学说”。

日本山口大学中国历史系教授田地有观点说，武则天专权后，对唐李氏宗室进行了严厉的打击迫害，大批唐贵族借助洋流漂到日本向津具半岛，故这里有“唐渡口”之地名。这些人的到来，为杨贵妃登陆日本制造了历史背景。

我和喜美子来到了唐渡口——杨贵妃的登陆地。一条长满青苔的石板路直下到荒凉的海滩，风很硬，浪很高，我站在礁石上，海风撕扯着我的衣襟，掀乱了我的头发。我想象着唐朝的木船靠岸的情景，船上有心灰意冷的杨贵妃，其时她已不能称之为“贵妃”，无皇可依，何妃之有？无势可宣，何贵之言。她所享受的辉煌，在她走进傥骆道的时刻便已丢失殆尽，所剩的身份只是女人。在她“死亡”的瞬间，在傥骆道艰苦卓绝的行走中，她极清醒地、不容置疑地抓住了这个身份，并牢牢地把握住了它，再没有松手。当时，她三十八岁，三十八岁的女人已经成熟，不再年轻。

如今，眼前山还是这山，海还是这海，风还是这风，滩还是这滩；天边的夕阳还是这般惨淡无力，寂寞的海浪仍旧在无停歇地涌动。可是人变了，时光往后推移了千余年……这里确是海流的回旋之处，海滩上遍布着大量垃圾，都是被海流冲击到这儿的。在这些煞风景的生活破烂中，有中国“海飞丝”“舒蕾”洗发液容器，有“雅士力”字样的塑料盒子，有“山泉矿泉”瓶子、女式扣襻布鞋、白塑料一次性饭盒、“广州丝宝集团”“由百佳有限公司”的商标……花花绿绿地堆满了海滩，让人无法下脚。这些玩意儿不用打船票，不用办护照，不用花力气，顺顺当当地就从中国漂到了日本，停顿在异国的海滩上。

借助这股不变的水流，千万年来不知都过来了些什么。

两个在海滩上捡破烂的日本妇女对我说，有时候在这儿真能捡到好东西……

看来，杨贵妃不来油谷町也得来油谷町，不死于向津具也得死于向津具了。在这点，日本人和中国人一样，想给历史悲剧一个大团圆的完整结尾。在此，我们姑且相信这一说法的真实性，那么，杨贵妃再生之后的启程地便是马嵬坡，是傥骆道了。

我深信，走过傥骆道的这位三十八岁女人，再没有什么过不去的山；漂泊过东海的三十八岁女人，再没有什么过不去的海。这道路，这海流，使杨贵妃为后人留下了一道抓不住的彩虹。

这或许正是她的本意。

这条景致奇美的古道凝聚了太多的历史，隐藏了太多的人物故事，不少有文化的人把目光投向了这里，古道却从没有敞开胸怀拥抱容纳过众人。它不愿意将自己的真实面目示人，不愿加入喧闹浮华的世俗；它希望一个人在角落，冷静独立地观察，冷静独立地思考。为此，它变得更加神秘莫测，更加悠远缥缈。清县志记载，华阳县县丞谢大名曾沿路访查过古迹，记录说“老林中拔木通道，两面古树，一径蟠折，竟日在青雾苍烟中行走，沿途无客店安顿，为裹粮而前，则捷径不易行矣”。无疑，谢县丞并没有将全路走完，那“竟日在青雾苍烟中行走，沿途无客店安顿”足以描出了道路的大概。后来我走，也并未走出“青雾苍烟”以外的东西。也就是说，千百年来，它的变化不大，基本上保持了原始的特色，这是让人欣慰的。遗憾的是它没有完整的记录，没有现代化的考察。去年我想约人，拉网式地走一遍，记录下道路上的一切文化遗迹、风俗人情、自然风貌，以补历史残缺。跟交通报社的朋友联络，他们没有多少热情，那些正在建设的高速公路已让他们应接不暇；跟周至县打招呼，似也不妥，这是一条长长的路，不是周至一个县的事……犹犹豫豫的总是搁不下，成了一块心病。历史学家，原陕西省副省长孙达人，在任上就下决心考察傥骆道，两次到周至，终是抽不出整块时间……

这条道成心把自己藏于深山，不让世人得见，大概也是一种生存策略。君不见，什么金牛、子午，不是像历史人物一样，空留名分，早就找不见影儿了吗？

佛坪保护区那条死去的道路和那些荒废的家园，在我们稍稍理清傥骆道的脉络以后就发现，它们和这条古道从方向上看是垂直的，顺着这条路一直可以走到傥骆道的中枢佛坪老县城。

## 第二章　老县城

我坐着动物保护站的越野车去老县城，车是“尼桑”，外国人赞助的，性能极好。这样的车国内几个大熊猫保护区都有，绿色车体上喷着世界自然基金会 WWF 的标志——大熊猫。我管这样的车叫“熊猫车”，一看那黑白的图案，就感到亲切，就想招手。老县城的熊猫车上没有图案，也没挂车牌子，保护区主任王培毅的说法很直接，咱们不上西安，也不去北京，在深山里钻来钻去，要甚牌子？老林子里也没警察。他说得对，挂个车牌得好几千元，挂了也是白搭，那些 12345 在这儿没有任何意义。

于是就成了黑车、野车。

现在野车的后车斗里搁着我的行李，一个小小的铺盖卷，还有一台过了时的手提电脑，按功能说其实就是个打字机。旅行包里装满了书，大部分是有关动植物的，跟文学没一点儿关系。我想，在老县城长住，除了钻树林子之外就只有看书了，不要指望在那儿能玩出什么新花样来。

路过厚畛子镇，在政府吃了饭，很实惠的一大碗扯面。离开的时候书记刘武洲将镇上的一台彩电给我装在车后头，他说他会常上去看我，我有什么需求就让人捎话下来。我注意到了刘武洲用的词是“捎”，也就是说老县城村和镇政府的联系采取的还是千余年前的老办法，“驿传”。有事得跑40里山路，翻秦岭大梁，两个地区的联络，连电话也没有。我打开手机，屏幕上明确显示没有信号，这里的山太深了，那更深的老县城在通讯上同样是一片真空。

出了厚畛子镇政府，便成了土路，道路愈发艰难，风景愈发漂亮。道路一路盘上，缺规少矩，跟自由的山民一样，想怎么拐就怎么拐，想怎么甩就怎么甩，在车里的感觉似坐游乐场的过山车，忽悠忽悠，不能自主。开车的叫何麦成，是越南战场上下来的汽车兵，也是保护站的站长，一身的迷彩服，野性十足。何麦成把山场当战场，自誉“没有上不去的山，没有过不去的河”，一番豪言壮语，让坐车的胆战心惊，想得出那越南战场也不过如此了。

我说，这路一定是农民自己集资修的，充满了农民的品位。

王培毅眼一瞪说，是我们掏钱修的！

我不敢再说什么，怕的是他们把我撂下车，前不着村，后不挨店，这深山老林里，我就惨透了。

连抡带甩攀上秦岭大梁，就算进了老县城保护区。界上有门，门旁有碑，刻着“秦岭界”的字样，汉白玉石头红漆字，很庄严，就像是国际间的界碑一样，有种凛然不可侵犯的模样。梁顶是中国南北的分界线，北边属黄河流域，南边属长江流域。人说在这儿撒泡尿，一半流入黄河，一半流入长江。我想，能让尿水同时进黄河、长江的人简直伟大极了，大江南北，黄河上下，这泡尿见的世面大了。当下就有人掏家伙，准备实施分流工程，我说应该在梁顶盖个厕所。王培毅说他要盖座瞭望台。

我说，是看人撒尿吗？

他说，是为了山林防火。

我觉得自己的境界跟人家差了一截子。

从梁顶向南看，就看见了老县城村。很平坦的一大块船形盆地，船尾嵌着一座四方的石头古城，数株大松树高高地挺立着，桅杆一样夺人眼目。夕阳中几缕轻烟由城中升起，远远地传出两声犬吠，一帮孩子由小学校飞出，大黄牛脖子挂着铃，丁儿当儿地回家了。“万壑有声含晚籁，数峰无语立斜阳”，这番景色，立时让人着迷了。

在傥骆道上，北来周至，南去汉中，老县城居中间，是人员往复的必经之处。可以这么说，这座城自建成以来，便和这里的山水人群血肉相连，人们世世代代的情感、思想、希望和悲伤，都在这里刻下了深深的烙印，铭记在每块城砖里。

老县城始建于道光五年（1825 年），年代并不久远，原名“佛爷坪”，据说在地里出土了两尊石佛，后简化叫佛坪。咸丰元年记载，“坪以佛名，志实也。”我第一次见到那两尊佛是 20 世纪 90 年代初，当时它们歪斜在农田里，头刚被人盗走，由此让我想到了在这里被用大刀片削去脑袋的两任县太爷，有些触目惊心。一农民看我围着佛像转圈，告诉我，佛脑袋丢了是前两天的事，也不知让哪个敲跑了。他不解地说，要那石头蛋蛋子做啥，沉沉的。说话的农民掂着镢，刚挖洋芋回来，一腿的泥，神情很平淡。我再看佛像的脖颈，果然是薪茬，料是不久的事情，于是很痛心，于是就责备老县城的农民守不住自己的家业，家门口的东西硬让人偷了，也没人报案。我对那个农民说要是他的鸡丢了，他准得跳着脚地骂，嚷得满城都知道。农民笑眯眯地看着我不言语，我的话他大概听不懂，不能理解。

两尊没头的石像，一文一武。文的着圆领官袍，系玉带；武的披盔甲，蹬战靴。叫佛坪只是一个笼统的概念，释、道、儒，山里老百姓不管谁跟谁，统统是佛爷。如同北面太白拔仙台三圣殿门上的对联：

植松树栽桃李树栋梁九州昌盛万木荣

想忠恕念慈悲思感应三教同源一心境

这在全国其他宗教名山是不多见的。

我给两尊像照了相，拿去请教懂服装史的人，那人说衣饰介乎唐宋之间。这一说就扯得远了，把老县城的文化文明一下提了上千年。

老县城叫“县”是民国以后的事，再早叫“厅”，佛坪厅。

究竟是厅大还是县大，这个问题我请教专家才知道，根据清的建制，厅有直属厅和散厅两种，直属厅隶属于省，与府同级，可辖几个县，比如江苏的海门厅、四川的叙永厅等。散厅不辖县，有的跟县平级，有的比县高半级。县的最高长官是知县，知县为正七品，年俸银45两；厅的最高长官叫同知，从六品，年俸银60两。我们看牛得草的戏《七品芝麻官》，“当官不为民做主，不如回家卖红薯”，说的是县官，最小的官。当然下头还有巡检、守备什么的，属于“县团级”以下，排不上号了。

佛坪厅属于散厅，隶属于汉中府，之所以在这深山老林设厅，是因为“傥骆道山程700余里，中间并无州县……复岗叠岭，径路崎岖，地方官遇命盗重案，报验往返，动辄经旬半月，实有鞭长莫及之势”。在傥骆道上建厅，不但于道路的通畅有益，且“山南边腹，防维胥立，宵小不敢生心。老林开僻之后，山地即堪耕凿，流民易为土著，一方永宁矣”（清嘉庆十八年《汉中府志》）。这就是清政府要在佛坪建厅的初衷了。

中国的城池建筑体现了中国人完全封闭的思维模式，“城池”，城为墙，池为水，有一座高大的墙不够，还要配上一条护城河，想的是城内的安全，哪管他外面八方风雨，地覆天翻？只要保护住内里的安堵如故，政权的名分就是存在的。这也是中国人的独特思维，这一地域哪怕都被敌方占据了，只要城还在，人们的精神就还在，就不能说是败。城丢了，脸也就丢了，外头地盘占得再多也不算数。

走近老县城，便看出了城的结实，我拍击着由数万块巨大卵石砌就的城墙，望着城门上石刻的匾额，一种敬畏油然而生。组成城门的大块城砖，每块上面都刻着“道光五年造 佛坪厅城砖”字样，砖体细腻，击之铮铮有金属声。有游人来此，便扒那砖，将个城门抠得惨不忍睹，露出了城的内胆，用三合土夯就的实心。城东西长427米，南北宽235米，周长1318米，城墙高7米，墙顶宽4米，很是雄伟壮观。这座城从动意修建到筑成，先后用了不到一年时间。我想象不来这样大的工程在这样短的时间是如何完成的，仅这些外围的大石和夯土就让人不可思议。看了一个材料说是“军民共建”，颇为苦辛。“城中居民负土石，城上畚锸卒伍操”；“万夫喧喧不停杵，杵声丁丁惊后土……天寒日短工役急，白棒诃责如风雨”；“筑城处，千人万人齐把杵……力尽不得抛杵声，杵声未尽人皆死。家家养男当门户，今日作君城下土”。一时我的脑海里不知从哪儿冒出一些筑城的诗句，断断续续，连不成章，老县城的修筑，想必与诗中的情景是相差无几的。

这座高墙深池、劲坚不摧的石头城，成为了傥骆道上扼地的咽喉，防范的堡垒。

此城 1825 年建成，从第一任同知浙江人景梁曾上任，到 1925 年最后一任县太爷安徽人吴其昌将其抛弃，不多不少，前后整整一百年。

有人说这是定数。

有人说是老县城跑了风水。

紫云横亘的城，从哪里“跑了风水”呢？

1997 年，我因创作反映北京古建工人生活的长篇小说《全家福》在北京待了一段时间，跟故宫博物院古建队的老师傅们学到不少中国建筑的讲究，其中很多是建筑风水的规制。记得当时专门搞古建研究的黄希明先生陪着我在故宫一个院子一个院子地转，建筑中的堂奥，经他点破便让人体味到了天人合一的匠心独运，体味到了中国人智慧的内涵。比如太和殿前那条金水河，它并不是简单地横陈于殿的南面，而是由西北往东南地斜穿，看起来有点莫名其妙，想的是当初这儿就有条河，就其势而用之罢了。但也想不明白，偌大皇家，连御水河都修了，怎就能容得一条斜水在自家院子里流淌？经专家点拨才明白，中国地势西高东低，河流大多自西北流向东南，西北为天门，东南为地户。紫禁城金水河由故宫西北角乾方天门导入南下，流至东南巽位出宫，应了天地自然的数术。我当时对这些很着迷，写完《全家福》接着写了《不知何事萦怀抱》的中篇，通篇说的是关于城池的建筑风水，深感其中许多只可意会不可言传的秘密，透出了中国文化的博大精深。

现在面对老县城这座死城，我总觉得应该找出什么规律，窥出什么奥秘，寻找出它败落的原因。

系水因山，象天法地，老县城在选址时还是很讲究的。从建设看，城池规整，三座城门，西为丰乐，东为景阳，南为延薰。门上有谯楼，城上有垛堞，有瓮城（二道门），有马道，坚固而完整。从形胜看，整座城北倚秦岭大梁，如一把舒服的罗圈椅，阳光充裕，清风习习。南襟漫漫群山，薄雾溟溟，山紫水明。左拥太白，右揽农田，阴阳序次，风雨时至，物备而乐成。中国文化向来具有方向性和空间感，生者南向，死者北首。老县城的衙门坐北朝南，衙门口直对着延薰门，门外一条护城河，连着四眼灵泉，河里长满菖蒲花，山坡圆润。嫩草如丝，景致简直就是一幅画。

城小但建制齐全，西有接官亭、演武场，东有书院、义仓、文庙、社稷坛、先农坛。城里城外大大小小的庙宇有十数个之多，辨得出遗址、有碑留存的有文庙、佛爷庙、火神庙、关帝庙、城隍庙、土地庙、龙王庙……

我转得最多的是城隍庙，它位于东门外200米路北的地方，修建于道光七年，光绪二十二年重修过。记录上这里应该有影壁，有戏楼，现在给人的印象是荒凉破败、脏烂纷乱，无处下脚。两侧东倒西歪的东西庑殿，没了门窗，考究的雕花屋瓦下卧着几头硕大的黄牛。

正殿坍塌殆尽，空留一片石阶十余柱础四棵紫柏。老柏高耸入云，“霜皮溜雨四十围，黛色参天二千尺”，端的是看遍尘寰，历尽沧桑了。树下有石碑，有虎头钮四穿古钟，钟上铸着吉祥的话语和善男信女们的捐赠，其中包括那位建城的同知景梁曾。

我说老旧的庑殿应该抢救。

有人问怎么抢救？

我说，牛搬家，腾房，加固，将内里的壁画描出来。

那人说，钱由哪儿出？

我一下哑了，是啊，穷乡僻壤的上哪里找钱去修庙……让周至县出钱怎么张得开嘴？

那人说，牛在里头农民怕压死他的牛，还操心着管管房；您今天把牛牵走，这房明天就塌了。就这样吧，叶书记。

…………

我觉得，城隍庙遗址和其他老建筑相比还算完整，应该给它以关照，塌了再盖总不是原物。后来到汉中，见到了编撰佛坪县志的老学究郭鹏先生，郭先生是师大中文系毕业，眼下在汉中地方志办公室负责任，出过不少书，上世纪80年代初期，带人考察过老县城的文物古迹。郭先生听了我的想法笑了，他说，这个城隍庙啊，从根上来说，它盖得就不是地方，作为一城之主的城隍老爷，他怎么就出了城呢！

郭先生说他写过一首谈老县城城隍庙的诗：

城隍老爷居城外，

斯城哪得不破败。
在位既应忠职守，
徒受香火今安在！

城隍论职能是守城之神，无论城大城小，城内都有城隍。跟官员的级别一样，城隍也有都城隍、府城隍、县城隍等等，享受的待遇也不一样。一般城隍庙建在城里偏西的方位，是这一地方最热闹的商业所在，是市民活动的中心。庙前店铺饭肆，鳞次栉比，红男绿女穿梭其间；拜城隍，求得心灵的安慰；买东西，有了物质的享受。这样一来，人们心中的城隍老爷便与其他的神有了不同，似乎更具亲民性，更贴近老百姓的生活，也就是说，他更像个人，而不是神。谁家有了难事，谁跟谁有了纠纷，到城隍老爷跟前去断理，去祷告一番很方便，见城隍比见官容易。京剧传统剧目有出很有名的鬼戏，叫《乌盆记》，说的是南阳缎商刘世昌结账回家，行至定远县，借住烧窑的赵大家。赵大见财起意，将刘毒死，将其尸烧成乌盆。鞋工张别古向赵大索要欠资，赵将盆抵账。张别古得了乌盆，走到半路，盆忽然说起话来，尽诉冤屈，张老汉捧着盆先到城隍庙去论理，他许愿给城隍老爷送一个猪头三棵大白菜。后来见城隍镇不住鬼魂又悔约，“没有猪头也没有三棵大白菜”，整个拿城隍开涮……

我小的时候听母亲讲过一个城隍老爷的故事，说有个打烧饼的小媳妇，每天天不亮就起来生火和面，做烧饼，天亮让她的男人担着担子出去卖（这种生活方式很像《水浒传》里的潘金莲和武大郎）。有一天，小媳妇正在和面，进来一个魁梧的汉子，留着三缕胡须，面色白润，穿着也很鲜亮。汉子说是来买烧饼的，小媳妇说还没有做好，汉子说他可以等，就等。等待中汉子开始用言语挑逗小媳妇，并且动手动脚了。小媳妇恼了，回身就是一擀面杖，打在汉子的肩膀上，汉子跑了。小媳妇一边打烧饼一边纳闷，觉得汉子眼熟，又想不起是谁。丈夫起来，把这事跟丈夫学说，丈夫说莫不是隔壁城隍庙里的老爷？两人赶紧到城隍庙里去看，看见龛上的城隍老爷肩膀上白面依然，旁边的城隍奶奶是一脸的不高兴。小两口吓得回家，赶紧端来一盘子大烧饼给城隍老爷供了，不住地给老爷赔不是。这已经不是和神的沟通，完全是邻里间的交往了。我之所以喜欢这个故事，几十年没有忘记，是我老感觉那个挨了打的城隍老爷很亲切可爱，就像我那些爱在外头惹是生非、喜欢看漂亮小姐的哥哥们，至于那个小媳妇则就是我们胡同口打烧饼的老刘媳妇的化身。老刘的媳妇又胖又麻，两个大奶吊到裤腰上，说话直嗓，唾沫能从屋里飞到屋外，看见小孩子就瞪眼吓唬。我想，城隍老爷起个大早来调戏她，大概是脑子进了水。

谁能没有缺点毛病呢？有了毛病才更像是我们周围活生生的人。能调戏城里人的媳妇，当然也能为城里人办事。在人们的传说中，城隍对于所在城池的保卫是至关重要、尽心尽责的。传说北齐文宣帝时候，一个叫慕容俨的将军镇守郢城。有一天，梁的大都督率大军紧逼城下，攻打郢城。梁军久攻不下，便在通往郢城的水路要道放了许多名叫荻洪的水草，以图阻止北齐的粮草运行。这荻洪繁殖极快，不久便塞满了河道，船只无法进出。郢城与外界断绝了全部交通，成了一座强敌包围下的孤城，城中军民人心惶惶，危在旦夕……城中有神祠一所，俗号城隍神，公私每有祈祷。于是大将慕容俨顺士卒之心，前去祈祷，祈请城隍老爷冥佑。祈祷之后，大风忽起，惊涛涌激，将水中荻洪漂断，城人大喜，以为神助。

这是郢城的城隍老爷破敌救城的故事，堪称神人一心、保卫家园的典范。这样的事也只有城隍才肯做，因为保护城池是他的责任。

老县城的城隍庙建在城的东关，城隍老爷在城外头远远地看着这座城，不知自己属于谁，该干些什么。有敌来犯，他夹杂在攻城的敌众之中，连自己也变得不伦不类，眉目不清了。

成了笑话。

我住在老县城内的动物保护站，两层小楼，外表镶着澡堂内壁一样的白瓷砖，是90年代刚刚富裕起来的农民的理想装潢，跟整个古旧老城青砖灰瓦的气氛极不和谐。我不知当初为何选址在这里，城外平坦地域有得是，其中不乏风景绝佳之处，偏偏不用，非要钻进颓废老城，莫不还是那“进城意识”在作怪？有当市民的选择一定要抓住机会，城里城外一定要选择城里，甭管这城是什么样的城，先取得个“城市户口”再谈其他。我常常拿这个观点调侃保护站的人，他们冲我嘿嘿一笑，也不说其他。

保护站建在城内东南，紧靠城墙，地基受到地下水的浸泡，往上翻浆，不得不挖沟排水。城外往西不远就是四眼灵泉，现在两眼堵塞，存两眼仍清澈甘甜，有石条围护，是城里百姓的水源。灵泉旱时不竭，汛涝不溢，细观泉底，有细沙翻涌，据说数十年前泉水喷若珠玑，嗡嗡有声，很是神奇。这是一条宽阔的水脉，自东向西，与都督门的泗郎泉相接。保护站选址正选在它的上面，大概是没有考察老县城的建筑史。

城初建时，偏东十余米的位置是旧文庙，现在是一块农田。我料定，建在其旁的保护站的命运也好不过那个早已消逝殆尽的文庙，它的搬迁是早晚的事。“文庙始建于城之东南隅，地势埤湿，不数年而木朽墙倾。”宗庙不美，明经不修，在封建文人的眼里，圣人之道，如太和元气流行，四时不可一日息也。厅城地处南山，虽僻在遐荒，不如大地方那样人才接继，然亦未尝无奇伟之士出自其间。文庙既然如此重要，只好移址，从南边搬到北边，就是老县城现在旧小学校的位置。老县城小学的新址如今搬到了西关外，两层楼房，是西安某单位赞助的希望小学。学校搬迁的时候墙上的黑板搬不走，上面还有孩子们写的歪歪扭扭的字：

我们热爱老县城

路北有 1.4 米厚的完整大影壁，系文庙所特有，影壁背后有一组建筑群，有两个半月形的池，是中国文庙的规范建制。池东有德配天地坊，池西有道贯古今坊，中为棂星门。大成殿和那些崇圣祠、名宦乡贤祠已经夷为平地，两个活泼可爱的石狮狗儿一般伏在石牌楼两侧，挤眉弄眼，缩鼻撅嘴，造型的生动显出了山里石匠对山野生物的情感，不受约束的艺术个性和心性的自由发挥。我每回从这两个小狮子跟前过，都忍不住要摸摸它们，想的是说不定哪一天，它们会跑起来，在我脚下盘来绕去。

柏树下立着高大完整的碑，躺着三龙戏珠的大石条，大概是大成殿台阶前的陛，三条龙和一颗火珠滚成一个蛋。这样的图案我是首次见到，凡是看到这块石刻的朋友都要问“怎么会是三条龙，而不是两条、九条?”

按当地说法，这块船形平地周围的山上盘踞着三条龙，西方是水龙，南方是火龙，东南是风龙。三条龙不和，都想称王称霸，经常争执、打仗。它们一打就喷水喷火刮大风，把老百姓搞得苦不堪言。百姓的怨声冲上天庭，上天就派降龙罗汉来收伏孽龙。罗汉来到佛坪，在河滩里寻了一颗圆圆的鹅卵石，对正斗得不可开交的三条龙说，你们听着，我这儿有一颗水晶宝珠，你们谁能咬住它，谁就是王，就说了算。说着罗汉将手里的卵石抛向空中，只见一个亮闪闪的球儿在半空旋转飞舞，滴溜溜射出五彩光芒。三条龙同时扑将过去，追咬那球儿。它们围着球儿闪转腾挪，好一番折腾，怎么也将球儿叼不到嘴里去。龙是争强好胜的角色，谁也不肯善罢甘休，那情景就跟世界杯足球赛似的，为一个球，争得紧张激烈，各不相让。天亮了，霞光一起，三条龙和那珠子一起被印在西边的石崖上，后来这里建城修文庙，人们就把那块崖凿下来，就是我们现在看到的石刻。

传说很美丽，也很想当然。

我给来参观的朋友们讲这三条龙的来历，有的人激动地鼓掌，有的人赞许生动。没有谁说这是假的，大家都明白，凡是神话传说一类的东西，每座城里都有不少，日久天长，终于成为了当地传统、历史的一部分。明知是假的也不愿意揭发，因为故事一经点破，传统或历史不免要损失许多色彩。无论是传统还是历史，都需要装潢，以便在我们的心里装点出许多精彩。

深山里有得是优质石材，厚畛子一带产紫苏辉长岩，墨青带紫，如墨似玉。老县城南门外山坡上有质地优良的汉白玉矿，所以这里的汉白玉构件就非常多，城内外碑碣遍地，刻花的石条、石礅、石础无以数计。城的基石，老百姓的台阶、柱础，包括猪槽全是汉白玉，辉煌得不行，富贵得不行。也没见那些用汉白玉槽吃食的猪吃出怎样的斯文来，正如修了文庙，也并未在这深山老林培养出什么"奇伟之士""济世之才"。甚至就连文庙石碑上退一步而说的"即守其所学，而修于乡，亦不失为醇谨之儒，正直之士"也如凤毛麟角，少得可怜。光绪年间的同知老爷刘焕曾叹道："佛坪为周洋地，考旧制科目无人。自咸丰三年设学至今，仍缺如，岂天独啬此方隅耶?"

不是老天爷对这方水土过于苛刻，是刘同知的要求有点太高太急切。老话说，十室之邑必有忠信。老县城繁荣的时候城内外寓数万人，当然有卓然可表现者。科虽无考，然咸丰元年有孝廉方正一人，同治时有恩贡一人，拔贡一人，副贡一人，岁贡四人，例贡六人。他们的名字是陈鸿恩、高步瀛、李蔚朝、周景命、史秉书、万年枝、刘锡祺、宋秉仁、金家祥、张大伟、金秉乾、汪长钊、李茂林、李登瀛。以例入太学者，二十八人……这些都是老县城的文化人尖儿。这一切与江南厅县当然无法相比，虽有山明水秀，虽有土润天青，要想出才子，养精英，还必须有通毓的地域、开放的思维、自由的学术气氛，几者不可缺一。明朝状元、榜眼、探花二百余人，江南就占了百分之五十。"东南财富地，江南人文数"，除了江南清秀的自然环境以外，也与政治经济条件、道路交通设置有关，这是"物华天宝，人杰地灵"的基本条件。老县城山水虽秀，却被封死了，悠悠一条傥骆道，走起来又是那样的艰难，这样的条件下出个把孝廉、贡生已经是很不易了。贡生是参加过乡试没有进入省府的考生，牵强地加以比喻，大概相当于今天的高中毕业。其实就是现在的老县城村，高中毕业的也没有几人。历史的吝啬是一如既往，一脉相承的。

毕竟陈鸿恩们的名字在文庙前的大影壁上张扬过，毕竟他们在这儿的文化水平是最高的。他们不但在老县城的历史纪录上留下了姓名，还在城垣的东侧留下了三层的石头焚字楼，上面“惜字凭心地，读书见性天”的工整对联让我们至今感悟到他们苦读的艰辛和对文化的崇敬，感悟到他们受制于地域的无奈和沉寂于深山的不甘，挣扎着走出傥骆道却又走不出。

“昔日金阶白玉堂，即今惟见青松在”，那些人是走得远了。我站在荒凉寂寞的焚字楼前，吊唁着百年前消失在这里的文明，一种难以说清的感触激荡着胸臆。草杂今古色，岩留冬夏霜。百年之后，我们将给这个地方留下些什么……

城中间坐北朝南是县衙，严格说应该叫同知署，是这一地域的政治经济中心。

同知署由大堂、二堂、三堂组成，二堂有匾“恕德堂”，有暖阁，是大老爷歇息之处。现在，三座堂连同左右厢房都不见踪影，被村民张德修家的瓦屋所覆盖，只有原县衙门口的大圆石鼓，雕刻得细腻精致，风风雨雨中没有多少改变，还静静地呆立着，看了多少进进出出，看了多少喜怒哀乐，看了多少风云变幻。不言语，不表现，统统吞进它那圆圆的大肚里，浓缩成坚硬。

值得一提的是同知署右边的司狱署，司狱署的职责等同于现在的公安局兼监狱。“公安局”已经变成平地，牛拉着犁在上面正一趟一趟地走。两株高大紫柏罩护着一圈断墙，墙上生出几株面目狰狞的棘藜，有白塑料袋挂在上面，风一吹，发出呜呜的声响，像是在哭诉，也像在呻吟。

这就是监狱了。

《易经》对狱的解释是“泽上有风，山下有火”，火烧山下，风起大泽，是勃逆与困顿的征兆。“囚”字为口，守人此其象也，又叫“笼鸟”“槛猿”，方方四堵墙，把人困在其中，死相也。中国最有名的囚徒是骆宾王，他因触忤武后，被关押牢狱，作了《在狱咏蝉》《幽縶书情通简知己》等许多诗，“圆扉长寂寂，疏网尚恢恢”“无人信高洁，谁为表予心”，成为绝唱。悲苦、辛酸、追悔、愤懑，是蹲监狱人的主导心态。80 年代有个歌星，被关在监狱里，跟骆宾王一样，在里头创作了许多歌曲，人还没出来，歌曲却已经制成磁带在追星族中广为传唱了。不敢恭维，那些曲子的整个格调哀哀怨怨，哼哼叽叽，牙疼一般。“无事今朝来下狱，谁期十月是横河（问斩）”，老县城的监狱肯定也关过“无事下狱”的无辜，关过“十月横河”的斩监候。百年来在这方寸之地结了多少怨气，积了多少委屈，只有这四面断墙知道。山里的囚徒们不像骆宾王那样会直抒胸臆，也不像小歌星那样会吟唱；他们只能仰望着头顶那块有限的蓝天，对着偶尔飘过的白云放出一声长长的叹息。我在老县城住的时间不短，却很少来这里，总感到脚下的土和这围墙不够清静。我坚信，监狱围墙的倒塌不是岁月的摧毁，而是怨气的冲击。

老县城监狱被当地人称做“天狱”。

天狱，天杀之狱也。

就是说齐齐整整的四堵墙，没有门也没有窗，人犯物品出入，一律用吊杆从高墙上吊运，构思可谓奇特。为防止犯人逃跑，两层砖墙中间灌满流沙，想挖洞越狱吗？好，你就挖吧，挖一点儿沙子流一点儿，你永远挖不开。我佩服造狱人的灵活思路、险恶用心。谁发明设计的？不知道。老县城的谜太多，正如东门外起出的数具古代尸骨，具具脑袋上被钉了大铁钉子一样，一代一代地说不清了。

怀念过去，是只有人才具备的特性。哲学家说，世界的生物中，只有人才具有时间的纵向观念，其他的所有动物都只活在“现在的一瞬间”。人发现了时间的纵向概念，并且把时间分为过去、现在和未来。为了让后代记住“现在”，我们的祖先最传统的办法是刻碑纪念。看得出，老县城的旧人是爱刻碑的，这大概和城外的汉白玉矿有关系。小小的厅城，百年的历史，竟然刻了几十幢碑。随着城的破败，这些碑也被拉扯到各处，派了各样用场。城东关农民孙志治门前的流水渠上有“皇清永垂不朽”，孙志舜门口有“修城垣”，西关村民陈启智的猪栏门是“生员免丁粮条例”，西门外的场房门墙下歪着“公立义举”……这是看得到的。看不到的建筑于房基之下，围墙之底，牛棚之侧，水沟之阴，无计其数。块大的，齐整的命运最惨，或被挖做猪槽，或被改为捶臼，老百姓挑选的都是上好的，他们选择的是石质和造型，不是上面的文字。文庙旁边有“敬惜字纸”的焚字楼，却没有“敬惜字碑”的驻碑亭。

遗憾了！

1999 年周至县在老县城成立了文管所，2001 年这个地方上报为省级文物保护单位。文管所的人来了，没地方办公，就借住在希望小学，办公条件艰苦简陋，看着让人心疼。我常常感到，在老县城他们不是文人是苦力，为了收集那些散落在各个角落的碑刻，他们不得不吭哧吭哧地自己动手。搬石碑，绝对的力气活。城内外的三十几块碑石很快被他们收拢起来，竖在文庙的庭院里，齐刷刷的两大排，有些烈士陵园的派头。碑的内容非常之杂，创建义学的、修戏楼的、修庙的、捐地的，还有一通大胡子县长孙培经亲自撰写的《重修佛坪县衙署记》，那署记整个是一篇会议记录，谁说什么，谁干什么，谁表现怎么样，记得清清楚楚。

7 月的一天下午，天气有些闷，午睡起来，我到文庙去看文管所的人拓碑，我是想挑有价值的，让他们给我也拓几张。偏偏的他们那天谁也没来，于是偌大片碑林就我一个人在转。我将那些碑按着年代一块一块地读，读着读着，一部老县城的历史就清晰地在眼前展开了。每块石碑后面仿佛都站着一群人，道光二十八年、咸丰五年、咸丰六年、民国十二年……梳长辫子的，戴眼镜穿长袍的，他们很认真地谈论着，谈论的内容都写在前面的石碑上，我听不见他们在说什么，他们也看不见我，我们中间有一道碑……有鸟儿扑棱棱从头顶飞过，北面的山溪哗哗流淌，风在松柏间盘旋，时间在这里凝固了。

嗤儿——

有人在轰牛，是村里的张老汉。

牛钻进了文庙旁边的苞谷地里，老汉拿着棍在急赤白脸地赶它。我跑过去，帮着老汉轰牛，牛很执拗，跟我们绕圈子，临出地头还忘不了回头再啃一口。我突然想到这一切可能都因为我，我穿过苞谷地进入文庙的时候将地边栏杆的小门打开忘了关上，我进来了，牛也跟着进来了。老县城的地都有桦木栏杆圈着，为的是防牛和野兽糟蹋庄稼，这样一来，田野上就有了很浓郁的“俄罗斯风格”。有个摄影记者在这儿没完没了地拍了很多桦木栏杆照片，恨不得把这景致都搬他们家去。

那头被我们追赶过的大黄牛，昂首阔步，威风凛凛地出了西门。一泡大粪，噗地留在城门洞口，它对于刚刚发生的偷窃行为不进行任何反思，没事儿一般。

出西门往西，两边都是俄罗斯式的桦树栏杆。行八华里便到了都督门，都是宽敞的土路，沿路有农田，有几户零散民居。道边的土地平坦齐整，长满了杂草，开满了鲜花，色彩斑斓，美极了。这些当初都是肥沃的好地，现在荒着，没人耕种。有叫万鼎的画家，正在河边靠山的地方盖房，说是要建个画院。看见大片的水泥在往墙上糊，我的脑袋有点儿大，画家的解释说，过两年水泥墙上就会长满青苔，整个房子就会与周围环境融为一体了。他是画家，他深知建筑与环境和谐的必要……我对那个正在运作的画院忧心忡忡，因为在我有限的生活经历里，还从未感受过水泥碉堡上长青苔的艺术画面。

这个精明的万鼎，以他美术家的眼光，将老县城风景最秀美的地方给圈了。

傻乎乎的山里人哪……

有登山队，也要在老县城买地，还有个叫王俊的老板，买了老县城 260 亩地，10 亩拿来种草药，其余的 250 亩是一个雾团。我要来他们的协议书，上面写着要在这片地上盖多少多少小木屋，搭多少多少蒙古帐篷……我火了，你们这是干什么，土匪攻城吗？王俊说，这是别人临时草拟的一个协议，没仔细看，是为了应付用的。应付谁？应付我吗？王俊在城东那片薄荷地里向我发誓，他说他是太喜欢老县城这个地方了，他怕别人破坏它的环境，就自己掏钱，将荒地都买下来，有效期五十年。他保证，五十年后他将这260亩地还给我的时候，一切一定还是老样子，不会有丝毫改变。我很为他的言辞感动，握着他的手说他是知音。回来我想，五十年，我还能活五十年吗？他能保证五十年吗？说不定到他兄弟那儿就变卦了……

唉，不知将来会出现一种什么结局，我常常为此而担心。风景优美的地方，是大自然留给我们的遗产，过度建房进人对于“优美”是个破坏。当人满为患的时候，也就是这个地方被糟蹋够了的时候，没有谁会再理睬你，没有谁会再在乎你。那时候，你想恢复也恢复不起来了，哭都哭不出眼泪。为了眼前利益而杀鸡取卵，搞掠夺式开发，我们在全国已经见得不少，但愿这样的悲剧不要出现在老县城。

我跟不少干部交换过看法，他们很希望外面有人能投资建设这个地方，让这里早日摆脱贫穷和闭塞。但是这个开发要有全面规划，要有专家论证，制定出方案，大家要按规矩来。保护环境是前提，这里毕竟是大熊猫栖息地。我跟县政协主席张长怀谈过，跟负责环境的副县长蔡兴瑜谈过，跟保护区的王培毅谈过，跟厚畛子镇的书记刘武洲、镇长陈叔川谈过，跟世界自然基金会的于长青谈过，跟中科院动物研究所的专家蒋志刚谈过……我平时话很少，更不是个唠叨的人。但是为了老县城的环境，我像祥林嫂一样，见谁给谁说，见谁给谁说。好在大家在认识上没有太大分歧，好在县、镇两级政府还能把握住这块土地，开发设计规划资金40万元已经到位，万鼎、王俊、登山队们也在静等规划出台，一切慢慢踏上了正轨。

稍微松了一口气。

但还是不放心。

出东门往东，也是一条宽敞大路，沿河有一片美丽的草地，长了许多薄荷，有个叫张正的人在这儿搞过薄荷基地。张正走了，这些痴情的薄荷就年年生，年年长，人往地边走，立即一片清凉。再往东，走不远被一条叫作塔耳河的水拦住，河水清澈见底，大石峥峥，小石历历，仙境一样的地方。山上有竹林，此地常有大熊猫出没，保护站墙上挂的一张圆脸大熊猫的相片，就是在这儿拍的。道路受河水阻挡，调头上山，翻二郎坝，攀鲁班寨，过光头山就到了大鼓坪、三官庙，就是燕笼场、火地坝、骡马店，和袁家庄那边接上了，就是我在前一章提到的“老林里荒废了的路”。过去这是老县城与袁家庄联结的唯一道路，是山里人使用最频繁的一条道路。

老县城是方圆百里的“城”，厅城初建时，从周至移民千余人来此居住，人口最多时是光绪八年，城里有居民两三千，守兵二百五十三人，境内三、四万人。这里有官办的板号（售木材的商号），私人经营的店铺，城东有木场、铁场、纸厂，城南有汉白玉矿。一、四、七是赶场的日子，四里三乡的山民背着山货，翻山越岭，从袁家庄，从都督门，从厚畛子过来赶集。集市有大小，小市开在城里街道两侧，叫“市场”；大市开在城外人稀之处，叫“荒场”。山民们的土产有苦莜、木耳、蜂蜜、药材（以太白手儿参、党参、猪苓为多）、毛皮、木板、猴柴（烧火用柴）等，他们用这些东西换取盐米及日用所需。

熙熙攘攘的人，琳琳琅琅的货，在阳光下沿街依次排开，衬托着四周的绿水青山，真是一幅热闹兴隆的《山林赶场图》。老县城的繁荣，带动了周围村镇的发展和道路的开拓，自然保护区内几条消逝的道路，在那个时候成为了鼎盛，成为秦岭山区流动着鲜活血液的血管。

查溯过去山民们的来历，大多是逃难、避祸、躲避追捕的外来流民，他们性冷多疑，根基肤浅，从治理来说，成为当地政府一件很麻烦、很棘手的事情。杀人如麻的盗匪，在外边不能伏匿，多潜于周围深山，成为隐患，成为威胁老县城安全的重要因素。秦岭山地有它自己独特的小气候，往往是山外大旱山内丰收。光绪三十四年夏天，关中大旱，山外俱无收，而山中因了地气阴森，雨水充裕，苞谷、洋芋、苦莜皆相继成熟，成为鲜明对比。所以一遇山外饥馑之年，逃难的人往往千百为群，扶老携幼，拖家带口，络绎不绝，顺着山道迤逦而来。他们夜宿祠庙山洞，荒野密林，取石支锅，拾柴造饭。遇到当地农户，便租赁土地，借粮做种，临时搭盖草棚，以蔽风雨。老林地僻潮湿，阴气过凝，狐狸所居，豺狼所嗥，收获颇为不易。颗粒无收者，亦不悲，继续前行；数年有获者，典当山地，渐次筑屋，安顿下来，改流民而成土著。

秦岭山地，永远是流民多于土著。

封建政府认为山内民流过频，不易管理，这些人动辄便纠集为伙，长铳白杆，打家劫舍，尽成劲旅，危害极大。山区政府制定政策，以安辑流民为第一要务。数次招集外省流民，纳课数金，指地立约，给其耕种，也鼓励流民开山建厂，以客民身份长期留住。康熙年间，川陕总督鄂海，令部下招徕边邑百姓，来佛坪开荒种山，以改变山民成分，一时成为山里的大事。道光二十三年，老县城建后十八年，朝廷将贵州遵义府的苗民李、吴、熊、马、王、陈六个姓氏从西南迁来老县城境内，在沙窝子地方建立苗寨。这一股“南蛮”的进入，对秦岭山地是个不小的冲击。首先从长相看，他们和关中、陕南人种就有着明显不同，苗民多是深眉大眼，短小精悍，跟高颧骨大块头、兵马俑一样的秦人差异很大。再者说话口音不一样，生活习惯也不一样，他们惯捕猎，善药弩，那药弩“百发百中，中必伤人”，他们自称用的是武侯遗法，是诸葛亮传给他们的。这些少数民族，性情古朴，勤快善良，男女躬耕，自食其力，从未与当地百姓发生过事端纠纷。他们的到来，为沉闷僵硬的老县城地区增添了活力，老县城的官员张金鉴作《竹枝词》称赞说“苗民还是好苗民”。

至今，这些姓氏仍旧在秦岭山区繁衍流传。

我第一次进山，给我带路的向导姓熊，就是苗人的后代，我管他叫熊大哥。大哥黑黝黝的一张脸，仍保留着南方山地人的特点，话语已经变成地道陕南口音。他说不清自己的来历，只知道在山里住了很久了，爷爷的爸爸的爸爸的坟就埋在附近……他背着背篓跟我走在漫长的山路上，怕我寂寞，时时地寻找着各样的话题。他告诉我不久前他在山道上捡到了一只小熊，那真是个活泼可爱的小东西，接着他讲了小熊的许多趣事，我后来写的小说《狗熊淑娟》，素材和灵感就是从苗民熊大哥那儿来的。

民国十四年，老县城发生了一件大事，这件事彻底改变了这座城池的命运。

是春天的事。3 月，山里天气还很寒冷，坡上的积雪还没有全部融化，山阴的冰，还在坚挺地垂挂着，巴蜀的暖风为高耸的鲁班寨所阻挡，成为那边频繁的雨水，成为这边浓郁灰暗的阴云。男人们窝在火塘前烤火，商量着狩猎的事情，女人们用铁片刮削着长了芽的洋芋，准备天晴晒出洋芋片，以解决粮食的不足。东门内的赌局“荣聚站”传出赌徒们忘情的吆喝声和丁当的掷色子声，乌烟瘴气的三间屋里塞满了老县城的“精英”，参赌的有城内的闲人，有守城的兵丁，也有不知从哪儿来不知到哪儿去的“闲打浪”。面孔有的熟悉有的陌生，无论熟悉与陌生，只要在赌桌上相遇，用不着介绍，都会成为对手和知音。

赌局西边隔着学署是县衙门，县衙的院子里却早早透出了春意，内院恕德堂窗前那株单薄的迎春花，羞怯怯地张开了两三朵花蕾，在料峭的风中微微颤抖。县知事车正轨站在花前有些时候了，东边赌局吆五喝六的喊叫和西边监狱撕心裂肺的惨叫，几乎同时传入这寂寥的庭院，这些声音对他来说已经司空“听”惯，正如那潺潺的水声和鸟儿悠然的长啼。车正轨的心在他的花上，花是他上任的时候从东面财神岭半腰财神庙的门口移来，亲手栽在这里的。这迎春三年来一直没开花，半死不活的，现在他要走了，花竟开了。他认为是一种吉兆，明天他便可以名正言顺地逃离这寂寞荒蛮的老城了。迎春花，在周至和老县城人的心目中不是吉祥的花，尽管它开在百花之首，尽管它的娇艳鲜嫩为严冬带来春的气息，但因为它常常生长在墓地坟前，所以为老百姓所避讳。

车县长在佛坪的任期已满，行装前日就打点好，单等新知事张治来接班，交接手续一办妥，他立即回汉中府交差。交差之后回老家休整半月是必要的，看看妻儿，听听秦腔，会会朋友，充分地享受那种久违了的“文明”生活……一想到马上就要离去，他有种如释重负的解脱感，四周重叠的山岭，艰险的道路，单调清苦的物质生活，理不清的政务捐税，连年的自然灾害，日甚一日的种烟贩烟问题，侵扰不断的匪患，让他心神疲惫，尝够苦头。初来时还抓过几个种烟的，在西门外的滚水坝砍了，不让收尸，暴晒三天，以警众人。就这烟也没禁住，事情反而越搞越难，越扯越复杂，让人头疼，他也没了心劲儿。现在好了，终于熬到头了……

车县长抄着手，看着他的花，打发着他在老县城任上的最后一天。

新知事张治是掌灯时候到的，张知事进门的时候脸色不那么好看，据说过秦岭翻冰坎是爬着过来的，一包行李还滚到涧里去了，他从来没遇到过这样的事，从来没走过这样的道路。迈进“恕德堂”门槛，他的腿还在发软，看到车正轨，真是见到了亲人一般，拉着车的手半天蹦不出一句话来……

当晚，新旧两个县长在幽暗的县衙里对饮，没有谁相陪。张县长为车县长送行，车县长为张县长接风。如果没错，做饭的应该是厚畛子雇来的很年轻的厨子。菜是山菜，酒是浊酒，如豆的油灯，半熄的火盆，两任县长默默地喝酒……也没有什么言语，彼此都显出了难言的疲惫，一个是心累，一个是身累。说好交接手续明天一大早进行，届时县书记长及各科科长都要参与。

早早地睡了，两个县长打对头睡在二堂的东间。秦岭以南没有睡火炕的习惯，一张唯一带帐子的大木床是为县长准备的，他们就挤在一起，挤在县长级别的床上。他们盖的是公家招待来客的被子，因为旧县长的行李已经捆起，新县长的行李还没有展开，两套行李清楚地分作两堆，堆放在二堂明间的地上，月亮从云缝间露出，透过窗棂照在上面，反出了阴冷的光。

许是被子的缘故，两个县长都感到气味的陌生。

衙门里的细节只能根据历史的大体情况而臆测，那天晚上两位县长究竟说了些什么，何时安歇的，谁也不知道。为这事我后来问过八十六岁的张德修老汉，新县长上任那年他九岁，九岁的孩子记忆力应该是最清晰的时候。正因为清晰，所以他告诉我，他根本没见过新县长其人，他印象中的新县长就是一口洇出血迹的白皮棺材。

这应该是准确的。

那日半夜，老县城的城门悄悄地开了一道缝，闪进一拨动作敏捷的人，这些人直奔县衙而去。那夜，老县城的老百姓觉得过得很平常，听到几声狗咬，听到了一阵急促的脚步和低声的呵斥，很快一切又归于平静，对这些微小的响动谁也没有在意。早晨醒来时，人们从县衙门进出人物的异常神色上，从那些没头苍蝇一样的行政人员身上，从那些交头接耳的兵丁脸上，知道本县发生了大事。一打听，是车正轨、张治两任县太爷被袁家庄来的土匪劫走了。并不是绑票索钱，也没留下什么话，就是拉走了，看见的人说奔了东边的财神岭，那是回袁家庄的路。

我问张老汉，一县的人丁，怎会开了城门眼睁睁看着县太爷被绑架，那些兵都干什么去了？张老汉说，官兵一共百余人，分了三处，一处在袁家庄，一处在都督门，守在老县城的不到三十人。那晚来偷袭的土匪，百十号人在城外伏着，挑选精干人物进城，他们有快枪，有短枪，装备十分精良。我问什么是快枪，张老汉说快枪是汉阳造的能打子弹的枪，不是老百姓手里的长铳沙霰弹。快枪很稀罕，一斤烟土换不了一杆快枪，是很先进的武器。我对烟土和快枪都没有具体的概念，那是离我太遥远的东西。张老汉说，要不土匪也进不来，是有内线，偷偷开了城门……城里的人太散，太杂。老汉吸了口烟补充说，人心隔肚皮。

第二天早上，有从袁家庄过来的人说，财神岭庙后面有两具尸体，从穿戴上看不像农民。县上马上派几个人赶到财神庙，看见石头旁窝着两具无头尸首，从衣服上认出是两个县长。县长们是被刀砍了的，头顺着坡不知滚落到什么地方去了，脖腔子喷出的血把很远的草都染红了。于是分一拨人去找头，分一拨人回城砍木头，打造棺材。第二天下午，两具尸体裹着席片由山上抬下来，装在仓促而成的棺材里。两口棺材停在西门外的接官亭，并排放着，一副欲哭无泪的悲切模样。血的腥味，一往棺材跟前走就闻得见，没有谁敢跟棺材里的遗体告别，只能和棺材告别。吊唁，上香，烧纸，人们表现得很有节制，很矜持，谁也说不清周围的人众中还有没有土匪“眼线”，谁也不敢保证下一个就不是自己。

车正轨的家属没来。

张治的家属也没来。

两口棺材被埋在西城外靠近河边的滩地里。这里是经常处决土匪的地方，被处决的土匪往往不允许收尸，尸体任凭野狗和野兽拉扯，惨烈而恐怖，这是历来县长警示土匪的绝招。现在，处决土匪的地方埋葬着被土匪处决的县长，好像是开了一场玩笑。

转过年开春，车正轨的家属来了，哭哭啼啼将灵柩起出，搬回老家去了。张治的坟依旧在西门外，长出了一棵歪歪扭扭的小树，孤独又寂寞。人们将他的坟唤做“张公墓”，对这位没在任上待过一天的县长反而生出许多好感和依恋。过了许多年，张家才来人将张治的坟迁走，人们说，张县长做鬼也在县上干满了他的任期，是个负责任的父母官。在鬼县长任职期间，老县城没有新县长来主持工作，不是怕杀不敢来，就是来了不敢在县上待，背着大印四处流窜，使老县城的政府成为了流亡政府。坚守在此的“县长”，只有那个死鬼张治。张治的遗骸被家人运走以后，老百姓仍旧管那个地方叫“张公墓”。现在，那棵歪歪的小树还在，那个被刨得乱七八糟的石头堆还在……

土匪洗劫后的县衙，“荒草高可隐人，仅存大、二、三堂而已”（《重修佛坪县衙署记》），什么厢庑，什么迎春，全为破败荒凉替代，倒真像是鬼主事的地方。关于车正轨和张治两任知事的文字记录，档案上查不到一点儿。为写这本书，我到佛坪档案局和汉中地区地方志办公室认真找过，结果也是只有人名和结局，没有过程，给我的感觉是有关这件事的一大批文件被谁调走了，再没有还回来，也没人再去要。以后连年的战乱，政权的变更，更没有谁再想起寻找其中的内容，把事情搞清楚。他们为什么被杀，策划者是谁，用现在的时政语言说是“谁对这件事情负责”，统统不知道。80年代新编《佛坪县志》记载，说县长是民国十四年让袁家庄土匪郧天禄杀的，可是根据孙培经民国十二年刻的碑石记载，郧天禄在袁家庄的老巢已被他协同武营长“捣其巢而剿之。幸天佑民，甫旬日而尹（郧）匪授首”。也就是说郧天禄在县长被杀的两年前就已经被官府砍了脑袋，究竟哪一项更真实，让人迷惑。

后任县知事叫吴其昌，安徽人，字西生，号雨香。应该说也是一任有作为的县长。吴其昌在接受老县城职务之前是成固县知事。我们前一章谈到过，成固的五门堰是陕南的重要水利工程，吴县长在成固期间，对堰务方面很重视，曾经亲诣勘视，出示布告，禁止在堰头开荒种地、放牧践踏及砍伐树木，要老百姓“蓄荒植树，以固堰堤”，“如有违犯，带案惩办”。我在五门堰看到一块很有意思的碑石，是一个叫傅青云的人刻的《认罪碑》。时间是民国九年，就是吴其昌在成固当政时候立的。碑上说，傅青云砍了堰头一棵树，经乡绅说情，从轻处理，但要补种树十余株，罚出资请班子唱戏三天，写出检讨，刻成碑立在祠侧，以警后人。这个惩罚其实是很严厉的，仅谁砍树谁请戏班子唱三天戏这招就很绝，很环保也很文化，老百姓看戏的时候就得问个为什么，为什么呢？为砍了一棵树。丢人现眼的，划不来。

吴其昌在理政方面很有一套，但是他这一套到老县城还没有施展开就出了麻烦。一直跟随着他的弟弟，人称“吴四老爷”的那位，刚到老县城就被一个叫马义和的土匪绑了票，给他来了一个猝不及防的下马威。他先是缩在老县城县衙不敢出来，后来是背着县大印四处流窜。有一天从汉中回来走到袁家庄，住在关帝庙里，看袁家庄道路较老县城方便，就死活不回老县城了，一干人等全挤在关老爷的脚底下办公。后来索性李代桃僵，把个袁家庄硬叫了佛坪，就是今日的陕西佛坪县城。吴知事家属被绑票这段事情没有记载，我在佛坪翻阅敌伪档案的时候无意看到了这一情节，是一个叫戴增福的人叙述被土匪绑票经过捎带出来的：

> 民国十四年五月（时间距车正轨、张治被杀后两个月，吴其昌到老县城在太师椅上还没有坐稳），土匪马义和将我父亲戴尚友和我拉了票子，绑在狮子坝戴世禄的院子里。我婆婆去给土匪们磕头作揖，要回了我，土匪将我父亲拉走，带去住在汤峪。七月底我父亲从汤峪逃出，路过佛坪县城（今日老县城），衙门站岗的盘问后，给吴（其昌）说了，叫进去。吴知事问他弟弟被拉票子的事，吴知道他弟和我父关押在一起，人还活着，身体还好。（问过后）吴便叫人为我父剃了头，给换了一件衣裳，给了二升米，又给调了点鸦片烟。我父亲八月回到了家里。第二年秋后（1926 年），吴知事把县迁到了袁家庄。（戴增福口述，黄玉柱整理）

县长走了，中国老百姓多有趋官性，也跟着父母官一同向东搬迁，带着他们的祖坟，带着他们的猪狗牛羊，跟三峡大移民似的，尘埃滚滚，浩浩荡荡，行走在山间的小路上。老县城空了，只剩下三五户不愿离开故土的死硬，唱着一出真正的《空城计》。集场散了，永远地散了，没有谁再肯到老县城来，从袁家庄过来的路死了，荒废了，草长起来了，树长起来了，老县城短暂的历史被植物和泥土慢慢地覆盖了。

1995 年，我读到了一本佛坪县编的《可爱的佛坪》的书，其中有一段很有意思，是这样说的：

> （老县城）成为了（周至县）厚畛子乡的一个小村落，称作“老县城村”。人们岁岁年年守着这块曾经创造了佛坪早期文明的土地，怀念着往昔的辉煌岁月而舍不得离开。在他们的心目中，佛爷坪是祖辈们的根，是他们的根，亦是一切佛坪人的根。难怪他们现在还痛骂“吴知事”，骂他不该把县大印背到袁家庄去，不该抛下他们的老辈们，也不该抛下这座百年古城，致使他们成了佛坪遗民后裔，远离现代文明。骂归骂，可他们还是舍不得离开佛爷坪，他们还劳作生活在这里，甘愿做佛坪的最后一批守望者。

是佛坪人编的书，所以说的话都是站在佛坪立场上的话。什么“佛坪的守望者”啦、“佛坪遗民后裔”啦，让老县城的人听了牙根有点儿发酸。老县城的人对我说，袁家庄那个佛坪是假的，假冒伪劣。退败了就是退败了，逃走了就是逃走了，心平气和地想这件事，合情合理，有时候人应该向自然低头。我一直认为那个吴知事做得很明智，在老林子里硬扛什么呢！在环境和我们较劲的时候，我们不妨落荒而逃；在生存和我们别扭的时候，我们不妨换个角度。不要“人定胜天”，人永远胜不了天。

回过头来再看老县城的风水，城的北面没有门，城外头是胥水河，河水自东南向西北逆向而流，犯了大忌。不管水流总的趋势如何，至少在这里，它是背时的。罗圈椅纵然很舒服，却是靠不得，背倚青山的城，屁股后头坐了一条流动的水……

## 第三章　土匪们

2001 年夏天的一个夜晚，我从老县城西门外往城里走，两旁是挡牛的桦树栏杆，栏杆后面是一人高的玉米地，中间是一条正对着城门的笔直大道。我的三节电池大手电，攥在手里炮筒子一般，这里照照，那里照照，晃得跟探照灯似的，没个准星。

大熊猫保护站的晚饭开得早，太阳没落山就吃过了。我吃完了饭就转，出西城门，上文管所去凑热闹，跟他们有一搭没一搭地扯闲篇，小孩瞅嘴似的看着他们端着大碗吃捞面。他们知道我吃过了，也不让，彼此都懒得客气。聊着聊着天就黑了，老县城天一黑气温立马就降，在屋外头坐不了多一会儿就冷得哆嗦。我一边聊一边拿眼睛瞄不远处接官亭的大松树和张公墓那堆乱石头，不是怕鬼，是老觉得那儿有东西在动弹，让人心里不踏实。越坐天越凉，越凉越不敢走。十点了，再待下去不像话了，才拍拍屁股站起来说，我回呀。

文管所的李会雄说，我送送你。

我说，几步路的事儿，算了。

李会雄是个实在人，见我说算了就算了，不送了。

看他真不想送了，我又想说我还是有点心虚。想了半天，话说不出口，县委副书记说怕黑、怕鬼，下边的人不知会怎样想。

硬着头皮拐上大路，想的是李会雄说不定会改变主意跟上来，回头看，他却进屋去了。

山里的夜，清静如水，藏蓝的天幕上弯月如钩，一条银河横陈天幕，周围山峦在沉睡，庄稼在拔节。坡上有麂子，不知为了什么，在一声接一声不停歇地叫，叫声悲凉，如击鼓钹，让人的心一颤又一颤。忽然，玉米地里唰啦啦一阵响，有东西蹿过去了，赶紧去照，除了玉米叶子，什么也看不见。正疑惑间，脚底下"咚"地一声，吓得蹦了个高，细看是只蛤蟆跳到水里去了。埋葬被杀县长的地方隐在黑影里，不知县长的尸体运回去了，他的魂魄是不是还留在老县城？脑海里想象"张公"的模样，当是个中等身材，四方脸，青黄面皮，有小胡子，穿淡青长袍着深蓝马褂，迈着八字步，说话带口音……我的脑袋里编开了电视剧。

看见了前面黑沉沉的城，拿手电远远地照，电光中的城破砖摞着破砖，碎石挤着碎石，城砖狰狞，碎石弥乱。城门洞黑乎乎像一张大口，那款为孙培经立的《清官碑》站在城门外，让小月亮一晃，惨绿发白，恍若伫立的幽灵……文管所怎的把碑立在这儿……

心乱了，脚步也乱了，压住步子故作镇静地往城里走，盼的是能碰上谁谁谁。走近城，走进城门洞，有阴飒飒的穿堂风，带着呜呜的哨音，迎面吹来，吹得人汗毛孔也奓起来了。眼睛不敢往四处瞄，手电不敢再胡乱照，定定地看着前面的路，怕的是万一电光照到头顶上，有白衣绿脸的人正从破券顶往下看。

进了城我才放开步子一路猛跑，跑进住处，“咔”地把门插了，一下跌在床上，松了一口大气，这才发觉冷汗把衣服都湿了。钻在被窝里又觉可笑，四五十岁的人了，自己吓自己。

说出去丢人。

早晨起来，是万里无云的晴空大太阳，吃完早饭又出去溜达，看见张老汉在自家的屋檐下剥豆，就凑过去跟他说话。我问他老县城有没有鬼，他看着我发愣，想不明白我为什么会问这样的问题。我说了昨天晚上进城的感觉，老汉说，你当然得害怕，我的孙女晚上一人就不敢走那儿。

我问为什么。

老汉说，过去城上常挂人头哩。

我问是什么人的头。

老汉说，当然是土匪的头，土匪给杀了，身子撂在河滩喂狗，脑袋就挂上城墙。

一听这话，我又看了看那城墙，烟迷衰草，露水黄花，残旧石墙，破败城门，与昨晚景色又是不同。突然万籁俱寂中一声鸟鸣，便唤起许多幽情，这地方牵动人心的东西太多。

阳光下的老城显得很沉静。

剖析老县城，匪的问题不能回避，既然土匪改变了老县城的命运，那么对于这座城的历史来说，他们已经从台后走到了台前，从被动变为了主动。在这本书里，我把土匪问题单独列为一个题目来谈，是因为它的重要和人们对秦岭土匪了解的匮乏。在历史过去百年之后，我们不妨和那些被称为“匪”的人心平气和地作一番对视，摸一摸他们的脉络，客观地想些问题，或许能给我们提供一条新的思路。

在中国人的政治生活中，以前总是习惯将事物、人物分成“革命的”和“反革命的”，就连两千年前的儒家和法家也被划分成先进和落后、革命和反动，让全中国人很是费了番脑筋。上世纪 70 年代，评法批儒，我正在农村，有个叫老万的人对儒与法做过一番糊涂的评说，我在纪实长篇《没有日记的罗敷河》中对老万的评论做过披露。之所以数十年后还记得老万的话，是因为老万发言的精彩，老万说：“儒家与法家的分界，是以革命和反革命来论定的。历史上，推动社会前进的是革命的，是法家；反之就是儒家，是反动的。以此类推，郭建光和阿庆嫂是法家，胡传魁、刁德一是儒家；杨子荣是法家，座山雕是儒家；我是贫农出身，一心跟着毛主席干革命，我是法家，叶广芩出身反动的皇亲国戚，本人又是现行反革命，是儒家……”老万的推理不但把我，把许多人都搞得云山雾罩，当时谁也说不清他错在何处。那时，正确与错误的划定极为简单，也极为整齐，从来没有什么“中间”之说，就把事物看得很绝对，很偏颇。

对土匪的划定，并不比理解儒家法家容易。权威的解释应归《辞海》：“土匪：以抢劫为生、残害人民或者一贯窝藏盗匪、坐地分赃的分子。”土是本地的意思，匪为强盗，不法之徒。土匪的词意虽然简单，但政治立场却是难以界定。为了生存，为了面对周围险恶的环境，从而加入“匪”的行列，用今天的观点看是“官逼民反，民不得不反”，是背水一战的揭竿而起。四川有个土匪当了俘虏，他对审讯者说，如果他们愿意剖开他的肚子，他当土匪的原因就在胃里。好奇的执行官在处决了土匪之后，真的那样做了，胃里除了草，别的什么也没有（英国贝斯飞著《民国时期的土匪》）。从盗跖到黄巢，从宋江、方腊到李自成，他们来自于社会的最底层，对这些人，我们多是从正面，从“无产阶级立场”出发，给予充分肯定的。然而他们在创造英雄伟业的同时，也干了许多让人遗憾的可恶勾当，残酷的劫掠，血腥的杀戮……很多我们称之“农民起义”的，其性质最初也是和“匪”连在一起的。

中国军队有相当一部分长官出身于土匪，张作霖、孙殿英、韩复榘、张宗昌……用《沙家浜》胡司令的话说是“乱世英雄起四方，有枪就是草头王”。在那个时代，当一个土匪似乎很容易，放开了干就是了。风高放火，月黑杀人，如司马迁记述的：“盗跖日杀不辜，肝人之肉，暴戾恣睢，聚党数千人横行天下。”他们利用政权，也被政权利用，在中国漫长的历史中成为社会底层一股股不可轻视的武装力量。毛泽东分析这些人说：“这个阶层是动摇的阶层，其中一部分容易被反动势力所收买，其另一部分则有参加革命的可能性。他们缺乏建设性，破坏有余而建设不足，在参加革命以后，就又成为革命队伍中流寇主义和无政府思想的来源。因此应该善于改造他们，注意防止他们的破坏性。”毛泽东是很冷静地分析和看待这些人的，对他们给予了很大的理解和宽容。

老县城百年的历史，遭受有纪录的土匪洗劫就有十数次之多。1862 年，太平天国时候，云南昭通农民起义军蓝大顺率领队伍沿傥骆道直取老县城，两任厅同知先后弃城而逃，“不知所终”。后来又是土匪骚扰，县长被杀，眷属被绑，几乎没有过安生日子。城外头的死城隍老爷护佑不了这里的黎民百姓，城里的活县太爷连自己也保护不了，更何况这座城。秦岭大山，向来是藏匿匪贼的最佳处所，老县城居秦岭中心，独特的民风民俗为土匪的窝藏发展提供了极好的温床。让我们来读一段光绪年间的县志：

> （此地山民）质朴劲勇，习险耐劳，民风刁悍，好讼轻生，鼠牙雀角，亦成讼端。山民行走，多持兵器，猎户常有镖客拳勇之技，一可当十，其火枪百不失一，足备非常之用。山内匪盗，有黑、红线之分，黑者换包设骗，红则拜把结党，绺窃抢劫，祸及良民。山中村落绝少，仅就所垦之地架棚筑屋，零散居守。其民五方杂处，无族姓之联属，呼朋引类，动称拜兄，姻娅之外，别有干亲。往来住宿，内外无分，故奸拐之事，屡见不鲜。
>
> ……盖匪徒暗藏利器，质小而锐，名曰“黄鳝尾”。每遇追捕紧急，挺持格斗，我无利器，则为彼戕害。
>
> 兵役获匪徒伙犯，中途拦截，名曰“打炮火”。地方官过于拘谨，不能除害，则良民不得安堵。

这样的习俗在中国山区有着普遍性，山里的“赌”和“烟”成为了两大祸害。事物的丰富多彩体现于它们的细部，我们不妨在一些细部上稍作停留，然后通过对细部的一瞥，把握整体。我前面提到的老县城内的“荣聚站”，算是城里至今保存最完好的清朝建筑了，与秦岭北麓的建筑不同，它有着明显的南方晚清建筑风格，高大的风火墙，穿斗式五举梁架，宽阔的前檐，彩绘着花朵的檐下壁画，连同那

"荣聚站"的金字大木匾，说明了这里曾经是人来人往的热闹所在。有谁跟我说这里是乡绅们议事的地方，我想这种推断也不无道理。但是更主要的它是城里的一处客栈，有驿馆性质，半公半私，也是一处绝大的赌局，"其赌自造宝盒、弹钱、掷色子，不打马吊，不斗纸牌"。这是对光绪年间"荣聚站"赌局的真实记录，玩的都是真家伙，尔虞我诈，鱼龙混杂。

历史走着大螺旋式和无数小螺旋式的发展路线，过去的记录里暗含着未来的特色，在今天的现实中又能窥出逝去岁月的痕迹。在写作这章期间，我随中国作协代表团出访了一次美国，领略了荒凉戈壁上新兴的赌城拉斯维加斯。城内每个饭店的大厅都是一座绝大赌场，我住在五星级的 MGM 饭店，是座因大火而出名的饭店。凌晨四点钟一楼赌场内还是人头攒动，赌了一夜的人精神抖擞，显不出丝毫倦意。人们说拉斯维加斯是座不夜城，这是美国一个特殊的地域，在这里，登记结婚只需花 50 美元，十分钟，一切就可以办妥。晚上九点，你照样可以去进行登记，举行婚礼，在拉斯维加斯，每天的婚礼在三百场以上。赌场没有时间概念，更没有"休息"一说，中心街街顶那可以乱真的天幕上永远是蓝天白云。熙攘的人流，变幻不定的灯光，使人处于虚幻之中。这里，就是梦境，你的双脚永远踏不到实地。侍者端着酒杯服务于各个赌桌跟前，灯红酒绿，纸醉金迷。金钱的诱惑是致命的，不可抗拒的；人性的负面在这里被合法化、规则化；命运的不可捉摸，让你已经搞不清楚你是谁，来自何方。放肆、贪婪在这里被表现得淋漓尽致。突然一处爆发的欢呼，就是某个百万富翁的诞生，一张不动声色的面孔背后就是一家、几家的倾家荡产，一切都是瞬间的事情。一部分美国人咬牙切齿地说，拉斯维加斯是魔鬼之城，罪恶之城，上帝早晚会消灭它。但是在上帝消灭它之前，至少现在它还很繁荣。

人说大赌乱性，小赌怡（移）情，由赌桌前那一张张屏气凝神的面孔，我想到了老县城的荣聚站，应该是一样的吧。那里一应的服务设施是有的，大烟、赌局、女人……“山内地虽荒凉，场集中赌局绝大，往往数十两、百两为输赢之注。无钱以偿者，流而为寇。”（《佛坪县志》）流而为寇的寇回过头来又糟蹋了这里，使这座城池废弃。一百年前中国的赌导致了一座城的消失；一百年后美国的赌则新兴了一座城市，带动了一片商机。它的富于幻想，它的鼓励创造，它的活跃生动，它的丰富多彩，带来的经济繁荣是毋庸置疑的。历史上，事物近似，却绝没有翻版，换一个时代，换一批鸟！换一批鸟，换一种歌曲。我不知道是什么经济规律在起作用，相反的结局让我迷惑，准确的答案应该来自经济学者的诠释，而不是我的瞎猜。

在老县城，山民和土匪的界限有时很微妙，“山内各色痞徒，闲游城市者，统谓之‘闲打浪’。此辈所得银钱，随手花销。遇土匪则相从劫掠，值兵役亦相帮搜捕，不事生业，总非善良。”土匪闲了也种地，老百姓在有条件时也杀人越货。一局输了可以铤而走险，一局赢了马上变为富裕乡绅。瞬间的变换，使命运没有规律可循。

佛坪自然保护区药坝乡有幢大而阔绰的宅院，人称“花房子”，我曾多方打听这座宅院的来历，从县到乡竟然没人能说得清楚，连那位将佛坪研究到家的郭鹏郭先生一提这座花房子也摇头。花房子的建筑装饰非当地的工匠所能完成，那里面的雕梁画栋，磨砖对缝，远远超出了山里人的思维模式。穷乡僻壤，兀地冒出一座豪宅，让人不能不生疑。当地人是这样解释的，某家的哥儿俩有一天在地里挖出来一坛金子，由此就发了，盖了深宅大院，置了良田美妾……突然发了又突然败了，发了的哥儿俩没住过两代，现在花房子已经几易其主，最先的主人早已不知所终。

如此迅速的大起大落，不是正常持家所为。所谓“挖出金子”的神话，只好骗骗头脑简单的妈妈婆婆。

应该和赌有关。

应该和匪有关。

同样，在秦岭涝峪的两场乡也有一栋绝美的石头房子，其石雕的精美考究是我这个从京师走出的人也为之瞠目的。门两侧的石鼓，较老县城衙门口的石鼓要大而精致，高大的堂舍，优美的月亮门，“范阳贵胄”的巨大匾额告诉我们这是一户有根有据的世家……但是当你走进深处，进入二堂，就会发现，整座院落只剩下了门厅大堂，后边什么也没有了，连墙也拆完了。两侧的月亮门是美，但优美的月亮门直通着外面的山野，幽静的偏院连着的厢房踪影全无。一个老汉坐在门口刻了花的石头台阶上，问老汉，说是主家姓陈，从湖北来的，初时在这里做官，接下来就一代一代抽大烟，后来没落了，就将房子拆一点卖一点，卖一点抽一点。到了最后这辈，一座大宅就抽成了这副样子。我的女儿从那些碎砖中拾了一块有兽脸的瓦当，很爱惜地拿回了西安，我在瓦当后面用墨笔写了几个字：

不肖子孙戒

老县城周围的土匪，几乎每一股都与大烟有着千丝万缕的联系。种大烟是解放前山民们的主要副业收入，土匪发家起事，很多也是因了烟和赌。如果说赌是土匪的人力来源，那么烟就是他们的经济支柱。罂粟这种美丽而恐怖的植物在温暖湿润的山地生长得格外茂盛，格外广泛。秦岭山地，烟的质量不算上乘，但是产量却非常之大，与上好的云土相比价格要低廉得多。也正是如此，更增加了秦岭大烟生产的活力，成为了当地的祸源。

当时，不惟山区，就是平原也被军阀勒令种烟，以成为军饷收入。民国八年，军阀刘镇华率镇嵩军进驻周至，命令农民遍种鸦片。全县摊派 1000 顷烟苗，每亩征收烟款白银十两，比清末加重十倍，全年烟款总数 100 万两，比清末骤增 58 倍。两年后，烟价大跌，刘镇华将每亩烟款白银 10 两改为征银元 10 元，给全县强派 2000 顷大烟，勒令交烟款 200 万元。

因匪而生烟，因烟而养匪。

民国年间，老县城周围的土匪主要有三股势力：东面宁陕境内有盘踞在田峪新场大王寨的彭源洲；南面镇巴有杀人如麻的惯匪王三春；西面清木川有界乎土匪与绅士之间的魏辅唐。从地域看他们涵盖了整个秦岭地区，从时间来说他们几乎贯穿了整个民国时期。这些人各具脸谱，各有路数，是神通广大的钻山豹，也是招惹不得的土皇帝。至于几次把老县城搅得地覆天翻，杀车正轨的郧天禄，绑吴四老爷的马义和那些人，则属于随聚随散的流窜小匪。如山里嗡嗡飞舞的牛蝇子，窥人不注意就狠叮一口，让你逮都逮不着。

先说说彭源洲。

我在1987年和1988年，花了两年时间调查过他。那时候我在报社当记者，到秦岭的宁西林业局采访，知道了彭源洲这个人物。

彭源洲又名彭渔客，发迹以后自称彭大王。彭大王原先是个打鱼的，穷苦出身，在周至浅山的田峪混日子。民国九年夏天，周至田峪过来了七名国民党的散兵，携了六支步枪，正在沟口打鱼的彭源洲见枪起意，将兵们哄到一僻静处，给酒给饭，将几个傻兵灌得酩酊大醉，然后轻而易举地一一杀害。彭源洲有了枪，纠集了几个山民，来到西河边一个叫新场的小镇子，他选中了镇西孤峰独立、易守难攻、陡峭垂直的观音山，拉杆子扯大旗，干起了剪径勾当。这期间，他纠集了附近几股土匪势力，包括绑架老县城吴县长兄弟的马义和，独霸一方，无人敢惹。

1922年，盘踞在汉中的军阀吴新田给西安的头面人物刘镇华孝敬了四十多担大烟，烟帮行至田峪的黄岗砭，遭到彭大王的袭击，枪一响，那些押送烟土的兵丁弃烟而逃，彭大王没费吹灰之力夺烟到手，得胜上山。从此腰包充盈，势力大增，在山顶上建房盖楼，垒筑山门，加固工事，使观音山顶成了一座依险而立的坚固堡垒，更名为“大王寨”。1926年，彭大王贿赂县长，以后历任县长非但不究他的强盗罪行，反而加官晋爵，委以西河地区团总和联保主任等职，让他主管沣峪、涝峪、甘峪等七条半峪子的治安。省政府主席邵力子还奖给他十枝步枪……

彭大王性情残暴，将杀人当游戏。他谁都杀，杀老百姓，杀商人，杀红军也杀国民党。我记得，在山里搞调查的时候，有一天我正蹲在林业局养路三队的食堂外头吃饭，有个老头告诉我三队这块平场是彭大王专门杀人的刑场，叫断头滩。老人掰着手指头给我数，他认识的雷兴发、张乃堂、彭元子，都是在这儿被砍了脑袋的。他还说，他亲眼见一个过路的瞎老汉，大概是个算命的，让彭大王逮了，没给大王说好话，被押到这儿来砍了。老汉的孙子当时也在场，孙子给爷爷磕了头，烧了纸，走了，从此再没人见过。老人说，砍瞎老汉的位置就在现在的伙房前面……我有些毛骨悚然，转身定睛看去，没有什么瞎老汉，只是一片黄花在风中摇曳……就想，不知有多少人临死前在这儿站过，将我眼前这片山水最后收入眼中。这块小小的场地，渗透过汩汩的鲜血，飘荡着太多的冤魂，他们都死在彭大王的大片刀下，死不瞑目。

搞调查的时候，我在大王寨下头的养路三队住着，一仰脸就能看见云雾缭绕的观音山顶，我很想上去看看。有个当年的红卫兵告诉我，他和一些人在“文革”的时候上去过，上头石门还在，门框上刻着一副对联：“存忠厚守□□□□，养和平贻后世规模”。寨子里一些石头房还在，上面的树很高大，短墙也结实。他们上去以后才发现彭大王的棺木没有下葬，顺墙浮搁着。棺材的质地非常好，是柏木的，他们将棺盖揭开了，彭大王在里面睡着，穿着蓝色的长袍，长了一身绿毛……我问后来怎样，他说后来他们连尸体带棺材一起推下了悬崖。

我在三队那些日子，秦岭山连着下了近半个月的雨，到处都湿漉漉的。我准备了高靿雨靴、砍刀和绳子，林业局党委副书记马向祖给我配好了人手，只等天晴就上山，去探索大王寨。可是那雨一直地下，一直地下……

我冒着雨，在新场的街上寂寞地转。街西头坐北朝南有座豪宅，空荡荡无人居住，问房主是何人，说现在是林业局的产业，再早姓郑。郑家是个大家族，全死光了，只有二少爷郑在顺还在，住在东边街上。又说，郑家的人过去与彭大王关系密切，郑家族人郑子元给彭大王做过铁笔师爷。

我就走到东头去找郑家二少爷。

二少爷家房屋歪斜，很是简陋。二少爷本人也是晃晃悠悠，说话牙齿漏风，全没有想象中的少爷风采。说明来意，二少爷讷讷地往屋里让，我搭讪着朝里走，屋里让烟熏得漆黑，靠板墙有口大棺材。二少爷说那是他为自己准备的屋，一旦他老去，郑家大屋的历史便最后画了句号——他终身未娶，没有后代，被镇压的大少爷也没留下一男半女。我奇怪他竟能讲一口流利的普通话，他说他还会讲关中话、湖南话、四川话，见我说的是北京话，便以官话相对了。郑二少说完一笑，当年的影子便由这一笑引了出来。问到彭大王的事，郑二少有些讳莫如深，嘴里呜噜呜噜不知说了些什么，既不是关中话，也不是湖南话、四川话，更不是普通话。我问他上过大王寨没有。他说上去过。

我问，上去干什么？

他说，彭请我吃饭。

我问，吃的什么？

他说，条子肉炖木耳。

我注意到，尽管我一口一个“彭大王”，但是郑二少一直很谨慎地将彭源洲称为“彭”，一个很中性的称呼。问到彭大王的具体情况，郑二少说彭源洲惯穿长衫，总是将一个衫角提起来掖在腰里，人极瘦，一阵风能吹倒的样子。头发只剃前半部，后边很长，作前清遗老装扮，留着山羊胡，眼珠是黄的。生性残忍多疑，连剃头的事也要让老婆来办理，怕的是别人利用这个机会把他害了。郑二少说彭有两个老婆，大的王氏，田峪人，泼辣能干，会使双枪，百发百中，彭大王打仗主要靠她。王氏不能生养，彭又娶了一个叫陈金莲的女子做妾。陈氏原是周至戏班子里的戏子，有姿色却没韬略，混混沌沌的一个美人。上山当土匪夫人的时候从周至老家买了一个同村的九岁小姑娘做丫鬟，这个丫鬟叫王彩敏，现在还活着。

新场乡乡长易家兴告诉我，王彩敏就住在本乡的学堂坪，他让我去采访她，说王彩敏知道的事情不少。

于是我就带着林业局的宣传干事小容沿着山道走了大半天，到学堂坪去找王彩敏。宁西的路不比傥骆道，拥挤而繁忙，1987 年各林业局还在大砍木头，运木料的大卡车隔三五分钟就从我们身边过一趟，腾起一片灰尘，遮断半边山岩。不敢小瞧了这条路，1935 年徐海东、程子华领着红二十五军就是从华阳、从老县城那边过来，沿着这条路出秦岭的。红军在这儿跟彭大王打了一仗，彭大王据险不出，红军久攻不下，只好撤了。1946 年，解放军一支部队在这条路上和国民党军队有过一场遭遇战，现在沟底还有几座解放军无名战士的墓，其中还有女战士的……

在秦岭的山道上，不知发生过多少生生死死、恩恩怨怨的事。有人发迹了，有人死去了，有人逃离了，有人无改变地存在着。在时光的长河中，他们构成了这一地区历史的局部，变作了某种象征，让后人生出许多感慨。

我在学堂坪见到了王彩敏，老太太矮小精悍，手脚麻利，头脑清楚，年轻时应该是个俊女子。她给我说了许多彭大王的生活细节，能喝酒，三五斤不醉，抽大烟，瘾极大，爱敛财，不择手段。彭大王从民国十年在此安营扎寨到民国二十八年落马，在西河新场整整盘踞了十八年。劫掠的范围方圆数百里，经营的摊子也不小，收的租子要农民往寨子里背，上面有巨大的谷仓，每年光山场收的党参就有十数吨，用车往外运……

彭大王一死，树倒猢狲散，大小老婆相继去世，王彩敏便嫁了名为彭的继儿实为长工的韩某，在大王寨下面守着几亩山地度日。现在她已儿孙绕膝，陈年的旧事想也不愿意想，提也不想提了。我给王彩敏和她的丈夫照了相，她的儿子追出来悄悄地要给我钱。我问为什么，他说他的父母这辈子从未照过相，这是第一次，希望我能将照片寄回来，将来老人不在了，有相片留下，也是个纪念。

儿子的孝心让人感动。

我在两河小镇上想找老红军说说红二十五军路过这里的事情，结果不知怎的转到个中药铺里，大概当时是牙疼，上火，想买点药。掌管铺子的中医师叫徐家逸，因我学过医，便有了共同语言，说了柴胡、甘草之外还说了彭大王。意外的是这个徐家逸谈到了他的哥哥，他说他的哥哥徐仁卿是个共产党，曾经奉命刺杀过彭大王。我让他详细谈谈，徐家逸说徐仁卿 17 岁那年家里让他出山去卖十包党参，他走到关帝庙遇上了红二十五军，扔下货就跟着红军走了。两年后徐仁卿带着任务偷偷潜回家乡，打入彭大王的山寨，深得彭的信任。徐仁卿的目的是刺杀彭大王，瓦解土匪势力，为红军筹集资金。一天，徐仁卿趁彭大王午睡时，准备用左轮枪将他打死。无奈，抠动扳机，是个臭子，枪未响。这时彭大王醒了，见状脸色颇有疑惑，徐仁卿借机赶紧退出，连夜逃出山外。

我说这情景很像《三国演义》里的曹操刺董卓，不过一个用匕首，一个用枪罢了。徐家逸说结局可是不一样的，曹操人家成了大事，当了丞相，我哥哥却是被国民党抓住，以“通共匪、通土匪”的罪名，杀害在宁陕关口。说着中医师拿出一张一寸小相片，说这是他哥哥临刑前照的。照片摄影的技术不佳，加之年代久远，发黄发暗，有些模糊但大体还看得清楚。一个方脸的年轻人，站在一片乱树棵前面，面无表情地看着镜头……

彭大王没杀了他，国民党杀了他。

关于大土匪彭源洲的结局，县志上有记载，1939 年陕南巨匪王三春流窜到这一地区（王三春与彭大王两个恶匪关系一向是勾结、防范，既有互相冲突的一面，又有互相利用的一面，他们以爱和恨的复杂感情结成了盗匪联盟。王三春的小老婆坐月子，就是在彭大王的寨子里，这里相对稳定、安全）。襄樊国民党中央预备师师长谢辅三奉命担任国民党新编第二十八师师长，调陕西来围剿巨匪王三春。谢辅三是个聪明人，他知道彭与王之间的微妙关系，队伍开到新场大王寨底下，谢师长让手下三团团长毛兆甲上山去向彭大王借粮，剿匪。彭大王既惧于国民党部队的势力，又碍于跟王三春的交情，更出于他的吝啬本性，连大门也没让进，就在寨门外头设宴招待毛团长。席面上反复商议，彭大王只借大米五石，多一点儿也不增加。五石大米对于剿匪部队来说是杯水车薪，带有玩弄性质，毛团长一怒下山，报告谢辅三："彭源洲阻碍剿匪，拒不借粮。"此举正中谢辅三下怀，于是谢下令灭王三春之前先攻大王寨。毛团长让人冲了几回冲不上去，损失很大，索性调来"二八"炮，往山寨上打炮。到现在我也不知道"二八"炮是一种什么炮。我常背着带长焦镜头的相机在山里跑，新场的农民便指着我说，看，那个背"二八"炮的又过来了。可见山民们对"二八"炮印象之深。在攻打大王寨的战斗中，这种炮起了决定性的作用。

三团的第一颗炮弹击中了山顶的库房，金黄的稻谷破仓而出；第二颗、第三颗相继在寨中开了花。彭大王不得已，领着妻妾下山投降。据当时的师爷后来回忆，彭大王下山时手里捏着一刀烧纸，有人不明白做甚用，师爷心里明白，这是彭给自己准备的"上路钱"。果然，后来彭大王因受不了酷刑而吞烟自杀。

贪而无厌、聚敛成性的彭源洲死后，他的财产往县城运了一个月才运完。人们说，"死了彭大王，肥了谢师长"。这一切大概都在谢辅三的设计之中，土包子到底斗不过老谋深算的职业军人。我看过这笔财富的纪录，很枯燥很冗长，曾经抄录了一小段：

> 剿山寨存粮900余石，一捆捆放得发了霉的四大银行钞票，用筛子装的元宝、银元200封（每封100元），麝香10包（每包2斤），大烟200包（每包200两），另有水银、金

钗、高丽参、西洋参、黑木耳、冰糖、海参和积存的大量长了绿毛的腊肉……

有人见到，在部队攻山时，彭大王的大老婆王氏将数袋银元抛下绝壁，这些银元至今散落深山，招来无数探宝者，引出了一个叫徐文友的为银元而放火烧山的举动。我后来写了篇小说《菜子坪手记》，说的就是这件事。我曾经对林业局的领导马向祖开玩笑说，你们转产开展旅游项目，深山探宝可算一项，谁找着算谁的。

马向祖说，要那样得把这片山踩平了，就让它们在石头缝里嵌着，在树叶底下藏着吧。有个悬念，这样好，你是搞文学的，你懂这个道理，不要把什么都闹出个结果来。

彭大王对老县城的损害是直接的，他们不但绑架过县知事的眷属，还绑架过许多无辜百姓。对这些土匪的审讯记录佛坪县档案馆里有不少。

我有一个心事，要请郑二少爷吃顿饭。这个孤寡无依的老人守着他的棺材寂寞地打发着残余的日子，清苦中，他念念不忘彭大王的“条子肉炖木耳”。今天在“条子肉”的上面再增添新的菜肴，重新刷新他的记忆是有必要的。1998 年我揣着钱来到新场，打算认真地请请郑在顺，但是郑二少爷跟他的柏木大棺材已经一块儿走了。

老县城南面的土匪是王三春。

王三春是在民国史上都很有名的大土匪，人们将西河的彭源洲称为“大王”，将镇巴的王三春称为“魔王”。

魔王比大王更恐怖。

有关王三春的材料十分丰富，这主要有赖于汉中地区镇巴县政协的整理。镇巴有位叫符文学的六十九岁老先生，搞党史研究的，他整理了大量王三春的资料，编了王三春的年谱，为我的调查提供了很大方便。也正是材料太丰富了，我跑的路就少了，丢了很多感性认识，变得有些枯燥。

我第一次踏寻王三春的踪迹是在 1989 年，从彭大王的山寨直接奔了川陕交界的渔渡镇。渔渡是川陕走廊土匪们的必经之地，早先遭受过流窜四川的杀人魔王张献忠残酷洗劫，全镇人几乎全被杀光，鲜血把一条河都染红了。几百年后又来了王三春。王三春是四川平昌县人，农民出身，读过书，好斗性狠。与家乡族长王宗林打架，放火烧了王宗林的房，对众人说，这是放火，老子十年后回来还要杀人呢！王三春当了土匪，带着十几个人来到了渔渡，先杀了区长王应钦，第二天又抢了集市，从此就在陕南落了脚。他受过政府招安，当过“川陕边游击司令”，却一直坚持自己的原则“受招不受编”“受调不受编”。王三春与彭源洲不同，他是个典型的职业土匪，他将自己经营的匪帮称为“第二家庭”，自任家长，提出“活捉国贼蒋介石，第二家庭成一统”的政治口号。王三春自命“陕南剿匪总司令”，曾计擒大土匪罗玉成，跟红四军打过仗，跟国民党顽强对抗。这是个什么样的人物，怎样的一副脸谱，实在是花哨得难以描画。王三春活动范围扩展到陕西二十多个县，武装力量有四个团，五千余人。他的权力大到自己委任县长，设立税收局，收来的钱一分也不上交。在他的老巢镇巴县，他有一套完整的设施，成立了八大处：军需处、服管处、医务处、军械处……有造币厂、边棚营、儿童连、敢死队，成立了“中华救民镇槐党”，请来了南京武术学校的教练，教他和他的老婆们练武术，俨然是个独立王国的建制。符文学给我提来了王三春当年造的铜元，图案大小跟当时全国流行的铜元相似，就是分量不足，制作粗糙，上边有“陕西镇巴县”字样。

土匪自己造钱，想造多少造多少，有意思。

“剿匪司令”本人就是个恶贯满盈、臭名昭著的大土匪，这也堪称民国的笑话。民不堪其扰，蒋介石下令：“川陕甘军事饬，边境驻军切实严防，以免窜扰。”针对的就是王三春。抗战爆发后，蒋介石派代表来收编王三春。王三春对代表说，蒋介石没资格管我，我不愿意享他的福，我的名称叫“第二家庭镇槐军”。他那个青天白日底下有个鬼，我要捉他的鬼。

整个儿一胡搅蛮缠。

符文学老先生给我讲了不少王三春的事情：

王三春的一对八哥被猫吃了，他就派了一个连，在全县城房顶屋脊上逮猫，见猫就剖腹，闹得全县城老百姓跪下请愿。

王三春有几房老婆，大的杨氏，在老家；二的姓于，叫于淑卿。有一天于氏说，明天打春，她要回娘家。王三春对“打春”这个词很忌讳，第二天在老婆回娘家的路上，他偷偷设埋伏，将于氏打死了。说是遭到土匪袭击，王三春装作很伤心，还假惺惺地烧纸祭奠。三老婆邓芝芳，是三团团长，能征善战，是王的得力臂膀。王三春还有一个小老婆叫周桂芳，是南郑县的女学生，也有人说叫周云秀。这个周背着王三春和三路指挥田禾穗有染，后来周桂芳脱离了王三春，到陕西省国民党的战干团工作去了。

有一天，由警卫连长王普益打的旗子倒了，按土匪规矩，旗倒了就要杀人，于是王三春命令部下，到村里抓来一个老乡杀了，然后才把旗升起来。

王三春喝酒没有下酒菜，就拉过一个票，将胸口划开，从背后踹一脚，那人的心脏就掉出来了，这是王三春从多人身上练出的绝技。挖出来的心被生切了下酒，如果太肥，就炒了吃。

王三春识字，有个铜墨盒，上面刻着他的几句诗：古有王世充，近有王三槐（白莲教头目），轮回三十载，三春今又来。

王三春的祸害是放射性的，秦巴山区，没有哪个地方他没有骚扰过。他从宁强县绑来了财主陈百万的女儿，要陈百万拿五百条枪、三千块银元、一千五百套军服来赎女儿。等陈百万凑齐了东西来赎人时，他的女儿已经被埋很久了。

民国十八年，王三春蹿到傥骆道南端的西乡，杀死妇孺四五百名，烧毁民房数百间。8 月，王三春进入紫阳境内，烧房数百，杀人无数。

最残酷的是王三春血洗镇巴县城。王被剿匪剿出了县城，养成羽翼又杀了回来，对这座城进行了残酷报复，见人就杀，房屋全部烧光……

符文学说，以前小孩子哭，大人吓唬说，王三春来了，小孩就不敢哭了。现在小孩不听话，大人就说，这孩子是王三春变的。事隔多少年了，王三春的阴影还在人们心头徘徊，可见创伤之深之痛。

1939 年，日本人占领黄河北岸风凌渡，炮轰陇海线，西安随时有被日本人攻占的可能。抗日战争最激烈的时候，也是王三春在山里闹腾得最热闹的时候。也就在这个时候，陕西省主席兼西安行营主任蒋鼎文让谢辅三进山剿匪，消灭王三春。

几次战斗，王三春损失惨重，率残部逃窜到华阳、老县城和周至山地，继续杀人放火，侵害百姓，非常不得人心。最终的结局是王三春弹尽粮绝，只剩下了他和老婆邓芝芳，在大雪封山之时被困在秦岭太平峪。王三春让邓芝芳扮做民妇，下山找粮。不料，下了山的邓芝芳由于嘴里的大金牙而暴露了身份，被驻守当地的武装逮住。次日，给王三春带信上山，王三春扛不住，下山了。至此，这个在秦巴山作恶了二十年的土匪终于落了网。

对于王三春的处置，还有些插曲。

王三春被擒，轰动了西安军政界，省保安司令徐经济和一些高级官员纷纷到留守处去看王三春，他们要看看这个杀人魔王到底是个啥模样。有消息说，重庆的蒋介石也要见王三春，谢辅三已经做好了护送王三春去重庆的准备，一时，大土匪身价百倍。蒋鼎文执意将王三春留下，认为万一时局有变，在秦岭山区坚持游击战争，这也算个有用的人才。但是监察院长于右任不同意，他认为王三春扰乱后方，破坏抗日，使陕南多少人家破人亡，不杀不足以平民愤。于是，在1939年12月31日将王三春、邓芝芳枪毙于西安西华门外。另一说法是枪毙于天水行营，估计是天水行营在西安的办事处，而不可能将两个匪枭押到毫无关联的甘肃去处决。

有个在日本工作的英籍博士贝思飞，多年从事中国土匪的研究，出版了一本很有价值的书，这是我看到的比较客观的一部著作。相反，中国的历史学者、社会学者们对土匪的研究却是凤毛麟角。人们从正统的观念出发，往往不屑于谈论土匪，不屑于记录他们，更不屑于研究他们。其实“民国创立后，没有一片区域没有土匪，没有一年土匪偃旗息鼓”（戴玄之《红枪会》台北 1973 年）。土匪问题是旧中国一个十分严重的社会问题，它的存在和发展伴随着民国的始终。新中国的社会学者比较注重于革命史的研究、农民战争的研究，没有谁系统地研究过土匪，这大概也是个欠缺。对中国土匪做出理论的说明和历史的阐述是很有必要的，它毕竟是一个历史概念，它的精彩、生动绝不亚于朝廷的变换、帝王的更迭。

解放以前，陕西以“土匪产地”而闻名，有人统计过，20 世纪 20 年代中期这里的土匪人数有好几万。其中也有面目别样的土匪，在五花八门的匪帮中可算得上独树一帜，这就是青木川的魏辅唐。

到现在，我还在犹豫，这个魏辅唐究竟该不该划入土匪行列。

魏辅唐 1952 年作为土匪恶霸被政府镇压，至今已经整整五十年了。

青木川在老县城西边，位于川陕甘三省交界处。我与它的接触带有戏剧性质，20 世纪 80 年代初，我要写一篇叫《洞阳人物录》的小说，其中涉及土匪。那时我不知道陕西哪里有土匪，就在地图上找，找什么呢，找最偏僻最复杂的地方。于是我的笔就沿着陕西的边缘走，走到了川、陕、甘三省的交界处，正好，地图上的这里有个小圈，标明是个镇，叫青木川，在秦岭山地属于汉中宁强县管辖。青木川，名字很像是土匪出没的地方，就用了青木川。而后，青木川这个地方老在我心里盘绕，我不知道地图上的那个被我选中的小圈是个怎样的地方，我也不知道出现在我小说里的青木川和实际的青木川相差多少，有没有土匪。总是个谜。

有一年到阳平关的铜矿去采访，这里离青木川有几十公里。我跟铜矿的人谈到了这个地方，他们告诉我青木川过去有个大土匪叫魏辅唐，在外头坏极了，在乡里却是尽干好事，建小学，建中学，修桥铺路，是个善人。这个魏辅唐非常向往山外的文明，在山外买了汽车，拆成零件，让背工背到深山再组装起来，在镇子里嘟嘟地开。那个镇子至今古色古香，保持着清末民初的风貌，土匪的压寨夫人还在老屋里住着，是个大美人……

我听了当时就很冲动，马上就要到青木川去。

可是道路太难走，根本没有车，计划只好搁浅。

这一搁浅就是二十年，我老是想去青木川，却老是去不成。汉中的朋友谁都知道我的青木川情结，一见了我就故意问，您还没上青木川吗？我说没有。汉中地区文化馆的张正国写信安慰我说，没去也好，留一份思念，免得失望。其实他也没去过青木川，却让我“免得失望”，好像青木川真不怎么样似的。

2001 年底，我厚着脸皮跟周至县要钱、要车，不管怎么说我也要到青木川去。到了汉中，一些人听说我要去那儿，哗地都来了，他们要跟我去，他们不给我添麻烦，他们自己带着车……于是有政协的黄建军，他是研究蜀道的；有新华社的小贾，他是专搞汉中地区新闻报道的；还有我带的“特级”秘书，考证专家王安泉，加上两个司机，一伙人打狼似的奔青木川去了。

西去的秦岭已经不像中腹老县城那样的险峻，河谷也相对宽阔，只是山还是连着山，穿来穿去走不出山的缠绕。汽车沿着嘉陵江往西，路边有古栈道遗迹，是通往四川广元的明月峡栈道，属蜀道系列。过了燕子砭往南拐，山渐渐地深了，人家也逐渐稀少，河里有带棚的木船在漂，带出了“野渡无人舟自横”的意境。

路越走越艰难，过了一个叫广坪的地方，我的车被泥窝住了，无法继续行走。原以为过了这段下面的路会好些，问过来的农民，说下面的路比这儿还难，不但有泥还有大石头。只好抛弃我的桑塔纳挤进黄建军的越野吉普，越野车也是走走停停，很多时候是我们在步行，在一步一蹦地跳过那些大石头。

真是领教了青木川道路的厉害。

到了青木川天色已晚，一行人直奔乡政府。政府里只有书记李发裕在。李发裕年纪很轻，很热情，许是在山里待得太寂寞了，见了我们有很多话，多年的老朋友似的。他希望能把青木川的故事写成电视剧，拿到全国去播放，让谁都知道秦岭里的青木川，就像谁都知道《芙蓉镇》里的芙蓉镇似的。离吃晚饭还有段时间，大家就在街上转，就说些有关魏辅唐的话。李发裕叫来一个名叫徐钟德的七十六岁老汉，说这人是街上的老人，知道情况比较详细。

徐老汉中等个，背有些微驼，说话缓慢而有节奏，说着带有南方口音的普通话。他告诉我们，青木川明清时叫回龙场，因街上有大青木树，后来就叫了青木川。镇西的河是金溪河，河里出沙金，一年可出三十公斤，量不大，也没人下功夫去淘。河水清澈见底，河中有鱼，现捞现吃。李发裕让街上的饭铺为我们准备晚饭，已经着人下河捞鱼去了。河上有木桥，带廊的木桥，比美国电影《廊桥遗梦》那座桥漂亮多了。那座洋桥是个封闭的筒子，青木川的廊桥是真的廊桥，有栏杆有廊柱，面上铺着厚木板子，石桥墩上还有当年魏辅唐修桥留下的字。青木川和老县城一样，是群山环抱的一片平地，南边是龙驰山，属四川，顺着镇上的路一直往里走，不远就到了著名风景区九寨沟。西边山是凤凰山，连接甘肃；东边是银锭堡，北边是黄猴山归陕西。山山都是青翠碧绿，雾气萦萦。一条古街南北横陈，中间一条石板路，两边是木板的铺面房，卖杂货、卖吃食。男人们不知都到哪里去了，女人打着毛线守着摊子。街上出奇的干净，没有行人，我不知道这些铺子都是为谁开的，如何维持本钱。

徐老汉领着我们来到一座三层的洋楼前，说这是当年魏辅唐接待来宾和办公的地方，是全县最堂皇最考究的一座房子。楼内有回廊、天井，宽大舒展。天井内原有两口用整块大石凿就的长方形石缸，目前石缸只剩一口，上面刻着文字：“洋洋乎津，乃漱乃濯。邈邈遐景，载欣载瞩。人亦有言，称心意足。挥兹一觞，陶然自乐。”书法出自魏辅唐的师爷鲁德明之手，字迹娟秀规整，一笔一画都认真到位。门楣柱上有石联“唐虞之世斯为盛，凤凰在乡好有音”。两联中间有一首七言诗：

山外青山楼外楼，行人往复任勾留。
那管中日战争事，闲居乐土度春秋。

这首诗基本道出了魏辅唐自成一统、独霸一方的政治态度。三层楼房的房屋空着，灰尘蛛网，破烂堆积。台阶上长满绿苔，楼板间有小鼠流窜。问李发裕现在楼房属于谁，说是已卖给一农户。那农户却说他买亏了，这大房院如何维修，不如拆了盖新的。我听了吓了一大跳，让李发裕赶紧上报县级文物保护单位，李好像没太在意我的话。

又看了几处豪宅，有的是魏开的铺面，有的是他的兄弟们的住处，因有人居住，保存都很完整。让人感到魏家的势力在这儿大得很。徐老汉说，魏辅唐原先是个贫困农民，有两个哥哥，他排行老三，在街上卖油。青木川是个三不管的边远之地，盗匪丛生，烟赌泛滥。魏辅唐哥儿三个生性顽劣，参加民团，杀死团长，掌握了地区大权。魏辅唐的发达主要是靠了种大烟。民国时期，汉中的大烟种得特别多，军阀吴新田就是靠种大烟来搞军饷的。他送给西安刘镇华的大烟走半道让彭大王劫了，竟然武装了一个大土匪，可见烟的利润价值。魏辅唐也种烟，他说，连延安都靠种烟搞军火，我为什么不搞？魏辅唐充分利用了三省交界的特殊环境，种了大量的烟，一时，青木川山上山下，到处是罂粟，一片灿烂。魏辅唐一年的收成是三十三大石缸烟浆，青木川的街上开了不少烟馆，奇怪的是魏辅唐本人却不抽大烟，也不允许他周围的人和部下抽。

徐钟德老汉告诉我，魏辅唐用大烟充实了自己，有了钱就买枪，买了很多好枪。他千余人的队伍就有枪四百多杆，其中有八支美式冲锋枪，十支卡宾枪，还有美国马克斯式重机枪、轻机枪。他本人使的是德国造的驳壳枪，这种装备是秦岭里任何土匪武装所不能相比的。魏辅唐有了枪就有了势，有了烟就有了钱，靠钱他打开了不少门路，什么胡宗南、祝绍周等国民党军政要人，魏辅唐都去打点过。用他的话说，就是汉中那边放个屁，他也知道是谁放的。

民国三十三年，五六月正是大烟收获的季节，国内山南海北的烟贩子都云集到了青木川。镇街上，人头攒动，茶馆酒店，通宵达旦，声势造得非常之大，颇似现在的商品交易会。当时县长李风文认为魏辅唐这样明目张胆地搞大烟交易太离谱了，就派保安大队队长周瑞生带了保安队到青木川来查烟禁烟。周大队长下到青木川，看到魏辅唐的队伍超过自己几倍，武器也精良，遂连一棵烟苗也没敢动，在镇上吃喝了几日，腰里装满了大烟土和票子，返县去了。

李风文一看这情景，决定自己亲自出马，带着几十名警察骑着马到了青木川。魏辅唐组织部下沿街列队，夹道欢迎县长，县长睬也不睬，青着脸一句话不说，直奔洋楼。魏辅唐赔着笑一通招待，招待县长也招待警察。第二天县长上山查烟，没走多远就碰到山上打冷枪，说是有个叫五阎王的在组织人打猎。县长见势头不好，为保命，匆匆回县里去了。

李风文的后任县长何葆华不信邪，带着心狠手辣的警保大队长伍夺元来查魏辅唐。这个伍夺元是个喜欢较劲的人，阴奸损坏，他决心跟魏辅唐好好较量一下。但是县长还没动身，查烟的消息已经到了青木川，还有人通报了伍队长的厉害。前三天，魏辅唐通知各大烟馆，最近不许点红灯卖烟棒子，并且将镇上的烟收拾得干干净净。县长们来了，又跟接待李风文一样，好吃好喝好待承，镇上大小头目轮流把盏，把查烟的一行人灌得站都站不起来了。

县长做梦也没想到他带来的得力助手伍夺元是个大烟鬼，这一点恰恰被魏辅唐利用了。酒席上，一路风尘的伍队长酒也没喝，饭也没吃，只是打喷嚏，流眼泪，说是身体不舒服。吃过饭各自进屋休息，伍夺元却在房间里转来转去，坐也不是，站也不是。魏辅唐的副官杨兴若上楼来送茶，伍夺元一把拉住杨兴若说，我感冒了，头疼得厉害……

杨兴若说，我给伍队长请个老中医去。

伍夺元说，我想……抽口大烟。

杨兴若说，大烟治感冒倒是来得快，过去我们这儿有那种东西，现在都禁绝了。要不，我去报告魏大队长，让他想想办法。

伍夺元说，使不得，使不得，真人面前不说假话，这事就烦老兄帮忙，别让你们大队长知道。

杨兴若把伍夺元领到某家烟馆，烟老板边打烟泡边对伍夺元说，魏大队长下令禁烟，我们这儿早就不卖这个了，这是我自己藏了私用的，不是杨副官，我也不敢拿出来，让魏大队长知道了可不得了。

禁烟的伍夺元在烟馆过足了瘾，在当晚的饭桌上吃得很痛快。半夜，杨兴若送来了上等好货南坪土 50 两。第二天一早，伍夺元给县长打报告说感冒了，让他手底下的人去查查就行了。县长无奈，也只好这样了。查烟的人前门刚下去，后门就来了烟馆老板，给“病中”的伍夺元送来了“药”。第二天伍夺元们就撤回了县上。

一次次的查烟就这么不了了之。

徐钟德老汉将这一切说得很详细，很生动，很具有文学性。我知道，山里乡间，这样的文化老者各地都有不少，只要你留心，到任何一个村里去采访，都能找到这样的大学问。

晚饭，乡书记安排得非常丰盛，就地取材，有河鱼、腊肉、土鸡、蕨菜、苞谷酒什么的。农家自酿的酒，有股绵绵的醇香，用不着担心假酒问题，大家都放着量地喝，都夸菜好饭香。徐老汉却滴酒不沾，怎么劝也不喝。我问为什么，老汉说，是习惯了。又说，魏辅唐这个人不抽烟也不喝酒，所以我也不喝酒。我突然无话，觉着有什么地方我转不过弯来。

这顿饭吃了近两个钟头，连主人李发裕带我们，个个喝得面红耳赤，说话时舌头放大了不少。我想，当年那些进山来禁烟的人大概也被魏辅唐灌成了我们这副模样。我就借着酒劲儿悄悄问徐老汉，要是在以前我们这伙文人到青木川来了，那个魏辅唐会怎么样。

徐老汉对我说，他会好好招待你们，说着偷偷指了指青木川的书记说，比他这个要好。

我听了直乐。李发裕问我乐什么，我说，没你的事儿。

不知哪位吃得高兴，吟起了古诗“莫笑农家腊酒浑，丰年留客足鸡豚”，下边的句子却再记不起了。不想，徐老汉一口气将它接了下去：

莫笑农家腊酒浑，丰年留客足鸡豚。
山重水复疑无路，柳暗花明又一村。
箫鼓追随春社近，衣冠简朴古风存。
从今若许闲乘月，拄杖无时夜叩门。

一口肉噎在我的嘴里咽不下去，那个魏辅唐，这个徐钟德，在我眼前蒙上了一层薄薄的雾。

酒喝得晚了，徐老汉的儿子给父亲送来了棉大衣和手电，大家为他的孝顺感动，给他敬酒。

儿子文绉绉地说，无父命，不敢从。

大家就看徐老汉。

徐老汉说，犬子无能。又对儿子说，喝一杯，回去吧。

儿子老老实实地满饮了一杯，走了。

我愈发地看不透这个徐钟德了。

散席时，大家在乡村饭铺门口告别，相约明日一早到魏辅唐的老宅子去看“压寨夫人”。这时徐老爷子突然冒出一句：

GOOD NIGHT.

吓了我一跳。

青木川的老农会说GOOD NIGHT，发音标准，吐字清晰，这个徐钟德究竟是谁?!

晚上，李发裕将他宿办合一的卧室给我腾出来，他和其他的人挤在客房里。李的小卧室打扫得很干净，有小镜子，有塑料的花，还有很多杂志，不是为我特意准备的，这里本来就是这样。李发裕是个细腻的、有点学生气质的年轻书记。我躺在床上，读英国人写的那本《民国时期的土匪》。外面下了雨，有飒飒的风声，书里面贝思飞在谈论东北匪酋张白马制定的“十三条禁令”。

这个东北土匪给他的部下明确规定，攻击单身行人、妇女、老人和孩子要受到处罚。但是攻击官员，不论是清官还是贪官，只要他踏入匪帮的地界，都是合理的目标。是贪官，财物被掠夺一空，清官留下一半。外国人不许抢，以免引起外交麻烦。抢妇女的处死。每次得来的收入，分为九份，两份是公基金，一份给提供情报的人，四份在成员中分配，一份作为奖金奖给直接参战人员，剩一份给过去死伤人员的家属……

张白马有高度的社会意识和政治意识，有管理能力，他应该是个好企业家……

什么时候睡着的不知道，一夜净是梦。梦见在青木川的洋楼里喝酒，许多人在谈论事情，其中靠东坐了一个黑脸的胖子，穿着白绸褂，感觉中他就是魏辅唐……

早晨一见到徐钟德就问魏辅唐长什么样，穿什么衣裳。徐老汉说，魏辅唐胖胖的，像戏台上的胡传魁，号称统领的是“宁西人民自卫总队”。当总队长时穿军装，带驳壳，蹬马靴，受编于国民党。当了民团头目，改穿毛哔叽军装，斜挎武装带，就是刁德一那打扮；更多的时候穿蓝色暗花印度纺绸大褂，戴礼帽，很绅士的样子。魏辅唐向往山外的文明，却又谨慎小心，用警惕的眼光看着山外的一切。他没事从不走出青木川，他的部队可以这里那里骚扰，他则稳稳地坐守“老根据地”。外边政府有事，也要到青木川来跟他谈判。他买了手摇电话，买了留声机，买了一切能买到的山外文明，就是不走出这山。

留声机的唱片就那么几张，那几个曲子在青木川翻来覆去地唱，翻来覆去地唱……

我问了组装汽车的事，徐老汉说不是汽车，是黄包车，真正的上海黄包车，拉着太太小姐们在镇街上转。

在徐老汉的带领下，我们看了魏辅唐的两处宅院，一处是高台阶的深宅大院，一处是古色古香的中式楼房，都很宽敞，保存也好。解放后，老宅分给劳苦大众居住，就有了很多改变，门口几个雕花石头鱼池被当作猪圈使用，几口肥猪在池里拱来拱去，舒展而自在，那些雕刻的荷花真正地在粪泥中开放了。

昔日王谢堂前燕，飞入寻常百姓家。历史的玩笑已经反复地教会我们能很平常地看待这一切，也说不定什么时候这些又会恢复原样，成为光鲜亮丽的旅游景点，任着山外来的闲散游人指指点点。

高台阶上的正房是魏辅唐母亲的佛堂，雕花的木头窗棂，前廊后厦的格局，过于夸张的堂皇透视出了爆发土著内心难以克制的自卑和虚张的文化品位。那些数米长的石头台阶，当初不知是怎么运来怎么装上去的；那些细腻得有些繁琐的雕刻，不知出自哪些工匠之手。总之，站在院里环视四周，给人的感觉不是多么舒服。

过去内院分别住着魏辅唐的几个太太、子女和十多个大小奴婢。现在魏辅唐的第五个妻子瞿遥章还住在巨宅的最后一层。我们跟着徐钟德来到瞿遥章屋里，两间偏屋，不大，干净清爽，青砖墁地，花木隔扇，白色绣花门帘，有沙发和电视。瞿氏正歪在沙发上，大口大口地喘。看得出瞿的身体很虚弱，脸色苍白，有轻微的浮肿，肺心病的症状很明显，但这一切掩盖不住年轻时的美貌与端庄。

魏辅唐一生酷爱枪枝和女人，他有大小老婆六个。正妻罗氏，早死，后边分别是唐氏、赵氏、杨氏、瞿氏、赵氏。两个赵氏是姐妹花，是两里外赵家坝的女儿，赵家是大户，书香门第，出过不少官员。我们到赵家坝去，看见二百余块明清石碑被当作青石铺在晒粮的场上，要读碑得踢开那些柴火稻草，趴在地上，才能读出什么“春会置业”的内容。赵家坝的赵家是明朝成化年间奉朝廷命令从陕西关中三原迁到这里的，清嘉庆年间分为五户，每户持一金佛，将来认祖归宗时，以金佛为准。这样一个有根底的人家，女孩自然贤淑恬静。魏辅唐是想让后代改变门风，先娶了姐姐，若干年后，见姐姐没生儿子，又去提亲娶妹妹。赵家讶其这种做法，他说赵家前人文风盛，优生条件好，聪明有种，要是生了男孩，他们魏家就有望了。赵家畏惧魏辅唐的势力，不敢再说什么，只好将妹妹也嫁了过来，结果姐妹俩谁也没生下儿子。

魏辅唐的五个女人，每人轮流值宿三夜，管三天厨房。跟彭大王和王三春不同，那两位的压寨夫人都是能征善战，手使双枪的高手。魏辅唐却不许他的女人过问地方事情，她们每天的任务就是吃喝打扮，伺候丈夫。魏辅唐人胖，穿戴不方便，早晚都要他的女人给他穿脱衣服，扣纽扣。有时候他会叫上两个女人和他一同睡觉，镇上的人说，“三人一床会，男女不相配，六个脚板咋个睡”，魏辅唐不管这些。

瞿遥章娘家是青木川镇上的大户，也是魏辅唐为了子嗣而娶过来的。娶来后许久没生养，魏很失望，才又接来了小赵。没料，小赵进门后，瞿氏竟很争气地连着生了两个儿子，就是现在的魏树武和魏树椿。两个儿子不似父亲，性情平和，很像母亲，是老实本分的农民，过着平平常常的日子。魏辅唐的女儿们，都嫁到外地，一个比一个有能耐。瞿老太太如今跟二儿子一块生活，我们来时，二儿子没在家，到街上串门去了。瞿老太太孤寂地坐着，看着院里进进出出的街坊，看着那些在庭院里觅食的鸡。我们的到来，打乱了她的正常生活，老太太勉强站起来，很冷漠地打着招呼。我们问了她一些情况，她只是说，我病了，我病了。

我很后悔，觉得不该来打扰她。

我们去看了魏辅唐当年办的中学，两层楼房，有大礼堂。徐钟德介绍说柱子的浮雕是巴洛克式，工匠全是由上海请来的。学校的仓库里至今保存着当年挂的匾，有“培育英才”，有“厦庇群英”，还有“普及教育”“提高文化”……都是各地送的。在新盖的青木川小学校，我看到了新建校舍水泥墙上刻的90年代的标语“培育英才”“振兴中华”，两处标语内容虽相隔了近六十年，却是一脉贯穿。土匪恶霸的理想与今日的教育方针，在某处有着不谋而合，让人不可思议。共同的内涵大概就是中华民族五千年文化的大背景了，这个文化既容纳得下土匪也容纳得下精英，它无所不包。

小学校的标语字迹很新，但是书法却苍老沉稳，非数十年的功力不能达到。问出自何人之手，徐老汉说，在下不才。

我再不能走下去了，站在操场边要他将我脑海里的谜团解释清楚。

徐老汉说，你先不要问问题，我告诉你，当年公审魏辅唐，主席台就在这个操场边边。你站的位置，就是魏辅唐跪绑的位置。公审完了，立即拉到场子南边枪毙了。

我言外有意地说，你当时在哪个位置？

徐钟德顿了顿脚说，我就在这儿。

我和徐钟德的距离不到五米。

我什么都明白了。

离开青木川之前，我终于将这个谜一样的徐老汉搞清楚了。徐钟德，民国十四年生，青木川镇人，家世贫寒，七岁入小学，二十一岁入四川大学历史系。后回青木川，任魏辅唐“宁西人民自卫总队”少校参谋主任。这个官衔是我从徐老汉的《投诚人员证明书》上了解到的，证书是兰州军区发的红皮布面小本子。

徐钟德当了好几届汉中政协委员。

我不理解大学毕业的徐钟德，为什么要回到这三省交界的深山，给一个土匪当参谋。徐钟德说他在汉中念中学，在四川念大学，学费都是魏辅唐给出的。魏辅唐资助了家乡一批穷孩子出去读书，这些人走出去了，大部分都没有回来，他们有的当了教授，有的当了编辑，现在都混得不错，其中有些人不愿意谈及受过土匪资助的事情……

我问他为什么回来。

徐钟德说，知恩图报。

…………

枪毙魏辅唐是在1952年的镇反，其罪状是恶霸土匪，据调查魏的命案有不少。1987年，汉中对这件事有过平反决定，决定在部分人中读过，是局部平反还是彻底平反搞不清楚。我曾托汉中政协的黄建军将这事了解清楚，他大概是忘了，到现在没见下文。将文字写到这儿，我停下笔，往遥远的青木川打了一个电话，是徐钟德老汉接的。他说他一切都好，也让我好好儿的，让我今年一定再到青木川来。我说，听说书记李发裕要把那个廊桥拆了，另造水泥新桥，让老汉一定要坚决顶住。老汉说他是一介草民，管不得那么多。我在电话里说李发裕拆桥太不够意思。发了半天牢骚又感到白搭，碍着人家老汉什么事呢……

从青木川回到老县城，想起了老佛坪那三条孽龙的传说，南边的火龙，东边的水龙，西边的风龙，三条龙将个宝珠团团围住。我围着老县城在山里跑了一圈，见识了东边的彭源洲，南边的王三春，西边的魏辅唐，也算是三条孽龙吧。他们制造了民国时期秦岭山地的氛围，对老县城直接的、间接的危害三言两语不能一一涵盖。解放初期，部队为秦巴山区的剿匪曾经花费了大量人力物力。前两年，汉中地区出了一本厚厚的《汉中剿匪回忆录》，记述了剿灭这一地区土匪的事件和经过。内容的精彩不亚于那部很轰动的电视连续剧《乌龙山剿匪记》，只是没有人把它们变成艺术作品就是了。

现在，土匪不再成为时事问题，大山里的土匪绝迹了。新时代的土匪们抢银行、劫飞机、炸楼房、绑人质，更名为“恐怖组织”。没有哪些匪再肯到深山里洗劫贫困的农民，再为那三斗麦子两斗米杀人放火。红线、黑线成为了历史，换包设骗、盗窃抢劫成为了故事。目前老县城的治安是有史以来最好的时候，大概也是一种补偿。在城里人追求防盗门，追求电子锁、保险箱，为财产提心吊胆过日子的时候，老县城的人却舒舒展展地活着。就那么几户人，抬头不见低头见，大门永远是敞着的，下地也没有锁门的习惯，不怕人偷，也没有人偷。多少年了，这里没有发生过刑事案件。我在这里住着，开始还关门，后来也敞着了。别人不关，我老关门闭户，显得小家子气。

什么叫路不拾遗，夜不闭户，老县城就是。

# 第四章　老百姓

10月，山里下了冰粒，冷得伸不出手来。老县城的无霜期只有180天。在这180天里，村里的人要打出全年的粮食和菜蔬，日子比山外头艰难多了。再过不几天，大雪一下来，进山的道路就会被冰雪阻断。我必须在路断之前离开这里，否则我将在山洼里窝整整一个冬天。和老县城的百姓一起度过艰难的冬日，我的心理准备极不充分。在大雪封山的日子里，保护站的巡护员们照旧巡山，老乡们照旧在天寒地冻里过日月，只有我逃避了。这期间，我在县城，在县委大院里认真地充当着县委副书记的角色，参加着他们的各样会议，去秦岭北麓的山地和平原到处走动。县委宿办合一的房间里没有暖气，靠一个嗡嗡的空调取暖，显出了单调和不足，但是比起老县城的条件要好到天上去了。

我到县图书馆去查资料，图书馆和县文联在一处，是座很气派的院落，叫万岁宫。万岁宫原是为慈禧西行预备的行宫。庚子逃亡，想的是老佛爷会像唐朝的皇帝一样，从周至经傥骆道进蜀中。孰料，老佛爷到了西安就止住了脚步，再没往西走。于是，周至的行宫就没派上用场，空叫个万岁宫，万岁爷却一直没来。单檐庑殿式五开间的殿宇，配以带游廊的厢房和满院的奇花异草，在岁月中年复一年地寂寞着……

一百多年后的今天，我以一个普通读者的身份走进了这座光线昏暗、大而无当的屋宇，想的是叶赫家族的姑奶奶们越过时间差点儿在这里相逢，却是错过了。我在西阁堂的书架上寻找《明史》，陈旧的书香和窗外霏霏的细雨，让人的心变得苍凉而湿润。现今，社会浮躁，到图书馆来看书的人已如凤毛麟角。用周至一个文人朋友的揶揄说是：到这儿来的只有几个“精神病”。图书馆长说这殿已经成了危房，顶棚下落，隔扇歪斜，西山墙也岌岌可危。我说还是打报告要钱修房吧，周至这样的古建筑实在是不多了。馆长说怕是批不下来，周至的钱紧。

我翻《明史》的目的是想了解明英宗这个人，了解他统辖的正统年间的一些事情。周至县委的庭院里，葡萄架下立着几块年代很久远的石碑，多是前几朝留下的，其中有块明正统十三年县丞刻的碑：

尔俸尔禄，民膏民脂；
下民易虐，上苍难欺。

十六个字并不是这位周至县太爷的独创，这是自宋以来的一条官场箴规。虽然在箴规的背后并没有阻止住一个又一个王朝的腐败，但封建社会的官员能有此警示，并将它立在眼皮底下，足也显示了统治者的决心。贪污腐化，图的无非是享乐，细想想其实没什么意思。广厦千间，眠不过七尺；七珍八馔，食不过一碗。多吃多占了，狗揽八泡屎地护着，只能是累，心累神累身也累。

晚上，县常委们按惯例政治学习，进行“警示教育”，我在会上提到了这块碑。

天气变得很冷，论节气离冬天还早。办公室给我买了一个电褥子铺上了，被窝里变得舒坦了许多，才突然感受到电是个好东西。

不花钱有电褥子铺，不知算不算腐败。

就在县上闲散地待着，不想回西安去。回去也是我一个，忒没劲。每天就盼着县上的文学朋友来找我，或谈天论地，或出去野逛。丈夫从国外打来电话说，你这个作家要耐得住寂寞，不能跟个“闲人”似的，招县上讨厌。我说，你懂个屁。

夏天的时候，我穿着旗袍在县委大院进进出出，县文联主席张兴海到我的办公室跟我说，你在周至是个书记，穿衣服要注意影响，穿这样的衣裳在机关大院里出现非常不合适。

我问他有什么不合适。他说不正经。我说旗袍是很正经的衣服，是礼服，中国大官的夫人们出国访问，穿的都是旗袍。

张兴海说，人家是夫人，你是什么，你是书记。这儿是农村，不是你们北京。

我故意说，我偏穿，气死你。

张兴海笑笑说，我是为你好，其实你穿什么跟我没一点儿关系。

我说，那你说我应该穿什么？

张兴海说，穿套装。

得，入乡随俗吧！

到了秋天，县城到处有卖烤红薯的，这东西对我的诱惑力太大，一闻到那热乎乎的香味我就走不动了。妇女大多爱吃零食，每回走到卖烤红薯的小摊我都得买一块，趁着热，边走边吃，那个舒坦，那个滋润，仿佛天地都变得温热甜美了。吃了几回，办公室的小干事来找我了，说，叶书记，以后你要买什么跟我们说，我们替你去办。我听明白了，大半是我在街上啃热红薯的行径已经有人注意了。于是，再要吃烤红薯，我便在摊上买了，揣在怀里，一路小跑奔回办公室，坐在沙发上大嚼特嚼，同样天地温热甜美。

周至县城有三轮车，出一块钱车资可以满城转。我出门会朋友聊天，只要在县城范围内，就坐三轮，从不叫司机出车。坐三轮自由，便宜，踏实，弄个司机在外面等着，别扭。

有一回，《中国青年报》记者来周至采访，报纸上就出现了这样的文字，说叶广芩在周至当书记，穿着旗袍，啃着烤红薯，坐着一块钱三轮车满城逛。多么的形象，多么的生动，敢情三件事捏在一起竟是这么的精彩，这么的让人印象深刻。这则消息发到网上，全国的网民也都知道了，不论我走到福建还是西藏，是四川还是北京，人们见了我已经忘了我写过什么作品，只记得我是穿着旗袍吃着烤红薯坐着三轮的周至书记……

唉，我真是自找，但愿没给周至县的官员太丢人。

县文化馆倪运宏的老母亲过七十八大寿，我要跟去凑热闹，主家无奈，只好答应。

没坐过农村的席，也没见过农村的过事，我这是第一回。不懂规矩，没带礼，张兴海从自家提了两盒脑白金，硬说是我孝敬老太太的，倒让我欠了张兴海的情。天冷又下雨，到了倪家，一跨进门槛，主人一味地让大家：上炕，上炕。

就上炕，三四个人坐在炕上，用一床棉被盖了腿，上头喝茶聊天，下头任凭腿脚在被底下胡蹬踹。被窝之内，群贤毕至，少长咸集，大家说些村里的话和文化上的事情，东扯西扯，没有主题。

吃饭了，围了几桌，菜也有几凉几热，酒盅却只有一个，你完了传我，我完了传他，击鼓传花似的，没有谁推辞，喝得倒也干脆。我用筷子夹起一箸粉丝，垂吊多长，晃晃悠悠，无处下嘴。问倪运宏怎个吃法，倪说就那样吃。我就用嘴去逮那粉，觉得热闹而花哨。细看别人，吃粉时用手托着，显得比我有文化、有教养。现在农村过生日也讲切蛋糕，而且是味道很不错的鲜奶蛋糕。主家不愿走那虚有的程式，将整个蛋糕端上桌，让大家像吃甜饭一样，一筷一筷夹着吃，有意思。大家对这块洋玩意儿吃得很没有热情。最后上的臊子面是席面上的正宗，一大碗一大碗热腾腾的面用托盘端出，香飘四溢，火爆吉祥，立时显出了生日的气氛，托出了过事的喜庆。这是任何粉丝、蛋糕都不能替代的。

中国人，谁过生日能不吃面呢？

倪家的寿面是手工面，汤浓味醇，柔韧筋道，做出了陕西的面食水平，无疑这是倪家女人们的手艺了。我吃了一大碗，饱了，不忍撂碗，又盛了半碗。抬起头问倪家最近谁还过生日。

酒足饭饱，才想起还没见着老寿星。倪运宏说下雨，村街上净是泥，老太太过不来。我说我可以过去，他说，你也过不去。

出门上车，在村口看见倪家七十八岁的老寿星站在路口向我们招手，就感到自己在礼数上太不懂事。下车跟老寿星来了个大拥抱，为的是沾寿星一点儿福气。

还有一回是跟张长怀到马召镇红崖头村去看望一个叫雷继敏的农民。

马召名字来源于汉朝。据说东汉马融，拜关中学者挚恂为师，隐居在此读书。大将军邓骘奉旨相召，拜为校书郎中。乡人荣之，故曰马召。红崖头村位于马召的北面，是个不大的小村。雷老汉六十多岁了，眼神不好，写得一手好毛笔字，说出话来典故频出，是乡村的学问家。学问家的生活很拮据，自己没房，借住着村上的三间公房。许是原先的活动室，三间一马贯通，无阻无隔。雷老汉有雷老汉的办法，他用布将其间隔了，用钩拉起，古色古香，使旧房有了“帷幄”的意境。毕竟“帷幄”内是贫寒的，简单的生活用具衬托出了老汉生活的清苦。只是东墙那巨大的画案分外抢眼，从清苦中一下跳出了文化。

说及他的眼睛，老汉有点儿悲观，他说右眼视力只剩下0.1，近乎失明了。雷老汉说他前几日为自己的眼睛作了一首诗：

天帝欲提一盏灯，顿时世界半幽明。
道中熙攘奇于鬼，屏上蜿蜒蠕若虫。
先哲名山文不朽，友侪骏业我何曾。
如今岁月蹉跎了，早把等闲看此生。

听了诗，我和长怀都说不出更多的话，只能劝老汉抓紧看病，把心放宽。彼此都知道，安慰病人，任何语言都是苍白无力的。雷老汉说他在四女冢村有个朋友，叫张居仁，也爱作诗，就他的诗和了一首，说着找出来给我们看。张居仁的诗是这样写的：

云翳廓清再剔灯，冰珠依旧放光明。
慎遵医嘱消肝火，快畅胸襟听晓莺。
得趣兰亭酬夙愿，寄兴诗海走胡曾。
曹娥碑待留君字，岂许匆忙说死生。

两个乡村老汉，两首唱和七律，只是让我目瞪口呆。以我的汉语水平，我作不出这样的诗。周至乡间，卧虎藏龙，乡民可畏，焉知来者为谁！

在此岂有我张嘴的份儿。

以前在市里，在作家协会的楼里蹲着，自以为高雅得可以，不知乡间有何物。到底下来，方知此处所居尽是高人，方知此地遍是历史典故。周至秦岭北坡有射熊馆地名，初时我以为这个地名太怪，后来一调查才知大有来历，原来这里是汉武帝的猎场。汉武帝狩猎，是那种示威于天下的狩猎，高远辉煌，威风八面。史书记载，皇帝每次出猎，要先动员数十万人进秦岭为之驱赶动物，“罗千乘于林莽，列万骑于山隅”，将虎豹熊罴、鹿麂狼豺赶至山口捉住，送到射熊馆用硕大围网圈养。汉武帝的随行诗人王宜彪记述了当年的狩猎情景：

白马金鞍从武帝，旌旗十万猎长杨。

楼头小妇鸣筝笙，遥见飞骑入建章。

汉武帝高坐在射熊馆上，责胡人徒手与野兽相搏，败者成为兽类之餐，胜者自取其获。周围台上，王公贵族，观者无数。历史记载当时盛况是“千人唱，万人和，山林为之震动，川谷为之荡波”。这大概就是中国最早的斗兽场面了，与罗马的斗兽场有异曲同工之妙。与外国斗兽不同的是，咱们的汉武帝不惟要看，还要亲自下场，“驰逐野兽，自击熊豕”“搏熊一日三十只”。在这片猎场范围内还有长杨宫、五柞宫、葡萄宫等殿宇，联合成一组宫殿群。两千年前，这里千灯万盏，千门万户，层台累榭，斗拱飞檐，与山河同光，与日月辉映，是何等气派。据说，长杨宫内有千余株杨树，五柞宫有五棵高大柞树，葡萄宫种植着西域葡萄。宫殿群周围种植着大量奇花异草，各国进贡的名木花卉有三千余种。这一切，总归上林苑范围。上林苑是历史上很有名的所在，汉司马相如的《上林赋》、扬雄的《长杨赋》说的就是这里的情景。两千年后，《西安晚报》副刊文学专栏，即是以《上林苑》命名，足见这一地域对长安文化影响之深。

射熊馆周围的土地承载过多少血腥与杀戮已经无法计算，厚重的文化积淀被一层层黄土覆盖，历史又演绎出了新的变化。昔日的琼楼玉宇变成了残砖碎瓦，杨柳树林改作了谷麦黍菽。遍洒动物鲜血的射熊馆也为和平祥瑞的射熊馆村所替代，真个是换了人间。

现在的射熊馆村改名为临江寺村，我和张长怀慕名到村里去看望一位叫赵越的老者。张长怀说赵老原先是甘肃某大学的教授，教中文的，古文底子全县无人能比，出过好几本书了。退休回乡居住，是县上的文化骨干。他说，你到周至来不把县上的文化高人一一拜访到，实在是白当了书记。所以，访名人就成了我在县上很重要的一项工作。去赵老家，天上下着微微小雨，道路很泥泞，我们的车走走停停，将近晌午才到。没有事先打招呼，赵老不在家，女儿说约了临村某老汉一块儿看碑去了，某处地里出了一块很有价值的老碑。问怎么去的，说是骑自行车。我们就追，路挺远，不知道七十多的老先生哪儿来的这么大劲头。追到某碑前，没见人，有人说看见两个白头发老汉在碑前议论了一会儿又骑车往东去了，我们便又开着车往东赶。东边地里有两块大碑，也不知是什么碑，赶到跟前，才知是清朝重庆府同知大人的墓碑，没甚价值，赵学者们大概不会来看它。路边有搂柴的人问我们寻谁，说寻赵老师。搂柴的说他看见老汉们推着车往北去了，又往北……两个县委书记开着车在射熊馆东南西北地寻找着两个老汉，实际上是都在寻找着一种文化。

老汉们是否寻到了那块古碑，不知道，反正我们是一直没有追上他们。

中午回到县委，坐在食堂的饭桌前，端起面碗突然扑哧一乐，觉得这事挺有意思。大概也属追星族一类。

天气转暖，山上的积雪化净了，高坡上现出了嫩绿，我又回到了老县城。

老县城的人商量明年春节在“城”里要闹一番，热闹热闹，只是钱的问题还没落到实处。山里人的热闹带有表演性质，那表演完全是自己演自己看，所有的人都参与，所有的人都是演员，所有的人都是观众。面对静谧群山，咚咚呛的一队男女老少在古城里，在森林的环绕下，走出了他们的舞步。这活动有多年没搞了，还是那年科学种田，大丰收，热闹过一回……

长期的林莽生活，千百年来在山民心中铸入了一种对于山林物种的崇拜，山神在山区百姓心目中是至高无上的神。秦岭山中，太白有神，华山有神，“兴云雨，产万物”，他们主宰着山林草木和百姓的命运，他们是山中的最大，谁不尊重山神就要遭报应。秦岭东部的华山神作为西岳神明被皇帝授予金天王封号，后又加封为帝，甚至成为唐玄宗的本命神，与皇家沾上了亲戚关系。跟东岳泰山正统的东岳大帝比，西岳华山山神便带了人的性质，作为人格之神。他的形象是很丰满、很富于艺术魅力的。华山神姓浩名郁狩，身着白素之袍，头戴太初九旒冠。仅这装扮，就让我们想到了戏台上风流倜傥的俊美小生。“传说，有位李主簿新婚，路过华岳，和妻子一起入庙拜谒金天王。想不到金天王竟为李妻的美貌所动，欲强为留娶，便施法术使李妻气绝倒地。直到李主簿请来仙师为妻子画符驱妖，金天王才迫不得已放李妻归去”（王景琳《中国鬼神文化溯源》）。《搜神记》中还有西岳华山神和南岳衡山神耍钱，输了一大笔，为抵账，又贪污受贿的故事。总之，秦岭的华山神是个鲜活的、立体的神，是个不甚守规矩又为老百姓宽容的神。至于山中各处的小山神，都是些兢兢业业的小角色，就连很有名的太白山神，折腾得也没有华山神热闹。至今周至西边的太白庙还有丹墀御碑存在，琉璃瓦的屋顶标明了庙宇的级别，乾隆的诗碑在院中苍凉站立。一个道士，迷迷瞪瞪地守着，一问三不知。

因为生存条件恶劣，老百姓敬畏的东西就很多，“山林、川谷、丘陵，能出云，为风雨，见怪物，皆曰神”（《礼记·祭法》）。与一位老药工攀谈，老人说，过去人们上山采药、伐木之前要静心吃三天素，然后才背着行装上山。在山里，看见古木要拜，看见奇石要拜。对药王爷和山神爷的心一定要诚，话不能随便说，要用特有的术语。比如管石头叫“胡基”，管风叫“霎霎”，管鱼叫“顶浪子”，管老虎叫“大家伙”，管团伙头领叫“大爷”，副头领叫“三爷四爷”。这中不排除有土匪黑话的流传，但更多的是对山野神明的敬畏和崇拜。老药工说，要是不留神得罪了神仙，你好不容易找到一棵太白手儿参，喜出望外地奔到跟前，却什么也找不到了，扫兴得很。

今年初，我和日本搞档案研究的铃木坐火车从京都出发去参拜伊势神宫，漫长的旅途中，彼此寻找着话题。我问伊势神宫供奉的是什么神，铃木说是日本特有的神，天照大神，是创造日本的女神，是日本神道的第一位。铃木说日本的神是世界上最多的，号称八百万，有树神、河神、花神……我说，要是这样，数目可能比不过中国的神，中国不但有花神，还要分牡丹仙子、芙蓉仙子、水仙仙子；所有物种，所有用具，包括扫炕的笤帚疙瘩都有神管辖。唱戏的有老郎神，做饭的有灶神，养牲口的有马王，做木工的有鲁班。小孩出痘，有痘花娘娘；妇女生养，有送子娘娘。家里常住的家神有五位，灰黄胡白柳（老鼠、黄鼠狼、狐狸、刺猬、长虫）。最不可思议的是台湾槟榔业奉迎的神，竟是唐朝大文学家韩愈。韩愈怎么和槟榔搞到一块儿去了，是否与他的发配南方有关，不知道。铃木说，要是我们两个在火车上比较中日的神仙，怕是到了伊势半岛也比不完。

在周至吕家堡一位叫傅秉春的老汉家里，我看到了傅老汉用黄纸亲自正楷书写的他们家供奉的神仙，第一位就是山神，接下来是四海龙王、药王爷，这都是与他的生活发生直接关系的最重要的神。然后才是太上老君、观音菩萨、无生老母、王母娘娘、九天仙女、如来古佛、太白爷、白马将军、万万菩萨、千千活佛、送子娘娘、地母爷、索圣母（当地的女神）、玉皇大帝、齐天大圣、东王爷、桃花娘娘、狐狸大仙、各位诸神、家宅六神……这张神仙码儿关照的神仙非常全面，一个“各位诸神”就把什么都概括了。所拜的神多，说明了老百姓的弱小，在自然与社会面前的无助和无奈。吃饭靠天，老天爷闹脾气，不给收成，便是一年无望。

我在三官庙搜集到一份老县城在光绪时候的《祭雹神文》，因为“山中阴气过凝，每盛夏常雷雹，苞谷杂粮被击无收”，于是就在每年立夏前一日，夜静时分，于城外西北方向，即今日老县城村苟元厚老汉所住的地方，用猪头、白面饼、黑鱼各一，设坛祭雹神。祭文是这样的：

维某年某月某日，陕西佛坪厅信士某等，洁具香烛牲礼冥宝之仪，致祭于行雨龙王、风伯、雨师、雷公、电母、境内山川将军、河伯、本厅城隍、虫王、八蜡、本地五道合厅土地、青山水草诸神位前，曰：仰维众神职司，化育功在平成，捍大灾，御大患，干旋造化，宜时和，布时泽，康阜民生，等俯皆精诚，仰祈惠泽，伏愿赐雨无衍，风雷俱顺，全消冰雹、霾雾，于我境并除蟊贼、螟螣，于此方下土沾恩，禾苗遂性，各得生成之利，永伸享祭之忱，预于立夏前一日星夜之时，共发虔心，诣郊焚祷。伏惟尚飨。

以前靠天吃饭，现在科学种田，粮食够吃了，老百姓基本解决了温饱问题。有人想象老林中的小村，一准是衣不遮体，食不果腹。其实不然，老县城的百姓缺的不是粮食而是零花钱。

挖猪苓是这一带山民的主要收入，猪苓属菌类，黑乎乎的块茎，颇似猪粪，肉腻味甜，性温利水，是一味很常用的中药。老县城地区是猪苓的主要产地，挖猪苓的人很多，全是凭感觉。因为猪苓生在地下，外表没有任何标志，挖到了便是一窝，挖不到掂着锄在林子里转几天也是白转。一斤猪苓市场的收购价是 30 元，运气好了，一个上午能有上千块收入，运气不好一个夏秋也挣不到一个钱。干这个活没有经验传授，没有规律遵循。偌大山场，谁也不能保证这一锄下去能不能碰到猪苓。有天我在都督门的庙基上捡瓷片，一群男女谈笑着从林子后转出来，人人背上背着口袋。我问他们干什么去了，说是上去挖猪苓了。拦下来一看，人人的袋子里有半袋子。我想这伙人今天发了一笔小财，怪不得这般高兴。赶紧向他们道喜，农民抻着劲儿说，没多少，就是百十来块钱的事儿……

百十来块不少了，一天百十来块，一月下来比我的工资高出几倍。

农民说，账不是这种算法，你今天看见挖了这些，我们空着手回来的时候你可是没见哩。

农民的副业收入永远是互相保密的，不露财是他们的习惯。从祖上就是这样，显了富就会招来土匪，就会被绑了票，是给自己找事呢。现在没有土匪了，也犯不着满世界地去显摆，树大招风，还是兜着点儿稳妥。我听说都督门的一户一年卖了7000块钱猪苓，到他家去问，他竟犯了错误般地惊恐。说哪儿有这样的事，连两千也没卖到哩，没赚啥子钱，啥子钱也没得赚，都是人瞎编派的。

不管怎么说，没事挖些猪苓对山区农民来说也是主要的经济补贴，否则农民买油买盐朝谁要钱去呢？厚畛子镇镇长刘武洲说，挖药材是山民搞钱的途径，老县城的人年均收入是1100块，竖着跟几十年前比是富多了，横着跟山外比，跟沿海的东南部比，寒碜得张不开口……

山里有很多山里的习惯，1985年我初次进山，累得走不动，在半道休息，将棍子一扔，倚着路边的石头坐了。带路的熊大哥将我拄的棍子顺着去路规正放好，说我不该这样随便。我不解，问为什么。熊大哥说，山里有山鬼，山鬼爱跟人开玩笑，专迷惑人。等你歇够了站起来就犯迷糊了，辨不清方向，往往顺着来路又折回去了。用棍头指着你要去的地方，任山鬼怎么捣乱，你也上不了当。熊大哥最忌讳我在路上大声喊他的名字，他说若是山鬼听到了，半夜就会寻到他的住处，叫着他的名字让开门。我问熊大哥遇到过这事没有，他说怎么能没遇到过？山里的男人都遇到过。我问那山鬼是男还是女，他说是女的。问他开了门没有，他说哪个敢？我说可惜了。熊大哥说装成女声是山鬼故意的，山鬼其实是山神爷手底下一个绿脸的妖精。这点，熊大哥和我在认识上有不同，我心里的山鬼形象是一个淘气的精灵，是屈原笔下饮石泉、荫松柏，既想和人亲近又对人充满怀疑的山妖。我有个画家朋友，陕北人，叫耿建，陕西美协的，专以画妖冶女子为特长。我曾见他画过一幅山鬼图，印象颇深。画中一妖艳女子半身裸露，戴野花，披青藤，倚松柏，驭虎豹，斜睇含情，极富感染力。如果这样的女子夜半叫着你的名儿来访，岂有拒之门外之理？明朝一个学问家对山鬼下过这样的结论：此盖深山所产之物，亦胎化所生，非鬼也……昼依木而避形，或谓之木客。

山鬼的名字又叫木客。

《南康记》载，“山间有木客，形骸皆人也，但鸟爪耳，巢于高树，伐树必害人，一名山魈。”传说山里有棵数人围不拢的大梓树，树心已空，有木客在中作巢。有道训、道灵兄弟两个，将梓树伐倒，木客现形，大骂二人说，“我居山野，何预汝事，树有我巢，故伐倒之，今当焚汝宇，以报汝之无道。”至二更，一时火起，合宅荡尽。

依照湖北人的说法，山鬼就是“野人”，神农架搞旅游开发，打的就是野人这张牌。媒体上常有报道，某某人在神农架某处看到了野人，都说神农架有野人，可是谁也没拿出可靠的证据。说的、驳的争论不休，竟使之成为当今世界四大科学谜之一。寻访“野人”科考队一个接一个地进入神农架，除了脚印、毛发、粪便零星发现以外，终是“没戏”。人们普遍有种想法，万一一个尚未被人类认识的物种，由于我们毅力的不够坚定，或是一时的疏忽而与我们擦肩而过，那真是我们的罪过了。我在板壁岩及巴东垭等地方见到了一些写着“野人发现处”的牌子，还有一些刻着中英文“自然探谜”的石桩，给人一种煞有介事的张扬。林子里有路标，必要岔道标明禁止通行，怕的是走丢了，据说在大山里无端失踪的人不在少数。其实在秦岭山地旅游探险而走失者也不在少数，隔几年就得兴师动众地找一回人，但凡到了着人去找的份儿，结局都不太妙。

我在老县城居住期间，写过一个中篇小说《山鬼木客》，说的是科学工作者进山找野人的故事。这个故事源于上世纪70年代一位工程师在周至翠峰考察，发现了野人的记载。湖北人认为我写的是神农架，因为他们的大山里至今还有一个在孜孜不倦、顽强不息地寻找野人的张金星。我在山里见过张金星，山西人，大块头，一身迷彩服，须发飘扬，像是古巴国务委员会主席卡斯特罗。张金星在神农架寻找野人已经找了七年，他本身成了山里的一道风景，来旅游的人，以没看到野人而看到寻野人的张金星为满足。我问张金星在山里的感觉，他说很自在，一出来见了人反而别扭，不习惯。我问他在山里吃什么，他说以素为主。他不打猎，不吃动物，一天一顿饭，什么时候饿了什么时候吃。我问他营养问题，他说有榨菜、泡菜，山里有得是草和野果，动物喜欢吃的他都喜欢。我问他在山里寂寞不寂寞，他说，山里的朋友多极了，猴、豹子、熊、华南虎（不下三只），各人有各人的地盘。不是我要找它们，是它们逐渐地和我亲近，彼此都熟了，就跟走亲戚一样，今天上谁那儿去看看啊……我问他在山里转，带不带枪，他说不带。他是动物们的朋友，他已经成了它们圈子里的一员，用不着防卫自己。他跟动物们讲人的话，动物们都能听懂，他从不伤害任何动物，就是一只小蜘蛛爬到他的帐篷里，他也要用手轻轻把它捧出去。他指着头上的三个疤说，这是狗熊跟我亲近，抚摸了我的头顶一下，留下的纪念。

神农架总面积704667公顷，是中国西部高山向东部丘陵过渡的地区，海拔最低480米，最高3100米，有华中屋脊之称。陕西与湖北相连，秦巴山脉与神农架相接，从陕西秦岭南坡沿汉江而下，由十堰往南就进入了神农架。秦巴山脉山大林深，跟神农架比，沟壑更多，地形更为复杂。植被更茂密，森林遮天蔽日，藤缠树，树缠藤，藤树相绞。视线很差，行走困难，这样的地方不出个把野人也是不应该。跟周至的山里人谈到野人，老乡只听说有，却没有谁看到过。他们的印象中，野人和山鬼是一个东西，是山里的不明物体。也有说法，认为野人就是秦汉时藏入深山的祖先，当地说法，有浑身长着长毛的野人出来了，一把拽住你，不住地笑，反复问你：长城还在否？你只要说：修长城！野人自会放开你，跑到林子深处去了。他们怕秦始皇把他们抓去修长城。

权当个笑话听吧。

野人当然不会让我遇着，如果谁进山都能看到野人，除非这里的野人多得像街上的市民一样拥挤，大概还得成立居委会一类的组织。但无论是神农架还是秦巴山脉，“野人”的事到底有些扑朔迷离。要维持一个物种存在，必须拥有一个最低的基数种群。现在无论在神农架还是秦巴山脉，我们从没见过这种种群的存在，更何况到今天这里那里也没找到一具野人的尸体，甚至是化石，它们都死哪儿去了呢……神农架的人巧妙地利用了这一悬念，使那里的生态旅游为他们创造了很不错的利润。陕西的人还是老实，谁一提“野人”的话题，他们赶紧就说：没有，没有，我们这儿真的没有那东西。

其实用不着那么急着道出结果，谜的存在，会使这片山林陡添无限神奇，真水落石出了，便也没意思了。

对张金星来说，无论能否找到“野人”，寻找的本身就是一种成功。

对秦岭的老乡来说，无论有没有“野人”，悬念的存在就是魅力。

在老县城，跟我最熟悉的是孩子和狗。

村上的狗以村支书吕志诚家门口拴的黑白花最为典型。小花狗被拴在草垛旁边，尽管行动没了自由，仍是尽职尽责，逢有生人路过就汪汪地咬，声急音脆，很是煞有介事。我每回从吕家门口过，花狗都要蹦起来高声叫骂，全不管我是一个多么和蔼可亲的领导。我说山里的狗没见过世面，胡咬。有人告诉我说，碰到那歪狗再咬，只要冲它喊“吕书记”，它就会知趣地停下来。一天我又从吕家门口过，狗又咬，我就大声喊“吕书记”。狗不接招，照叫，倒把真的吕书记喊出来了。吕志诚问我有啥子事，我说没事，是路过。我说了别人教我的制狗绝招，吕志诚说这是保护站的老黄在故意编派他。什么吕书记，就是叫吕爷爷，那狗也照样叫唤。

有一天那狗又叫，我走过去，蹲下来，平视着它的眼睛说，咱们别叫了行不行，我老从这儿过，你还没记住吗？小狗看着我，用湿湿的小鼻子嗅了嗅我的脚，想了想，竟然摇起了尾巴。我相信，任何动物都是有灵性，都是能与人交流的。你的亲切，你的信任是它认识你的最初，是彼此相处的基础。哪怕就是一棵草，你的关注，你的抚摸都会使它欣喜若狂。国外有位科学家研究过，人在切黄瓜的时候，黄瓜在刀底下会发出尖叫。这叫声我们听不到，但是可以用一种特殊的仪器纪录下来。要是你每天对一棵西红柿说，你好吗？我现在给你浇水，你要好好地长啊。那么，这棵西红柿结的果实就会比别的多。草们在欢乐的时候会集体歌唱，花朵在凋谢的时候会哭泣。人的一切情感，动物有，植物也有，我们应该像看待我们自己一样看待它们。与小狗的沟通应该是最直接、最方便的。后来，那小花狗见了我就不再咬了，趴在草垛上，一双小眼睛随着我的脚步转。我总觉得这条狗跟熊猫有血缘关系，黑眼圈，黑耳朵，黑腿，胖乎乎的，像个熊猫崽子。

吕志诚说他的狗跟熊猫没有关系，尽管坡上的熊猫进过老张家的猪圈，也没跟村里的狗发生过什么感情瓜葛。那是两个物种，生不出任何结果。

吕志诚是老县城的最高领导，他有两个儿子，一个叫小猫，一个叫小狗。名字平常不金贵，为的是好养活。现在的小猫小狗都已经是青年了，是村里的活跃分子，从才能来看，将来也许会超过他们的父亲。我亲眼见了吕书记和村长王正财与老县城文管所主任的一番谈判，是为了文庙留下的几间小学校旧屋。文管所要买下来做办公室，顺便存放收集来的城内文物。为价格问题谈到半夜还没达成协议，吕志诚的精明、机智让我不敢小看了这个山里农民，他不能让他的村子吃半点亏。

老县城里的九户人家，沿着东西的村街依次排开，青瓦泥屋，自然古朴。有伟岸的大公鸡在草丛间昂首阔步，胖硕的母鸡领着一群绒绒鸡娃，叽叽叫着，在门外台阶下啄食。一只半大猫卧在板凳上睡得正酣，冷不丁脑门上被母鸡叨了一嘴，打了个激灵，睁开眼莫名其妙地瞅着鸡。母鸡用斜视的眼，歪着脑袋瞪着猫，它像是在告诫花猫：不许你碰我的孩子。

小鸡崽们在母鸡的腿底下盘来绕去叽叽喳喳地闹哄。

花猫不屑地又闭上了眼睛。

我为母鸡的多事，无端挑衅好笑，鸡有鸡的思维，有它自己的生活路数。想必猫在无事的时候经常欺负小鸡，要不也不会在睡梦中无端地挨上一嘴。

突然一帮孩子在街东头整齐地大声喊叫：叶书记！叶书记！

我回过头，却又不见了踪影，都藏到墙后头了。我没理他们，继续看我的猫和鸡。东面又喊：叶书记！叶书记！我回头，又无人。我走过去，他们喳地一声散了，有钻玉米地的，有躲树后头的，有朝着山坡狂奔的……逮住一个，便在我的手里扭来扭去，哇哇地叫，其余的在远处饶有兴致地观望，起哄架秧地嚷嚷。

小家伙们放学了，看见了我故意叫唤，想引起我的注意。

我上午写作，不愿人打扰，保护站的工作人员都很自觉地回避了，他们有他们的事情，大家都忙。但是孩子们不行，只要没课，他们想来就来，没有任何限制。常有小脑袋探进门来，嘻嘻两声，缩回去了，我的思路立时被打断，哭笑不得。有胆大的怯怯地迈进屋来，一问，什么事也没有，就是来看看，一张脸憋得通红，拘谨得连气也喘不匀了。还没容我说什么，突然哇地一声跑出门去，挥着手臂，一通猛跑，回去准定向他的小伙伴大吹特吹，他进了作家的屋。他们对城里来的人感到新奇，这新奇包括了我那台到了这儿就瘫痪了的电脑和我包里的巧克力。巧克力的味道是山里没有的味道，他们知道糖，知道甜，知道药，知道苦；巧克力并不完全是甜，也不完全是苦，那是一种他们从未接触过的味道。我参观过美国宾夕法尼亚州的巧克力制作中心，在那个香喷喷的世界里，我想要是把那个装满棕褐色液体的大锅用直升机空运到老县城去，那里的小孩们准高兴疯了。孩子们因了我的到来，知道了“作家”这个词，知道了有“编故事”这样的职业。和巧克力一样，“作家”对他们也是新鲜好奇的，味道也是怪怪的，不是家长，不是领导，像朋友又不是朋友，不用上班，每天山里山外地瞎转，靠写字就能挣来大把的票子……

到我这儿来得最勤的是村东王家的一对小双胞胎，一模一样的两个一年级小女生。她们细声细气地说话，声音很小，又带口音，我很难听明白，为了表示她们对我房间和我这个人的不在乎，为了掩饰她们的紧张，她们一进门就说话，两个人挤在一张沙发上，看也不看我，彼此不停地说，叽叽的，像两只小松鼠。她们说的是村里的家长里短，说的是她们班上的谁谁谁……不考虑我有没有兴趣，也不考虑我能不能听得懂……

串得第二多的是一个叫何辰的小男孩，五岁了，淘得出圈，脑袋转得快，会说男人的粗话，有时还跟着他爹闷两口小白酒，辣得流眼泪还说痛快。我说他是老县城里的“新土匪”，破坏力很强。何辰喜欢小动物，到我房间的理由每次都很充足：找猫。有一天他站在墙外头很丢人地哭，说是他的花猫跑了。猫就是他的命，他管他的猫叫“猫辰”，名字一样，姓不相同，他不敢让猫也姓何，怕他爹打他。

写作中常要和这些小东西们打交道，文字中就多了些活泼，多了些灵性，多了些突然冒出的意外。

挺好。

这天午后我和保护站的巡护员霍亚平在老县城村街上溜达。

霍亚平穿着迷彩服，我也穿着迷彩服，我们的服装都是保护站发的，很是与众不同。海拔1780米的阳光很强烈，紫外线灼得外面的鼻尖一层层脱皮。我觉得我们俩像中东战争中的兵，如果一人手里有一杆冲锋枪，那当是很英雄的事。我问亚平当过兵没有，亚平说这个问题我问过他好几次了，他再一次告诉我，他没当过兵。我说他的样子很像兵，我也像兵，我们这装扮很像是训练有素的战士。这个时候我心里很希望有山外的游人来老县城旅游，让游人和穿着迷彩服的我在老城破败的城墙下相遇，我的现代战争服装和经历过民国土匪摧毁的城墙一定是一幅很好的“战争时空”画面。霍亚平的感觉很直接，他就是陪着我走路。

迷彩服给我的感觉不错。文思泉涌。

穿着迷彩服的我看见张家的小孙子汪汪也在街上转，穿着他姐姐的粉裙子，一扭一扭的，很得意的样子。汪汪今年三岁了，长了一个小土豆样的脑袋，这里进一块，那里出一块，神情忧郁，老是一副泥水满身、忧国忧民的模样。

我喊汪汪，汪汪把脑袋垂得很低，一声不吭。我看见他那张小脸涂得五抹六道，泪痕依然。粉裙子肯定是偷偷穿出来的，前后穿反，小胸脯露着，本应是系在后面的飘带被他理所当然地系在肚子上，结了个死疙瘩。我说，汪汪你怎么穿女孩的衣服？汪汪不好意思了，将裙子撩起，把脸遮了。遮了脸的汪汪露出了屁股，包括他的小鸡鸡。我说，汪汪你没穿裤子啊！汪汪赶紧把裙子放下来，爬上了路边的石碌碡，脸朝下，壁虎一样地趴着，他既不想让我们看他的小鸡鸡也不想让我们看他的脸。

碌碡是圆的，汪汪的头越扎越低，最后头朝下栽下去了。汪汪哇地一声大哭起来。

我拎起哭泣的汪汪往他们家送。

汪汪家八十六岁的太爷爷张德修正坐在房檐下看书，老爷子过去是老县城、三官庙、大鼓坪一带有名的老猎手。如今的老猎手不戴花镜，端着架势，将一本书看得津津有味，姿势就好像关公读《春秋》。我走过去一看，原来老猎人看的是他重孙女的小学一年级语文，上面说的是“老山羊收白菜，小白兔和小灰兔来帮忙……”

课本上的字很大，还有彩色图画和汉语拼音。

突然想起了陈忠实和贾平凹，他们笔下的农村情景不是这个样子的，他们比我看得更深。或许在老农民檐下读课本的背后，他们看到的是今年的农业税还没有交，是地里的庄稼因为旱又减了几成……他们对这一切太熟悉了，农村的生活是浸泡他们的汪洋大海，是他们深厚的文学背景、创作之源。而我不行，对这一切我常常以城里人的眼光来思考，来认识。他们是背靠，我是面对，角度的不同或许给生活以新的解释和理解，正如生活本身就是一个多棱镜，色彩斑斓，五光十色。有评论家看了我写的反映山区农村生活的小说后提出了主体叙述语言非农民化的问题，老实说，这个问题我没有过多地想过。我不知道写农民的题材是否必须用“农民”的语言来表达，当然，农民主人公的语言必须符合本人的身份、经历、生存环境。但叙述者未必也得说农民的话……这是个让人头疼的问题，扯得远了……

晚上，在满天霞光中，我看到汪汪在房檐下吃饭。长凳子上搁着他的粥碗，旁边蹲着一只白猫，那只猫一瞅着汪汪喝粥的空隙就往碗里伸嘴，所以汪汪喝一口粥就得用筷子打一下猫，喝得颇为艰难。

我站在路边，看了半天汪汪喝粥。

老县城的晚饭永远是粥，玉米豆和大云豆在大柴锅里煳出的粥，稠乎乎的，听着都很馋人。山里百姓的吃食粗粝而简单，以玉米和洋芋为主。7 月的时候收一季麦子，产量每亩 400 斤，要低于关中平原。全村有可耕地 600 亩，大片的土地荒芜着，无人耕种，开着美丽的花，散发着薄荷的清香。想当年，人口稠密时，这里曾经是上好的肥沃农田，着人争夺的生存命脉。我跟着吕书记到城外去看水，想将山上的溪水引下来，延伸到各家各户。书记指着大片平整草地说那是他家的承包田。我问怎的不种，书记说哪里种得过来。我说可惜了。因靠近汉中，老百姓偏爱的是大米，但这里不产米，米饭在饭桌上就显得很珍贵。腊肉是一年四季的必备，农家自已养着猪，杀了肉吊在房梁上，长年地用烟熏，别有风味。老百姓待客常用鸡，满满地炖一大锅，加上黄花木耳野蘑菇，没揭锅已经是满屋飘香了。我在日本数年，穷留学生，平时专拣最便宜的鸡肉解馋，机械化养出来的鸡不能叫鸡，充其量叫作“肉鸡”。那些鸡被关在铁笼里，一鸡一格，动也不能动，定时喂料喂水，据说日本人为了增加鸡的活动量，将鸡脚下的铁板加温，鸡烫得站不住，两只脚不停地来回倒，人类因智慧而引发的残忍让人深恶痛绝。从鸡雏到作为肉鸡上市，前后的时间是 54 天，54 天内催起来的鸡，整齐划一，如同一个模子里倒出来的，从体型到性情到重量，不差一分一毫。难怪有的留学生说，我们不是吃鸡肉，我们是在吃鸡饲料。吃鸡肉如同嚼木头，吃鸡蛋能从中品出鸡屎味儿。我在日本，吃鸡吃伤了，回国后，什么都吃，就是不吃鸡，一见鸡肉脑袋都大了。朋友们知道这点，在饭桌上从来不为我点鸡，连宫保鸡丁、鸡丝馄饨们也在罢除之列。老县城的鸡却另当别论，这里是满世界跑的自由的鸡，下的是民主幸福的蛋，就是一个简单的煮鸡蛋，也让你能吃出小时候吃鸡蛋的感觉。

真的鸡是很好吃的。

炸薯片是老县城农民的副食，他们把收获的洋芋削了皮，切成极薄的片，在太阳下晒干，一口袋一口袋地堆在灶房，闲时用油炸了吃，是下酒佳肴。山里的炸薯片，自然、真实，味道高于进口的炸薯片，只是没有打入国际市场罢了。洋芋的另一种吃法是蒸熟了，剥皮，用石臼捶成糍粑，蘸辣子水和葱花蒜末儿吃。捶糍粑是力气活儿，非女人们所为，我每回想吃洋芋糍粑得提前跟“大哥们儿”说好话，得人家愿意才行，没有现吃现做的道理。

有一天中午，大家都在地里收麦子，佛坪中学的黄文庆老师领着二三十人浩浩荡荡地到老县城来了。这些人说是来寻根，其实是冲着腊肉、豆粥、洋芋糍粑来的，急匆匆的，说是下午还要赶回去。豆粥不是一时能熬出来的，糍粑更不是一二三能打出来的，全村正为麦子忙得鬼吹火一般，没有哪个家庭能招待二三十人。那些老师们只好在保护站买了方便面，留了一腔遗憾，一步三回头地出了城。我后来见到黄文庆，说他来的不是时候，吃糍粑也不是那种吃法，几十口子人，吃大户吗，谁有本事给你们捶。

我曾经建议，村里建立个土特产专卖店，把那些腊肉、土蜂蜜、木耳、洋芋片什么的集中起来卖，也建议某家某家办个小饭铺，省得外头的人来了连个吃饭的地方也没有。但是大家对我的建议反应冷淡，封闭的老县城，思维仍旧是单一的。他们连鸡蛋也舍不得卖，保护站的食堂需要鸡蛋宁可到山外用车拉，也不要农民的，主要是懒得费嘴。山民们过惯了自给自足的生活，没有做买卖的概念。

前不久，从山里过来的人告诉我，老县城发展了几家“农家乐”，以家庭的形式招待外来的考察、旅游者。这是做了不少工作才答应干的，能不能干成，不知道。但不管怎样，总算是迈出了一步，封闭的城门终归是打开了一条缝儿。

我为这点儿变化而欣喜。

山里人有过一次外出便会牢牢地记着，作为珍贵，仔细地收藏起来，轻易不向人展示。逢有他认为可以理解、可以共享这珍贵的对象，才小心翼翼地捧出来，拂去灰尘，一点一点地亮给你看。

我到老县城，刚住下没多久，张大荣就带过话来，让我有空去他家坐坐，聊聊天。张大荣和我同龄，当过村支书，瘦瘦的，比较内向，他的儿子女儿有几个，热热闹闹一大家子人，汪汪是他的孙子，我将汪汪逗哭了，给他们家把孩子送回去，才进一步接触了老张。

我以为张大荣要跟我谈村里的事，谈了一个多小时，说的都是当年他怎么进北京，怎么接受毛主席接见的事。每一个细节都谈得很清晰，从山里学校选代表、他荣幸被选中、心情多么激动、全家多么为他高兴说起，到准备干粮、打背包、一人一床小被子、在华阳中学集合、坐大卡车、过汉江轮渡，如何一次不行、退回、二次又出发、终于坐上了大火车、一路奔驰，直进北京。下车有北京的红卫兵列队迎接，北京红卫兵很热情，唱着歌。

红卫兵呀好威风呀，
一路串联到北京啊，
我们大家来欢迎哩哎哟，
满怀激情迎战友。

歌词是我给他补充的，我说当年我就在北京火车站，代表北京红卫兵欢迎过他们。我说当时北京真正的红卫兵正在破“四旧”，打砸抢，正在天南地北地大串联，我这个家庭有问题的“假”红卫兵便被派去了“欢迎欢迎，热烈欢迎”。老张说，可惜咱们那时不认识，要认识就好了。

我说，要认识我就会拽着他满北京地转，再不要住什么崇文门安排的接待站，吃那寡淡的萝卜白菜。

老张使劲说，那不敢，那不敢。我们的吃住都由毛主席招待哩，连坐车也不要钱，怎敢胡跑哩，回不来咋办？

我突然感到了思维的差距，本分的山里人把进北京、见毛主席看作是比天还大的重要事件，这不是任何一个山里孩子都能有的机会。老张得到了，老张是幸运的，它的偶然程度不亚于我们今天抓到了六合彩。当年老张得到的荣誉完全称得上“殊荣”了，这个词后来被人们广泛运用，动辄便是“殊荣”，动辄便是“殊荣”，连让专家成功地割了一次痔疮也算“殊荣”，俗了。老张进北京见毛主席这件事，影响了他的一生，若不是因为年龄，老张还会在村“领导岗位”上革命着，镇长怎么着，县长怎么着，镇长、县长见过毛主席吗？没有。查老县城有史以来有进过京，见过皇上的吗？没有。老张是进北京、见最高统帅的第一人。

我是从北京来的，我是他的同龄人，谈及那段历史，我们有着共同的语汇。能够分享这种感觉的人毕竟不多，擦肩于北京火车站，相识于荒败老县城，这种缘分实在是值得珍惜。

老张到了一回遥远的北京，像胆怯的小蜗牛伸了一下触角，又以极快速度缩回来了。他将这段经历浓缩成记忆程序，珍藏在心的深处，不张扬，不渲染，只有自己慢慢地品味在悠长的感动中。

今天的张大荣得闲还撰写了《老县城之歌》，长长的十几页纸，数百行。我要来看了，原本想在这儿节录几段，终是拆不断，作罢了。

这便是老张那一代人。

现在的年轻人不是这样。现在的年轻人都很忙，他们没有时间也没有心境为自己住的老村写歌，他们都急着往外跑，要打工，要挣大钱，老村已经容不下他们了。

山中何所有，岭上多白云。

大凡景致美丽的地方多是贫穷的。老话说，石为山之骨，土为山之肉，水为山之血脉，草木为山之皮毛。好山应该是紫气如盖，苍烟若浮，云蒸霞蔚，四时弥留，皮无崩蚀；色泽油油，草木繁茂，流泉甘冽，土香而腻，石润而明。这些条件，老县城周围的山完全具备，这一片山林是充满灵秀的山林，但农民的生活仍是不富裕，还远远谈不上小康。电和路制约了这里的一切，拉电修路要资金，这不是一时能筹划来的。年轻人向往山外的文明，走了，有到县城的，有到西安的，到广东的，到江浙的。出去了大多没有再回来，尽管家乡土香而腻，尽管家乡石润而明，终不能变成养家糊口的人民币。老县城村的人口在减少，只剩下了老的和小的。老的不久将死去，小的长大将走出。有研究人口的专家断言，再过三十年，这个村落将从行政图上消失。这话不是妄说，查1964年陕西出版的地图，老县城周围连老县城在内还有菜子滩、菜子沟、大房子、杨家沟、沉全沟、都督门七个村落。繁盛时候，仅都督门的轧油坊就有十三家，现在除了都督门还有三几户人家以外，其余的村庄都不存在了。最为尴尬的是老县城的希望小学，很漂亮的一座楼，却只有五六个学生，五六个毛头娃娃参差不齐地坐在教室里，念书也念不出什么气候。民办教师李芹英还在认真地给这几个孩子教英文，一板一眼很像回事。没有了学生，上边把民办教师撤了，是村里几个孩子的家长，嫌孩子小，到厚畛子去上学吃不得苦，几家联合，给老师出工资，条件是得把他们的孩子教好。这样一来，这个三五个人的班就有了私塾的性质，也是没法的法子，却让人感到怎么是倒回去了。

在京城大闹沙尘暴的春日，我站在老县城的城墙上，面对着山紫水明的清丽景色，那暴虐的沙尘成为了遥远的传闻，成为了山民饭碗间的谈论。我的妹妹来信说，北京眼看着快让沙子掩了。今年的沙尘是红的，不知从哪国刮过来的，闻着就不是中国味儿。读这段信的时候，我坐在河边，脚泡在河水里，小鱼儿踪着我的脚，吕家的小花狗在咬自己的尾巴，滚成了一个球……

这是人类最后的居住地，我们要守住它！

村里的年轻人待不住了，他们相约着走出了秦岭，走出了这禁锢他们的大山。也有举家迁走的，他们耐不住山里的寂寞与贫瘠，他们没有大富大贵的奢望，他们只想当一户精神和粮食都很殷实的农家。走了，丢下了偌大的家园。

90 年代中期，我到都督门，那时这个农业小组还有七八户人家。路口，当年戏楼对面丁家的屋是高大出众的。我路过的时候，丁家的男人丁良玉正在场院喝茶，女人在翻弄晾晒的洋芋片，檐下吊满了金黄的玉米棒子。鲜亮的色彩与青山绿水，蓝天白云相衬，衬出了富足与祥和。“深葭绕涧牛散卧，积麦满场鸡乱飞”，我为这情景所感动，拍下了一张《农家富足图》，回来到处宣扬山区人家恬静安逸，足让城里人羡慕。但是去年再去都督门，丁家却已是人去屋空，“兔从狗窦入，雉从梁上飞，中庭生旅谷，井上生旅葵。”一派颓败景象。一问，说丁良玉搬到华阳镇投靠亲戚去了，将这里的房和地都放弃了。我知道丁良玉有铁匠的手艺，与其他人相比，比较有经济头脑，做出这样的举动肯定是经过深思熟虑的。我也知道，农民抛弃自己的祖基和田地房屋要有多大的决心勇气。这对他们来说不亚于一场大革命，一场脱胎换骨的变更。华阳比都督门要热闹、富裕，那相连的店铺和热闹鲜活的自由市场为老百姓的生存发展提供了无限生机，那里的铁匠比这三两户都督门的铁匠应该是更风光。如今深山的居民在温饱的基础上，面对的还有寂寞和单调，这是比清贫更难持守的。特别在这山外社会与世界接轨、大步迅跑的年月，能停留在这“最后的居住地”，除非是无奈。

丁良玉赶着他的牛和羊，沿着傥骆古道，向南走去……

走出大山，走出这远古的宁静与寂寞，似乎成为了必然。

有个挣扎了许久，最终也没走出去的——那是我存在心底隐隐的痛。

老县城往南，翻过光头山有个叫三官庙的自然村落，三官庙是秦岭大梁以南距离老县城比较近的一个小村。村里有姓何的人家，主人何庆富在村里是个有头脸的人物，老何有两个女儿两个儿子，二女儿叫荷花，是个聪明可爱的小女孩。1986 年我到三官庙采访，认识了荷花一家和他们家的小黑狗。我在三官庙期间，荷花和她的黑狗跑前跑后地跟着我，成了我依仗的向导和伙伴。晚上，我睡在动物保护站，窗外有野猪在拱墙，那是为了窗下生长的一窝洋芋。夜里听到猛兽的低吼，第二天跟保护站的人说，他们说不碍事，那头母豹是怀了崽的，天天夜里来溪边喝水，都熟了。之所以靠近了院子，是搞标本的小巩才剥了张死熊的皮，气味引来了豹……

他们能与豹坦然相对，我不行，晚上我喊来了荷花，让她在保护站陪我睡觉。八岁的小姑娘为了陪我睡，特意换了新衣服，一件粉色的单衫。睡的时候，非得我吹了灯她才脱衣，我明白，荷花身上，除了这件粉衫，她的内里一无所有。熄灯的时候，站上的老张在窗外喊，荷花，你得洗过脚才能盖我们的被子。

荷花在床上脆脆地回答，我在河里洗过啦！

的确是洗过了，她的一双小脚丫精湿冰凉，真难为了孩子。

夜里，有荷花睡在身边，有黑狗在外面站岗，我睡得很踏实。

因为形影不离，保护站的人嬉称我是荷花的干妈，我便闺女闺女地叫。山里人厚道，为一句笑话而当了真，他们真的把我当成了亲戚。是亲戚就要走动，当有一天，山里人何庆富背着装满山货的背篓，领着几个孩子，出现在我们单位的楼道里的时候，真真地让我傻了眼。孩子们在走廊里一口一个“妈”，亲热无比地叫着，单位的同事们从各自的办公室探出头来，纷纷掩嘴而乐，当时真把我尴尬得一句话也说不出。我记得，我曾红着脸向大家一遍遍解释，现在想来，大可不必，心里怎就那么搁不住事？

何庆富来西安的目的很明确，一让他的孩子们在城里见见世面；二将荷花留在西安，留在“干妈”我的身边，在城里上学、工作、找婆家，成为地道的城里人，彻底摆脱那终日连阳光也很少见的深山老林；三让我为他眼睛不好的大女儿配一副眼镜。何庆富的想法简单而朴实，有着农民式的机智和直接，我为他的信赖而感动，该办的我都办了，但是我不能收下这孩子。首先我解决不了孩子的户口和入学问题，再者我也来不及向丈夫和老公公谈这件事，家庭中接纳一个陌生的成员需要有足够的精神准备，不是添个碗加双筷子的事。

像当年他们陪着我在山里转一样，我陪着他们在西安转，看汽车，看古迹，逛公园，玩游乐场……凡是城里人经历的一切，我尽量让他们都体验到。在众多冲击面前，山里人有山里人的认识：……不就是一堆黄土嘛，啥子古迹，公园就是这瞎样子，树还没有山里多，那水腥臭，太阳太毒，死晒，游览车转到高头，不及在秦岭梁上看得远……

我至今记得，在西安饭庄富丽的大厅里，在铺着雪白桌布的餐桌前，围坐着几个睁大了惊奇眼睛的山里孩子，反差之大竟然让我也感到吃惊。我要的是大众的饭菜，无外是条子肉、炒肉片之类，量很足，我让他们放开量使劲吃，不够了再去要……但是在一桌饭菜面前，荷花几乎没动筷子，我问她是不是不爱吃，她摇头。荷花的姐姐悄悄告诉我，荷花是不敢多吃，她怕吃多了我就不要她了……

我听了直想掉眼泪。

当然，最终我也没有留下她，她跟着她的父亲很失望地回去了。临行前，我跟她做了一次深谈，那是一次推心置腹的沉重谈话，我让她好好学习，做个有志气的姑娘，出山的路有千条万条，靠自己的实力走出大山是最实际、最有出息的一条。小孩子哭了，她说她知道。

送一家人上了返回佛坪的长途汽车，老何背上曾经装满山货的背篓装满了城里的物件，送来了土产，背回了城市文明和精神冲击，这冲击对山中女孩的猛烈和不可抗拒却是我当时没想到的。

老县城、三官庙是大熊猫重要的栖息地，常有新闻、艺术界的朋友光顾，从他们的嘴里，我时常听到何家的信息。有安康的女作家张虹，有感于荷花和我的情谊，写过一篇散文；兴平的一个摄影家特意给我寄来一张三官庙小桥流水的照片，照片中举着山花过小桥的竟然是何家的几个孩子，为首的便是荷花，她穿着我送她的红衣服，笑嘻嘻地跑在最前面……

这些山里人以自我的生存型人格，以自身的贫困与闭塞为代价，为城市保留了一片让人寻觅的风景，保留了一片恬静和原始。我们走进深山在感叹回归大自然的同时，大概没有想过这些成为大自然的一部分、远离现代文明的纯朴山民。

走出去的可称回归，没有走出去的呢？

因为关注大熊猫保护的事情，我常去三官庙，每回进山，人尚未到达，消息就先传了进去，于是荷花和她的母亲早早就在半路上迎着了。不久前又去那里，山道上不见了荷花和她的母亲，直至村口，才见两个牧童在执棍相嬉，我大声喊："你们把荷花给我叫来！"牧童见了我并不招呼，撒腿就跑，连牛也不顾了。

一会儿，何庆富和他的老婆一前一后到保护站来了。荷花母亲见了我，"哇"地一声捂了嘴，老何也蹲在墙角一脸灰暗。许久，何庆富说，那娃儿没福，害红斑狼疮死了。

我问，没去医院？

父亲说，去了，花了近一千块钱。

我说，没有效果？

母亲说，山太深，出一趟山很是不容易。

他们也找过我，不巧，我正在国外，无法联系。那母亲说，荷花从西安回来后就死命读书，成绩在全校考第一，她说要凭这个走出大山。高小她考上了大鼓坪小学，初中又考进了药坝中学，成绩一直遥遥领先。山里的女孩能走到这一步，不容易，三官庙至药坝，出山的路她已经走了一步，终是没能走出去……

一想起这个山里的小姑娘，我的心里就满是酸涩，一个朴素的山村小孩能立下出幽谷、迁乔木的大志，其付出的努力可想而知。或许她在山中嫁人、生子、持家，如她的母亲一样平凡度过一生未尝不是好事，她偏偏与我相遇，又去了西安，引出这许多希冀，许多伤情，想来是一种无缘。

我不知道是不是我害了她……

也有从山外走进来的，同样来得义无反顾。

那是汪汪的妈妈，老县城村的民办女教师——李芹英。我常常感到这个瘦小女人的不容易，她的家原本在山外的平原，为了爱情来到这山的深处，成为了老张家的儿媳。老县城里，最烂的草房就是她的家，最小的孩子就是她的儿子。我初到老县城，她让丈夫给我送来了一小袋云豆，让我煮粥吃。那丈夫进了门无甚言语，只是笑。我一直不明白，她那个简陋的、一无长物的家里怎的竟容纳了爱情，容纳了清苦的山中岁月。米面的夫妻，妇唱夫随的平淡日月，成为了古城里的一段佳话，成为了外来人极想探讨的一个谜。她有文化，有着教师的资格，会说英语，教授着村里的小孩子，承担着村里文化的启蒙。老县城小学一二三年级同在一个教室里上课，教室很漂亮，是希望小学，但桌椅很破旧，城里人帮着修了房舍却忘记了桌椅，孩子们就趴在那高高低低的旧桌上算 1 + 1 = 2。教书之外她还要种地管家，每个月，她应该从村里领到 150 元补贴，却常常不能兑现。贫穷使她尴尬，使她的生存变得更为艰难，她不止一次地跟我提起，能不能将她的“民办”改成“公办”，她知道这是“破格”，但她实在是盼望，这样可以让她的负担轻一些。我想起了湖北作家刘醒龙的小说《凤凰琴》，想起了江南山村小学那些“民办”转正的艰难，不是她一个，牵扯到一批。

我问她到山里落户后不后悔，她笑笑说，不。

她的丈大张小壮是个很英俊的青年，白净清瘦。我跟周围的人说，这个张小壮，从哪儿看都不像个农民，但他偏偏就是个农民，不折不扣的农民。李芹英与张小壮是在山外认识的，那时张小壮在外头读高中，他们是同学。小壮人朴实本分，有艺术气质，博得了李姑娘的芳心，后来张小壮考上了西安美术学院，决心要当画家。李芹英为支持张小壮的学习，主动来到山里，成为张家的媳妇。学美术要大量经费，张小壮的经济实力达不到，他的双脚由艺术家的彩云而落到实处，于是退学回家，在山村与妻子一起过起了小日子。

也是一种不错的很实际的活法。

《天仙配》里的情郎也不一定非得美术学院毕业。

有电视台的记者到老县城来，报道了女教师和她的丈夫，在山外引起轰动。城里人想的是前苏联电影《乡村女教师》里的瓦尔瓦拉·瓦西里耶夫娜，殊不知，跟那文雅细腻的外国女教师相比，咱们的乡村女教师在地里抡大锄的情景是多么的让人不可思议。

电视上演了女教师的情景，保护站的王培毅教导她说，现在外面报道了你，你的名气大了，各方面得注意呢，要谦虚谨慎，别以为自己了不起……

女教师垂着眼睛说，是。

我想这个王培毅，你以为你是谁，管好你的大熊猫就是了，你教导人家女教师算怎么档子事？但是山里的事不像山外头分得那么清楚，有了问题谁都可以发表看法，谁都可以成为教训你的大爷。

事后我和王培毅交换看法，老王说，我是看山外的女子在山里很不容易，很可怜，叫来了电视台的人拍她，想的是外头有影响了能给女子转个正。谁想拍了，播放了，却没解决实际问题，到现在还是个民办的。

不管怎么说，老王还是出自好心。

说及老县城的脱贫，西安的前副市长卢建国和农科院的研究员张正当是功不可没。

1989 年 8 月 21 日，卢建国带着西安市的一些部局级干部和各县的一把手一共五十四人，从厚畛子攀山步行二十多公里到老县城来访贫问苦。那时候的路还是羊肠小道，层峦叠嶂，道路盘曲，走得艰苦而卓绝。老县城隐在深山，是距离西安市最远最偏僻的村落，也是吃返销粮最多的村落。五十四个干部进了村，自带着粮食，分住在各家，市长是让大家充分体会一下什么是穷。我至今非常敬重这位大姐，当年她到老县城的年龄就是我现在的年龄，现在坐车还嫌路难的情况下，我不能想象她是怎么走进老县城的，换了我大概不行。

那时候老县城的生产力延续着清朝的水平，使用的种子是从爷爷的爷爷手里一代一代沿袭下来的。写到这儿我想到了今年到台湾南部少数民族排湾族的部落采访，看到他们在收割谷子，那谷穗有一根手指长，粒小得针尖一样，真可称为“小米”了。我问他们这是什么品种，他们说没有品种，老祖宗留下来的种。小米已经退化成狗尾巴草了，还在留待明年耕种，维持着一种传统，维持着越来越低下的收成。老县城也是如此，长期种植的小麦是洋麦，杆长穗小，当年撒种当年收割，麦黑而散，蒸出的馍馍吃起来粘牙。山里的粮食种得粗，小麦不分行，乱撒种，种 25 公斤，打 50 公斤。玉米的品种叫“野鸡爪”，一听名字就知道不是什么好种，高不到一米，离地不到 20 公分就结出了棒子，野鸡一伸爪就抓一个。一个棒子有鸡蛋大，上面只有 50 来颗玉米粒。所有粮食在内，人均年产量不到 200 公斤，是个穷得不能再穷的小山村了。

有个跟着卢建国进老县城的记者张常良对我回忆当时情况说，他在城门口看见一个男青年穿了件口袋掉下一个角的“制服”，站在人群中的欢迎队伍里，不知怎的，他对这件掉了角的制服印象颇深。吃饭的时候，他发现掉了角的制服又穿在了一个往桌上端饭的女子身上……

大队人马住下的当天，村里的少壮们都到地里的窝棚去“守秋”了，为的是给五十四名客人腾出睡觉的地方。这恐怕是那些到老县城的官员们至今不知道的。

关键是一个字，穷。

卢建国回西安以后，派了农、林、畜三个方面三名科技人员，从根上解决老县城的吃饭问题。张正就是其中之一。张正是1966年西北农林大学土壤农化系的毕业生，西安农业科学研究所的研究员，受政府之托，在市长考察之后半个月就来到了老县城，改造这里的土壤和粮食。这大概是自老县城有史以来进入这个地区的科技第一人。他的工作，使老县城的农业有了翻天覆地的变化。

张正的做法是依靠科技提高粮食产量，选用良种，搞地膜玉米。第一步做法是用“温饱工程”的款项，买了700公斤“酒单2号”玉米种，买了地膜、化肥，在老县城种了120亩试验田。120亩地不负众望，头一年就结了大玉米棒子，亩产达到了800公斤。老百姓乐疯了，热热闹闹地耍了一场社火。村西的牛启玉老汉说，我活了六十多岁，从没看到过这么大的苞谷坨坨。

接下来是改良小麦，“神农7号、8号、10号”“秦麦9号”“陕8003”“陕229”都试验过，最后定下来最适合老县城气候土壤的

“8692”，这个品种耐寒性强，不容易冻死。

到了1991年，老县城的粮食产量是十万公斤，乡亲们可以放开肚子吃饭了，这是以前做梦也没想到的事。而后是引进种猪，改变老县城的土种黑猪；引进山羊，交给孙、冯两家喂养；油葵、日本南瓜、大白菜、黄瓜、各种豆子，包括日本大云豆相继进入了老县城，仅1996、1997、1998三年，引进的菜蔬就不下五十种，张正们决心要在老县城办个“农业科技示范园”……

按说一切设计得都很到位，却好像在哪个环节上没接续好。张正走了，一切就散了。我在老县城没见过什么日本南瓜和大云豆，也没见过黄瓜。可能是不适合在这儿生长，五十种菜就见到豆角和小白菜、大萝卜，许是我孤陋寡闻，调查不细。那些羊死完卖完吃完，再没有发展，其他人对此好像没有兴趣。张正们留下的城东那片薄荷地荒着，寻薄荷得拨开蒿草……我问过当地人，怎的不把薄荷种下去，他们说卖不上价。

利用写作的休息，我到西安未央区张正的家里，拜访了这位于老县城有功的科技工作者。张正已经退休，微胖，气色很好，他说他有糖尿病。张正至今对老县城情有独衷，说他现在还有精力，还想为老县城再干点儿什么。我说老县城的人现在还记得他，在老县城的发展史上，他应该有重重的一笔。老张很激动，他说，我们在老县城，依靠科学种田，一年粮食翻番，两年人均产量过千。1988年粮食产量是四万公斤，1990年是八万公斤，1991年是十万公斤，一年比一年好。问及老县城现今使用的种子型号，我说特意问过他们的镇书记，种子是年年换的，老县城人在科学种田上尝到了甜头。老张说这好，他最担心老百姓把种子年复一年地使用，他还心疼他那块薄荷地，他认为价格再怎么低，也要坚持下去，市场价格一年一变……张正说，农民的眼光有时候看得太近，做什么都要马上见效果，只肯走一步，不愿意多迈几步，多迈了就认为不合算。小钱看不上，大钱挣不来，得让人推着走。他还给我讲了他朋友的一件事，那位朋友为了帮助村里的人增加经济收入，自己掏腰包买了六只蓝狐，用笼装了运到老县城，让农民饲养。随蓝狐而来的还有鸡和钱，那朋友告诉农民，鸡吃完了用钱买，保证狐狸的饮食，这是经济价值很高的东西，要让它的毛色光滑明亮。如果老县城适合它们生长，下一步可以大量引进，办饲养场。过些日子，张正的朋友到村里来看狐狸，他的那些狐狸一只只灰头灰脑，在喝苞谷糊糊，说是鸡都死了……

把个狐狸当狗养了。

引进来的种猪命运也不好，山村的猪跟种猪配一次要交100元，农民哪里舍得这笔钱，算了吧，自家的猪跟自家的配也没甚不方便。所以到今天，老县城的猪还是“连窝子”。不但猪，牛也是“连窝子”，相隔20公里的厚畛子都引进了新种“秦川牛”，一年便可以长成一头大牛。但老县城的人不买账，他们就认山窝里的土牛，土牛又瘦又小，几年也长不上个儿。农民说，牛就是个牛嘛，让它慢慢长，急甚哩。

类似的事在佛坪保护区也有出现。1985年我到佛坪，保护区为了提高区内老百姓的经济收入，无偿地给老乡赠送山茱萸苗木，指导他们发展经济，以改善生活水平。山茱萸树又叫枣皮树，产的果实山茱萸肉是名贵中药，可以温中、止痛。80年代末一斤山茱萸收购价达到十几元，很多农民借此发了一把。商品的价格从来是波浪式起伏的，没有哪种商品长涨不衰，火箭似的，勇猛攀升。一度，山茱萸的价格跌下来了，有的农民就沉不住气了，将山茱萸树全部砍完，当柴烧了。最近，山茱萸肉的价格又升了上去，砍树的现栽树却是来不及了，就埋怨自己倒霉，埋怨命不好。都说性格决定命运，什么决定性格呢？你的见识水平就决定性格。怪谁呢？怪自己！

保护区鼓励大鼓坪某个农民种西洋参，将他送出去到汉中留坝县学习种植技术，学成归来，很是轰轰烈烈了一阵子。但是头一年没经验，一个子儿没收，第二年你倒是总结经验接着干呀，他不干了，把剩下的西洋参都炖肉吃了，再不种了。那么多参都吃到肚子里，不知吃出了一种怎样的效果，让人惦记。

为发展养猪，保护区给山里送来了种猪，为的是改良山区土猪品种，增加收入。山区老乡卖猪娃从来没有随行就市一说，第一年卖是两块钱一斤，以后就永远两块钱一斤。山外已经几毛钱一斤了，他们还咬定两块钱不松嘴，理由是从前就是两块钱。山里养了一大群小猪崽卖不出去，就说保护区的算计不准确，让他们没占什么便宜，于是把种猪骟了，以保证母猪不再生养。

倒也干脆利落。

扶贫是必要的，有人说，不能单纯给钱给粮，教给他们致富的办法才是最根本的。事实说明，办法再好，关键还是在于要提高农民的文化素质、提高道德修养，要开阔眼界，让动力从他们内心暴发，冲破农民的狭隘观念，让思路走出这崇山峻岭，这才是最重要的。文化素质的提高不是一朝一夕的事情，甚至不是一代人的事情。如同植树一样，它能成荫，必须经历无数个春夏秋冬，不断的改变，不断的完善，最终才能风雨无摧，才能成为栋梁之材。在厚畛子的镇委会上，我将这个看法郑重提出，书记刘武洲说这正是他们的工作目标，是他们这一届党组织的工作重点。山里的教育要从孩子抓起，要提高文化素质。搞素质教育，不是人要走出大山，是我们的目光想法要走出大山。

人在寻找命运，命运也在寻找人。生活就是顺着这个圆周进行的。

毕竟山里人是质朴的，他们虽然没有将张正的新科技全部接受，但是他们热爱着他们的市长，尊敬着他们的张正。几乎所有的家庭，堂屋的正中都贴着“天地君亲师”字样，一年一换，体现着山里人对自然、对祖先、对亲人和师长的敬重。这是中华民族对于传统的尊重，对于环境和人情的珍惜，这其中当然包括给他们的生活带来变化的值得他们永远记住的人。

他们的一些生活习惯尽管陈旧，却还保留着，还不自觉地遵守着，轻易不肯丢掉，不肯改变。我们不能强迫，我们必须越过眼前这道山梁，朝远处看。中国有句老话说，“衣食足而知礼义”。这“礼义”不光指的是礼节、道义，更主要的是指个人的见识和修养。让人欣喜的是大家都在朝这方面努力着，艰难地努力着。厚畛子镇的领导们保证，所辖区内凡是上小学交不起学费的，政府给想办法解决，这当然也包括老县城那块偏僻土壤。这使我对这个新组成的镇领导班子充满了信任和期望。我们有些文学作品将基层领导班子写得愚昧无能，贪婪独断，甚至贪污腐化，这影响了一批读者，以为基层干部就是如此。我刚下来时也抱着这种观点，对乡镇一级干部保持距离，用审视的目光将他们一遍遍扫描，后来得出一个再普通不过的结论：好的是大多数。

正是有了这些连接政府和群众的基层干部，我们的事业才兴旺发达。最近，厚畛子镇政府从山外买了 60 万株树苗，其中有 40 万山茱萸苗、20 万花椒苗。装树苗的集装箱大卡车半夜 12 点开进镇政府，全体干部连夜卸车，连夜发放，通知不到的就给群众背到家，送到家。终于在凌晨 3 点，将最后一批树苗送出院子。之所以这样急是为了赶春雨，结果树苗栽上没两天就下了雨，成活率达到了 90%。镇上通过关系，又和同仁堂集团公司挂上了钩，保证将来山茱萸肉的收购。

老县城在逐渐摆脱它观念的羁绊，摆脱传统的束缚，向着明天迈步。

## 第五章　大熊猫

小径很陡，一直向上向北，《陕西日报》的老田、我和电台的小张、还有工人报社的老韩走得大汗淋淋，苦不堪言。保护区的梁启慧和党高第担任前锋和后卫，背工们背着帐篷和吃食在大本营凉风垭还没有出发。凉风垭是北路进入保护区的第一道山梁。我对凉风垭保持着警惕，第一次来保护区采访时，这里的人告诉我，凉风垭发现了一个人的尸体，也发现过老虎的粪便，粪便里面还有女人长长的头发。1987 年我写过一篇小说《远去的凉风垭》，写了我对山林的恐惧，路遥给写了评论。因了这篇小说，得罪了山里我很敬重的一位朋友，文中说男主人公在山里闲的没事，用火塘里的火钳将自己的脑袋烫成了个卷花头。朋友说我写的是他，又对文中的诸多文字不感冒，再不理睬我了。我觉得很委屈，因为我至今也想不起他脑袋上的头发是不是卷花，小说就是小说，认真不得，不必为它再去伤神了。

我们排成一队在杂树丛中走着，大口地喘着气。我走在老田后头梁启慧前头，这是最好的位置，前面的人容易被蛇咬，后面的人容易被蚂蝗咬，中间最安全。在一个叫野猪档的地方我们停下来，太阳的光线很强但是温度不高，5 月底的天气在山上得穿羽绒服。周围是葱绿的山，头顶的天蓝得发暗，没有云彩也没有鸟鸣，时光在这儿凝固了。老韩问这回上来能不能看到熊猫。小党说难说，熊猫不是他们家养的狗，一吆喝就颠儿颠儿跑来了。老田说不管能否看见，这山这水对人的灵魂都是一种净化，不虚此行。有人说饿了，下面的背工还离得远，上来了也是干方便面。于是大家看着我鼓鼓的背包打开了主意，因为那里面散出了浓郁的糖火烧味儿。那是一包从北京带来的通州糖火烧，是我为自己准备的“细软”，我在饮食上的挑剔和不迁就常常使我招人讨厌，让人为难。这次带的糖火烧刚上山就被他们惦记上了，午饭吃了没两个小时，怎的就会饿？明明是馋。

通州糖火烧一个没剩，全部成了上山的牺牲。京城的传统味道跟陕南的老林没有必然的连接，大家都吃得有些莫名奇妙，我为我那些细腻的糖火烧暗暗叫屈。梁启慧让大家不要久歇，说前面的路很艰苦，要在天黑前赶到光头山，否则这一队人就麻烦了。光头山是我神往的地方，山在周至境内，海拔 2838 米，全是石头没有树，各种野生动物都喜欢到那里集合，那里是野生动物们的圣殿。向往光头山的缘由起于保护区的雍严格。80 年代，我在三官庙保护站遇到了刚刚从光头山上考察下来的雍严格，一个英俊潇洒的年轻人，说着一口略带陕南口音的普通话。他在保护站院里有限的阳光下晾晒那些湿漉漉的睡袋，保护站的大师傅在忙着为他下汤面，他说他冻坏了。我奇怪在这炎炎夏日何以“冻坏”，他说光头山上下了大冰雹，每粒都比指甲盖大，还打了响雷，雷贴着地面炸，炸得石头冒烟，他趴在地上不敢动弹。我问他在上面看见了什么，他说在光头山上待了一个星期，看到了成群的羚牛、单个的豹子，还有熊猫。我当时对这个勇敢漂亮的年轻人敬佩极了，一个人在秃山顶上与野兽为伍七天，太了不起了！从此，雍严格作为保护区科研人员的形象便很清晰地印在我的脑海里，光头山以它的粗砺雄浑和神秘成为我心中的圣地，成为一个吉祥的地方。

这次保护区组织新闻单位上光头山，于我实在是个难得的机缘，我是为上山而上山，其余的人则是为了看大熊猫，他们满怀信心，相信在光头山上一定能遇到国宝。

垫了肚子，起身又走，沿着山脊，“路”很窄，很多时候仅能容得下一只脚。梁启慧告诉我们，脚下的山梁是两县的分界，我们的左边是佛坪，右边是周至。我使劲看了半天，觉得佛坪和周至没有任何区别，于是左右脚一边走一边念叨：佛坪、周至，佛坪、周至……山脊一转，调了方向，就乱了。不知什么时候，两边的树突然换了品种，那些女贞、冬青、桦树不见了，代之的是大片大片的针叶林，油松、华山松、红杉、青杆，高挺俊秀，棵棵都是栋梁之材。这是片原始森林，自有史以来，还没有人动过它们。梁启慧说，这里的海拔至少在2600米以上了，再往上走就没大树了。

脚下有许多圆蛋蛋，是羚牛的粪，几乎每一脚下去都会踩到它们，羚牛之多可想而知。我问梁启慧，遇到羚牛该怎么办，他说，上树。我就往树上瞄，看什么样的树我能上得去，结果都是大松树，哪棵我也上不去。可怕的是在羚牛的粪便中，偶尔会看到白而硬的小屎橛，里面夹杂着动物的毛。我问梁启慧是不是老虎的粪便，梁启慧说是豹子的。我问豹子会不会扑过来，梁启慧说它早躲了，这一大队人吓也把它吓瘫了。我让前面的小党为我砍了一根棍子，掂在手里，自觉安全了许多。

往上，永远地往上。我已经筋疲力尽了，落在了队伍的后面，那些背工在一个小时以前就赶过我了，现在大概快到了。我走十步，歇一歇，看见石头就想坐，看见泉水就想喝，从来没这么累过。从来没这么狼狈过，我对梁启慧发誓，我再也不上这山了！我再也不会来看什么狗屁的大熊猫！梁启慧尽职尽责，不紧不慢地在我的后面跟着，像赶猪一样推着我走，说，马上就到了，再坚持一小会儿。

“马上就到”的话他说了上百遍，太阳已经往西沉了还没有到。如他所说，我的周围已经没有树了，相对开阔的山巅上是一大片矮化杜鹃。那些杜鹃你拥我挤地连接着，将地面盖满。梁启慧说我来晚了，半月前这儿是一片万紫千红。我站在岩石上，想象着那万紫千红，耳边荡着呼呼的风声，面对着西天的落日，面对着一片火红，突然觉得周围的一切都很神圣。这落日这杜鹃这岩石这风，千百万年前就存在着了，千百万年以后还将存在下去。我不过是一个匆匆过客，一个渺小的、瞬间即逝的过客。那些杜鹃还留下了一片泥尘，我则什么也没留下。

我在岩石的后面发现了熊猫的粪便，三四个纺锤一样的物体，每一个都有四寸长，两寸宽，淡绿色的。我蹦下岩石，蹲下来，将其中的一个捧在手中，粪便很快就散了，里面有排得很整齐的竹屑，有股近乎竹子的清香。我很高兴，将它拿给梁启慧看，梁启慧看了一眼轻描淡写地说，感染了蛔虫，是个过路的，它是到西边的游泳池去了。我问游泳池在哪儿，他说明天路过。梁启慧是个很冷峻的人，不苟言笑，我总怀疑他不应该去学林业而应该学哲学，可他说他应该进电影学院，专门学摄影。他曾经用老旧的 DF“海鸥”120 照相机拍过羚牛的大特写，完全没有拉镜头一说，他是冒着危险到羚牛跟前按快门的，要了个大胆儿。当然现在他是个很不错的摄影师了，保护区展览馆很多图片都是出自他的手，他身上背的大炮筒子一样的相机，价值七万。有一回他陪老外上光头山又遇上了羚牛，这回人家羚牛不客气了，低着脑袋冲过来，民工抢过他的“大炮”，一猫腰蹿没影了，老外惊呼：你不能丢下我！他把老外一推，闪到一边，冲过来的羚牛收不住脚，掉山底下去了。惊险过后，民工从岩石后头钻出来，拍着他的照相机说，这家伙七万块哩，比你们俩都值钱，关键时候，我得保护好它。梁启慧讲这件事的时候很郑重，很严肃，我却乐得直不起腰，觉得这个民工很可爱。

到光头山还得翻一个山梁，没有路，是羚牛们踏出的路，一直在山脊上盘旋，森林都在脚下，山谷变得很遥远，连流水的声音也听不到了。磨蹭到山顶，有个木头搭的马架子，据说是位叫宋延龄的研究羚牛的女科学家为了观察羚牛，一个人在这个小马架子里住了几个月。我的骨头已经快散架了，顾不得敬佩什么女科学家了，一头扑进马架，躺在木板上再不想动了。我对梁启慧说，光头山反正已经不远，你过去给小党带个话儿，让小党把晚饭送这儿来，我就在这儿过夜了。梁启慧说下面的路全是下坡，再不用爬了。我说不爬也不走了，我已经到了生命极限。我躺在小棚子里，想起小时候看过的一个电影叫《逆风千里》，是解放军押送国民党俘虏的故事。那些国民党大官一路上玩花样，要死狗，好一通折腾，让解放军急不得恼不得。

我眼下的情景跟国民党俘虏也没甚两样了，可惜这个梁启慧没赶上看《逆风千里》的时候，要不我们还能交流一下子。躺了一会儿，身上有点儿冷，最后终于抗不住那寒潮，爬起来，我看见梁启慧还在外面的石头上等我，举着他的“大炮”冲着西边天际的晚霞比画。

累得死去活来的我终于在天黑的时候最后一个到达了光头山。这里除了大石头就是苔藓，一座原木搭成的木头房子，里面有一铺贯通的木炕，一个取暖用的铁炉，条件十分简陋。这里原本是巡护员临时的观察站，现在成了我们的营地。先到的已经吃完了饭，是民工做的，米饭、腊肉炒洋芋片。我说是民工水平，小党说在山顶上弄出这个已经是空前绝后了，光头山的山神什么时候见过腊肉炒洋芋，不是因为我来，他们就干啃方便面。

晚上，不论男女，大家统统挤在那铺炕上，每人一个睡袋，每人发了一件羽绒衣，钻在睡袋里手不敢往外伸，冷。躺在炕上大家聊熊猫，小党说要看到熊猫明天必须还得往上走，到游泳池去，那边有熊猫。有人说既然往上，索性就到保护区的最高峰——鲁班寨。我问路程，说是比今天走的路还多一半，一天回不来，得在鲁班峰底下宿营。问山高，说是海拔 2904 米，迄今为止，新闻界的人还从来没有人上去过。大家决定明天继续攀登鲁班寨。

我宣布，我明天不再攀登，甘愿在光头山当留守，让那鲁班寨由着别人去征服，我绝不嫉妒。

第二天，天刚亮，我听到小党在外头指挥着民工做饭了。体力好像恢复了许多，我从睡袋里艰难地爬出来，来到木房子外头，果然民工们在做饭，他们生了一堆火，在那堆火上能把饭做熟了，也是本事。保护区的这些民工都是训练有素的，他们的专业知识，不比刚出林校校门的学生差。一个民工告诉我，昨天夜里有个大家伙从房前头的竹林子过去了，踩倒了一大片竹子。我问是不是熊猫，他说不是，熊猫没有这般高，路过是一个洞。但是大家都说是熊猫，好像是熊猫才不辜负他们爬这座高山的目的。我傻呆呆地看着民工做饭，天太凉，就坐到太阳地，满天的大太阳，却冷得要命。

老田问我：你真不上去了？

我说，不上了。

老田说，我们一走两天，不回来，你一个人住这木头房里不害怕？

我说不害怕。

老田就说我这个人有猛兽意识，不合群。

我那时是头一回听说“猛兽意识”这个词，这是评论文学个性的，老田用在我身上了，他觉着很准确，我不以为然。

吃饭时大家都说我应该跟着队伍走，小党说鲁班寨属于光头山范围，不上到鲁班寨，终不能说到过光头山。鲁班寨从震旦纪生成到今天，还没有见过女性，我上去，也会让那老山神开开眼。

为看大熊猫我必须跟大家走到游泳池。“游泳池”其实是一大片高山草甸，但是草甸上长满了密密麻麻的松华竹。松华竹细小，不高，最粗的也就拇指粗，一棵棵你挨着我，我挤着你，用密不透风来形容一点儿不过分。我们进入其中，必须像游泳一样，用两只胳膊划着才能行进，故此被命名为“游泳池”。松华竹是大熊猫最爱吃的竹子，游泳池是大熊猫的乐园，如果运气好，我们说不定在这儿能看到它们。

进入游泳池没几步，我们就被竹海淹没了。只听见哗啦哗啦的声响，谁也看不见谁。小党急了，梁启慧也急了，他们大声地招呼我们，让我们靠拢，顺着他们的声音集中，否则丢一个，几天也走不出这池子。我明白了，从一开始梁启慧们就没打算让我们在这儿看见大熊猫，这般打狼似的热闹，不是找熊猫，是在游旱泳。将近两个小时，在梁、党的呼唤下，我们才在池子的另一端聚了齐。相聚的我们，身上沾满了竹子的清香，头上顶着晶莹的露珠。我说我看到了熊猫的粪便，新鲜的粪便，还有黏液，那只“猫”肯定就在附近。老韩说，里面的熊猫粪太多了，走三两步就有一堆。小张说他发现了熊猫的巢穴，用竹子搭的巢，很舒服。我问他里面有没有鸭绒褥子，小张瞪了我一眼。

我们谁也没有真正看见大熊猫，但我们都和大熊猫擦肩而过了。到目前为止，大熊猫对于我们都还是个影子，没有实体，我们嗅到了它的气息，看到了它的痕迹，它像一股风，轻轻地拂过你，又让你抓不住。

我没有勇气一个人再返回竹海，决定跟大队攀上鲁班寨。

大家称赞了这个选择的正确。

下午近日落才走到鲁班寨。鲁班寨由万千块大石叠起，石块互相叠压，是第四季冰川的遗迹。我们像羚羊一样，从这块大石头跳到那块大石头，迂回着向上走，根本没有路。攀上山顶的一刹那，顿时开阔了，一种悲壮情愫油然而生。放眼四望，秦云苍淡，众山渺奔，风由涧底涌上，吟出一首无言的歌。脚下的巨石曾经轰然而下又遽然而止，气势绝非人力所为。无言的石流渗透出一种魅力，一种亘古流淌的、无终无始的魅力，它使人回到洪荒的年代，重新认识生命的底韵。我们在油腻、喧嚣的生活里浸泡得太久了，心理的尘埃也积淀得太厚，终日戴着各式各样面具充当着各式各样角色，承担着各式各样的责任，好妻子、好母亲、好下级、好同事、好朋友……唯独忘了一个“好自己”。以致生活失去了自然变得拘谨，失去了知觉变得麻木，面对扭曲失形的自我不知为谁，不知自己半生走过，都干了些什么……如今，站在大山的高处反省自己的人生，竟有了一种大山赋予的顿悟，说是充实，失去的也毕竟太多。值得珍惜的自然要珍惜，醒悟过来的，匆忙拾起，好在今后的路还长。

是熊猫将我们引向了这里。

我们几个人决定，每人在鲁班寨面北给大山磕一个头，许下一个心愿。

大家的愿望五花八门，都很实在，都很合情理……

临到我了，我跪在那块巨大无比的岩石上，面对着北方，北方是无数的山，一片岚气蒸腾着，隔一道小梁是周至老县城，那是我向往的另一个神圣的所在。这时，太阳从云层后面露出脸来，立时一片光明，将山将人将树，耀成一片神奇的金黄，金光中，我们仿佛都升华了。苍天作证，我虔诚地将头碰向地面，我的盼望只有一个，唯愿秦岭的青山长在，绿水长流。

2000 年底，北京的中华世纪坛要封存一些知名人士的“世纪留言”，到下一个世纪再开启，要求要注明留给谁谁。我有幸被选中，用他们发给的质地很好的纸写下了我在鲁班寨顶许下的心愿，我写道——

一百年后，我不在了，我写的作品也不在了，但是秦岭的青山绿水还在，大熊猫、金丝猴们还在，保护它们的工作人员还在……

写给谁呢，我想了半天，一百年后的人事让人无法预料，干脆就写给一百年后的林业部长吧。只要那时候还有林业部……

我们没有看到大熊猫，但是我们为大熊猫深深地着迷。

是的，熊猫具有一种魔力，它吸引着你，让你喜欢它，爱它，惦记它，可怜它，它能打动所有看见过它的人，这是一个尤物。阴阳是道教哲学的轴心，黑与白的反差是事物的两个极端，是平衡，是统一，这些特点我们在熊猫的外表都可以看到。

野生动物中，最能和人亲近的大概就是大熊猫了。它温和、平淡，除了交配期以外，对人几乎没有攻击性。在秦岭山地，我听到过不少大熊猫和人的故事，它像个很乖、很可爱的小孩子，在我们这片山林里溜达，跟我们做着各种游戏。关于熊猫和人的交流，在山区流传很多，我的汉中朋友贾连友写过一篇很有意思的通讯《大熊猫做客农家记》，把熊猫的憨态和农民对国宝的关照写得淋漓尽致——

我们驱车四个多小时，又在密林中山路步行十多公里，终于找到了熊猫“茅茅”做客的地点：华阳镇茅坪乡九池村。

村长谷应明说，（1996年）3月23日晚上7点多，这只大熊猫吱吱呀呀地推开了他家后门（熊猫也很有长官意识，它首推村长的门，而且是后门，不知是否带了礼品。——叶批）。谷村长一看是熊猫，又惊又喜地招呼它进屋。熊猫探探头，看看主人，像是来串门的老朋友，大摇大摆地进来了。这只熊猫平时常在村庄附近活动，它体格健壮，性情憨厚，黑白相间的皮毛光泽华贵。当地人以它生活在茅坪乡叫它“茅茅”。谷村长的母亲一看来了位尊贵的“客人”，连忙找吃的喂它。“茅茅”吃了几块切好的腊肉，又自己找到了一桶谷村长家贮藏的蜂蜜，美美儿地吃了一顿，然后在院子里转了一圈，走进了谷村长家的牛圈里。谷村长一下明白了“茅茅”想要“留宿”的意思，就把牛寄放在别人家，又找来一些干净的稻草放进去。“茅茅”用嘴用爪铺了一会儿，又不客气地从牛圈里存放草的草堆里扯出一些干草，把自己的铺垫得暖暖和和的才卧上去。

第二天一早，“茅茅”就顽皮地去敲敲东家的门，拍拍西家的窗户，惹得大家都来逗它玩。玩够了，它的大部分时间就在谷村长家门前的一片竹林里吃竹子。村民们有的给它吃糖果，有的给它吃萝卜，谷村长的母亲还烧了几个土豆，给这位“客人”送去。“茅茅”笨拙地用嘴用“手”剥去皮，大口大口地吃起热烘烘香喷喷的烧土豆，惹得大家一阵阵欢笑。天黑了，村民们看着“茅茅”又回到了牛圈休息，才各自回家。

谁知，“茅茅”此时还余兴未尽。

村民们散去后，它又神不知鬼不觉地来到村民王德刚家里。王德刚一家人正围在吊罐火坑旁取暖，突然听到灶房里锅盖响动，进去一看，“茅茅”正站立着那笨重的身子，探头吃锅里的米饭。一家人赶忙又为它盛米饭，又为它冲牛奶。“茅茅”吃饱喝足，用前爪拍拍肚皮，晃晃大脑袋，一副满意的神态，然后，它一屁股坐在火坑旁，烤起了火。于是，王德刚和父母、妻子、弟弟以及两个串门的联防队员共十个人，与这位国宝“茅茅”围坐成一圈取暖。大家尽情地观赏它，抚摸它，逗弄它，“茅茅”也不时地发出几声“汪汪”的狗叫或“咩咩”的羊叫，逗得大家乐了个够。

3 月 25 日，在村里做客三天的“茅茅”突然精神萎靡，食欲不振。“茅茅”可能病了，村民们不敢给国宝乱吃药，动物保护站站长刘崇智和管理干部仇培敏闻讯赶来了。下午 5 点多，他们在房前竹林里见到“茅茅”时，它正坐在地上，耷拉着脑袋昏昏欲睡。仇培敏伸手拍拍它的脑袋说，“病啦!”“茅茅”慢慢抬起头，爱理不理地看看他，又埋下了头。消息迅速传到了陕西省动物保护部门，抢救人员当天就驱车上路，第二天赶到了茅坪。他们查看了“茅茅”留下的粪便，发现“茅茅”肠道有毛病，便和村民漫山遍野地寻找“茅茅”。傍晚，终于找回了躲在小河对岸深山沟里正在吃竹子的“茅茅”。人们把“茅茅”请上了专车，村民们纷纷打着火把为“茅茅”送行。村长对记者说，村里人都喜欢大熊猫，“茅茅”和咱们这样亲近还是第一次见到。

3月27日，“茅茅”乘车前往周至的陕西濒危野生动物繁殖抢救中心[①]，接受疗养。

我们抛开感情成分分析这件事情，大熊猫到农家做客，完全是一种误入，人们以“客”的观念对待它，给它好吃的，对它更是一种错误诱导，它那吃惯了清淡竹子的胃肠何以突然能承受腊肉、牛奶、米饭和糖果。人以自己的热情在感受熊猫，体会熊猫，就让它的“肠道有了毛病”。其实不理睬它也就罢了，人和动物各自保持着各自的生活圈子也挺好，已经“躲到对面小河深山沟里吃竹子”去了，还要被人们弄出来，送上汽车，到“中心”去接受疗养。我不知熊猫的疗养会怎样，任何地方的疗养大概都及不上它的故乡，都及不上那青翠欲滴的竹林。在“疗养”中，“茅茅”失去了自由，这也绝非九池村村民的本意。

古籍中，大熊猫在全国各地如广西、云南、河南、贵州都有分布，到现在就只剩了四川、陕西和甘肃。人们一提大熊猫，马上想到的是四川的卧龙，那个基地的确很大，也很有名。但是陕西秦岭的熊猫与之相比从相貌、性情来说更为随和可爱。外行人看熊猫是一个模样，就像我们看金发碧眼的洋人，洋人看小眼黄皮的我们，很难分出

---

① 正式名称应是“陕西珍稀动物抢救饲养研究中心”。人们通常说简称，但又没有统一的简称，如“野生动物繁殖抢救（救护）中心”“大熊猫抢救中心”“濒危动物救护繁殖中心”等。为了叙事统一，本书简称为“珍稀动物抢救中心”。

细部。但是内行辨认熊猫，他们很快能从几只熊猫中认出哪个属于四川，哪个属于陕西。四川的熊猫鼻吻较为尖长，脸呈三角形，陕西的熊猫脸是圆的，更接近玩具模样，让人看了有抱一抱的念头。

陕西浑圆的大熊猫是秦岭的骄傲，也是老县城的骄傲。

第三次全国大熊猫调查，考察队员们每条山谷每条山谷地数，小小的老县城保护区，野生熊猫的密度让人惊喜，遗憾的是这个数字未经官方认可，谁也无权公布。也就是在这里，在三官庙、光头山、鲁班寨、大鼓坪的大片范围内，熊猫的年增长率高达3.5%，比人类的增长还快。当然，这其中必包括了人工繁殖的熊猫。在整个秦岭地区，生活有220至240只大熊猫，它们在这里的活动可以追溯到更新世初期，大约七十万年前。

我住在西安市的东部，从12层的楼上隔窗望去，东边不远有横亘的塬，塬上有四方的封土堆，高大巍峨，那是薄姬陵。薄姬是西汉文帝的母亲，人称“薄太后”，死于公元前170年，皇帝为他的母亲进行了厚葬，据说陪葬的物种中就有大熊猫。熊猫在西汉时代就已经由秦岭进入了宫廷，司马相如是个动物保护主义者，他曾上谏汉武帝，要皇帝禁猎。在他的记载中，汉武帝的花园里就养了熊猫，成为人们的喜爱。唐太宗给功臣的赏赐是熊猫皮，有位大臣已经故去，熊猫皮就赏给了他的儿子……

国际间开始对熊猫着迷是1936年，那时美国一个叫露丝的女人，在四川卧龙逮到了一只小熊猫，她描述当时情景说，“我一定有短暂的失神，因为等我清醒过来，昆丁已经伸出双臂，向我走来。他手掌中捧着一头正在挣扎的熊猫宝宝，我不由自主地伸手接过这个小东西。手中毛绒绒的触感，使片刻前的梦想成为真实。”露丝决定将这只熊猫宝宝带出中国，出关时遭到阻止。后来，她疏通了关系，终于以“小狗一只，价值20元”的证明，离开上海。小熊猫在年底到达旧金山，被命名书琳，轰动美国。露丝为此而写了一本书：《淑女与熊猫》。

老县城的人管熊猫叫“花熊”。在早，城池还繁盛的时候，这里的花熊并不多见，主要是这一区域内人的活动过于繁杂。县城搬了，田园荒了，人员一下骤减，由几千降到了几十，花熊相应就多了。前两年，甚至有摇头晃脑的大熊猫吊儿郎当地进了老县城，任人围着看，就是不走。

它是病了。

动物学家说，大熊猫有病，需要帮助了，会不自主地向村庄靠拢，向人群靠拢。村庄完全消失了，对大熊猫保护不一定是好事。老乡告诉我，有时候大熊猫吃炭，本地农民爱围着火塘烤火，将炭常倒在屋前房后，熊猫就来。人说吃炭可能是因为病，几乎百分之百熊猫肚里都有虫子。熊猫绝对是有头脑的东西，尤其现在，它是越发地聪明，越发地知道自己的价值了，任何一个熊猫都是国宝，任何一个人却不一定。

动物对人的依赖，有时并不像我们想的那样绝对。80年代山里竹子开花枯死，成为一件大事。松华竹的生长周期是六十年，也就是说过一个六十年，这一片同时生长起来的竹林会同时开花、死亡。周至关于竹子开花的最早记录是唐开元二年（公元714年），“三月，终南山竹有花，实如麦，竹枯死。是年大饥，民采食之。”松华竹分布在海拔1800米至2900米的地段，巴山木竹生长在海拔1800米的高度，两种竹类都是熊猫的主要食物，在秦岭都有存在。两种主要竹子之外，秦岭还有箭竹、慈竹、斑竹等等。竹子开花，主要是指在海拔2200米至2400米的松华竹地段，对秦岭大熊猫的威胁并不太大，200米的距离，大熊猫移动，用不了一个小时就穿过了开花地带。但是一宣传就成了了不得的事，就成了政治，对保护区的压力很大。全国人民都在捐款，到处设立抢救站，成车的甘蔗、羊肉往山上扔，以解决熊猫食物的燃眉之急，几乎成了一个因为竹子开花抢救大熊猫的运动。我对这个做法一直持怀疑态度，不明白这羊肉是给豹子吃的还是给人吃的。我那时在报社工作，就是因为受这场“运动”的驱使而走进秦岭，寻找新闻亮点，想看看人类如何解救饥饿的大熊猫。结果，没采来饥饿大熊猫的新闻，却为这片秀美的山林，为这些保护大熊猫的人所感动。以后便年年来，成了这里的常客，成了保护区的老熟人。

秦岭的大熊猫究竟有多少是因为竹子的问题而饿死，到今天也没有一个数字。竹子每六十年一个周期，大熊猫的出现至少有近百万年的历史了，在这漫长的岁月中，竹子花开花落，都平安无事地过了，怎么到了80年代就迈不过这道门槛了呢？冷静想想，问题大概在我们自己。我们干什么都不要太热，不能缺乏科学性。我们的科研人员，现在如果把研究重点放在竹林的老化问题上，放在竹林的保护上，在下一个竹子开花之前做出成果，岂不是比扔羊肉要有效得多？有时候我们不要自作多情，自作主张，人为地去指导熊猫的生活，以为什么都会按照人的设计而存在，这实在是人把自己看得太大了。人的“爱心”有时爱得真不是地方，爱得让人哭笑不得，说不定什么时候人会给每只大熊猫送双毛线袜子套上，以示“温暖”。

大熊猫，从它的名字来说就非常的不准确。

熊猫，跟猫竟然不存在一点儿关系，原本它是叫作大猫熊。20世纪40年代，重庆一家报纸，因一次排版的疏忽，将大猫熊错排成大熊猫，人们将错就错，也就大熊猫大熊猫地叫开来，从属性上改变了熊猫的分类。有人说，熊猫应该属熊类，DNA杂交，同工酶电泳、免疫学和细胞遗传学研究，都说明了这一点。但也有人认为，如果说大熊猫属于熊类，那么它一定是一只非常不正统的熊，与熊相排列，会“有一大群摆在一块儿显得格格不入的亲戚，包括长鼻子的长鼻浣熊、尾巴握力很强的蜜熊、跟三千万年前渐新世老祖宗一模一样的活化石节尾浣熊……”科学做了许多解释。当我们可怜的大熊猫在遭到解剖、测量、观察和各种科学检验后仍无法归类时，我不禁为它保存了自己身份的秘密而暗暗叫好。现在，科学家们将它单独列为一个科目——大熊猫科，大概也是绝无仅有的破例。

大熊猫到底是谁的争论至今没有结果，美国动物学家夏勒先生无奈地说，在人们的争论中，“大熊猫至今还翘着它的伪拇指，在对我们扮鬼脸呢!”

让人动心的是从西安到咸阳机场的高速路边，有一个告诉人们要关注濒危动物的广告，内容很简单，“国之骄子——大熊猫”。广告上，骄子用婴儿一样的眼神看着你，怯怯的，一副要与你亲近的模样，相当传神。一看到这幅广告，就让我想到它的设计者，一定是个热爱动物的人。秦岭深处的熊猫，站在了车流如梭的高速公路边，以它的天真，以它孩子般的纯净，以它的温顺和憨厚，赢得了人的心，成为了世界公民。一只大熊猫出国，需要四位总理级人物签字，其重要可想而知。

我第一次在野外接触大熊猫是在去三官庙的路上，保护站的小赵把我送到进入保护区的山口就回去了，下面的路由我自己走，三四十里的山道没有岔路，迷失不了方向，尽可慢慢腾腾地去走。我进山的信息上午通过无线电传到了三官庙保护站，那边将晚饭已经准备好了。

一路的鸟语花香让人陶醉，林间撒下片片阳光，照在细草绒绒的路上，照在我的身上，人和路都穿了迷彩服一般，变成了花的。隔不远，路边就有块木牌子，用红漆写着这个地方的地名，透递出一个让你引起无限遐想的故事。时常的，有色彩鲜艳的野鸡从身旁的草丛中腾起，扇过来一股夹着草香的小风，好像谁要把它怎么样了似的，惊慌失措地往林子深处扎去。也有大尾巴的松鼠，坐在路中间，滴溜溜转着一双亮眼睛看着你，你走得不能再近了，它才唰地蹿上了就近的大树，在树上还是好奇地盯着人看。这实在是个好奇心很重的小东西。

我走得很轻松，像是在公园里散步。有个从三官庙过来的老乡，背着山货与我在路上相遇了，远远的未说话先咧着嘴笑，到跟前了放下背篓跟我聊了一会儿，寂寞长路，遇上了是缘分。过来的老乡告诉我，前边转弯的林子里有熊猫，两只，羊一样地咩咩叫。我听了拔腿就往前面跑，一边跑一边掏照相机，老乡在后头叮嘱说，你不要离它太近了。

其实它就在路边的竹林里，我站在路上很清楚地就看见了它。它大爷一样地靠在一棵树上，半眯着眼睛，在吃竹子，一边吃一边哼叽，那声音实在是不好听，扁而细，不像是从那黑白相间的庞大躯体里发出来的。我总以为，熊猫的吼叫应该像老虎一样地震撼山岳，而不是这样的咩咩，但事实是熊猫就是这样的咩咩，这是遇到同类表示友好的意思。后来我知道了，大熊猫在焦虑时会发出咬牙声，牙齿互相撞击和使劲咂嘴；受到严重挫折时会发出哀怨的哼哼，这种哀吟，包括它扯着嗓子叫和拉长声呻吟，是熊猫特有的。它的脸部缺乏表情，但是它的语言极其丰富。

老乡说他看到了两只，就是说另一只就在附近的什么地方。两只熊猫在一起有两种可能，一是在交配，二是母亲带着幼崽在活动。专业人士将熊猫幼崽称为亚成体，这个词我不喜欢，它太缺少感情色彩。说它们是小熊猫、熊猫孩子，便有了欢蹦乱跳的亲切和生命的活泛。亚成体是什么东西，一个简单枯燥的没有生命的符号，宽泛得没了边。竹林里的熊猫对着我坐着，它看见了我，但是一点儿也没把我放在眼里，它不慌不忙地搂着竹子，大口大口，咬芹菜一样地吃着。我朝它的屁股部位看了半天，到底也没辨出它是公的还是母的。它边吃边拉，肚子底下的毛是黄色的，被粪尿粘在一起，很不清爽。大熊猫巧妙地利用它的第六指（伪拇指）掌控着竹茎，左边搂一把，喳喳地吃了，右边再搂一把，喳喳地吃了。左边再一把，右边再一把……它在不停地搂，不停地吃，清脆的咀嚼声有节奏地响着，它的牙好像是天生为吃竹子而长的。

大熊猫虽然专门吃竹子，却又保留着食肉动物所具有的消化道，它没有食草动物既可贮藏又能反刍的复杂的胃和绵长细腻的肠。所以，大量的竹子在它的肚子里几乎没有发酵变做营养物质的机会就被排出了体外。我们说谁谁吃完就拉，是直肠子，大熊猫就是典型。熊猫的饮食方式是“快吃快拉，多吃多拉”，以数量来储存体能。一只大熊猫，一天可以吃掉五十公斤新鲜竹笋，在没有竹笋的日子里，熊猫每天能够吃去自己体重一半的竹子。竹子有什么营养呢，除了纤维和水分以外，便只有极其有限的维生素和蛋白质了。在日本，医生给减肥的人提出的饮食建议是吃大量的笋和蘑芋。笋可以以量填充胃部，解决减肥人饥饿感的问题，却又没什么营养，是最理想的减肥食品。大熊猫选择了比笋还不如的竹子，这些竹子可供它吸收的营养只有17%，这就需要采食大量的竹叶竹茎，每天要吃12至14小时才能填饱肚子。无怪乎我们在动物园看到的大熊猫，不是在吃就是在睡。吃，为了摄取营养；睡，为了保存体能。

我对眼前出现的这只大熊猫不知该怎样描述，它对我的不屑是显而易见的，它并没有因了我的突然出现而停止吃食，也没因了我的照相机连续“喀嚓”而惊恐走开。它知道我对它没有威胁，它知道这座山里它能见到的“人”对它都没有威胁。我是头一次这样近地看到熊猫，我看到了那双黑眼圈包围的眼睛，它其实很小，如果没有周围的黑晕衬托，它实在是不美。而唯有这样的黑白搭配，才让人感到了艺术的完美和造物的精致。有人说熊猫是高度近视，如果不凭气味，它很难发现近在咫尺的物体。它的懒也是出名的，每只大熊猫都有自己的领地，它的活动范围有限，你今天在这儿见到它，说不定过几天它还在这个地方，轻易不会离开。大熊猫在我的视野里，躺在它的食物上酣畅地吃着，拉着，保留着它那舒展的旁若无人的姿势。不大工夫，它双臂范围内的竹子就被它撸得所剩无几，两只前爪抓了几回空，才开始停下来，若有所思地考虑问题了。我想，这回它该走了。孰料，它思考之后极不情愿地站起身，只移动了两三步又噗地坐下，接着搂，接着吃，接着重复刚才的动作。它珍惜那来之不易的体力，不浪费半点儿动作。竹子的供应四季不缺，它不用像食肉类那样为捕食而奔跑，也不用像食草类那样为寻食而伤神，它永远手到擒来漫不经意地吃着。就这样，也没长出肥肉，它的毛皮下面几乎没有脂肪。

我用照相机镜头将它拉近，那个硕大的脑袋占满了整个画面，我突然发现，这个傲慢的家伙竟然在我的注视下呼呼睡着了。镜头里，那双黝黑的小眼睛安然地闭上了，那个黑眼圈很好地掩盖了这一切，使你压根儿就不知道它处在一种什么样的状况之下。我看到，它依势歪在一块石头上，将一只后腿跷得高高的，前掌搁在滚圆的肚子上，管你天崩地裂，管你竹子开花，我自“大梦迟迟觉”了。

两千多年前，老子骑青牛，出涵谷关，来到了周至楼观台，在这里发表了他的五千言《道德经》，使秦岭北坡这片山地成为了道教祖庭。“关中河山百二，以终南为最名；终南千峰耸翠，以楼观为最胜。”孔孟以外，老子学说是影响中国文化发展、铸就中国人性情的第二大学说。“道法自然”“上善若水”是老子思想的核心，善之上为水，利万物而不争，居高位而不傲，至柔至刚，处众人之所恶。至今楼观台前的碑亭还存有宋元时期大书法家赵孟頫的“上善池”三个大字。赵孟頫身为宋的宗室，在元又事呼必烈，任刑部主事，封魏国公。在处理宋、元关系上可谓是“上善若水”。当时许多人说他是“贰臣”，看不起他，由他来写“上善池”多少有了些讳莫如深。

老子强调“道法自然”，从“道生一，一生二，二生三，三生万物”的观念中，演示出宇宙万物都是自然而然地演进和发展的，是“无为自化”的。这种朴素的辩证法成为了中国人的处世哲学，两千多年来演绎不衰。“曲则全，枉则直，洼则盈，敝则新，少则得，多则惑”，这些对立统一，这些传世箴言，至今成为我们的座右铭，影响着我们的行为。“以弱胜强，以柔克刚，知雄守雌，知荣守辱”，是老子“贵柔”“守弱”的精神体现，是中国人推崇的思想精华。中国人是从骨子里深谙这一精髓的，但从某种意义上说，这也成了中国人精神消极的一面。背负着五千年的文明包袱，可以将什么都不放在眼里，“退而守成”“抱残守缺”“深闭固拒”“置身事外”，最要命的是“好死不如赖活着”……

要变革，需要冲破的阻力是巨大的，这阻力来自我们的心里，来自我们的习惯。

大熊猫的行为在某些地方与中国人是那样的相似，我甚至怀疑，老子“上善若水”的思想竟是来自它们。

在远古时代，在几十万年前，大熊猫是非常勇猛的一群，它们是食肉类，它们只吃肉，不吃别的。它们和剑齿虎、剑齿象以及许多古老动物共同称霸于世，那时候的人类还不知在太空的哪一个角落飘荡。在生存的竞争中，大熊猫突然受到了某种启示般，从根上改变了自己的习性。就像是一条轮船，从水里上了岸，改做了火车……环境变了它们也变，争不过食肉的，就开始吃草；争不过食草的，它就吃竹子。竹子营养极低，没有哪个食草动物肯对它垂青。熊猫肯，为了活着，它以它那典型的肉食齿列忍辱屈尊，大口大口地吞咽着竹子。恐龙倒下了，变做了一副副巨大化石，展览在博物馆里，昔日的威风已经不再；剑齿虎灭绝了，剑齿象也成为了历史，它们那些石质化的骨殖散落在世界的角角落落，悲凉无限。但是大熊猫活下来了，以它的“贵柔”和“守弱”，以它的退让和满足，以它那无为的慵懒和逆来顺受的禀性，以它那没心没肺的憨傻和十足的近视眼，成为了人类的宠儿，走出了中国，走向了世界。当大熊猫在华盛顿、在东京、在墨西哥，以懒散的身躯、以冷漠的面孔引得洋人们一惊一炸的时候，那些剑齿虎们在哪儿呢？倘若它们知道当时被它们挤出圈的熊猫兄弟有今日的辉煌，出国要四位总理级高官签字的话，它们怕也早早地嚼起竹杆来了。

这就是达尔文的观点：物竞天择，适者生存。

足球世界杯的赛场上，中国队的表现也让我想起了大熊猫。本能的固守，激烈不起来的冷漠，让人急不得恼不得，让人哀其不幸怒其不争。这不是教育一下，开个会就能解决的，必须把骨子里的“惰”挖出来。在危险袭来时，大熊猫的处理方式也完全是中国人式的，就是死也要完整地、体面地、舒舒服服地死，不能太惨烈，不能太出格。

秦岭山里有一种动物叫作豺，这是一种凶狠残忍的动物，它们个头不大，模样像狗又酷似狼，毛色灰黄，尖耳黑嘴，善于团队作战。豺的智慧远在狼之上，《后汉书》“豺狼当路，安问狐狸”，是说两种动物合在一块它的智慧与力量是无可抵御的。我不知道民间所说的“狈”是不是指的就是豺，动物学中并没有“狈”的分类，《辞海》中也说“狈”是传说中的动物。小的时候听“狼狈为奸”的故事，说狈的前腿很短，不能走路，行动时得将前腿搭在两只狼的背上，让狼驮着走。狼之所以愿意驮着狈，是因为狈有主意，是狼的军师。说是有个走夜路的人，半夜遇上了狼群，吓得爬上了麦秸垛。众狼围着麦垛转，望着高高在上的人无可奈何。这时两只狼驮来一个短腿的家伙，短腿的对其中的一只狼耳语了一番，狼群就有了新的战略，它们不再注意上边的人，开始用嘴抽下边的草，麦垛很快就塌了……这个“短腿的”就是狈。电视片《动物世界》没有介绍过“狈”，但是介绍过“豺狗”，那一段拍摄得非常精彩。它们的捕猎不亚于一场精美的足球赛，每一次行动对这些其貌不扬的家伙们都是一个节日，首领的一个信号，全队“豺员”各就各位，立即处于临战的兴奋中，前场、中锋、后卫，它们的分工极为明确，谁都明白自己所处的位置和分内的任务。它们的成功率是百分之百，任何威猛的动物，在这个机智灵活、协调性无可挑剔的群体面前，都没有成功逃脱的侥幸。

豺狗获取猎物最致命的手段是掏肠子。作战之前，它们先派弱小的个体逗引猎物，在猎物的眼皮底下晃来晃去，只要猎物站起来了，甭管对弱小感不感兴趣，豺们的狩猎就成功了大半。站起的猎物无论朝哪个方向走动，它的肛门都暴露给四周迂回着的、伺机进攻的猎手们。三官庙的何老汉——村长何庆富的父亲，解放前是个老游击队员，也是个老猎人，他给我讲过一段亲眼见的豺狗收拾老虎的事情。

一只虎被豺们盯上了，它们在虎的周围或远或近地跟踪了几天，在没有发出进攻命令之前，十几只豺训练有素地隐蔽着，有条不紊地等待着。多疑的虎似乎感到了周围的异样，它的行为变得更加谨慎，更加诡秘。它不再巡视它的领地，甚至不再捕食，除了到溪边喝水，它不离开它灌木丛中的巢穴半步。诱饵终于出现了，一只毛色杂乱、又老又瞎的豺，歪歪斜斜、跌跌撞撞地到溪边来饮水。大概因为视力不行，几次掉进水里，搞得浑身精湿，它站在岩石上，索索地发抖。饥饿的虎明白这是个圈套，它不动声色地卧着，带有欣赏性地看着老豺的表演。

豺的眼睛是真的有毛病，淌着黏液汁血，身上也有多处的撕裂伤痕。从水里挣扎上岸的豺再没有精力走动，扑倒在一块石头旁边，起不来了。许久许久，也没有动弹，从正午到日落，那只豺就像一堆破烂的皮子，摊在那儿。老虎到底耐不住了，借着喝水的当儿，过去看了看那只豺。豺死了，血痂已经凝成黑紫，伤口暴裂着，身体变得僵硬，几只麻苍蝇在发臭了的伤口处起起落落。虎警惕地看了看周围，周围很宁静，有松鸦在枝上跳跃，有蜂在花间嗡嗡地飞。除了死豺身上发出的恶臭以外，老虎再没有嗅到其他动物的气味，它放心地围着豺绕了一圈，准备将这送到嘴的晚餐叼到它认为安全的地方去，美美地饱餐一顿。

就在它低下头，嘴将将碰到豺的一刹那，突然一阵风似的，草丛里，大树后，石缝间，河对岸，蹿出了一群豺狗，它们从各个角度向老虎扑来。老虎嘴底下的老豺也一翻身蹦起来，既没病也不瞎，蹿起多高勇猛无比地照着老虎的眼睛就是一抓。老虎大吼一声用尾巴一扫，这一扫，就将自己最薄弱的地方暴露给了敌人。还是那只老豺，用它的利爪使劲一抠，就将老虎的肛门掏出来了，几只壮年的豺上来将肛门咬住，再不撒嘴。老虎疼痛难忍，狂叫着沿着溪水向前猛跑。豺们齐心合力，将老虎的肛门死死叼住。于是，就像拔河一样，老虎的肠子被拖了出来，老虎越疼，跑得越快，肠子拖出的就越多，结果是老虎用自己的力气杀了自己。何老汉说，老虎拖着长长的肚肠，直立起来，使出最后力气吼了一声，轰地倒了下去。

这就是老虎的死亡，英雄的死亡，刚烈悲壮，震撼山岳。

豺狗们也常常将目标对准熊猫，它们成为熊猫的第一天敌。豺狗与熊猫作战，无需任何战术，只是一味地乱啃瞎抓，很是掉自己的价。那情景就如同武术高手和村野泼妇过招，任你有千般套路，我全不接招，让豺狗们乱了方寸。面对豺狗的进攻，熊猫采取的办法是早早地寻块有靠的地方坐了，将肛门牢牢地护住，然后面对群豺，将一身胖肉无私奉献。熊猫的意思很清楚，只要不掏我的肠子，别让我死得那样残酷，随便你们怎么吃，我认了就是。

跟老虎比，熊猫未免太窝囊，太没骨气，“上善若水”的大熊猫采取这种死法也是它的必然。

说大熊猫的头脑简单，可在某些时候你又觉得它很精明，它的执着远远在人之上，让你自愧弗如。在去三官庙遇到大熊猫之后，我来到了保护区的大鼓坪保护站。大鼓坪保护站在大鼓坪村，在老县城的东南，村长姓吕，叫吕国友。保护站在村东，主体是一排砖房，高台阶下边有个小场院，两边对列着厢房。主体房屋有廊，有刷着红漆的柱子，跟青山绿水相配，像是皇上的行宫。厢房没有廊，前门后窗的格局，窗外是农家的田地和滚滚的河水。

大鼓坪保护站的白连生告诉我，西厢房关着两只大熊猫，都是因为生病，抬回来抢救的。白连生的外号叫白熊猫，他平时话不多，喜爱文学，曾经托我为他买一套路遥的《平凡的世界》。当时路遥还在世，我的手头就有他的《平凡的世界》。山里的小白硬要塞给我100块钱，我没接他的钱，后来也忘了给他买书，我的兴趣主要还是在那两只熊猫身上。

两只熊猫一只叫悬悬，一只叫西西（后改名叫希希）。西西是在两河发现的，农民将它抬到了保护站，病得已经站不起来了。经兽医诊断，两只熊猫的病因都是因为寄生虫引起的严重营养不良。就打虫，打下了几百条蛔虫……悬悬是只年轻的雄性熊猫，它的体力恢复很快，单独关在北面的房子里。西西的病还没有完全好，身上大量的螨虫还没有采取治疗，经常打蔫，不正常吃饭。因为要治病，西西被关在悬悬隔壁的房间，锁在铁笼子里。

我先去看西西。

西西在传统的运送动物的铁笼里无精打采地坐着，一脸漠然。笼子里有一些竹杆，还有一个搪瓷碗，里面有几块干馒头。看得出来，西西的胃口不佳，心情也很不愉快。隔着铁笼，我在西西的对面坐下来，西西把屁股转向了我，鼻腔里发出极为悲伤的哼哼。我伸进手去，摸了一把它粗硬的后背，竟然摸到了尖利的骨，这样的状态放归山林，大概它支撑不了多久……我转到它的正面，将一把新鲜的竹送进去，它用爪挡了。我看到了黑眼圈包围的小眼睛，那种冷漠无望的眼神是我永生难忘的。因了这双眼睛，我开始反对将任何野生动物圈养起来，我对周至的珍稀动物抢救中心和卧龙的大熊猫养护中心没了一点热情。以后我从来不到任何动物园去，我怕接触那些被圈养的野生动物，一看到它们，我就想起西西那双眼睛……

那天，我和西西相对着坐了半下午，西西很难受，身体支撑不住那个大脑袋，利用笼子的夹角靠着，这样可以省力一些。

悬悬在北边的房里闹腾着，它的病已经好了，它攀上爬下，用利齿啃咬安插着铁棍的窗框。它举止粗野，脾气暴躁，人们说，除了从窗口投进食物，没人敢接近它。悬悬的毛色光亮而美丽，体态匀称，有着玩具一样的气质。我刚迈上台阶，一只黑掌就从窗棂间扇了出来，锋利的爪怒张着，让我怀疑这究竟是熊猫还是黑熊。我问保护区研究大熊猫的研究员雍严格如何处置这两位国宝，他说准备送到周至抢救中心去。我说那儿是大熊猫的难民营，治好了就会被送到各个动物园，成为观赏品，永远地失去了自由。

雍严格没有说话，他只是一个普通的工作人员，有些事他无权做出决定。

我说，你们的悬悬在咬窗框。

雍严格笑笑，没说什么。

第二天早晨，人们发现悬悬逃跑了，它用尖锐的撕咬竹子的牙齿，将木头窗框啃了个稀巴烂，永远地奔向了自由。

大家站在空旷的房间里，对着豁牙露齿的窗户各自发表着看法，有人建议到北面山上去追，却没人动弹。我的内心竟是一阵欣喜，这是再理想不过的结局了。这个悬悬果真是聪明，能咬竹子就能咬木头，这个办法人没想到，熊猫想到了。

与悬悬同时关在西厢房的西西，被固定在笼子里，抬出了山，送到了周至珍稀动物抢救中心。西西在周至理所当然地受到治疗和调养，1987 年作为友好使者出访比利时，在安特卫普皇家动物园展出了两个月，回国后落脚于济南动物园，90 年代中期寿终正寝。在某种意义上，熊猫已经不是一个物种，而是一个政治筹码，在国际间起着某些微妙的、只可意会不可言传的作用。大熊猫是中国的独有，70 年代曾作为礼物一对对送给日本、美国、英国、法国、西班牙、墨西哥、朝鲜，全世界哪家动物园都抢着要中国的大熊猫，以得到一只为荣。用人的眼光来看，西西是有福气的，至少它的后半生吃喝不用愁，有公费医疗，住大城市，坐大飞机……比某些人还风光。还要怎么着呢，知足吧。

柏拉图说过，“一个人只要亲眼见过真正的美，死亡就不能奈何他。”我是这样认为的，一个人只要亲自体验过大自然的美，他就能走进生物的灵魂，和生物融为一体。

近二十年过去了，今年我和雍严格在楼观台大熊猫保护会议上相遇。我们的隔壁就是“陕西珍稀动物抢救饲养研究中心”，迄今为止，这里已经成功地抢救了十九只濒临死亡的大熊猫和一些陕西各地随时送来的动物。这里不乏有经验的动物学家、兽医，这里是熊猫的医院，是熊猫的另一个天地。我管它叫“大熊猫难猫营”，被关在里面的熊猫尽管生命得到了救治，但身体并不自由。救护中心的人也想尽了办法，努力营造熊猫的野生环境，一个个竹林茂密的“小院”，定期准时的科学喂养，那细腻认真不亚于养猫，可是“猫儿”们在其中永远是郁郁寡欢。

看着笼里的熊猫，雍严格说当年他是有意让大鼓坪那只悬悬“猫”跑了的。

我说我当时就看出来了。

后来谁也没再见过悬悬，它成了保护区记得它的人的一个永久的悬念。

我发现，许多搞大熊猫研究的人在内部谈论大熊猫的时候，喜欢将熊猫称为“猫”，“全国野生大熊猫调查活动”在他们嘴里就成了“猫调”。“猫调”的结果，佛坪、老县城自然保护区，“猫”的密度最大，生态环境最好，这实在是值得我们欣慰和自豪的。美国的哥伦布动物园、世界野生动物基金会已经开始将目光转向了老县城地区。他们几次到老县城来，对这块大熊猫的乐土投以关注，他们深深地爱上了深山里残留的这座城。老城的魅力和大熊猫相得益彰，如同人们一看见熊猫就会被它吸引一样，人们一走进老县城就会为它的老旧神秘而着迷。

佛坪保护区有过一只谁也忘不掉的大熊猫平平。

1991 年 11 月，三官庙巡护员汪铁军和巫运才在树底下发现一只小熊猫，猫一样大的小熊猫。熊猫在树底下蠕动，咩咩地叫。两个人想，大概是母熊猫采食去了，就在不远的地方等。等了两个小时，不见大熊猫回来，再等下去小熊猫会被其它动物伤害，于是他们就将小熊猫抱回来了。小熊猫在汪铁军的棉袄里，柔软又舒服，有种回到母亲怀里的依赖，它不再叫唤了。将熊猫带回保护站，大家都围过来看，小熊猫被搁在地上，吓得往床底下钻。拽出来，抱到床上，竟一脑袋拱进被窝，再不出来。大脑袋，圆屁股，绒绒的毛，整个一个城里货架上的活玩具。这个谁见谁要抱抱、摸摸的可爱小东西被叫作了“平平”，大家希望它的一生能平平安安，顺顺当当。

汪铁军将平平抱回来遇到的第一个问题就是吃。小熊猫在被子里盲目地拱来拱去，此刻的汪铁军才体会到了，这个藏着不肯出来的东西不是安上电池就能满地跑的玩具，而是一个活生生的生命。他的责任在他决定抱回它的那一刻起，就注定要承担起来了。他本人十九岁，还是个大孩子，他夹着嗷嗷待哺的平平找到何庆富他爹，让老猎人给出出主意。老猎人看着在地上连爬也爬不利落的小家伙满是怜爱，连心都软了。平平太小，还在吃奶，何庆富的母亲找来孙子使过的奶瓶，满满地挤了一瓶羊奶，喂它。装着橡皮奶嘴的瓶子举到平平嘴边，平平没有反应，老太太用奶嘴逗弄平平的嘴，平平把头移开了。

拾来的小熊猫不吃东西，大家都很着急。

何老汉从地上抱起平平，就像抱着他的孙儿一样，轻轻搂在怀里。这是母亲对婴儿的搂抱，是生命与爱的传递。平平似乎感觉到了什么，这时，老太太将几滴奶滴在平平的嘴边，不知是唤起了平平的回忆还是恢复了生的本能，平平突然以极快的速度叼住了奶嘴，大口大口地吸吮起来。

是晚，平平和汪铁军挤在一个被窝里睡觉。平平很没有睡相，四仰八叉，摊得很开，还会打呼噜。

小东西将单人床占去了一多半。

不久，这只小熊猫被送到了佛坪保护区机关。在机关的院子里，它随便地跑着，已经不用吃奶了，有专门的人每天从山上给它送来新鲜竹子，它对机关食堂的稀饭馒头也相当熟悉，更熟悉孩子们手里的“旺旺雪饼”和巧克力奶糖。它喜欢追人，喜欢跟在人后面跑，爱抱人腿，爱咬东西。它最喜欢的人是赵纳勋两岁的小儿子，那个小人儿跟它的个头差不多，两个常常抱着滚在一起，分不清哪个是猫哪个是人。佛坪自然保护区的机关，在80年代，以它三层楼房的建筑被人称为“深山里的布达拉宫”。

现在，在“布达拉宫”的楼道里，溜达着小熊猫平平，它这门进那门出，挨着办公室串。它知道大家都喜欢它，它也知道它到哪儿去都不是白去，人们都会给它好吃的，它已经真真正正地失了熊的本性，变成一只猫了。人们知道，只要对平平那些尖锐的黄白色的小钩爪留点儿神，这是一只与猫没有任何差别的动物，只要愿意，谁都可以把它搂在怀里玩个够。保护区的人一说起他们的平平，无不喜形于色，就像说他们很得意的孩子一样。他们说，在没有人的时候，平平会安静地在房间里待着，只要一来人，小家伙就疯了，在人腿底下滚，往人身上爬，是个典型的“人来疯”。平平在保护区那段时光，是职工们快乐的时光，也是对于野生动物保护极不合规矩的一段时光。在机关洗澡堂的大池子里，男人们按着平平在给它洗澡。一个没看住，它爬上了家属楼五楼的楼顶，顺着楼沿屁股一扭一扭地在找平衡，吓坏了底下的一群人，它要是掉下来，可不是一般事故。下头的人大气不敢出，不敢喊它，目不转睛地盯着。后来人们商量，不必去理睬它，这是吃饱了撑的，它能上去就能自己下来，在它饿了的时候……

平平被保护区的人惯坏了，以它的智慧它知道，只要向人表示友好，向人做出他们要求的各种姿势，它就能得到可口的食物，这食物比那无滋无味的竹子强百倍。我毫不怀疑，如果平平不被强令送走，它的食性说不定会变得跟狗一样杂。

后来，平平被送到了珍稀动物抢救中心，又巡回到各地展出。因为从小被人散放着养大，所以无论到哪儿，它都是一只很有人气儿、很愿意跟人亲近的熊猫。最终它又回到了周至，关在笼子里，过着衣食无忧的生活。大熊猫的平均寿命是三十岁，从1991年到现在，十几年过去了，平平现在正是壮年，正是生命力最活跃的时候。抢救中心两次将它送到卧龙中心去体检，检查结果，这个“男子汉”一切发育正常，精子数量充足。今年珍稀动物抢救中心已经正式开展大熊猫繁殖工作，只是几只母猫非老即小，甚不般配。

我记得美国人夏勒描写的被圈养熊猫的一个情节。那是另一个熊猫抢救中心：一只被囚的两岁小熊猫因有外国科学家在场而获准到室外围场。它从黑暗的囚室放出来后，高兴得不得了，蹦跳着爬上斜坡，快活地跑来跑去，然后翻着筋头像个欣喜若狂的黑白球一样滚下来，接着又这样上去，下来，一遍又一遍。熊猫原本就有一种与生俱来的魔力，能打动和改变所有见过它们的人，眼下这只熊猫的高兴劲更是能感动和融化一切。可就是撼动不了官僚的铁石心肠，外国科学家一走，它又被关回了黑暗的囚室。

这一节我读过许多遍，每回读后心里都是一阵酸楚，掩卷无言。

去年我到周至珍稀动物抢救中心看过平平，看到那些关着的“猫”，心里总不是滋味。它们或许很“幸福”，鲜嫩的竹杆在它们周围堆放着，一群科技人员在它们周围转来转去，设计着它们的一切，包括它们的性，也包括它们的前途。这是国宝，每一只都在国家档案上挂了号，每一只都举足轻重，它们真的变成了货架上的玩具，贵重的大号熊猫玩具。我不能说抢救中心的不是，这是他们的工作，政府交给他们的很重要的工作，这工作被列为国家的重点，受到世界各国的支援和关注，没有他们，病危大熊猫的命运只有死亡。但是，他们在抢救大熊猫的同时，对动物野性的摧残也是注定的，生命的鲜活在这里变作了凝固，变作了无动于衷的呆滞，变作了食来张口的简单。珍稀动物抢救中心的杨德夏说，养了一定时间的熊猫，再放归山林，它们连觅食的本能也不会了，放出去它们只有死。

大熊猫平平靠着铁栏坐着，双爪抓着铁栏朝外望，看着从它面前走过的人。这就是那个当年被汪铁军从三官庙捡回来的小平平。小平平已经长成了大平平，小熊猫变成了大熊猫，我希望从那眼神里找到当年爬楼顶、串办公室的顽皮，而我看到的眼神，却散得很开，它根本就没注视我。

我说，平平。

它一把抓住了我的裙子。

几个人刚帮助我拽脱，它的爪又抓住了裙子的另一边……

裙子上出现了几个大洞，是平平留的纪念。平平还有精神干这样的捣蛋事，而另外几只却是理也懒得理你了。

珍稀动物抢救中心，你是一把双刃剑。

最完美、最终极的办法是将它们放归山林，送回大自然。我在一些会议上呼喊了几回，我的放归依据极富感情色彩，带有文学家的想当然。我知道在动物保护上我的幼稚，我的不合节拍和脱离经济制约的思考，这是因为我常常把自己设想为一只动物。有报社记者杜晓英询问我到山区挂职三年的收获，我说最大的收获是我的肚肠里换了一副“狼心狗肺”，我学会了用野生动物的思维和角度来想事情。

1994 年 9 月 6 日，苏州上方山森林公园跑了一只大熊猫白雪，它的逃窜和悬悬有相似之处，都是从笼子里跑的。白雪是陕西的熊猫，1993 年在老县城西边的太白山发现的。农民发现它时，天下着大雪，山野白茫茫一片，它卧在山洞里，已经病得站不起来了。当地老乡报告了保护区，白雪理所当然地被抬到周至珍稀动物抢救中心。这只五岁的雌性大熊猫当时情况极差，体重只有 40 公斤，体内外寄生虫感染十分严重，经过大半年的医治调养，白雪缓过来了，体重到了 93 公斤，长了一倍。它不爱爬高，胆小，爱撒娇，是个很可爱的“小姑娘”。

后来到苏州上方山去展出，就逃跑了。苏州方面动员了千人搜山，专家和业务人员在山上找了三十八天，三次警犬搜索，四十二次捕捉，都无济于事。白雪利用它野生动物的本能，和人和警犬巧妙地周旋着。上方山是座海拔只有 300 米的小山，山根有大片农田、墓园、工厂、村落，山间环绕着公路，白雪在这种环境下，靠着山上十年封山，生长良好的竹林，自由自在地生活了八十天。它的应变能力是很强的，它是活跃的，机警的，如果放归秦岭的山林，它肯定能活下去。

专家的考虑没有我这么简单，虽然他们也认为圈养繁殖不是保护大熊猫的万应灵药，但是对于放归的条件极为苛刻。他们说，放到大自然的熊猫不但要能生存还要能繁殖，这才叫成功，因此他们的一举一动便充满了科学谨慎。四川卧龙的大熊猫“珍珍”，曾经做过易地释放试验，结果释放后不久，它又回到最初的研究区，六个月后死去。也就是说，原为饲养或圈养的熊猫，放出去以后，在病饿的时候常常会怀念它原来的饲养环境，表现出返归行为。

放归是代价昂贵且具有风险的。

佛坪保护区的科研人员当年也曾试着放归过平平，开始有意地带着它到村子里去转，到山里熟悉环境，但是最终也没有成功。人们将它放到山中，它开始很兴奋，但是一旦发现周围没有人了，就疯了一样寻找，就着急了。后来，索性不下车，在车上要死狗，怕人把它“扔”到山里去。

林业部和世界野生动物基金会设定过“将饲养大熊猫放回野生环境试验”这样的课题，应该说这是动物保护的方向，试验成功，不但能补充野外种群，而且能减少它们近亲“结婚”的机会，提高熊猫的质量。但至今这一试验进展缓慢。科学家们的论证并不像我在会上以白雪为例，加以简单推理就算完事，事情在他们的范围内就成了一项“中国巨大的生物工程”。他们列举了许多放归的条件：

1. 大熊猫必须有独立采食的能力；
2. 体格健壮，没有疾病；
3. 在野外具有自然交配的机能；
4. 环境没有人和天敌的危害；

5. 放归的熊猫必须有一定数量，形成种群；

6. 必须无线电追踪；

7. ……

条件很严格，全国到现在究竟释放了多少圈养的大熊猫，我没有调查过，想必不会很多。大熊猫存在的问题真的很严重，抢救——圈养——租赁——展出。这里有被动的无奈，也有可观的经济效益。目前，在中国圈养的大熊猫有一百只左右，分散在全国三十多个动物园、保护区饲养场、繁殖研究中心等等，最多的三十只，最少的仅一只，多数不能进行配种繁殖，这是我国圈养大熊猫面临的令人担忧的状态。

生物界认为，目前有三种繁殖动物的方法：一、自然交配；二、人工授精；三、有争议的克隆。

无疑第一种方法是最好的。

动物学家有个特有名词“岛状生境”，这是一个很严酷的字眼，是说野生动物因受到不同程度的环境威胁，陷于四面楚歌的片断化生存境地。由于种群隔离，基因交流中断，以及严重的近亲繁殖等原因，使它们处于濒危状态。面对大熊猫的抢救现状，人们忧心忡忡地提出“大熊猫究竟还能存在多久?”这一严肃的问题。

大熊猫的灭绝是早晚的事，现在说出这样的话未免有些触犯众怒，有些违背人们的情感。人们会说，难道我们所做的这些事情都是徒劳的吗？科学规定，长期生存的小种群绝灭率在一百年内应该小于2%，杂合率应大于90%。而大熊猫的繁殖发展，远远达不到这些数字，因此被列为“濒危”，世界自然基金会（WWF）将大熊猫作为了该会的会徽。中国大熊猫目前的分布地只剩下了川、陕、甘交界的狭窄地区，由于前几年的森林过量采伐，分布区内人口增加，开荒种地和自然恶劣因素的影响，从70年代到80年代，大熊猫的分布区减少了一半，而且被分割成十个独立的相互隔离的小区，仅有的一千多只大熊猫又被分割成二十多个小群体。群体间基因无法交流，造成近交衰退。

1985年3月，大鼓坪村村长吕国友在竹林里发现了一只棕白相间的病熊猫，抢救过来送到了西安动物园，取名为“丹丹”，视为珍奇。媒体对丹丹的报道在当时有些过分，说它是“继兵马俑世界第八奇迹之后的又一奇迹”、说它“打破了大熊猫只有黑白相间的单一形态学说”、是“金发女郎”……1989年，丹丹与另一只公熊猫交配，产下一子，也是棕色。在人们为这只反常的熊猫大张旗鼓地大喊“珍奇”“奇迹”的时候，很少有人想过，它为什么会这样？科学家们说，大熊猫出现棕色，是“二形性”的问题，是一种返祖现象，也说明了遗传的多样性。用专家的解释，“二形性”是个十分复杂的问题，用老百姓的理解就很简单，这就好比牛有黑牛、黄牛、花牛，都是牛。但我直觉的考虑，它总是异常，长期的近亲繁殖，谁也保不齐在某个时候给你来个基因突变。丹丹的出现不值得庆贺，倒值得我们为这个种群的生存状况做深刻的反思。最近又见到一则报道，说是四川青城山也发现了一只棕色熊猫，这一地区之所以出现罕见的棕色大熊猫，是“生态保护比较好”的缘故。

我到动物园看过“金发女郎”丹丹，没有觉出它的漂亮，反而觉得它的面目身体有些模糊不清，鼻尖长出一个尖尖的肉瘤，让人更觉得滑稽可笑。跟清爽鲜明、黑白相间的正常熊猫相比，丹丹绝不能算做“美人”。我旁边有对中年夫妇也在看熊猫，女的说这熊猫不好看。男的解释说，这是一种病，叫白化病，咱们人也有这种病，一生下来就是白的，白头发，白皮肤，像从石灰里滚出来的，这种人怕太阳，出门得戴墨镜。白化病让熊猫得了，就变成了棕色……

现在大熊猫丹丹已经作古了，我们还是少说死“猫”的坏话吧。

可喜的是，保护区的范围在慢慢扩大，有可能在不久的将来，秦岭山中的几个保护区会连接起来，孤岛将连成绿海。我相信，地域的连接，将是熊猫的节日。另外，周至的陕西珍稀动物抢救饲养研究中心，已经作出二期规划，成立“野放场”，有目的地培养圈养大熊猫的野外生存能力，最终将它们放归大自然。

2002 年 5 月 2 日，在全国人民过“五一”长假的时候，老县城自然保护区的工作人员和世界野生动物基金会的官员于长青、大熊猫专家雍严格，还有省林业厅的官员老金，在当年张正培育的那块薄荷地里，开了一个有关老县城大熊猫保护的会。大家认识到，保护大熊猫的关键是保护自然生态环境，恢复、扩大它们的栖息地是目前最重要的工作。他们草拟了一个很细致的会议文件，我 5 月 8 日从美国回来到 WWF 驻北京的办事处去，于长青把这份文件复印给了我。我感到很欣慰——毕竟老县城的大熊猫保护工作走上了正轨，工作初步开展起来了。于长青是 WWF 的动物学博士，一趟老县城下来，他的鼻梁被晒脱了皮，一张脸青一块红一块，变成了花的。于长青说，老县城那个地方自然环境太好了，大熊猫活动也频繁，应该在那儿建立一个世界级的大熊猫示范保护区……

大熊猫是大自然对老县城的厚赠，也是对中国的厚赠。它是全世界野生动物保护的象征，也是众生博爱的象征。“拯救熊猫不只为着使美的事物免于灭亡的悲剧，也寄托了人类拯救地球，拯救自己的希望。”

让我们记住动物学家夏勒那诗一样的语言：

> 熊猫没有历史，只有过去。它来自另一个时代，与我们短暂地交会。

一个大熊猫，把多少素不相识的人联结起来了，这是心的联结，是对大熊猫的爱而连结成的长城，有你，有我，也有他……

## 第六章　华南虎

一只老虎，孤独忧郁地在老县城东南的山林转悠，这里叫龙草坪，属于佛坪和周至的交汇地带。

连它自己也不清楚它在这片山林里还能存在多久。

这是1963年的冬季。

老虎是可爱又可怕的东西。它的可爱在于它的美丽，那天然造化的斑纹，那近乎猫儿般的轻盈和独立，让人着迷。但它的凶猛、孤傲，它的食肉本性注定了它常常与血腥和死亡相伴，它的冷静与多疑使它有股威逼震慑的气势，它干什么都是静悄悄的，包括厮杀。《本草》说，“虎，山之君也。状如猫而大如牛，黄质黑章，锯牙钩爪，须健而尖，舌大如掌，生倒刺，项短鼻瓮，夜视一目放光，一目看物。声吼如雷，风从而生，百兽震恐。”

这是一种近乎神的野兽，被喻为“王”。

我对老虎有种特殊的钟爱，那么威严的庞然大物却隶属于“猫科”。猫是什么，猫是盘在你脚边，在你的床上随着你一起呼呼大睡的咪咪。但是，一旦仔细观察，你就会发现，你家的咪咪其实它并不属于你，它算不得真正的家畜。人类训养它至少也有几千年的历史了，从新石器时代起，人类的活动中就有了猫的痕迹，但是它们到今天，还是我行我素，保留着它们完整独立的内在世界。它对于人的依赖，是对食物和蔽所的依赖，而你无论对它多么亲密，都永远走不进它的世界，它本能地拒绝着你，用高傲的目光冷漠地鄙视着你。偶尔它也会在你的裤腿上腻腻地擦来擦去，那是为了将气味留在你的裤子上，是向你宣布，你的腿也是它的领地。

猫的魅力也正在于此，这是人们喜欢它的地方。

我的朋友牛志强家养了一只大白波斯猫名咪子。咪子在牛家——它的领地认真地无声息地走来走去。永远不向人靠拢。除非它高兴了，会与你有短暂的亲昵，然后又复归于傲慢与高贵。谁都喜欢这只静悄悄的大白猫，而猫对客人的招呼爱抚却睬也不睬，它不允许人们随便碰它，甚至对牛君喂它的“韦嘉”猫粮也保持着矜持，保持着自尊。它的精神领地是它独立的王国，是神圣而至高无尚的，周围的一切都是凡夫俗子，都是芸芸众生。老天，这哪里是猫，这简直就是皇上。我广岛的家附近，有个卖文具的小商店，店主养了一只灰色的短毛猫，那猫永远沉着脸，对谁都不答理。店主很热情，她的猫却不招人喜欢，我不知会不会影响她的生意。我每回路过，都弯腰跟那只骄傲的猫打招呼，后来那猫一看见我过来，早早就进到店里去了，它是在回避我。我的女儿从山口打来电话，常跟我谈起这只猫，她说，您还没有跟那只骄傲的猫沟通吗？

我说，这比沟通一个代沟还难。

某种程度上说，猫的身上存留了老虎的气质和禀性。

我抱过老虎，当然是很小很小的小老虎。

2001 年夏天，到日本山口秋吉台自然动物园看望朋友池边。池边是兽医，北海道大学兽医系毕业以后一直在动物病院工作。他喜欢登山、钓鱼，喜欢汉语和旅游，曾经骑着自行车在中国闯荡了两个多月，让人敬佩。池边善良、开朗，是个很有品位的朋友，对动物、对自然的关注使我们有了很多共同语言，我对他说陕西有大熊猫、金丝猴，还有羚牛和金钱豹。他说山口有狸，尾巴带花条条，又胖又傻的狸……

池边的办公室在公园的偏僻角落，里面堆着不少资料，有些杂乱，沙发很破烂，露出了海绵又贴上了胶条，跟日本人的讲究很不相称。见我看那破沙发，池边说，咬的。我说，是你吗？他说，所有的。我知道，我们的语言交流出现了障碍。

正想说什么，一只小黄猫从沙发后头探出头来，瞄了我一眼又赶快缩了回去。我是个爱猫的人，喜欢所有的猫，包括野猫。我朝沙发后头探进手去，一把抓住了猫脖子，不管它愿意不愿意，就使劲往外拽。小猫呼噜着，脾气很大，劲也很大，用爪抓着地板，做着反抗。毕竟是猫，没几下就被我揪了出来，拎在手里一看，不禁倒吸一口凉气，哪里是黄猫，这是一只地地道道的黄老虎！

小老虎的眼睛是绿的，绿得晶莹透彻，目光与我平视，冲我龇牙。我说它怎的这般不友好，池边说，它够友好的了，你没见它的爪都是缩进去的，那是怕伤了你。池边这一说我才注意到小老虎的爪，厚敦敦的，特大，是任何猫都无法与之相比的，其锋利的指甲全缩在胖胖的肉垫里，虽然张牙却没舞爪，的确给了我不小的面子。于是就摸小虎的爪，毛融融的，像玩具。

池边拿来一瓶温热的奶，小老虎叼住了奶嘴，三口就嘬光了。这种吃法让我瞠目，深感老虎就是老虎，尽管只有一个月大，虎势却在。

小老虎不欢迎我抱它，它在我的手里挣扎，折腾，以致我无法像抱小猫一样地将它搂在怀里。尽管我很想并且在努力那样做，但是不成，它不理解我的温柔和爱抚，它时刻想挣脱我：池边拿嘴去亲它的脸，小老虎对此给以热情的回报，场面让人嫉妒。我不敢像池边一样地亲老虎，我怕它即兴发挥，给我一口，那样我就真的没脸了。池边让我把老虎放下，说大可不必将它太当回事，小老虎也和小孩子一样，有人来疯的毛病。

因为老虎母亲抚育孩子的本领太差，所以小老虎就被送到病院来了。不但是老虎，还有小狮子，小猎豹什么的，这里是动物的幼儿园。病院里，这样的小虎有六七只，小猫一样地养着，经常地打闹成一团。被我捉到手里的叫 AISLON，只是其中之一，门口还有只白色叫蒂拉的在撕咬拖鞋。白老虎在世界上数量极其有限，是珍贵品种，但是蒂拉并不理会自己的稀罕，它只对那只粉色的拖鞋感兴趣，与那只鞋在不屈不挠地进行着“战斗”。扑上去咬，再扑，再咬，那一扑一剪，已经完全具备了老虎的架势，谁也不会把它再认做猫。池边告诉我，日本法律规定，六个月大的老虎就必须与人隔离喂养，彼此再熟悉，再亲昵，也不允许同处一室了，所以他经常的“忍痛割爱”。但是老虎是极聪明的动物，跟猴子和大象一样，会对饲养员的养育之恩牢记一辈子。他到园子里去，那些大大小小的虎对他永远是充满尊敬。

正说着，那只我“不将它太当回事”的小虎 AISLON 和它咬拖鞋的同伴不知什么时候溜到了我的身边，先是在我的腿上蹭，接着双双跳上了我的膝头，翻滚游戏，在我的身上爬来爬去，绒绒的毛触得我的皮肤发痒，凉凉的小鼻子嗅得人想打喷嚏。它们是在和我亲近，在引起我的注意，它们尽力表现着它们的友好和认同。当然，最终还是不让我像抱猫一样地抱它们，也就是说，它们能以它们的方式亲近我，而我不能以我的方式亲近它们。

它们以它们的行为明确地告诉我：我们是有距离的！

好有个性的小东西。

来了两位女士，说小老虎该去“勤务”了，于是一胳膊抱一个，将三只小虎抱走了。我问老虎上什么班，池边说是在园中和游人合影，这当然有经济效益在里头。小小年纪已经能为公园挣银子了，当不是白吃饭的主儿。

后来，我们开着车到园子里去，见到了那些见了人爱搭不理的大老虎们，它们各占山头，各抱地势，或趴或卧，目光遥望远方，神驰天边山外，一副无可抵挡、至高无上的王者派头。那股威慑力只是让人畏惧，再找不到亲切。但它们是那些刚刚与我厮混过的“小猫”的父母亲们，它们真真切切也是从“小猫”的阶段走过来的。池边叫着它们的名字，看在“养育之恩”的份上，它们缓缓地转过脸来，对我们报以淡淡的一瞥。我为老虎希特勒般的冷漠模样而遗憾，池边说大老虎有时候见了他也会走过来猫儿一样的撒娇，现在之所以端着架子，是因为车上有生人。

小时可以亲昵，可以玩赏，大了便有了距离和矜持，有了尊严和傲慢，这就是老虎了。

孤独、忧郁的老虎。

兽中之王。

相应秦岭山地比较多的是豹子，有人说它是老虎的兄弟。

如果说老虎是占据山林的“王”，那么豹子就是称雄绿野的“霸”。随着生态环境的改善，老百姓动物保护意识的加强，豹子的数量在山中有增加趋势。2003 年元月，在秦岭西部的陇县和凤县，两只金钱豹分别溜溜达达地进了村，全然一副不管不顾的大爷模样。陇县那只豹咬死了八只羊以后，钻进农民柴屋呼噜呼噜睡起大觉来，一时全村人吓得关门闭户，不敢上街。叫来了动物保护部门的人，拿枪往山上轰，它跟赶它的人兜圈子，死活不上山。没办法，一枪把它麻醉了，又弄到了周至珍稀动物抢救中心来。碰巧，我正在楼观台开南太白旅游规划会，便叫上陕西林业厅野生动物管理站的金学林，一同到抢救中心来看新逮来的花豹。

天下着雪，很冷，抢救中心的林子里只能听见鸟鸣。我们踩着雪，向北墙根的两个小铁笼子走去，远远的就听见了豹子的吼声，那声音真有点儿震人魂魄。

豹在铁笼里关着，见我们来了，龇牙咧嘴很是凶猛。我蹲在铁笼跟前，与它只隔一两步远，它警惕地呼呼着，大吼一声，一嘴热气喷在我的脸上，让人体味到了生命的活力。这是一只美丽的金钱豹，个头不大，还是个“少年”。

我对它说，傻豹子啊，吃了羊你怎的不往山上跑啊？

它呼噜了一声，像是在显示它的倔犟。

我说，你还要进到人家家里去睡觉！这回好了吧，舒坦了吧，关进小笼子弄这儿来啦。

豹子用它那一双明亮的蓝眼睛看着我，它当然想不明白，为什么会来到这样一个与它的家乡完全不同的地点。老县城保护区的老朱告诉我，豹子吃了羊就像人喝了酒一样，会醉的，这只豹当时是醉了……

现在，抢救中心的小白负责照料这两只仍旧充满野性的豹子，每天每只喂八斤肉，是放还是继续关，放了会不会对老乡造成新的危害，尚在不定之中。

有谁说，秦岭山地的豹子越来越多，说不定也会有老虎呢。

老虎是远离人群的，和豹子相比，它走得更远。豹子有时还要到村落附近串串，向人们展示展示它的身影，装傻充愣地弄些食物，老虎从来不。

我爱听老虎的故事，也相信任何一个孩子都会为老虎而着迷，而牵肠挂肚。老县城地区，将老虎唤做“彪”，彪的传说在山里相当丰富，我搜集了不少，常常想，将来用这些素材可以写本《虎聊斋》。

老百姓说，老虎喜欢吃怕它的人，谁在它面前显出惧色，它就非把你咬死不可。老虎有几不吃，不吃小孩，因为小孩少不更事，不知害怕；老虎不吃醉汉，遇到醉汉它坐在旁边守着，等人酒醒了，现出怕相再吃。老虎吃男人必从阳具开始，吃女人必从乳房开始，它不吃妇女的阴部……这不是野兽，这是人，是老百姓把自己的想法，套到了老虎身上，给虎以人性。

在山里，虎与人的故事异常丰富，说几个给您听听。

有个猎户，挖陷阱捕虎。一天早晨，他去看他的陷阱，发现一个男子戴着红巾大冠在阱下的木笼里正襟危坐。男子见猎户来了，大怒说，昨天晚上被县知事叫去问话，回来时为躲雨，掉到陷阱里了，快把我弄出去！猎人说，你说县知事召你，可有文书？那男子从怀里掏出文书给猎人看，猎人见是真，就开了笼门，男子从笼中出，立即化为虎逃走了。

山中有个会算卦的沈先生，有一天正在家门口闲坐，忽然来了个披着皮大氅，骑着马的汉子，汉子还带了一个随从。他们到沈先生这儿来问卦，问的是他们西去觅食好还是东去觅食好。沈先生给他们算了，说往东去大吉。两个人就决定往东。临走向沈先生讨些水喝，沈先生叫老伴儿端来水，客人嫌碗小，让换大瓮，喝时用舌舔，如同牛饮。沈先生知其非为常人，不敢言语。喝完水，人往东去，行不到百步，马和随从皆化为虎。自此，东边虎患大起。

传说旧时山北有一道观，观中每年9月2日夜里有一道士得道升仙。所以每年的这天，道士夜皆不闭户，以求升天能轮到自己。当时这地区的守军姓张，叫张竭忠，对成仙的事情持怀疑态度，就命令两个兵士，携带武器，在9月2日这天晚上偷偷地藏在观里。三更时候，兵士见一黑虎进观，一会儿工夫，衔出一道士，那道士不挣扎也不喊叫，任虎叼着出门。两兵士用弓箭射，不中，回来禀报张竭忠。第二日，张动员周围猎户和兵士，大猎于山，终于在山洞里发现数虎，一律杀之。人们在洞里还发现了大量道士的冠服毛发……

太白山太白庙前有高大松树，有人要伐树，一老者出来阻止，众人不听，老者便登上山头，大呼：斑子！斑子！一会儿来了一群虎，将那些人都咬跑了，自此再不敢来伐树。当地人说，老者是太白山神，山神的坐骑就是斑子。

河边住着一位五十多岁的妇人，自称十八姨，常到山民家来串门，进门不吃也不喝，就是教导人们要做好事，不要欺负山间的野物。她说，倘若谁欺负了野物，她就让猫儿三五个来算账。一日那妇人突然不知所终，大家才明白她姓李，是老虎所化。

一王姓山民在家为父亲准备后事，外面一群人在打虎，老虎昏头昏脑地撞进他家，躲进他为父亲准备的棺材藏匿。山民也不言语，将一件破蓑衣往棺材上盖了，让老虎躲过了一劫。老虎得救，以后常常趁黑夜叼些野物，偷偷搁在王姓山民门外，以为报答。

城里有个秀才，为求读书安静，在城外山坡上盖了两间草屋，每日晚饭后过去读书。一天晚上，正琅琅吟诵，忽有人叩门拜谒，自称是南山斑寅将军。秀才与将军谈诗论文，甚为投缘。天明，将军告辞，出门乃一斑斓猛虎。

虎可以拖着大黄牛，越过一人高的围栏。

虎咬着肥猪，轻轻一跳，就跳上了十几米高的石岩。

秦岭的虎与人的关系融洽，从来不伤人，即使有人走夜路也不怕狼、豹的袭击，因为知道不远处有只老虎在暗暗地护送着行人。

更有意思的是周至人说老子李耳是属虎的，李耳——狸儿，楼观台人将老虎也叫“狸儿”，至今家家女人都会缝制布老虎，在楼观台摆地摊出售，据说可以避邪。

…………

山里有关老虎的故事能讲很多很多，秦岭山地，老虎资源曾经是很丰富的。唐朝诗人张籍为这里的老虎写过一篇很有名的诗篇《猛虎行》：

南山北山树冥冥，猛虎白日绕村行。
向晚一身当道食，山中麋鹿尽无声。
年年养子在深谷，雌雄上下不相逐。
谷中近窟有山村，长向村家取黄犊。
五陵年少不敢射，空来林下看行迹。

中国虎有两种，东北虎和华南虎，除了生长地域不同外，毛色、形体也不一样。东北虎个大威猛，毛色浅淡；华南虎个小凶猛，毛色深黄。1999 年 3 月 3 日，新华社发布消息，据中国动物园协会秘书长介绍，现代虎八个亚种目前已经灭绝了三个，散居动物园内的五十六只华南虎，是目前全世界可见的华南虎活体。由于种群规模极小，已被国际组织列为全球极度濒危十大物种之一。从张籍“猛虎白日绕村行”到 20 世纪的新闻报道《秦岭最后一只华南虎被杀始末》，前后一千年时间。一千年来，老虎数量剧减，直至灭亡；一千年来，人的数量猛增，已经接近爆炸程度。

有专家说，秦岭的老虎属于华南虎亚种，毛色深，斑纹美丽，个头大，可以与东北虎媲美。也就是说，秦岭的老虎兼备了南北的特点，具有非常优秀的老虎特质。解放以后，秦岭山区有关老虎的记录不多，1952 年在汉中成固打死过一只老虎，时间不长，在南郑也打死过一只。1958 年西北大学生物系在秦岭调查大熊猫，把华南虎也列为一个重点项目，结果只是听猎人说有，谁也没见过。有人下结论说，华南虎在秦岭山区已经灭绝。

其实不然。

秦岭的最后一只老虎应该是 1964 年阴历五月初三被打死的。时间离过端阳节还有两天，很多山里的老乡把这个日子都记得很清楚。从那年的端阳节以后，秦岭里是真的没有老虎了。我第一次到保护区采访，人们就告诉了我打老虎这件事，时间已经过去了二十年，打老虎的经过从他们嘴里说出来就像是昨天的事一样。大家都很为这最后一只老虎惋惜，说不打死它该多好。我说不打死它它也好不到哪儿去，“最后一只”，任谁承担了“最后”这个名分就注定了悲剧的命运。“前不见古人，后不见来者”，这种感觉太孤愤，太摧残人。去年读到了湖北作家陈应松的一篇小说《豹子的最后舞蹈》，说的是山地最后一只豹子被猎杀的情景。陈应松善于描写人物的心理活动，这篇小说他完全站在豹的立场，用豹的目光，豹的思维，将环境的恶劣，活着的艰难，性情的高傲，被追杀的难堪，写得十分具有震撼力。我看了小说，立即就追到武汉，和他见了面，彼此相谈甚笃，有相见恨晚之感。他当时在湖北神农架山里挂职，我在秦岭深处老县城蹲点，共同的经历，共同关注的题材是我们相识的基础，神农架与秦岭，本来就是连着的。第六次全国作代会，他恰巧坐在我的前排，我们两个一前一后，说的全是与会议无关的话，说的都是山里的事，好像我们不是作家，而是森林管理员……

2001 年我在佛坪长角坝访问了当年在猎虎的公社搞第一次全国人口普查的公安局干部王志英，王志英给我十分详细地讲了前后过程。我觉得，他的叙述不用加工，本身就是一篇很精彩的报告文学。现在老王早退休了，住在半山的农家小院里，在早晨的阳光下，在一壶一壶山茶的浇灌下，给我细细叙说着老虎的最后故事，像是在说一个老去的朋友。

老虎的最早发现是在老县城东南，龙草坪公社东河大队破碾子村附近，从这些地名看，就知道这山深得是够可以的了。

最先和老虎接触的是孩子，山里的孩子上学，需早早起来，提着一窝炭火，这炭火是为了在教室烤脚用的，在路上也可以充当照明。我在宁陕山中也见过这情景，几个孩子提着小灯，在黑暗中迤逦行走在小路上，跳过溪水中的石头，一队微微的灯火向着小学校奔来。老师站在门口，等着。去年我从华阳搞调查回来，为赶路，天还不亮就从镇上出来了，在山路上，迎面看见一拨拨上学的孩子，他们三五成群地结伴走着，人人手里提着小灯，有的孩子很小，战战兢兢地走在黑乎乎的树林里。看他们小小年纪受此辛苦，真让人心疼。2001 年的孩子是这样，1964 年的孩子大概也是这样。

涩草坪小学的学校是旧山神庙改建的，离村有段路。几个远路的小孩上学，怀里揣着才从火塘里拨拉出来的烤洋芋，提着小灯，背着书包，在黑沉沉的林子里穿行着。已经到了秋天，天气很凉了，林子里满是落叶，踩上去噗噗的。村里的居民住得很分散，一个山洼里有时只有两三户，彼此通个信儿很不方便。这天，有一个学生走得比平日早了，他的其他同学还没有跟上来。这个学生的名字老王不知道，我也不想再追问，但他是发现秦岭最后老虎的第一人。他在路上走，他的狗前前后后地跟着他，不知怎的，他突然想等等他的同学们，就在一块石头上坐了，摸出洋芋来吃。洋芋还是热的，剥开皮还有些烫手，香味传得很远。他的狗在用嘴拱他，他以为狗在和他抢洋芋，就把手举得高高的，偏不给狗吃。这时的天有些麻麻亮了，依稀辨出了山形树木的轮廓，杂木丛里有山猪拱过的土，岩石后头有一大堆黄草团，是熊猫的粪便，路拐弯处灌木被折断，周围满是斑斑血迹，血迹新鲜凌乱。看来，这里不久前有过一场厮杀……学生还发现平时跟他抢吃抢喝的狗这会儿对洋芋突然不闻不问，没了一点儿兴趣，浑身颤抖着往他身后头钻。狗的一身露水把他的衣服都弄湿了，任他怎么掀，那狗就是不出去。

他不知怎么了，这会儿正是鸟儿开始吵林子的时候，四周却静悄悄的，没有一点儿声音。他感觉到了周围的异样和不同凡响，有点儿不知所措，一口洋芋含在嘴里，竟然忘记了吞咽。

接着，他在灌木后面发现了一双眼睛，一双硕大的，炯炯有神的眼睛，那双眼睛正注视着他。从眼睛延伸，他看到了一个黄乎乎带有斑斓黑纹的大家伙。他的脑袋轰地蒙了，他想跑，站不起来；想哭，哭不出声；想喊，张不开嘴；他完全找不到自己了！狗钻到了他的怀里，钻到了衣服下面，哆嗦得不能控制，比他还害怕。或许老虎早就看到了他，在他从路上走来，在他坐下吃洋芋的时候便落在了它的视线中。也许是不饿，也许是应了山里老虎不吃小儿的传说，总之，现在老虎懒得答理他。他就这么坐着，不是不想动，是动不了了，那口含在嘴里的洋芋，一直在嘴里含着。老虎看够了他，懒洋洋地打了个哈欠，正好是顺风，他闻到了一股能噎死人的腥臭味儿。他已经不会思维，不能举动，他把一切都交给了灌木后面的“大家伙”，完全听天由命了。

路上传来了孩子们的脚步声，是同学们过来了。大家一眼看到了坐在石头上犯傻的他，都说他脸色不好看。他说他看到老虎了，没有人信。他说老虎就蹲在灌木后面，可灌木后面什么也没有。这件事报告给了老师，老师姓周，南边栗子坝人，老师又反映到队上，没人相信，大家都知道，秦岭山里已经没了老虎。

入了冬，下了两场雪，秦岭造出了“山舞银蛇，原驰蜡象”的景致。快年底的时候涩草坪的一个猎户到公社来报案，说是老虎在小金沟吃了人。王志英正好在公社开“三干会”。“三干会”是公社、大队、小队三级干部会议，一般都是有很重要的事情才开这样的大会。干部们听了这话都很吃惊，问把谁吃了，猎户说他也不知道。有人就说，不会是老虎，可能是豹，冬天豹饿极了，找不到食，也很厉害。王志英是公安局的干部，这事他得出头，于是他带着三个民兵跟着猎户就奔了涩草坪。

涩草坪被厚厚的雪覆盖着，这里没有人烟，一条路常年没人走，往北通周至，往西是老县城，是傥骆道上的一个分岔。小路往深处转，一片空地上有间半塌了的土房，后边和西边的山墙早已倾塌，只剩下了前面破败的门窗。“屋”里有炕，勉强能睡人。老王们去的时候看见炕沿的地上有灰烬，说明有人在这儿烤过火。炕上的棉絮已经被撕得不成样子，这里那里，到处散落着衣服的碎片。屋外的平地上，有激烈搏斗的痕迹，地上的雪被踩踏得一塌糊涂，人的脚印，动物的脚印乱成一片。接近树林，有血迹和人的毛发，那血迹一直上山去了。雪地上清晰的大梅花脚印辐射出威严与杀机，让人触目惊心——这不是豹子，是老虎，一只体重在200公斤以上的大老虎！

老虎到底把谁吃了，一直是个谜。

公社把所辖大、小队都问遍了，没有发现失踪人员。去过现场的人说，看那衣服碎片，补丁摞补丁，八成是从周至过来的逃荒的。公社干部让各队注意着，北边要是过来找人，一定要把事情落实清楚，把话给人家说明白了，怎么着这也是人命关天的事情。

过了年，开了春，也没见有外边的人来问过。

转眼到了夏天，屈匡寒到东河台开会。这次会议是王志英唱主角，布置全国人口普查的事情。会议在大队部召开，队部是座破庙。基层的会议开得拖拉，有事没事都扯到半夜。这天到散会的时候，月亮已经到头顶了。屈匡寒打着火把往家走，路不太远，但都是上坡。明月当空，他的火把纯属多余，但还是举着，山里人的习惯，晚上走山路举火把不全为了照明，也为了远远地给野兽一个警告——有人过来了。

屈匡寒走着走着，猛听路边“唰啦”一阵响，眼见着一只斑斓猛虎从前面横蹿了过去，吓得他扔了火把，一屁股坐在地上，站不起来了。屈匡寒在山道上坐着，冷汗把衣裳都湿透了，两条腿好像被谁抽了筋，不听使唤了。好在离家不远了，他是一步一步爬回去的。家里的媳妇还在为他等门，听到敲门声打开门见到男人这副模样，不禁大吃一惊，忙问他怎么了。屈匡寒脸色苍白，也不说话，用手比画着，让媳妇赶快插门。媳妇将门插了，回头问他要不要吃饭，他直摆手，指着床蹦出几个字……拉被，睡觉……

第二天，大队部的会议照常进行，屈匡寒缺席。

他的媳妇下来告诉干部们说，我家掌柜的昨晚遇到“大家伙”了，几乎让它咬了，捡了一条命，今天起不来了。

大家立即停止会议，都到屈家看望病人。

走到半坡，干部们看到屈匡寒昨天的火把还在路上扔着，再几步就到家了，也就是说，老虎已经流窜到住家附近来了，直接威胁到了老百姓的安全。大家看到屈匡寒，还在被里躺着，说是浑身一点儿劲也没有，一趟一趟地跑茅房，拉稀。

屈匡寒的稀整整拉了一个月。他一个月没起床，人脱水，走了形。

陕南人管这样的病症叫“稀屎痨”。我跟山里老乡说不相信能把人吓得没完没了地拉稀，老乡说绝对有可能。为了证明他的观点，他给我讲了一个很有趣的“稀屎痨”的故事。

陕南人死后有“出殃”一说，就是人死了那股很晦的气要从家出去。出殃的时辰是由阴阳先生算好的，有时候人都入了土，那个“殃”还会留在家里。“出殃”的时刻全家人供好给死人的祭奠后都要回避，树木要绑上红布条，免得被“殃”打了。平时说某某无精打采，“被殃打了似的”，就是指此意。村里有个年轻人，一心想看看“殃”是什么模样，就趁主家在回避出殃的工夫溜进堂屋。为了掩饰自己，他从戏班子借了一套蟒袍穿了，端坐在供桌上等时辰。这时候，街上有个二流子，也借着主家没人的机会进来偷吃的。双方都有些心虚，都有些害怕。二流子进了院偷偷奔堂屋而来，案上坐的年轻人听见有人声，赶忙将桌上装白面的斗扣在了脑袋上。二流子进来，直奔桌上的点心，也不抬头，伸手就抓。这时坐在上面戴着斗的年轻人，从斗的边沿下看见一只手伸过来，误认为是“殃”来了，吓得浑身筛糠般抖起来。他这一抖，白面簌簌往下落，蟒袍唰唰响，惊动了偷点心的二流子。二流子抬头往上一看，看到了一个头有斗大，浑身长白毛的“殃”，当时就屁滚尿流地爬出去了。两个人都得了“稀屎痨”，都丧失了劳动力，冬天的时候靠在墙根晒太阳，说起各自病因，才恍然大悟，原来是自己吓自己。

“稀屎痨”的小插曲我们先搁下，回过头来再说涩草坪的这只老虎。

老虎的饭量似乎很大，老乡们反映，连着三天吃了三头肥猪。猪在农家是非常重要的财产，每年一头猪，初秋喂起，来年春上就催肥了，端阳屠宰，肉挂在梁上能吃到第二年春节，多余的还可以拿到集上换盐换米。没了猪就没了一年的抓挠，还叫什么过日子。有了老虎，生活就发生了变化，不断传来谁家的猪被叼，谁家坡上的牛让“大家伙”咬死了，谁家的羊在树上拴着，就剩了一根绳……一时，东河台、涩草坪、桦树沟一带人心惶惶，一到晚上，家家紧闭门户，山里原本就人迹罕至的路就更少有人走了。非得出门，也是彼此结伴，拿着家伙，一路上提心吊胆地相跟着，就跟《水浒传》里景阳冈上的老百姓似的，就差县太爷在庙墙上张贴“打虎告示”了。

周老师给涩草坪小学的孩子们放了长假——老虎不除，学校不能开课，谁家的孩子有个闪失，他这个老师担待不起。孩子们已经撞上过老虎，这事想起来都让人后怕，那天老虎是不饿……

1964 年，国家的动物保护法还没有出台，打老虎，为民除害是天经地义的事。就在县里组织打虎队，准备行动的时候，发生了一件这样的事情——

那天涩草坪的李队长在大队部开完会，连夜往回赶，他仗着路熟，也是胆大，没把脚底下二十里山路当回事。李队长大步流星地往家走的时候，他们家屋里只有他的女人（四十岁）和一个九岁的儿子，儿子叫九娃子。娘儿两个睡到下半夜，听到外面“呼”地一阵响，一个很重的声音落在屋后猪圈里。女人怔了一下，赶紧坐起来，撩开被子说，九娃子快起来，“大家伙”来了！

九娃子直往被里缩。

女人毫不畏惧，顺手抄起了顶门棍，“哐”地踢开后门，大喝一声就冲出去了。九娃子一看娘出去了，顾不得穿衣，也跟着跑了出去。女人为了猪，什么都豁出去了，猪是一家人的命根子呀，什么都能丢，猪不能丢。九娃子出去是为了他妈，他就这么一个妈，他不能让妈一个人去和老虎对阵，他是儿子，他得帮他妈。两个人跑到后院，看到圈门扣得好好的，圈里的肥猪却不见了，老虎硬是把一头猪从栏上叼出去了，这个老虎的能耐大极了。

女人心疼猪，喊叫着，不管不顾地追下去了。九娃子担心妈，紧跟在妈后头往下追。娘儿俩追过屋后新耕的包谷地，绕过积水塘，沿着林子边沿小径，一路狂喊，把自家性命完全置之度外了。

老虎在前头拖着猪走得飞快，猪的后脖颈被老虎衔在嘴里竟然吭也不吭。老虎一点儿也不惊慌，走得很从容，还不时回过头来看看追赶它的母子俩，停下来选择一下路线，以便让它和猎物更好通过，但无论怎样，它绝没有放弃的意思。

九娃子和他妈筋疲力尽，他们和老虎的距离越拉越大。

…………

李队长在天亮的时候赶回了涩草坪，见了晨曦中熟识的屋，将手里的松香火把灭了，一种到家的轻松让他感到了欢乐，他冲着房子吆喝了几声。

家静谧得可怕。

他看着静静的家，很快觉出了蹊跷，瓦间冒出的炊烟呢，门口那群闹哄哄的鸡呢，老婆那进进出出的身影呢……

李队长快步奔到自家门前，一推门，反扣着，喊了半天九娃子也没人应。他想起了后门，赶到屋后，却见后门大开，圈里的猪不见了，院里脚印凌乱，有人的，有虎的。他大叫一声往外追，后边松软的耕地里，老婆的、儿子的、老虎的脚印交叉在一起，直奔山梁那边去了。李队长要急疯了，紧追了几步又调转回头，往公社跑。二十多里路也不知是怎么跑下来的，见了干部气喘吁吁地说，老虎把我老婆、娃儿都扛跑了，快去救人吧！

这事非同小可。

当时县公安局副局长黎汇恩正在下面蹲点，一听这话，放下饭碗，叫上来光义等六个人，背了两杆步枪，带了一把“五四”手枪，让李队长带路，快速奔涩草坪而来。几只狗，起哄似的跟着，前前后后跑得煞有介事。

过几个坡坎，没发现老虎踪迹，一行人又沿着山脊往西，这样视野更开阔。山脊的左面是一片老荒地，多是乱石杂木和荒草，山脊的右边是茂密的树林。李队长让大家多注意左边，说老虎喜向阳荒坡，不喜欢阴暗的林子。大家就都朝左边看，一棵草、一块石也不放过。又走了一里多路，狗们突然惊恐地叫着，后退着，呼呼啦啦掉头逃散，只剩下了一只比较勇敢的狗还在坚持中。他们在一丛灌木中，发现了老虎吃剩的猪肠子和一摊血。

往前没走几步，跑在前面的那条狗突然折身回来，在来光义的两腿间盘来绕去，一步也不往前走了。

来光义是猎人出身，他有经验，低声说，有情况。

民兵们都是训练有素的，不是乌合之众，几个人立即就地找块大石头趴下了。果然，他们在50米外的草间发现了老虎。吃饱了的老虎猫儿一样，很惬意地盘作一团，前爪捂着嘴，在太阳底下睡得正香。

有人说，这哪里是老虎，整个是只大猫嘛。

李队长不管什么大猫不大猫，他报仇心切，端起猎枪就要开火。

黎局长把他拦住了，局长有些犹豫，打还是不打呢，这东西好像禁止打哩，前不久国务院生物考察队还来考察过……不打吧，它在村庄附近祸害百姓，眼前的李队长，老婆孩子还下落不明呢……

几番思想斗争后，决定还是打。

不能鲁莽行动，睡着的“大家伙”不是好惹的，一枪打不死，谁也别想囫囵着回去，需要设计个方案才好。

几个人就在石头后面商量方案，最终的结果是，手枪和猎枪射程有限，必须近距离发挥效力，以保存实力。两枝步枪率先同时开火，其余人持好棍棒，做好武松打虎的准备。

老虎安然地睡着。

两支步枪由来光义和另一个民兵掌握，两人都是神枪手，选择这两个人发动进攻从哪方面说都是万无一失的。50 米距离，对他们是小菜一碟，他们练的是 200 米硬功夫。

黎局长说，我喊“预备齐”，你们俩要同时开枪，只能成功，不能失败。

两人说好。两支枪口瞄准了熟睡的老虎。

黎局长问，准备好了没有？

两人说，准备好了。

黎局长说，预备——齐！

“嘭”地一声，来光义的枪响了，另一个民兵的卡了壳。

不愧是神枪手，来光义是瞄着老虎脑袋打的，他那一枪正打在老虎的头部。但是他没有想到，老虎是猫科动物，猫科们睡觉有自己的固定姿势，它那巨大的爪子将半个脑袋遮严了，来光义的一枪刚好打在它的前爪上。

老虎“呼”地一下站起来了，抡着前爪，吼叫着，不知发生了什么。那吼声真是地动山摇，沉闷、深远、悲怆、愤怒，强大的震慑力使山鸟惊飞，树叶飘落，整座山悚然颤抖。神枪手们的枪法乱了，他们在比武会上打的是黑白靶子，哪里碰到过这活灵活现的老虎。

老虎恼了，兽性大发，耸尻竖尾，双睛如电。它愤怒地一转身，又一转身，尾巴有力地一扫，又一扫，荒草一片片倒下，一棵灌木被齐刷刷截断，一时老虎周围尘烟四起，乱石翻滚。老虎直立起来扑下去，直立起来扑下去，如此反复。爪的疼痛使它难以忍受，使它生出强烈的复仇欲望。

石头后面的人看呆了，他们哪儿见过这气势。

很快，老虎发现了石头后这一群人，它咆哮着，毫不犹豫地向着大石头扑过来。

石头后的人乱了方寸，没有谁临阵过这样的场面，大家嘶声喊着，开火！开火！一齐开火！

乱枪齐射，直冲着老虎，老虎一个踉跄，在半坡停顿了一下。在那片刻的停滞中，人们清楚地看到了老虎那双清纯的、不解的、满是迷茫的眼睛。用后来记者的报道语言说，“那目光一直留在了他们的心里。来光义他们，一定会为这目光而深深地懊悔……”

被击中了的老虎放弃了进攻，转身向东撤退，它跑不动了，它艰难地退着，退着。不知谁的一枪，击中了它的额头，它失去控制，发出最后一声长啸，顺着坡向沟底滑去。

凄厉痛苦的吼声震撼着人们的心灵，石头后面的人许久没有动弹，他们显得十分无力，没有复仇的快感，没有胜利者的喜悦，他们的头脑一片空白。是上苍注定了他们几个要听到秦岭老虎这最后一声告别吗？他们的子孙后代，后代的后代，却永远永远听不到这种声音了，听不到了……

我的采访记录上这样写着：四十分钟过去了，石头后面的人一动不动，他们为刚才的情景吓坏了。

半天一个人说，咱们也不能老在这儿藏着啊。

另一个人说，也不知死了没有。

几个人从石头后面小心地探出身子，你推我、我拥你地站在坡顶往下看。老虎滑过的地方压倒了一溜灌木，形成了一道长长的巷子，直到沟底，沟底树木很多，有水在流，没有声息，什么也看不见。怕老虎不死，大家往下扔石头，扔木头，稀里哗啦扔下不少东西，下面仍是一片寂静。

大家又坐在上头等，等什么，谁也说不出。

又一个小时过去，谁说，得下去看看。

大家你看我，我看你，没有谁自告奋勇。

有人建议让狗下去，狗下到沟底遇到活老虎，必定有动静，真有什么，狗命也贱。

狗怎么也没想到人会弄出这么一个馊主意，它也是不想下的，它站在被老虎压出的巷口，任人怎么轰，就是不往下走。人有人的办法，两个人一人提起狗的两条腿，一二三地往沟里扔。狗惨叫着，声音非常难听，它是不会骂，它要会骂，非把这些人骂个狗血喷头不行。悠了几下，狗被扔了出去，它在半空划了一个弧，带着绝望的叫声落向沟底。

人们都撅着屁股朝底下望，希望下头传来狗的信息。其实，两个扔狗的还没喘过气来，狗早已从几米外的地方爬上来了。上来的狗看也不看这边，掉头就跑了，它看透了这些人。

一行人下到沟底，他们看见老虎夹在两块河石中间，身子伸得长长的，眼睛闭着，像在睡一个舒坦觉。没有谁敢到它的跟前去，人们用石块试探地砸它，你一块我一块，咚咚的，老虎周围像下了石头雨。后来他们改用长棍戳，用绳子套拽，老虎都没有反应。终于，他们弯着腰，做着随时逃跑的准备，慢慢向“大家伙”蹭过去。他们看到它确实是死了，脑门上那枪是致命的一枪。

记者贾连友在报道《秦岭最后一只华南虎被杀始末》时，是这样描述最后情况的，“老虎满面血迹，怒目圆睁，蹲伏的姿势一动不动……来光义他们怎么也高兴不起来，老虎那死而不倒的身影和那满含遗恨的目光，一直留在他们的心里。”我跟王志英老人谈到了这篇报道，王老说，虎威不倒是真的，但老虎怎能不倒呢？那只老虎的确是软遢遢地死在河里了。我没跟贾连友探讨过这个问题，毕竟事隔了四十年，我们访问的对象也不同。但我深信，报道中肯定有记者的感情色彩在其中，理想化的成分也很大，如果拍电视，这样的表现效果当然很好，有象征意义。而事实是，老虎死了，死在乱枪之中，死得很窝囊。

它的身上，大大小小有二十一个窟窿。

七个人抬着老虎上坡，抬得很吃力，到半夜12点才抬上坡，顺着梁走，抬到了李队长家。

再说李队长的女人和儿子，两个人追着老虎跑，跑到天亮，在灌木中发现了半截猪，猪的两条后腿全不见了。再追下去也没有意义，娘俩将半拉猪抬回家，心里庆幸总算没全丢，明天就是端阳节，半个猪，也够了。其实老虎就在附近，相距不到200米，吃饱了，它在休息，这半截猪是准备留待饿了再吃的。

老虎被吊在李队长家的房檐下，请来了屠户，准备开膛破肚了。远近的乡亲们都来看稀罕，人们用手指戳老虎，怕被它咬了，点一下，很快又缩回来，嘴里发出“耶，耶”的声音，像是吓自己，又有些得意。

有人在干部主持下，很庄严地作着记录：

……雄性，体重225公斤，体长2米，尾长0.9米……

好大的“大家伙”！

人们惊叹着，感慨着，称赞着，却没有人惋惜。

虎皮由嘴剥起，沿胸腹划开，屠户的手艺不错，不到一顿饭工夫，一张完整的虎皮就剥下来了。人们站在旁边，不动声色地看，仿佛屠户剥的不是虎，是一只羊，一头牛。

风在山岭间呜呜地吹。

老虎的肚子被破开，内脏“哗”地一下淌出来，人群也“哗”地往后退，这样的刺激，这样的触目惊心，是山里人很愿意看的。肚肠流到地上，沾了土，变得肮脏，变得臭气哄哄。屠户小心地剔出苦胆，搁在身边的石头上，这是比骨头还贵重的东西，屠户知道，这玩意儿值大价钱。英雄虎胆，谁吃了它，了不得！

很快，巨大的老虎就化作了一堆堆皮毛、骨架、内脏和红彤彤的肉。肉和内脏分给附近农户，虎骨卖给药材收购站，收购站以每公斤24元价格收购，这只老虎刨去头，骨头一共是20多公斤，大概是2300多块钱，全部充公，虎皮就堆放在公社的办公室里。

王志英说，最神奇的是那个贵重的胆，屠户处理完一切，回头再找胆，发现石头上空荡荡的，哪里还有胆的影子。人们听说虎胆没了，急忙分头去找，在门后看见那只狗在龇牙咧嘴地咬什么东西，一张狗脸被染成了绿色。人们从狗嘴里将那个东西夺下来一看，就是那个胆，已经吃得只剩下了一张皮儿。有人气得要打狗。那狗一蹦多高，跟打它的人在院里兜开了圈子。

吃了老虎胆，狗东西，了得！

我想，任什么物件的苦胆都不会好吃，剖鱼的时候要是不小心把鱼苦胆弄破了，这条鱼就吃不成了。这条狗能咬牙切齿吞下老虎的胆，看来是成心和人类做对，成心要气一气人类，谁让人在关键时刻把它扔下了谷底，出卖了它呢。

也是活该。

王志英告诉我，老虎的肉并不好吃，远没有野猪的肉香，有股酸味。那时他在公社，常常值班到半夜，饿了就下挂面，没有作料，就挖一大块老虎油。老虎油黄亮黄亮的，吃在嘴里无味也无香。油的火力很大，一边吃一边得脱棉袄。

无味也无香，这句话说得真好。

那张皮后来被陕西动物研究所要去了，做成了标本，搁在研究所了。凡是看到过标本的人都说，这老虎真大，是秦岭里的最后一只老虎。

风萧萧兮易水寒，老虎一去兮不复还！

的确，自此以后，山里相对安静了，再没有出现过老虎叼猪咬牛的事件，但这样是不是少了点儿什么。山不在高，有仙则灵，一座山，没了百兽之王，当是一件很遗憾的事情。

现在人们在呼唤着华南虎的归来，希望山里再出现虎踪，但这实在是不以人的意志为转移的。前不久看电视，某台组织了一帮记者潜伏南方某山几日，以证实那里最近的确有华南虎活动，终是无功而返。我当然也希望秦岭山随着植被的改善，随着生态的完好，会有华南虎再度出现，但也是做梦。老虎不是草，条件适宜了还会长出来；老虎没了就是没了，至少在这个地方，永不会再生。

常常是抱着幻想，继续搜集老虎的故事：

有司机说，80 年代夜里开车，走到周至板房子，公路上有老虎在前面跑，车灯照着，老虎一回头，两眼放光，比车灯还亮。司机吓得两腿哆嗦，把油门踩得一轰一轰的，老虎在车前跑了一段，蹿上了路边的缓坡，站在坡上还回头望……

华阳一位挖药的药工说他 90 年代在山里见过虎……

凉风垭的山垭，有过虎的脚印和粪便……

最近的发现是 2000 年 12 月，陕西林业厅的干部在西河雪地上发现了清晰的老虎脚印，脚印很大，17 × 21 cm，老虎的脚印和豹子很相像，但是豹子脚印最大不超过 13cm，无疑，山中不会有这么大的大脚豹子……

要证明此地有虎，必须出示证据，要有在野外的照片、录像等等，不是说看到了就算数。

但愿我们的后代能拿出这些东西。

# 第七章　众生灵

诺贝尔生理学或医学奖1973年得主、奥地利动物行为研究专家劳伦兹写过一本风靡全球的书，叫《所罗门王的指环》。今年年初我和台湾报告文学作家王蜀桂在高雄逛书店，她把这本书推荐给了我。她说这本书他们家人手一册，是看完了一遍还要再看的书。我买了，到现在已经是第五遍阅读了，这仿佛是为我写的书。

这是本记录动物行为学的书，没有任何情节的设计，因为真相本身就很迷人。作者通过生活，和动物建立了亲密关系。他告诉我们，对动物必须有耐心，有爱心，将动物视为人类的近亲，与动物建立互信的关系，才能更深刻理解生命的真谛。这本书的真正特点，在于它的“透视力”。

他教给了我观察动物的方法，即必须对所有的生命，都怀有一份发自内心的真感情。

劳伦兹解释为什么叫《所罗门王的指环》说，“根据史料记载，所罗门王能够和鸟兽鱼虫交谈。要不是靠魔戒的力量，就算是最亲密的宠物，老国王也听不懂它在说些什么。而且，当他不再拥有魔戒时，他甚至会硬着心肠对待动物。所罗门王是在盛怒中将魔戒抛得老远的，那是因为有一只夜莺向他泄密：他那999位爱妃中，有一位爱上了年轻的小伙子。”劳伦兹说，“所罗门王可能是极聪明，也可能极笨，这点我不敢说；照我看来，需要用到魔戒才能和动物交谈，未免太逊了一点。活泼泼的生命完全无需借助魔法，便能对我们述说至美至真的故事。大自然的真实面貌，比起诗人所能描摹的世界，更要美上千百倍。”

不戴魔戒的劳伦兹，生活在奥地利南部的一个河滨小岛上，多瑙河从它周围流过。由于大河每年泛滥，小岛上不仅人烟稀少，而且没有耕地，许多野生动物得以在上面繁殖，成了保护区。劳伦兹在这里发现，再小、再不起眼的动物，也有彼此通情达意的信号，“只要知道它们所用的‘字眼’，学会它们的语言，就跟戴上了所罗门王的魔戒一样，虽然不同种，也能和它们建立互相了解、极其亲密的关系”。

所罗门王的指环遍撒人间，就看你是否有幸捡得到。

我想我是捡到了，凭借这个指环，我可以在人群中找到知音，找到有共同语言的朋友。湖北作家陈应松是这样找到的，武汉作家胡发云是这样找到的，北京编辑秦万里也是这样找到的……2001年，在绍兴颁发“鲁迅文学奖”，在游览绍兴夜景中，整整一个晚上，我和秦万里都在谈论老虎和猫，无论是乘船绕城还是登阁临风，老虎和猫的话题一直环绕着我们，成为跟随我们的风景。我在想，文学上，我和秦万里可能就是一般的作者与编辑的关系，但在对动物的感觉上，我们绝对能达成默契，是拆不散的“铁哥们儿”。

我邀请他到老县城来。

这里是动物的快乐王国，在这儿你可以直接和动物对话，和大自然对话。

持有所罗门指环的不以学问、地位、贫富为标准，如同心灵的感应，你拾到了，你就在视听上突然开了一扇窗，接触到了我们原先未知的一个新奇世界——啊，这里原来这般美好！

周至县城西有哑柏镇，以刺绣闻名西北。“哑柏”这个地名起源于周，周文王建都于沣河西岸的甘亭镇后，一天，带领随从到周至踏勘地形。走到哑柏时，天快黑了，文王问跟随的人，这是什么地方。周围的人谁也答不出。文王看见不远处站着一个人，就趋过去，边走边问，问了几声不见答话，到跟前一看，原来是株柏树。文王笑道，原来是个哑柏。

从此，这里就被叫了哑柏，叫了两千多年。

哑柏千百年来一直是个热闹集镇，它的热闹程度远远超过了周至县城，除了绣品以外，更吸引人的就是它的小吃。荞粉是小吃中的主打食品，这里荞粉的味道与任何地方都不一样，酸辣中带甜，有一种焦香。以前，大家都穷，女人们到哑柏来赶集，非要在摊上吃碗荞粉才能回去，那沾着辣子的红油嘴，要一直带回村里，让全村的人看遍了才肯擦去，得意得很呢。就是今天，这荞粉也是很有人缘的，我每回从哑柏过，都要买一份提回机关食堂。饭桌上，周至检察院的检察长张团仁一看到我买来的荞粉绝不会放过。他是哑柏人，知道这东西好吃，每每我还没动筷子他就说，这盘子你还吃不吃了，你要不吃我全包了。

等于是我给他买的，让我很不平衡。

哑柏镇上有个叫董志清的老汉，人称狗娃，八十八岁了。董老汉没有别的爱好，就是爱动物，在他的小院里，老汉养了牛、羊、狼、熊、狐狸和上百只鸽子。那些鸽子一飞“轰”地一大群，壮观极了。老汉爱他的动物胜过一切，他对每一个动物的禀性都很熟悉，它们的存在使老汉的生活变得忙碌而充实。上午，老汉要去割草，下午要到镇上的屠宰场要下水，以满足他的那些牛羊狼熊们的巨大食欲。动物们对他的依赖和信任使他感到满足，至少他觉出了他对它们的存在价值，这是无可替代的。因此，老汉活得很幸福，很快乐，尽管街坊四邻说他太怪。老汉不打麻将，不串门子，最喜欢做的事情是带着他的动物坐在路边，任大人孩子围着看，自己笑眯眯地在一边抽着旱烟；逢有镇上要社火什么的，老汉就拉着他的熊，跟在队伍后面走，让他的熊做出各种动作，玩出各种花样。有人担心熊会伤人，可是他的熊一次也没出过差错，极听老汉的话。

儿子们反对父亲的所作所为，不支持他，嫌他把院子搞得太脏太乱。别人家的老爷子都肃整威严，典型的一家之主，他们家的老爷子成天和动物一块儿厮混，跟狼说话，跟狗熊嬉耍，没有正形。

我要王安泉陪我去拜访老人，王安泉曾经陪着电视台的人采访过董老汉，不知怎的，这个片子一直没播出，也许是牵扯到了野生动物保护问题。但我一听就很喜欢这个老人，我相信能和他有共同语言，我相信他也是个具有所罗门王指环的人。

我们是2001年11月27日到镇上的，王安泉已经记不准老汉的住处了，就四处打听。哑柏的街上尽是卖绣品的妇女，都是自家绣的床罩、门帘、枕套，红红绿绿的连成一大片，其中也有用自家棉线织就的格子土布，卖得极便宜。我问到一个在路边卖花丝线的老年妇女，老太太说，你们寻狗娃，寻喔作啥哩？

我说想看看他的动物。

老太太说，喔动物有啥看的。

我说，也想认识认识老汉。

老太太说，认识他作啥，喔人怪怪的，不跟人来往，把个环境弄得脏得很，娃们都嫌哩。

我说，怪也要见见他，我大老远从县城过来，就是为了见他。

老太太说，喔人死咧。

我问什么时候。

老太太扳着手指头一算说，整整一个月了。

我说，老汉那些动物呢？

老太太说，都让他娃给处理了。除了狗娃，没有谁愿意养活它们。

…………

王安泉问我还到不到老汉家去，我说，算了吧。

人死了，动物处理了，去干什么呢，听他的儿子们空洞地“怀念”他们的父亲吗？董老汉爱动物，理解他的动物，但是人们不理解他，嫌他脏，把他视为怪人。让人欣慰的是老汉在自己的天地里活得很舒展，不管别人理解不理解，我行我素，这个境界不是谁都能达到的。悲哀的是，老汉到死也没找到知音，他一死，他的指环就失落了。

不知落到了什么地方。

清光绪十九年县志记载：

明正德十五年，椒溪河（叶注：穿越佛坪的一条河）获白鹿一，项悬铜牌，上有镌刻，皆漫灭，唯“唐”字可辨。

若此记为实，当是一只千年老鹿了。秦岭深处的老县城是少被人侵害的残存下来的幸运土地，人们的生活观念虽落后，但是与动物相处得和谐自然，平等、共存的生态观念绝对是世界超前的。英国思想家杰罗米·边沁（Jeremy Bentham）很早就提出了给予动物道德关怀的观点，他认为，不仅人能够感受到快乐和痛苦，动物也会感受到快乐和痛苦，它们的生命是极有灵性的。老县城的牛老汉对我说，山里的野物其实跟人一样，它们什么都懂，就是不会说话罢了。因为少人干扰，有些小动物根本就不怕人。西安文艺家采风团到老县城来，画家们在林子里铺开桌子画画，一只小松鼠好奇地探头探脑，后来竟上了桌子，上了画纸，上了画家的肩膀。画家很喜爱这只“有艺术气质”的大尾巴，极想把它带回西安去，权衡再三，还是把小家伙放了。它是大山生产的精灵，不是人类手中的玩物。

大自然实在是个很奇妙的东西，大如风云雷电，山川河流，小至岩鼠山猫，蚍蜉蝼蚁，一切分裂与分解，一切繁殖与死亡，一切活动与发展，俨然各有秩序。

羚牛是这里数量最多的动物，属牛科，但是我总觉得它和羊更接近，尤其是粪便，一个球一个球的，牛的粪不是这样。羚牛脾气古怪，性格粗暴，常常主动向人发起进攻，受害者接二连三。它有季节性垂直迁徙现象，春季高山缺乏食物，就下到山谷觅食，也有个别到村里闲逛的。夏天羚牛就到高山上避暑了，行动时有头牛带领，头牛一般都是母牛，牛群中也有个大强壮、毛色金黄泛红、异常美丽的公牛。由于羚牛在全世界分布狭窄，数量少，“世界自然保护同盟”将秦岭的羚牛列为珍稀动物，中国将它们列为国家一级保护动物。

老县城周边，羚牛的数量绝对超过老百姓所养黄牛的数量，它们自由自在地在这片水草丰茂的山地过着幸福生活，我行我素，霸气十足。羚牛不怕火，而且有踏火习性，见到一堆火，它非过来把火踩灭了不行。人在野外点篝火，最担心的是招来羚牛，它们来了，黑灯瞎火，跑都没处跑。20 世纪 60 年代的困难时期，老百姓主要猎杀的就是羚牛，以补充食物不足。羚牛的肉与家牛肉没有太大区别，略膻，那时候一度羚牛数量剧减。成立保护区以后，羚牛受到保护，繁殖速度一下大增，以其对老百姓造成的威胁看，大概快到了应该计划生育的阶段。

秦岭草肥水美，保护得力，目前这种庞然大物已经发展到 3000 至 4000 头，给山区造成了危害。常见有新闻报道，某某处羚牛进了农家院，某某人遭到羚牛袭击，林业厅每年收到羚牛伤人的报告有十几起，数年来被羚牛挑死的无辜已有二十六人。2000 年陕西文艺家到汉中采风，面包车行至 108 国道，一头健硕羚牛竟然在车旁跟车赛跑。羚牛眼睛瞪着，尾巴撅着，一副不服输的架势，车上的人欢呼雀跃，大喊加油，犹如进了野生动物园一般。这里是车来人往的国道，羚牛敢在人稠之处大摇大摆，足见它的数量之多，足见它没把任何人放在眼里。我坐车进老县城，中途休息，下车时多要前后仔细看过，道旁山坡确实没有黄色的巨无霸才敢走出车门。有人说，羚牛是群居性动物，单个羚牛多是情场上失意的角色，心情沮丧，看什么都不顺眼，攻击性很强。

老县城西门外，有株数人抱不拢的大松树，桅杆一样地竖立在盆地中心，成为了老城的标志。这就是当年的祭坛所在地。松树下有户清朗的房舍，住着姓苟的一户人家，老汉苟厚元今年七十六岁了。1971 年从紫阳搬到老县城落户，城里已经住满，看松树这儿相对平整，就盖了房子。

2001 年农历八月二十四日，老汉的两个儿子苟发祥和苟发武到山上挖猪苓，两个人背着口袋，早早就奔了西南边的老林。

苟家哥儿俩一路挖挖敲敲，寻寻觅觅，渐渐地拉开了距离。清晨有雾，离开三五步就谁也看不清谁了，走在后头的苟发祥能够清晰地听到前面哥哥苟发武的喘息。走着走着，他突然听到苟发武“啊”了一声，再没了声音。他紧走几步，看见一头羚牛巨大的臀部消失在灌木丛中。苟发祥发现他的哥哥躺在了地上，脖子上全是血，气管断了，血管也断了，呼呼地冒着血泡——那头突然遭遇的羚牛用利角挑开了苟发武的脖颈。苟发祥要把哥哥往山下背，当时苟发武还清醒，能说话，他让弟弟赶紧下去叫人。

苟发武飞奔下山，寻来了人，上山时又迷了路，找不到地方了，等再回到哥哥身边时，苟发武的鲜血流尽，已经断了气。

花 3000 块钱发送了苟发武。

苟发武留下了一个三岁的儿子。

苟老汉教给了我一个避牛的方法，万一迎面遇上了，它冲过来，你要赶紧找个小沟脸朝下趴了，双手护着脑袋。牛角是向上弯的，你在沟里比地面低，它就抵不到你了。

我说这样的事最好还是别碰上。

城西门外的丁家也遭遇过羚牛攻击。有一天，夫妇两个在院里铡猪草，远远地看见羚牛在溜达。妻子说，看，白羊！当地人将羚牛唤做“白羊”，就像把大熊猫唤做“花熊”一样。

丈夫说，没事的，咱不惹它，它还能把咱咋的。

夫妻两个把羚牛当作了君子，当作了邻家跑进跑出的花狗，他们照旧铡他们的猪草，忙着他们的事情。不料，说话间那头羚牛晃晃悠悠就过来了，眼睛直着，嘴里喷着白沫，呼哧呼哧进了小院。丈夫一见，大呼一声，快进屋！一把将妻子推进灶房，自己一闪身也跟了进来，将门插了。

外面的羚牛不知为什么心情特别不顺，牛脾气正在气头上，对丁家夫妻不依不饶，穷追不舍，它憋足了劲，斜着脑袋冲着门猛冲过来，硬是将门板撞了下来。丈夫正躲在门后，用肩抵着门，冷不丁牛进了屋，将他扑倒在地，羚牛没理睬他，从他的身上踏了过去，直扑向里面的妻子。妻子一边大喊救命，一边躲闪着羚牛。羚牛的角“咚咚”地戳在墙上、戳在灶上，沉闷而有力，它就是看准了这个女人，不把她戳死不算完。羚牛将女人逼到墙角，一双大角毫不迟疑地抵了过去，女人本能地一侧身，那双尖锐的犄角戳断了女人一条胳膊，挑飞了一个乳房……

丈夫喊来了人，人多势众，羚牛不吃眼前亏，出门夺路而逃，钻进老林。大家抬着血泊中的女人一路狂奔，翻山越岭到了厚畛子，又拦车到了周至县城，抬进了县医院。丁家女人的命保住了，住了几个月的院，花了6000块医药费。丁总是不能理解，我们在家里待得好好的，大祸从天降，我们这是招谁惹谁了？丁到处告状，到处诉说，他不知道告谁，他不能跟一头羚牛打官司，不能跟畜生较劲。保护站要不保护羚牛，羚牛能这么牛？后来，保护站补偿了3000块钱，丁的心里还是不能平衡，他说，野生动物要保护，难道人就不要保护了吗？人和动物比，谁重要？

丁提出的是个大话题。

我回答不了这个问题。

夏天，我从城门洞里过，迎面碰上了丁的妻子，那女人笑嘻嘻的，穿了一件小碎花褂子，走得很快，她的伤已经完全好了……

我也到大松树下的苟家看望过苟老汉，失去儿子的老人思绪已趋于平静。他抱着小孙子亮亮说，孩子三岁，还没有正式取名他爹就死了，媳妇往前走了，给我们老的丢下这孩子，让人心慌哩。他让我跟政府提提，看国家能不能给补点钱。我跟有关人士提了，人家说，国家有文件，凡是为保护野生动物而献身的国家给钱，苟家是闯到人家羚牛的地盘上了，而且是在保护区的范围里挖药，不容许的，没追究责任就很不错了。公家人的话我没有转达给苟老汉，我总是不忍心看到那白发苍苍的老人和那个软绵绵脏兮兮的小男孩。

孩子现在也没有大名，仍旧叫亮亮。

我想，亮亮长大以后，大概不会长久地待在山里。

就在我写作这一章的时候，老县城又传来消息，羚牛又闯了祸，将某媳妇的大腿扎穿了。人家不答应，找到周至林业局，进门就说，你们林业局的羚牛把我们人伤了，我们得讨个说法。林业局说，怎么是我们的羚牛，是大家的羚牛。受害者不走，躺在局长办公室的床上，准备长期静养，局里掏了4000块钱了事。

听说林业部有关保护区野生动物伤害群众的赔偿办法正准备出台。

羚牛的天敌是豺，这些小而厉、狠而刁的家伙如一群流氓，在山林里闯荡，它们敢向任何动物发动进攻。吕书记家的黑白花，是一条典型的豺狗，也就是农村的土狗。土狗的“土”，在于它的传统，它的祖先是豺的后代，而不是狼的后代。每只豺对于它的头领都有天生的服从精神和尽忠精神，经过驯养之后，它就把这种尽忠精神转移到了人的身上。这种土狗，包括后来演绎出的叭儿狗一类，和它们野生的同类相比较，它们的特征和心理结构与野生动物的幼年期是相吻合的。野生动物一旦成熟，幼年时期的种种形象和特点就不再保留。比如我参观日本秋吉台的小老虎，它们总喜欢亲近你，逗弄你，向你展示它的热情。但是长成大虎就完全是另一回事了，那种暴戾凶狠，威严冷漠，让人望而生畏，不敢近前。而由豺变成的家狗却把幼时的特征永远保留了下来，它们短毛曲尾，短嘴垂耳，保留了大部分豺的长相。野生的小豺狗虽然对于母亲的爱极其热烈，但是一到了成年，这种依恋之情就消逝了；而受驯已久的狗却将这个特点终生保留下来，只是将对妈妈的爱转移为对主人的爱，将对头领的忠诚转移为对主人的忠诚，并且这种爱和忠诚是海枯石烂，永不改变的。

日本东京涩谷车站有个小广场，场上有尊名叫“忠犬八公”的狗的雕像，是车站一个出口的标志，也是涩谷一带约会、等人的地方。狗的主人叫什么，大概没人知道，跟“忠犬八公”的知名度无法相比。主人每次出门，他的狗都到车站来送他，回来时又来接他，人和狗成为车站一道固定的风景。有一天，主人走了，死在外面，再也回不来了，狗就一直在车站等，任家里人怎么叫也不回去。不吃不喝的狗，眼巴巴地望着车站出口，每一个从车站出来的人看到这情景都非常感动，人们拍拍它的脑袋，搂搂它的脖子。后来，狗死在车站，人们就立了这个纪念像。

豺狗驯养成的狗对周围的人是很容易轻信的，尤其是家庭养的那些宠物狗。劳伦兹对它们有过一段精彩描述：它们对人“老是纠缠不休，就像那些惯坏了的孩子一样，见了每一个成人都称他作‘大叔’。无论是人也好，是别的动物也好，它老是缠着他们要和他们玩。如果这种脾气一直不改，或者发展到极处，这狗就一点儿个性也没有了。最糟的是，因为它把每一个人都认作‘大叔’，无论谁只要稍微对它严厉一点儿，它就由轻狂式的热情一变而为奴隶式的服从，摆出一副受辱后的奉承样子。几乎每一个人都碰到过这类不是跳上跳下把你缠个不休，就是赖在地上，四脚朝天，对你摇尾巴乞怜的狗。它总是直扑到你身上，把你弄得全身都是毛，等你实在被它弄烦了，顾不得得罪女主人，吼了它一声，它马上就可怜兮兮地滚到地上，把肚子摊开来，哀恳地向你求情。你过意不去，又想讨好女主人，才好言安慰了它几句，它已经一个箭步跳了起来，把你的脸整个舔了一遍，并且又腻到你身上来了。”从那些野气十足的流氓豺，到甜腻腻的宠物狗，这个改变是人的功劳，也是豺本身内涵的素质，这实在是件很有意思的事儿。

狼狗的特点更接近于狼，它缺少豺狗从内到外的热情，比较冷酷。狼的特点是排外主义，同舟共济，真正的中国狼狗几乎没有，所养多是洋种。狼狗一旦认准主人，一生就是他了，其他人再讨好它也没有用。养到半截而被换主的狼狗是最悲惨的狼狗，它永远会记着它的第一个主人，而永远不会是“别人”的狗。它的忠诚让你觉得可怕，几乎成了一种负担。离开了它认定的主人，它会变性情，会精神错乱，会见谁咬谁，没有一点儿自制力。劳伦兹是这样评价狼狗的：“狼狗具备许多大型猫科肉食动物所共有的特征，它固然会对你矢志不渝，可绝不是你的奴隶。虽然它活着不能没有你，可是它仍过着一种属于自己的生活。”

到现在为止，我没见到过一只本土的狼狗，这大约与秦岭山地的狼群消逝有关。一度，陕北陕南狼的家族是十分昌盛的，1966 年红卫兵大串联，我和同伴们步行去延安，在沿途一些村墙上，还能看到大白圈，那是为了吓唬狼用的。在宜君县，住到老乡家里，老乡给我讲了许多当地生动的狼的故事。以后走南闯北，把陕西走了个遍，再也没有听说过哪儿还有狼的踪迹。2000 年，贾平凹写了一本《怀念狼》的小说，也只是怀念而已。有人告诉我，贾平凹这个人太神，他一“怀念狼”，狼就来了，目前陕西有些山村开始闹狼了。我说她胡说。她给我找来一张《新闻周刊》，以为辅证。文如下：

《野生动物大闹黄土高坡》

前些年，陕西不少地方森林系统被严重破坏，不少野生动物不见了踪迹。近几年，随着各级政府大力实施生态工程，陕西的生态环境得到极大改善，不少地方已绝迹多年的野生动物又频频出现。但当地人民在保护野生动物的同时，却无辜受到它们的侵袭，于是，在人与兽之间，就有了这一段恩恩怨怨……

森林保护好了，狼也来了。2001年7月11日，陕西合阳县甘井镇伍中村三组56岁的村民张俊以正在自家果园里喷洒农药，蓦然见一只狼朝他扑过来。情急之下，张赶忙用随身带的工具包向狼头猛砸过去，狼被击中后，后退了两三米，但仍不肯离去。附近果园的30多名群众听到了张的呼救，纷纷赶来，将这只狼围堵进一孔废弃多年的窑洞内，然后抱来大堆麦秸秆扔进窑洞点燃，最后将这只狼活活烧死……（叶按：吓唬吓唬就成了，何必置于死地）据村民讲，在靠山的伍中村一带，已经有30多年未见狼的踪影了。

在东乡一带，2000年以来，已先后有十几个村民分别在果园、沟边见到过在当地已绝迹几十年的野狼、野猪、野山羊等动物，不少群众夜间在家中听到过人哭一般的狼嚎。

…………

报道这则消息的记者叫殷建强，我不认识他，想必也是一个关注野生动物的人士。他在采访手记中谈道，目前陕西省已建立自然保护区十个，占全省国土总面积的15%。近日，《陕西省野生动物及自然保护区建设工程总体规则》通过评审，已上报国家林业局。该《规则》批准实施后，将对陕西省的野生动植物保护发挥重要作用，成为野生动植物的“护身符”。但另一方面，陕西省对国家重点保护野生动物伤人后如何补偿还没有出台具体规定。所以，每当野生动物伤人后，如何既及时有效地保护野生动物，又能妥善处置受害群众的合理要求，成了基层政府、野生动物保护部门的一大难题，也成为各界人士关注的热点问题。同时，对于屡屡糟蹋庄稼等群众财产并由此引发不少意外事端的那些国家保护野生动物，应该怎样对付，怎样处置，权威部门没有明确的“说法”，只是笼而统之地要求各地既要保证人民群众生命财产安全，又绝不能伤害国家保护野生动物。但这两者怎样兼得，群众心中无数，基层政府也心中无数。

关于狼的话题在保护区已不是什么新鲜话题，初时人们认为狼多在浅山、丘陵地带活动，深山老林里大概不适宜它生存，也几乎不见它的踪迹。但是老乡们坚持说，山里有狼，老县城的周围一直有狼在迂回，几十年来就没断过。他们说见到狼不能直呼它的名字，一将它的名字点破它就会觉得很丧气，很没面子。山里人管狼叫“麻脸”，就跟东北人管狼叫“张三”是一个道理。老虎是山神爷的坐骑，狼是山神爷的账房先生，老山神怎么让狼来给自己管账，谁也说不清楚。

1985 年 4 月 17 日，北大学生曾周在三官庙附近走失，保护区动用了大量人力物力四处寻找，夜里两点钟，几个工作人员由三官庙往大鼓坪方向寻找，累了，就在路边生了一堆火，歇息取暖。一会儿，大鼓坪方面寻找的人过来了，两组人就在火堆旁边凑情况。从大鼓坪方向跟过来两只大狗，一声不吭，也在火的背光处坐着。有人说，这是谁家的狗，养得这么漂亮。人们就都看那狗，狗也不回避，很威武雄壮地坐着。大鼓坪的人说，大鼓坪没见过这样的狗。三官庙的人说，三官庙也没有这样的狗。大家说，看狗这皮毛，这作派，这仁义样，应该是有优良血统的，不是山里的土狗、杂种狗，但谁也说不上这是哪儿的狗。三官庙过来的人说，狗是跟在大鼓坪人后面来的，应该是那边的狗。大鼓坪的人说，他们出来时压根儿就没带狗。有人探过身子，嘘嘘地逗狗。那狗就兴奋地摇尾巴，很高兴的样子。他们其中的一人总觉得蹊跷，走近去看，一下看到了爪上的飞爪，飞爪是狼所特有的，搞野生动物的人都知道；再看那眼睛，也与狗眼不同，眼珠突出，向上微吊。这人大惊说，哪里是狗，这分明是狼啊！两只狼见人说破了它们，回头就跑，蹿到林子里去了。大家都说，那个丢了的曾周，可能凶多吉少。

《宁波晚报》报道了这样一件事，东钱湖野生动物园从东北引进一批野狼，其中六只通过嘴拱、爪挖，逃出了铁丝网。出逃的直接原因是饥饿，理论上要每天给狼早晚喂食两次，投肉五斤，可是实际上达不到这个数量，所以那些饿狼便铤而走险了。狼的集团性流窜给当地居民的安全带来威协，地区特警和狙击手严阵以待，和狼群展开周旋，有四只狼已经被击毙。据业内人士透露，随着狼的种群数迅速下降，《国际濒危物种公约》已将狼列入保护范围，我国也将狼列入《中国濒危动物红皮书》。

对狼的保护已经成为当务之急。

秦岭山区豺的群落也在减少，老猎人给我讲的豺们集体的狩猎行动，在今天的人听来是一个生动而不真实的动物故事。这些曾经是林子里最活跃的土著，目前，数量已不能成群。巡护员说，豺只吃内脏不吃肉，在山上，偶尔能看到死去的羚牛，肛门一个大洞，肚肠被掏空了，就知道这是豺干的。可是，这样的情景毕竟不多。按说，现在豺们的食物是很丰富的，偶蹄目动物的大发展，和豺的减少有关系，这条食物链在这儿好像断了。深究原因，还是跟捕猎有关，盗猎者在林中安夹下套，目的是捕麝，麝香是名贵中药，一只公麝只有一个香包，麝的大小和豺近似，在套麝的同时，豺也在劫难逃。乱糟糟的皮毛，二流子的模样，“骨瘦如豺”的形态（北宋·陆佃：“瘦如豺。豺，柴也。豺体细瘦，故谓之豺”），被获于人，实在无用，不在计较之列。

美国科学家利奥波德提出，人们要有“像大山一样思考”的观点，就是用整体和有机的世界观来对待荒野和自然。他说，我亲眼看见（美国）一个州接一个州地消灭了他们所有的狼。我看见了许多刚刚失去了狼的山的样子，我看见所有可吃的灌木和树苗都被吃掉，杀死狼保护鹿只是人的意愿而不是山的意愿。如果我们能像山那样思考，大自然所有的生命都应该是相互联系，不可缺少的。

可惜的是，山的意思极少有人能读懂。

老县城的丛林间飞舞的血雉，美丽而华贵，被国家列为二级保护动物，迄今为止，它还没在世界任何一个动物园展出过。血雉的特点是一下雾就迷路，常飞到农家门口，农民们将它视为吉祥之鸟，任它在门口踱来踱去，从不伤害它。跟血雉相媲美的是锦鸡，锦鸡拖着美丽的大尾巴，凤凰一样的，“嘎嘎”叫着从这棵树飞到那棵树。老县城锦鸡的数量很多，走在山路上，会磕头碰脑地遇上它们，它们也不避人，敢在汽车前头横穿，跟汽车抢道。锦鸡也在保护之列，这样一来，就惯得它们有些小张狂，成群地到老乡地里去折腾，将刚种下的种子都刨出来当食吃了。老乡们很恼火，在地里洒了药，明知是违反政策也装糊涂，我又没让你吃我的种，你吃死了是你自己的事，算是自杀，与我无关。这下好，锦鸡一下“自杀”了好几只，五颜六色地躺倒一片。老百姓心中暗喜，有种复仇的快意，保护区主任暗自叫苦，不知如何向上峰交代。着手下大将李育鹏将那些五颜六色捡了，弄回来做成标本。李育鹏打学了这门手艺一直没机会练，这回一下做了一堆，一只比一只漂亮，一只比一只逼真。他做上瘾了，却没“货”了。主任拿着那些锦鸡标本有点儿坐蜡：送人，没人敢要；卖，更不能卖；摆在办公室，有些不妥，保护区的人怎么把野外的都弄屋里来了……

老县城还有更有意思的动物是黑熊，黑熊的数量在山里是相当可观的，林业部门对它们没有搞过全国熊口普查。不过这憨厚又有点儿小狡诈的家伙在山里还有点儿人缘，不像羚牛，它们从来不主动伤人，它们能很好地把握自己跟人的若即若离的关系，见到人的踪影，嗅到人的味道，早早就让开了。也有躲闪不及，狭路相逢的时候。有一次保护区的人在竹林里跟踪大熊猫，也是那位科学家眼神不济，只顾低头找脚印，林子里的地干了，脚印模糊不清，找到底一抬头，不是熊猫是黑熊！熊也吓了一跳，我在这儿待得好好儿的，你没头没脑瞎钻什么呀？

于是人和熊在近距离内发生了对峙。

当事者说，当时我身上的血都凝固了，我这会儿现装死都来不及了。都说，在关键时候不能直视动物的眼睛，可现在，我不看它的眼睛也不行了，我的腿哆嗦着，不敢跑，也跑不了。我知道，只要我一转身，将后背亮给它，它马上就会扑上来。动物都有追踪反射的本能，看见人跑它就得追，你看村里的狗，你越跑它越追，它越追越威风，有种胜利感。

我问后来怎么样了。

当事者说，后来是黑熊让步了，识时务者为俊杰，它不傻，跟人较劲总没它的好儿。它看了看我，慢腾腾地走了，没失风度，彼此都很有面子。

我说，狗熊很有人气儿，我很喜欢狗熊，曾经以秦岭的一只小熊为背景写过中篇小说《狗熊淑娟》，以日本青森的熊为题材写过长篇小说《注意熊出没》，写过北海道的熊《狗熊横泰君》。电视台“动物世界”只要演熊，我非得从头到尾，一点儿不落地看完。只不过是条件不允许，要是允许，我养宠物就养熊。我们家的人都说，我的性情跟熊很相像，首先一个“熊脾气”，就能让很多人敬而远之。

当事者说，你不能把熊惹恼了，你把它惹恼了它跟你没完。

我说这话对，把谁惹恼了也没完，不光是熊。

山里人管熊叫“熊二哥”。“二哥”在庄稼熟了的时候常来“收秋”，一糟蹋一大片，即所谓的“狗熊掰棒子”。“二哥”是要在秋天的时候，把自己的肚子撑得圆圆的，膘儿长得肥肥的，好度过一个漫长的冬天。庄稼一熟，老乡们就在地里搭上窝棚，看秋，防备野猪、猴子和“二哥”之类来光顾胜利果实。秦岭南坡，老乡种地有限，且都用木栏围绕，相对好些；北城就厉害了，尤其长安、蓝田一带，一到秋天，要全家出动，在地边巡视。晚报上登载，山中的动物已经深谙老乡的规律。采取“敌疲我扰，敌进我退”政策，跟农民打起了游击战。农民们各家有各家的高招，人口多的轮流值夜，一人拿一个大手电，你在地东我在地西，呐喊一阵，换班。这个战略效仿的是《平原游击队》的敲梆子巡逻，“平安无事噢——”；有的家从家里拉出来电线，把孩子读书用的台灯当探照灯用，站在窝棚上，居高临下，一遍遍向地里扫荡，就跟样板戏里朝鲜战场上的美国哨兵一般；更为现代化的是采取声控装置，在地中间搁一录音机，播放秦腔，以黑头的吼最受欢迎，沙哑粗犷，呀呀呀吵架一般，动物一听，远远避之。据说，摇滚乐的效果也不错……

也只有在这个时候，熊才主动向人活动的地方靠近。山里的栗树很多，人们在捡板栗时偶尔也会和“二哥”相遇。“二哥”在树上，傻摇晃，板栗劈里啪啦往下落，下头的人奇怪，没有风啊，栗子怎么自个往下掉？抬头一看，上头有穿黑衣的人在摇，就说，谢谢啦，我在下头捡，你在上头摇，咱俩对半分。上头的不搭腔，将栗子摇了一地，下头的不好意思了，冲上头喊，伙计，别摇啦，太多拿不了啦，快下来捡吧。上头的突然停止了摇晃，只听“咚”的一声，掉下个胖家伙，哪里是什么“伙计”，分明是一只大黑熊。捡栗子的人一屁股坐在地上，黑熊见人，拔腿就跑，钻进树棵不见影了。捡栗子的说到做到，地上留了一半给“二哥”，这些栗子毕竟是“二哥”爬上树摇下来的嘛。

在周至，无论山区还是平原，果树上的果子从来不全部摘完，总要剩三五个挂在树上，为的是给鸟兽留些吃的。大自然是广袤的，人与动物同时置身其中，彼此息息相生。大自然是鲜活的，跳跃着永久生命的脉搏，唱着永久生命的颂歌。在城市里对此很难有深刻体会，一到山区来，这种感觉立即变得清晰，变得非常细腻，人的心也变得很软、很软。夏天的一个下午，我坐在保护站的走廊下看书，院子里一个人也没有，周围静得没有一点儿声音。北面的山，有一股水气在向上蒸腾，它或者会生成一片云，飞出岭外，或者会挥散开来，化为山中一阵湿润的风……它是什么，不重要；我是什么，同样也不重要。在这一瞬，我们同在老县城的空间里存在着，共同构成了历史在此刻的内容，这是很重要的。一只蝴蝶，落在我的书上，它将书的香气误认为花。我看着它，它看着书，我听见了蝴蝶翅膀扇动的声音。那种奇妙的感应，我真的希望有更多的人能够体会，它的细腻，它的轻柔，它的真实，它的会意，给我们在城市生活中日益变得粗糙的心灵一丝滋润，一丝清凉。

感觉好极了。

到大自然的怀抱中来，跟我们的动物朋友做心的沟通，所罗门王的指环就在我们自己的手上。

也并不全是和谐，并不全是蝴蝶翅膀的扇动，有时候也非常触目惊心。

有一天我看见两只鸟打架，本是漂亮孱弱的小东西，竟然打得昏天黑地，它们在保护站的半空追逐厮杀，彼此不依不饶，直杀得毛羽飞舞，遍体鳞伤。太阳落山了，黄昏将它们暂时分离开来，偃旗息鼓，不知息于何处。第二天早晨，天色微明，我就被鸟叫吵醒，推窗一看，又是这对冤家，歇了一宿，它们接着打。我不知它们是什么鸟，它们之间发生了什么事情，搞得这样不共戴天。看到这两只美丽善良的小鸟打架，我觉得很可笑也很好玩，尽管它们打得很认真，很投入，我还是从人的角度把这场争斗看成了一种游戏。整整一个上午我都坐在廊下看着它们打，打到最后，它们已经飞不起来了，在保护站的菜地里扑腾。我走过去看，它们顾不上躲避我，也没有能力再躲避我了。一只鸟明显占了上风，还站在另一只鸟身上不解恨地使劲啄，它嘴底下那只鸟，躺在豆角架底下，头上、脖子上和整个背部的毛几乎都被拔光了，血肉模糊，奄奄一息。另一只胜利的英雄，模样也不好看，娇小的身体伤痕累累，头部淌着血，眼神却像小老鹰。

我想，没有哪一个童话作家会将美丽的小鸟写成邪恶、残忍的化身，但动物界的道德规范自有它自己的标准。和平鸽是可爱顺良的，而鸽子在无情啄击它的对手的时候，我想，那情景一定不亚于我眼前这两只鸟儿。人总是喜欢以自己的想法来判断动物，吃肉的都是坏的，吃草的都是好的。“一只可恶的大灰狼”从小孩子的启蒙开始灌起，由晚间床上，由母亲的口中，进入孩子的梦境，固定于孩子心的深处，彻底坏了狼的名声。实际上，那些食肉的猛兽或许并不比这两只鸟儿打得凶，柔弱与强大是相对的。

日本的宫岛是日本三景之一，那里养了很多鹿，这些善良温顺的动物游荡于岛的各个角落，它们是食草的，它们是无害的，它们对人是友善的。我们在童话故事里也读到过不少“可爱的小鹿”，它们的存在，为这处景点增添了乐趣。我在日本的住处离宫岛只有二十分钟路程，每回朋友来了都要陪着去，对那些鹿是再熟悉不过了。劳伦兹在评论鹿的时候说，“这是我所知道的一种最恶毒的动物”，这个观点我赞成，我反感那些顶着一双大角的公鹿，它们并不像故事里说的那样，总是被狼欺负，事实是它们总是欺负别人。有一次我用面包皮喂一只小鹿，这头公鹿不高兴了，它向我踱了过来，没有任何预兆，突然发起进攻，将一双大犄角毫不留情地向我顶来。我后退着，它把我逼进一个墙角，就在那双尖锐的角将要扎进我的身体时，我用双手攥住了它，接下来是人与鹿的角力。我被搞得满脸通红，大汗淋漓，周围的游人满有兴趣地看着我，没有一个上来帮忙，这大概是一场很有意思的人兽角斗。我当时心里真恨这些日本鬼子，恨这些在一边看热闹的人。我的朋友用摄像机很有兴致地拍摄我和鹿斗争的场面。总之，大家谁也没意识到危险，谁也没体会到我在鹿角之下的艰难、恐惧。他们认为，这些吃草的吉祥物是平和的，是厚道的，它们不过是跟我玩玩而已，不会怎么样。殊不知，友好的动物为了几片面包皮的忌妒，要把我的肚子戳个大窟窿，只有对峙的我才清楚地知道这鬼东西的目的。公鹿的角，一而再、再而三地对着我猛戳，我攥着鹿角的手不敢有一点儿松懈。鹿的眼睛瞪着，眼白往上翻，鼻子呼呼地喷着气，相貌丑恶，完全不似动画片里的清纯可爱。我想，不能这样被动地僵持，这样就是对上两个钟头也不会有人出来帮我，于是我抬起脚，照着那个湿润的大黑鼻子就是一脚，许是踢疼了它，它一下后退了好几步，我才抽机会得以脱身。心有余悸的我，哪里还有游览兴致，坐在石头上大口地喘气。抬头看那只鹿，又对一个男人发动了进攻。

是我们的文化，让我们对“温厚”动物产生了误解。据说，圈养的公鹿常常将和它生活在一起的母鹿、小鹿挤到角落里去顶死。据纽约动物园统计，驯鹿每年造成的意外要比关起来的狮子、老虎多得多。听动物学家说，两只猛兽相搏，打败的一方为了表示臣服，总是仰面朝天，将肚皮亮出来。这使我想到了最初在日本东京居住时，楼道里跑上跑下的那群野猫，它们看见我，常常的就地躺下，四脚朝天，一双眼睛目不转睛地看着你。我不知道它们要干什么，也不知道它们为什么摆出这样一副姿势，现在明白了，“它们是将身体里最受不起伤的那一部分，奉献给它的对手……”对食肉类动物来说，它们最薄弱的部位就是肚子，它们在向我示弱，在讨好。

整个秦岭的山溪间遍布大鲵，大鲵又称娃娃鱼，在分类学上属于两栖类，鲵科，国家二级保护动物。

80年代，我在秦岭浅山长安县公路边的小卖部门口看到两份检讨书。检讨书大字报一样贴在墙上，内容是两个农民私自捕捞娃娃鱼出售，被当地动物保护部门查出，责令写出检讨，张贴路边，以示教育和惩罚。检讨书一看就是农民自己写的，字迹拙劣，错字连篇，没有标点，读之障碍很大，比读古碑还难。有在小铺门口出卖小野蘑菇的老婆婆看我读检讨，说，有甚用，前儿个贴了，昨儿个还在逮呢。

我说，为什么要几次三番地逮鱼？

老婆婆说，一斤娃娃鱼比大肉贵三块呢。卖给外头来收的贩子，天价。

我说，您吃过？

老婆说，以前没保护的时候常吃，粮食困难时候，河里这鱼多得很，家家都捉，剥了皮，肉白嫩白嫩的，大补呢，生了娃儿的月母子（产妇），吃喔最好，比鸡的营养好。

据说，现在在南方的饭馆，时有出售大鲵的，一斤大鲵能卖到1000元人民币，甭管肉好不好吃，钱是够多的。我见到娃娃鱼是在保护区三官庙的走廊下，一个大水桶，里面装了一条娃娃鱼，娃娃鱼像小孩子一样在桶里窝着。黑皮，大脑袋，扁嘴，四只小爪还有手指，小眼睛很小很小。有人说它太丑，我倒是觉得它丑得可爱，用漫画手法来表现，是个极好的吉祥物。党高第是当时保护站的站长，我问他这个小可怜儿是从哪儿弄来的，他说缴来的，准备提到远一点儿的山涧放了。我用指头戳了戳它，它微微动了一下，发出了"咕"的声响，党高第说，它的叫声像小孩哭，不过它轻易不叫。娃娃鱼生活在山水跌宕的溪流石缝间，喜欢阴凉，栖息的石缝既要能容下身子又要有回旋余地。肉质的鲜美，为它引来了杀身之祸，尽管以黑褐的皮来伪装，这小儿科的聪明又哪能敌得过大智大勇的人呢。

对于狗熊、狐狸、老虎、熊猫，对于森林里的一切动物，我们都可以提这样的问题：它吃什么？对于人，却绝对不能问这样的傻话，用"杂食类"来概括人的饮食已不能够，我们只能这样提问，你说，人不吃什么吧。的确，人可以把什么东西都弄到自己的嘴里去，包括婴儿的胎盘和自产的尿。遇到任何物种，首先刺激人的就是食欲，这点以中国人为最。我和记者们在保护区采访，大家捡到了很多豪猪的硬刺，田长山准备拿回去给他的小儿子。他对我说，你知道我的儿子看到这个第一句话会问我什么？

我说不知道。

他说，我儿子首先会问我，爸，这个能吃吗？

大概中国的小孩子都是这样，岂止是孩子，我们自己又何尝不是如此。去年冬天，我和京都教育大学青木五郎教授在京都鸭川散步，我们是多年的老朋友了，彼此的交往要追溯到二十五年前。70年代，中国还没有改革开放，外国人在中国属于“凤毛麟角”。青木在北京某大学任外教，他本人是研究司马迁的，说一口可以乱真的流利汉语。有一天，他从北京来到西安，说要到陕西韩城去看看。韩城是司马迁的家乡，也是司马迁的安息地，对于研究司马迁的学者来说，是不能不去的地方。但是那时候韩城还没有对外开放，外国人不允许到那里去。于是，青木在黄土高原上，真正表演了一出“鬼子偷地雷”。他把自己化了装，穿了一身制服，戴了顶红卫兵的黄帽子，斜挎了书包，把老婆孩子丢给我，自己雄赳赳地上路了。谁都觉得他应该是万无一失，结果一到韩城就露了馅儿，衣裳和语言都无可挑剔，主要是他的作派不对，动辄便是“谢谢”，便是“对不起”，便是“打扰了”，点头哈腰不是中国人的举止，特别不是那个时代中国人的举止。韩城人还不错，没把他这个“鬼子”赶回来。

鸭川是最富日本京都特色的一条古街，夜色下，我们沿着河川走，头顶是一轮明月，时常有穿着盛装的歌伎踏着木屐哒哒哒地迎面走来。鸭川里有小花鸭在戏水，一个猛子扎下去，两只黄色小脚在水面上扑腾，打起一片水花。花鸭毛色很光亮，肥嘟嘟的。由河里自由嬉戏的鸭，我想到了周至老县城满街跑的鸡。我想，从老县城那些鸡来推理，这些花鸭子的肉一定是很鲜美的，它们比北京填鸭的肉当更高一筹。填鸭是硬往鸭嘴里塞一团团饲料，强迫它长膘。眼前的花鸭子吃的都是活食，要是把花鸭子送进“全聚德”的烤炉，用果树枝一烤……

突然，青木站下来开始吟诗了：“长安一片月，万户捣衣声……”

我感到了自己境界的差距，如此美景，想的竟是花鸭子和烤炉、薄饼甜面酱之类，只是一门心思地吃，没出息极了。

吃也是咱们中国的一种文化，大文化。

我看过某杂志上一篇很有意思的小品《外星人的遭遇》。说外星人到了美国，美国人夹道欢迎，欢迎外星人到美国投资；外星人到了日本，日本人说，外星人一定带来新科技，会为日本的能源解决大问题；外星人到了欧洲，悠闲的北欧人说，快跟我们一起洗个温泉浴；外星人到了中国，几个饭店老板打了起来，有人要炸，有人要炖，有人要红烧。

饮食男女，人之大欲存焉。这“饮食”既未规定饮的度数和档次，也未限制食的内容和方式，倒是有“割不正不食”和“食不厌精，脍不厌细”的文化导向。虽然世界都有向“佳肴”看齐的趋向，但是真正上升到理论高度的只有中国。并且在两千多年前，这理论就已经很完善，很正规了。于是，就有了数人围坐，将一活生生小猢狲的脖子卡在桌子上，由“德高望重”者用锤击破猴脑，在“服务员”的协助下，猴的天灵盖被揭开，露出白哗哗的脑浆，众人鼓掌欢呼，接着趁温热，用小勺舀着吃，据说补脑。

一个鲜活的生命，在餐桌上顷刻变为口中之食。并不是因为饥饿，并不是因为需要，只是要吃出花样来，吃出档次来。人的可恶，较之畜生更甚。我相信，有一天，也会有敲击人脑的物种，如法炮制，那将是更大的大补。写到此，我想起“文革”“一打三反”“镇压反革命”的时候，很是枪毙了一批人。该杀的，不该杀的，多是用大卡车拉到旷野去，照着脑袋“砰”地一枪。我有个朋友，他弟弟有精神病，听人说吃人脑可以治愈，因为我是学医的，就约我提了罐，事先等在刑车的终点，为他可怜的弟弟收取一点儿人脑。我当时的身份也是“现行反革命”，自己的脑袋尚在碎与不碎之间，怎好去挖别人的脑子。想来想去还是没答应他。不是害怕，是压根儿就不相信它会治病。后来，这个朋友自己提着罐去了，听说还真让他搞了不少回来，只是不知他的弟弟好了没有。

人的嘴，是万恶之源。

人的嘴，是动物的坟墓。

山中的大鲵也罢，河中的大鱼也罢，我们往嘴里填塞的时候总要多反省一下自己，是否该吃，是否有非吃不可的必要。现在不是“困难时期”，粮票肉票已经取消十年了，如今我们的敌人是营养过剩，城里多少人在为减肥而伤神，各种减肥药管用的不管用的，充盈着市场，其价格不比野味便宜。我们在树立大自然的伦理尊严的同时，更应该敬畏生命，敬畏生命的意志。不这样，人类就会陷入盲目的利己主义之中。善待动物如同善待人类自己。动物也有它的喜怒哀乐，它和我们一样，同样渴求幸福，畏惧死亡，同样具有生存的意义和价值。人要以自己的需要压制和消灭自然的属性，自然就必然会死去；自然之死会产生反弹，结果是人类也将死去。

秦岭北坡有村落，一农民，在河滩发现了一条大黑鱼。鱼是因为发水，不知从何处冲来，水退后，被搁浅在滩上。农民无意间发现了黑鱼，在河床迅速变小的水洼里，一条大鱼脊背突出水面，已经无法游动，那条剪刀一样的尾在用力地拍打着水面，嘴巴一张一张的，像是在喊。农民跑到河滩，跑到黑鱼跟前，为自己的发现而欣喜，这样的大鱼是他从未见过的。陕西关中农村没有吃鱼的习惯，拿到集上卖，能卖不少钱。农民与鱼的距离不过半尺，他只要一抬脚，就能踏住鱼的身体。黑鱼在已不能埋过它的水里沉默着，一会儿，大约是积聚了力量，它一通猛烈挣扎，一通近乎疯狂的扭动，在地动山摇般的翻滚之后又静下来，为下一次努力而准备力量。农民举起锄头，对着鱼的头部砸去，鱼头发出了“喀嚓”的碎裂声，脑浆在水中崩散。农民吃力地把鱼拖出水面，才发现这条鱼实在是很大，很美丽。拖到岸上，拖到集上，竟然没有一个人认得它是什么鱼。得了些小便宜，农民的心还没甘，在砸这条鱼的时候，他发现在河的水流里还停滞着另一条大黑鱼，他要抓住它。

于是，他再次来到了河边，另一条鱼被搁置在主流露出的沙堆上，农民下水了，他的水性很好，这条小河对他实在不是障碍。来到鱼跟前，他发现这条鱼已经死了，眼睛瞪着，空洞得没有任何内容。这条鱼，比他打的那一条几乎大了一圈，僵硬地展示在沙丘上，展示在太阳底下。农民寻了一块石头，对着鱼头猛砸一气，然后抖开腰里的麻绳，将自己和死鱼牢牢地拴在一起。他拽着鱼，一步一步地走进水中，鱼一入水，借助浮力立刻显得轻了许多，农民踏着河底拖着鱼走，倒也没费什么力气。到了河中心，他的脚下没了底，人浮了起来，可是那条鱼却借助自身的重量往下坠，他跟着鱼埋入水中。农民没有慌乱，他憋足了一口气，一只手将漂荡在水里的绳子抓紧，一只手压水，双脚使劲一蹬，就浮出了水面。他只要再划两下水就可以上岸了，但是就在这时，他看到了鱼尾的摆动，经过了水的浸润，鱼的生命在慢慢复苏。农民将腰里的绳子猛地一拽，转身上岸，就在他用力的瞬间，鱼也猛地一挣，将他翻在水中。黑鱼以它的本能，滑入主流，农民再一次被深深地压入水底。

人和鱼就这样较量着，较量着，顺流而下。

两天后，人们在河里找到了农民和鱼。其实他们并没有被冲多远，人死了，鱼还活着。活着的鱼和死了的人被麻绳缠在一起，如同一个庞大模糊的包裹。人们在解那根绳子的时候，才知道了这项工作的艰难，浸过水的麻绳柔韧无比，非人手所能为。于是大家明白了水中的人为什么竟然让鱼拖死而没能逃生。

一个人要了一条鱼的命，另一条鱼又要了这个人的命，听起来有点儿天方夜谭，可它实实在在就存在了。村里人觉得农民死得太冤，不值，为农民办丧事的时候就吃的是黑鱼的肉，为的是报仇解恨。我为这事写了篇小说，《黑鱼千岁》。纪念那个为鱼而死的农民，也纪念那条为同伴复仇的黑鱼。

我和我的同伴们都是环保主义者，我们一向拒绝食用任何野生动物，尤其是蛇和龟，那都是很有灵气的东西，怎么能往嘴里填呢？1999年，西安文联到汉中地区采风，当地主人盛情款待，弄了一些野味，什么狗熊肉、麂子肉之类，对那些菜，我们这桌竟没人下箸，没有约定俗成，可是大家都自觉不自觉地回避着。今年夏天，我参加作家出版社笔会到福建，会议完毕在东道主陪同下在福建游走，行至湄州岛，在饭铺，主人也未征求意见，点了一道清蒸中华鲟。我在饭桌上发了脾气，看起来非常随和的我，充分表现了我极不随和的一面，那顿饭我一口不吃。主人反复解释，这中华鲟是人工饲养的，我说人工饲养也不吃。我知道，饭桌上的我，恶得一定像个老刁婆一样，难伺候极了，大家心里都在骂我，但是我乐意。我顶佩服的组织就是“绿色和平组织”，他们没有国界，也不隶属任何政治派别，不畏惧任何庞然大物，在许多“不合时宜”的场合，大胆宣示自己的观点，将个人安危置之度外，以颠簸的小船去阻挡高楼般的舰艇……这些人在我的心目中很高大。

我读过一首台湾诗人洛夫的诗，《猿之哀歌》。那是一首撼人心魄的诗，任谁读了都不会无动于衷，动物的母爱，绝不比人稍逊半分。在这里，抄录如下，供您欣赏：

## 《猿之哀歌》

> 桓公入蜀，至三峡中，部伍中有得猿子者，其母缘岸哀嚎，行百余里不去，遂跳上船，至便气绝。破视其腹中，肠皆寸断。
>
> ——《世说新语》

那一声凄绝的哀啸
从左岸
传到右岸

回声，溯江而上
绕过悬崖而泯入天际
泪水滚进了三峡，顿时
风狂涛惊
水的汹涌怎及得上血的汹涌
她苦苦奔行，只为
追赶那条入川的船

军爷啊，还给我孩子

这一声
用刀子削出来的呼喊
如千吨熊熊铁浆从喉管迸出
那种悲伤
那种蜡烛纵然成灰
而烛芯仍不停叫痛的悲伤
那种爱
缠肠绕肚，无休无止
春蚕死了千百次也吐不尽的
爱

军爷啊，还给我孩子

轻舟
已在万重山之外
滚滚的浊流，浊流的滚滚之外
那哀啸，一声声
穿透千山万水
最后自白帝城的峰顶直泻而下
跌落在江中的甲板上的
那已是寸寸断裂的肝肠
一摊痴血，把江水染成了
冷冷的夕阳

法国启蒙思想家狄德罗说过，“艺术所要争取的真正喝彩，不是一句漂亮诗句以后陡然发出的掌声，而是长时间静默压抑后发自心灵的一声深沉叹息，是使全国严肃思考问题而坐立不安。”这么些年来我一直记着这首诗，经常的给我喜爱动物和不喜爱动物的朋友朗读。我相信，内中真挚的情感，是可以打动任何人的。那只沿江奔跑的猿，是为了它的孩子；一头扎下悬崖，寸断肝肠，也是为了孩子。绝望的母亲，也会吟出另一种心曲：杀死孩子，同归于尽！

秦岭金丝猴大约有3000只左右，分数个群体分布在山林各处，老县城周围也有猴群活动。秦岭的金丝猴较贵州、云南的要漂亮。滇金丝猴称“黑金丝猴”，分布于云南西北部；黔金丝猴称“灰金丝猴”，分布于贵州梵净山。陕西的金丝猴与四川、甘肃、湖北为一类，毛色金黄光亮，艳丽夺目。陕西金丝猴的脸是天蓝色的，吻短嘴圆，唇厚而突，眼睛呈黑褐色，鼻孔上翻，身披金色长毛，如化了浓妆的贵妇。

猴群的组织纪律非常严格，分工也明确，一个个大群由数个家族组成。白天大家集中在一起，觅食、活动，晚上则小家成员凑在一堆，息于树上。休息时有哨猴值班，发现动静即发信号，猴王率领群猴，扶老携幼，迅速撤离。他们逃窜的速度极快，一下可跃数十米远，且逃窜时并不是集体向同一方向移动，而是分散于四面八方，这也是一种逃生的策略。分散的猴群不久即互相呼应，约个把小时，又会聚在一起。

保护区的雍严格，给我讲了一个他和同伴在山中遇到金丝猴的事。

有一天，他们到三官庙去找熊猫，走到一大片油松林，忽然大暴雨来了，他们就近找了一个石崖，蹲到下面避雨。这时候来了一群金丝猴，它们也来避雨，猴子们蹲在油松下，一棵树下蹲一圈，一圈一个家族，互相挨挤着，也不吵闹，静静地看着山中的雨。雨越下越大，树叶已不能遮护它们，猴子们一个个身上湿淋淋的。有的猴子开始给对方擦水，它用爪顺着对方的头背一抹，再把爪上的水一甩，一抹一甩，动作跟人一模一样。他们几个简直看呆了，那群猴也看到了他们。周围大雨滂沱，双方谁都无法动弹，谁对谁也构不成威胁，彼此就相安无事地待着，各有各的天地。一会儿，猴王过来巡视了，领导一样的猴王在各个家族小群体之间走动，它走到哪个小群体，哪个小群体的成员便迅速站起来，毕恭毕敬，不敢有丝毫怠慢。猴王跟大家打招呼，拍拍这个，摸摸那个，完全是王者风范。被拍了的立即是一副受宠若惊的模样，愈发的谦卑。猴王高兴了，在那一小堆坐下来，这个家族便处于兴奋之中。大母猴过来殷勤地伺候，给大王抓虱子，理毛，做出种种讨好动作；小猴也往大王怀里钻，只有公猴，躲得远远的，不敢近前。雍严格说，那天在避雨的时候，有一只小猴突然从树上掉了下来，整个猴群听到小猴的尖叫“呼啦”一下全围了过去，它们从石缝间揪出小猴，抱在怀里不住地抚慰。猴王走过来，接过小猴，像看东西一样，翻来覆去地看，确定没有伤，抱着小猴又上树去了。猴王集王的尊严和爹的爱心于一身，猴子的首领当得也很不容易。

在野生动物保护法颁布之前，金丝猴是人们的捕杀对象，主要是为了它美丽的皮毛。在30年代，一张金丝猴皮的价格是200美元；50年代，一张金丝猴皮收购价是三块钱。周至办公室有位退休的老会计，年轻时在山区工作，他说，50年代至60年代初，山区的百姓经常逮猴，很多时候是有组织进行的。1958年冬天，周至双庙子、安家歧、小王涧三个乡联合捕过金丝猴。逮猴要赶雪天，大雪一下，猴子没了吃的，都下到村子附近的山林。逮猴要团队集体行动，几个村先围山，密不透风地围，要围几天，边围山边砍树，逐渐缩小包围圈，将猴群逼至预先设好的范围，展开人猴大战。因为是为了谋皮，所以不管死活，老百姓抡开了棒子打，一时人喊猴叫，血肉横飞，情景惨不忍睹。一场战斗下来，猴死了不少，人伤的也不少，树也砍了不少。死了的猴被捡作一堆，留待剥皮，没死的，装进木笼，抬回村去。

金丝猴的气性很大，被关进笼里的猴子常常集体绝食，以死相抗，表现出了猴子的气节。人们用萝卜、白菜喂它们，猴王拒绝进食，群猴谁也不敢吃。有初生不久的小猢狲忍不住伸手，立即被它的母亲抓回来，小猴饿得嗷嗷叫，它的母亲将孩子的头狠命地撞硬物，直至撞死，然后自己饿死。捕来的猴开始一天死几个，后来就成群地死，它们将落入人的手中视为不幸，不能自由地活着，不如速速地死去，绝不能苟且偷生。这就是“生命诚可贵，自由价更高”的猴子逻辑。

猴子的大批死亡，常常使山民们防不胜防。那时候，老百姓逮猴是记工分的，逮一天猴记15分，无论逮着逮不着，都记分。山区一个工几毛钱，几天摊下来，于生产队也是一笔不小的开支。猴皮卖出去了，能补回来，卖不出去分文无收，只好给大伙儿分了。老会计说，他至今还保留了一件金丝猴皮大衣，看上去华贵极了，那毛长长的，水一样光滑。但是他从来没穿过，他说，猴皮跟羊皮不一样，羊皮用手把毛一分，下面是硬板，猴皮把那长发一般的毛一分，下面露出的灰白，跟人的头皮没有两样……

听得真让人有些毛骨悚然。

最无情的是人类，我们缺少的是敬天惜物的怜悯心怀。穿头皮一样的大衣，跟德国纳粹点的人皮台灯又有什么两样！现在理论界正在谈论“道德伦理”“生态伦理”，给一个陈旧的话题又赋予了许多新的含义。在理论家们探讨人与人、人与社会的伦理关系时，“伦理”的外延扩展得更为宽泛，人与自然何尝不存在着伦理道德的约束？在我们谈论保持人类尊严的时候，人与自然的和谐、共处、发展，对动物的尊重，何尝不是保持人类尊严的一个重要部分？

1971 年，上级要求周至几个乡给西安动物园逮几只金丝猴作为展览用，借捉猴之机，他们多逮了几十只，遭到了国务院的通报批评。到了 80 年代，情况大不一样了。1980 年 2 月 24 日，庙子乡的书记侯诗葑着人逮猴四十九只，死亡七只，受到了法律制裁。同样的事情，随着时代的变化而性质改变，这也是一种进步。人们在谈论这件事情的时候说，猴年（1980 年为庚申）侯书记逮猴，犯了猴案，办案的人也姓侯。我用这件事为素材写了一篇小说《猴子村长》，目的是以文学作品的形式，让人们关照自然，爱护动物，理解动物，启发人类心中那越来越淡薄的“善”。

孩子们喜欢玩的长毛绒小熊已经有一百年历史了，我的孩子小时候拥有过一只这样的玩具熊，现在孩子已经大学毕业，她的玩具熊还在我们的沙发上固守不撤。谁也不忍心将它作为垃圾丢掉，它永远天真无邪地看着你，憨厚纯真，像要活起来一样。这个灰色的玩具熊叫“特迪”，它的产地是美国。1902 年 11 月，当时的美国总统在南部狩猎时，看到树底下有一只小熊，就对它举起了枪，小熊面对着枪口，闪亮着一双清纯的眼睛，做着它自己的游戏，总统的扳机扣不下去了。这件事在美国影响很大，一个叫米奇·汤姆的妇女缝制了一个长毛绒玩具熊，并用总统的昵称“特迪”命名。后来特迪熊遍布世界各个角落，成为人们爱心的象征。

雍严格给我讲了一个他父亲的事，他父亲是秦岭山中的老猎人。1958 年，全体村民围剿金丝猴，大批猴子已经落网，他父亲和另外两个猎人追赶一只母猴，将母猴逼到一片空旷地带。母猴到了走投无路的地步，它背着自己的孩子，怀里还抱着另一只母猴留下的遗孤，空地中央有一棵树，母猴带着两只小猴爬上了树。树不大，不足以庇护它们，它们完全暴露在猎人的枪口之下。猎人举起了枪，准备射击了，这时母猴向猎人指指自己的乳房，于是两只小猴一“人”叼住一个奶头，吸吮母奶。母猴将小猴紧紧地搂在怀里，显出依依离别之情。不谙世事的小猴吸了几口奶便不吸了，母猴将它们搁在高高的树叉上，摘下很多树叶，将剩余的奶水，一滴滴挤在树叶上，摆放在小猴能够到的地方。母猴将自己的奶水挤得干干的，将它认为该做的都做完了，然后转过身面对着猎人们的枪口，双手将自己的脸捂了，静静地等待着死亡。

猎人们的枪放下了，在他们的眼中，眼前的生灵已不是猴子，而是母亲。谁也不能对着母亲开枪！

雍严格说，自此他的父亲再也不打猎了。

的确，这是一群有思想、有组织、有情感的动物，它们属于灵长类，是我们的近亲。它们和我们完全一样，它们的生存空间不应该受到侵占，它们的生命形式应该受到尊重。一切的症结所在，在于人心。

我和它们的亲密接触是1998年的阴历九月初九，那天是重阳节，是我五十岁的生日。我恰巧在宁西林业局的菜籽坪小住，林业局的书记马向祖是从年轻时候就交往的老朋友。因为过生日，马向祖特意让食堂做了陕西的臊子面。午饭后，我们开着车到余下镇去。

时值深秋时节，山上红叶烂漫，层林尽染，野菊盛开，黄如散金。右侧的首阳山高耸入云，山顶已有雪光隐现。首阳山顶有太白庙，庙中神像即伯夷、叔齐和周博，人称大太白、二太白和三太白。

伯夷、叔齐不食周粟，采薇首阳山，直至饿死。孤竹国大将周博赶往山中，解救这两位贤人，他赶到时，伯夷、叔齐已经逝去，周博悲痛欲绝，碰死在伯夷、叔齐墓前……首阳山高2870米，在周至境内，是秦岭第二大高峰，也是气节的象征。五十岁的生日，行走在雪光、红叶、野菊间，映衬着三大贤人的背景，我心里舒坦，滋润，美。

车刚上到秦岭大梁，蓦地，我发现前面公路上下，一大群金丝猴在林间嬉闹跳跃，它们叽叽喳喳地叫着，从这棵树蹦到那棵树，将树枝折得噼啪作响，一时林子里金光闪耀，灿烂一片。有几只半大猴，坐在公路正中，懒洋洋吃着树叶，一只母猴，背着小崽，尾巴高高地举着，溜溜达达地从路上穿过，全不把汽车放在眼里。司机停了车，大家坐在车里看那些猴，猴子们玩得很忘情。我从来没有这样近地看过金丝猴，它们那张很滑稽的蓝脸为它们增添了生动和美丽。看着它们在你周围自由自在是一种相当难得的乐趣，尤其在生日的时候，它们把这种乐趣给了我，这是秦岭给我的最好的生日礼物。五十岁的时候，山里的精灵们向我提示了生命的奥妙和美好，应该充分地珍惜它，享受它。

时间过了半天，猴子们并没有离开的意思，我打开车门，向着最近的一只猴子走去。它面对着我，坐在公路的路边，眼睛扑闪扑闪的，往嘴里填着树叶。它吃得很仔细，将小叶子从手里的枝上一片一片摘下来，不紧不慢地吃着。那模样就像个突然安静下来的小孩子，对瓜子发生了兴趣，一个一个地很认真地嗑。还有两三只猴，在不远的公路上走来走去，我的出现并没有引起它们的惊慌。我知道，在某棵树的枝头，或者在某块石头的背后，一定有只公猴在全神贯注地盯着我，只要我超越了界线，对它的群体构成了威胁，它一个命令，群猴就会迅速撤离。

我走了几步站住了，看着吃树叶的猴子，我清晰地看到了它嘴边的肉瘤，看到了它上翻的小鼻孔。它扫了我一眼，有些心不在焉，它的内心是警觉的，它在等待着信号。在我面前，它不愿意表现出胆怯和不安，它不愿意失了它的风度。我们彼此对望着，我的脸上堆出笑意，我说：Hei——

它停止了咀嚼，眼睛滴溜溜乱转。

我遗憾身上没有任何食品作为见面礼以表示我的诚意和友好，我以空空的手向它伸过去，但它突地跃起身，一个轻盈的垫步，纵身跳下公路，金光一闪，消逝在通红的栎树林中。我回头再看其他的猴子，不知什么时候，一只也见不到了。站在公路边，向下望去，四周一片寂静，没有风，树动也不动，那一大群猴子一瞬间消失了，它们好像蒸发掉了，融化在了阳光下的秦岭山水中……

这就是生命，是精神，是气韵。

人类不是万物之灵，对动物，对一切生物，我们要有爱怜之心，要有自省精神。我们不妨置换一下位置，把自己设想为一只野兔，一个小鹿，我们不妨以它们的眼光来看待世界，看待人类。那么，世界将是水深火热，人类个个是青面獠牙。

读过曹明华的一篇散文《历史：他的故事》，印象颇深。文章的中心意思说，谁有机会讲故事，谁就抒写了历史。她举了她们家养的一只芦花鸡的例子，说她们家的一只芦花鸡丢了，找了几天找不着，后来连着下了几天大雨，也没见鸡的影子，想的是鸡彻底丢了。有一天人们在石头缝里发现了卡在那里的芦花鸡，它还没有死，已经瘦得脱了形。许多的风吹雨打，足可以将一只鸡“风干”，但是芦花鸡却活了下来。于是作者站在鸡的立场上开始思考了，它“靠喝雪水消耗尽浑身的脂肪和肌肉，被泡在冰水里，然后晕过去，又醒过来，再晕过去……”她们家老太太说，幸亏它是只鸡啊，要是个人的话，它可是要把自己的那些经历翻过来覆过去有得好讲喽。

这就有了一个话语权力的问题，中国的传统一贯是谁主宰了历史，谁就有了发言权。最讨厌的是人，尤其是近几年的一些小男人和小女人，动辄便“做人难”“做女人难”“做名人难”。小挫折在他们眼里成了大劫难，谁谁对他冷淡了，天就是要塌下来了，他就不得活了。屁事没经过，断奶没三天就忙着写传记，倾诉自己“艰难坎坷的一生”……过分张扬让人觉得可笑，觉得浅薄。是啊，曹家的芦花鸡是不会写书，否则它会写出一本多么精彩的《挑战生命极限》的大作。山林里面临种族危亡的大熊猫、在圈套里苦苦挣扎的豺、为孩子而肝肠寸断的猿、因为饥饿而引来杀身之祸的虎……哪个动物没有一本血泪账？如果它们也有人的权力，它们会写出动人心魄的《做熊猫难》《做狗熊难》《做鱼难》《做猴难》。我相信，每一部书都比那些狗屁的《做人难》好看。

# 第八章　山与水

2002年6月一场大水，冲得佛坪一片狼藉。

保护区马路对面盖的一座楼房，凌晨3点在人们的注视下，缓缓沉入浊流之中。仓皇撤离的人群，穿着睡衣站在高处，在灯光的照耀下，看着他们的家像泰坦尼克号一样，倾斜倾斜，静悄悄没有一点儿声响地缓缓沉入水中……“岸”上没有人说话，也没有人哭泣，只有心的揪痛，在这种时候，人们已经不会表达痛苦了。

大水以极快速度退去，水退以后，河滩茫茫一片卵石，没有楼的痕迹，没有家的碎片，大自然将一切都抹平了，让时光又退回到原样。

我不想诉说抗洪救灾的英雄壮举，那些自有记者们去详细描述。我只想说这场所谓的“千年不遇”，偏偏的就让我们遇上了。当然，历史没有几个“千年”。

其实是必然。

我们是在为千年来祖宗的作为还债，我们也是为自己对自然的掠夺还债：向大自然索取的，必然要加倍地偿还给大自然。现在理论界有个很时髦的词叫“生态伦理”，就是从自然与社会相统一的角度来建立一种新的道德评价体系。说白了就是告诉人，你不仅生活在社会中，更是生活在自然之中。因此，道德的维度就不能只是受人的关系制约，还必须受到自然的制约。

明朝朱谋韦谈到水的话题时说，“夫水在天地间，犹乎世之资财也，发源名山，流成江河，趋为四海，蕴为云气，还雨天下，以润万物。”水有了循环，便产生了和谐。

现在在水的问题上，恰恰是不和谐了，乱了规矩。

佛坪县统计，这次水灾的直接损失是6.5亿元，还不包括电力、通讯、国省道路的损坏。从西安出发的运送救灾物资的卡车，首站开到108国道旁边的龙草坪林场，这个林场几十年来几乎将周围的森林砍完，当然也种树，但种的总没有砍的快。有人估计，林场效益最好的那三四年，每年的最高利润也超不过一千万元，这些收入总和在一起与6.5亿元相比，得不偿失。

陕西省有国有林场228个，秦岭山区大的林业局有六个，宁东、宁西、太白、长青、勉西、龙草坪……二百多个林场的斧锯齐声轰鸣，这形势是任何时代的毁林也无可相比的。也只是在1998年，实施天然林保护工程以后，森林禁止砍伐，林业转产，变砍树为养树，油锯的轰鸣才停止了。否则，除了保护区占有个别绿树以外，秦岭山脉会被剔成瘌痢头。不只是龙草坪一个林场的事，秦岭山地所有林场，哪一个也推卸不开责任。我们的祖先也同样推卸不开责任，扶风县挖掘出的“秦公一号大墓”，那庞大的规模，那数万方木材建构的“黄肠题凑”等级，让人触目惊心。几千年了，那些木头还没有腐烂，这里埋葬的不是秦的诸侯，而是一座森林。在宁西林业局的菜子坪，山间至今还有钉着光绪年号铁牌的大树，那是为宫廷号下的树木，高大笔直，不知是准备用来盖殿还是修陵。因了清朝的灭亡，这些树才保留了下来；因了铁牌，这些树才保留了下来，成了林区侥幸的存活。

我们现在看得到的，是冰山一角，看不到的还有更多。西安是中国十三个朝代的都所，所以西安连同秦岭的森林就遭受到了历代的优先砍伐。“兔子不吃窝边草”，殊不知，兔子吃的就是窝边草。

陕西秦岭附近包括关中，在周朝还是大片森林，周至县更处于林木的中心，它的森林包括了平原和山地。当年以树木命名的村庄沿用至今，例如桃李坪、核桃坪、枣园、杏园、兰梅园、司竹府等等。九峰乡的杏林庄是唐朝诗人卢纶的隐居处，诗人在此留下过“野日初晴麦陇分，竹园相接鹿成群”的诗篇。周朝在这里特设了管理山林的官员，即“山虞，掌山林之政令”。周文王在出师收取关中东部时下过“无杀人，无坏屋，无塞井，无伐木，无惊六畜，不如令者不赦”的严令，将“无伐木”作为一条，足见对森林资源的关照。但是自周以后，陕西的森林状况就急转直下了。

秦始皇坑儒的场地，在西安与临潼之间的韩峪乡洪庆堡，即现在的庆安公司附近，至今存留有坑儒谷地名。秦始皇畏惧“天下不从所更改法”，将七百儒生以种瓜为名诱至坑中，“从上填之以土，皆压，终乃无声”。唐天宝年间这里改名旌儒乡，命贾至撰写碑文，并修庙纪念。后庙毁碑失，宋时重刻并作序，“文革”中又被毁。洪庆堡曾叫洪坑堡，又叫灭文堡等，最近从坑附近出土一石头文人雕像，是唐时旧物。在坑儒的同时是焚书，“所不去者，医药卜筮种树之书”。也就是说，秦始皇特意将“种树之书”留出，还算是有一点环保意识。也还是这个秦始皇，在始皇三十五年（公元前212年）驱使七十万劳力在渭河以南的上林苑大兴土木，营造阿房宫。秦始皇死后，秦二世胡亥继续修建，这一巨大的工程到刘邦的军队入关还没有完工。唐朝诗人杜牧的《阿房宫赋》写道：“覆压三百余里，隔离天日。骊山北构而西折，直走咸阳。二川溶溶，流入宫墙。五步一楼，十步一阁；廊腰缦回，檐牙高啄；各抱地势，勾心斗角。”宫殿的规模在世界上是独一无二的，盖这座宫殿究竟用了多少木材，历史没有准确记载，只一句话便让我们触目惊心了：“蜀山兀，阿房出”，“蜀山”即秦岭巴山，“兀”形容“山秃”。也就是说，一座阿房宫还没有彻底建成，已经使秦岭大片森林受戮。这些木材大部分来自秦岭北坡，朝廷在周至、蓝田等地设立“监司”，专门负责山中采伐事宜。到今天，秦岭北坡植被远远差于南坡，这些森林离帝王太近了，它们被灼热的王气烤焦了。霸王项羽入关，移恨于物，将阿房宫一把火烧光，冲天大火烧了三个月，玉石俱焚。至今公路北侧阿房村附近有大土台基，百姓呼之为“始皇上天台”。遗址在西安到周至的必经之路上，我每每经过那里，总要生出无限的惋惜。楚霸王这把火烧得太残酷，太无情，太让人心疼。为此他在乌江边上付出了生命的代价，似乎也将一切摆平。如今，在公路的南边有私人盖起了新的“阿房宫”，作为旅游景点招揽顾客，里面常常的乐声飞扬，彩衣飘舞。我没勇气进去，怕花钱买来失望。

曾被现代某些政治人物利用的法家商鞅，是历史上的毁林大户。

他主张“作夫百万，垦辟森林、草原，扩大耕地”，又提出“筑冀阙宫庭于咸阳，徙都之”。进行第二次变法时又采取“废井田，开阡陌”政策，致使关中森林、草原被垦殆尽。

诸葛亮为我国著名军事家、政治家，也是著名毁林专家。他在汉中，驻守阳平关，实行屯田政策，为“足食足兵”劝农于黄沙，做木牛流马，移民、军屯，都要砍林种田。公元228年至234年，短短六年之中五次伐魏，进出秦岭。所过之处，伐木筑路，建营扎寨，毁掉大片森林。

唐朝，兴建宫室，竭尽繁华，林木的破坏已越过秦岭向南延伸，武则天索性开河引水，将秦岭南边的木材水运至长安。秦岭的森林已经退到了高山峻岭，下面的成材树木基本被砍完了。

到了宋朝，秦岭、关中已是光秃一片，苏轼在凤翔府任签署判官时，对这片山林大发感慨说，“况当岐山下，风物犹可惭。有山秃如赭，有水浊如泔”。

明、清时代是陕西垦荒屯田的盛期，流民大量进入秦岭，翻越秦岭的几条大道两旁森林被一扫而光。乾隆六年（1741年），朝廷取消山禁，“远从楚黔蜀，来垦老林荒……结棚满山梁。”焚山毁林，出卖林木，建冶炼厂、材板铺、纸作坊，这浩劫，老县城地区亦在其中。嘉庆四年（1799年）皇上谕军机，“将陕西终南山老林量加砍伐”。于是，上百万流民闯入终南山，出现“悬崖峭壁事耕耘，有土即可施犁锄”“伐木焚林数十年，山川顿失真面目”的无可逆转的变化。

清朝，周至黑河的厢运业繁荣了整整二百多年。厢运就是用黑河的水流运送木材，当地称为“赶厢”。厢运起于乾隆年间，盛于嘉庆、道光，如今往老县城去的路边，在沙梁子乡三义庙殿前还有道光九年建庙的石碑，上边记载着建庙捐款的人名和商号，其中仅木材商号就有：一义厢、三太厢、十斗厢、十士厢、十全厢、二义厢、全义厢、永义厢等。二百年中，这些“厢”将黑河及主要支流两岸山上的美木良材，几乎全部砍尽。

木材运出黑河，在河口附近，有著名的李家、宋家等八大木材商号，有多处大木厂，终南木厂、马召木厂、福兴木厂、中兴木厂及全盛福、正兴福、同义和、德盛恒等十四家大木店，专营各类半成木料。周至城南，尚有十六家炭窑，砍材烧木炭……

什么样的山林，经得起如此掠夺，如此糟蹋！

老祖先对木材的使用从来没有过吝惜，我们则比老祖先更大方，在大手大脚方面，永远是后浪逐前浪，一浪更比一浪高。人为的灾害一是滥伐，二是烧山。新中国成立以后，巨大的毁林有三次：

第一次是1958年“大跃进”，“一大二公”，刮“共产”风，打乱山林所有制，加之大炼钢铁，砍树烧炉，将全村的铁锅架在一处用木头烧，以为能炼出优质钢来，人人都在梦中，竟无人站出来说句实话。这场民族的悲剧，至今让我们提起来感到羞愧：无知、愚昧、奴性、自大。我们不应该单单指责个别领导，也应该反思我们自己。1985年我在秦岭留坝县紫柏山张良庙西侧山坡上发现一个高大的砖砌烟筒，与周围景致极不协调，走过去看，四周也没见任何厂房，问旁边农户，说是“大炼钢铁”时留下的纪念。问出了多少铁水，说是“硬扎扎一大坨”。林木中建高炉，可谓取材方便，木头的燃烧温度有限，能将那些铁锅、门环烧成“硬扎扎一大坨”已经很不易了，这

"一大坨"不知要熬多少日夜，费多少材料。紧接着是1960年的"困难时期"，没饭吃，老百姓为增产粮食，常常纵火烧山，"时届冬夜，远望火光冲天，点火燎原，烈焰四起，毁灭森林，以此为甚"。至今沙梁子、清水河一带，仍有焚烧遗迹数处，辟为农田，残迹历历在目，其面积，在30平方公里以上。1960年的县志草稿记载"腊月天，火龙满山钻，火小半架山，火大照全县"（《周至林业志》）。

第二次毁林是"文化大革命"，当时林业指挥系统被打烂，整个山林呈无政府状态，谁都是主人，谁说了都算，不砍就吃亏，不砍白不砍。一时，拉木头的车从秦岭山源源而出，如溪间流水，无有停息。当时群众称，"造反派在县上夺权，干部在家避闲，群众上山砍椽"。老百姓拉着架子车进山砍树，一日进山车千辆，日砍木材300多立方米。做箱子，做木凳，做案板，老百姓称当时山中是"到处滑木道，耳闻伐木声"，仅安家岐一个乡就做床板1080副。周至县伐木场，进行无计划采伐，一年乱砍森林6000多亩，没育一亩苗，没栽一棵树。大大的败家子作风。

第三次毁林是70年代末到80年代。老百姓总结这段经历说，"体制一变动，先送树的命"。那时改革开放将要开始，谁心里也没有底，什么都屯积，什么都倒腾，倒卖木材如同后来的倒卖钢材，利润大，成为连家庭妇女也要做的买卖。谁能搞到几十方木头，就是大本事，就能大发一笔。不少乡村出现了哄抢集体林、殴打护林员的现象，那时候为林木出了不少案子。城里老百姓各家各户也打家具成风，细想想，过去谁家没自个儿打过大立柜、五斗橱，那些木头是白来的吗？大部分是托熟人从山里弄来的，怎么弄来的，乱砍乱伐来的。那几年，各林场赚了大钱，场长书记个个牛皮哄哄，见他们比见皇上还难。我仔细想过我的几个负责林场的铁哥们儿，竟然没有一个是那个时候认识的，他们得势的时候不知都藏在哪儿，他们从天上掉下来以后才成了我的朋友。

我们国家的森林覆盖率是13%，世界森林的平均覆盖率是26%，我国的人均占有森林面积居世界第121位。而森林覆盖率在65%以上的日本人，在木头的使用上，远比我们要战战兢兢。他们不动用自己的资源，他们的木材使用很多是来自于木材贫乏的我们。1985年世界博览会在日本筑波举行，我和一个叫山本的老太太到中国馆吃炸酱面。中国馆所用的筷子全是很好的一次性木筷子，老太太吃完了，将她的和我的筷子全部带回家去，说这么好的筷子用过一次就丢是暴殄天物，可惜了。老太太的举动给我启发很大，日本人比我们富裕多了，人家能如此节俭过日子，有如此珍惜资源的做法，我们怎么就没有？在以后的年月中，我们家用过的一次性筷子，我从来不扔，将它们充作料理筷子，直至不能使用。我很反感用一次性的木筷、竹筷，我也反感有些小饭铺筷子筒里插着的脏兮兮黏乎乎的破筷子，这似乎是两难。很多时候我出差，是自带筷子，就是自己平时在家使用的筷子，随着我出游，很有些亲切感。

陕西有位叫黎邦俊的政协委员，我不认识她，但是我很敬重她。她以一个政协委员的责任心，在会议上提出了“禁用一次性木筷”的提案，这个提案终于成为了全国首例禁用一次性木筷的地方政府令。“现在我国每年大约要生产450亿双一次性木筷，这需要砍伐杨树、桦树2500万棵，约5000万立方米，每年出口日本一次性木筷是200

亿双左右”。黎邦俊是个有忧患意识的人，而我们在用一次性木筷，自认为很“卫生”、很“进步”地往嘴里填塞大鱼大肉的时候，可曾听到手中筷子的呐喊，听到那片片森林轰然倾倒的声音？

我们不能否认命运，主宰我们命运的不是上帝，是大自然。以前我们总爱声称我们自己是我们生存的唯一主宰。近代以来，科学技术在征服自然、改造自然过程中所发挥的巨大作用更加助长了人对自然的征服欲和占有欲。人变得越来越具有破坏性。问题是，大自然对它最喜爱的宠儿不是永远慷慨无度的。

洪水泛滥是百姓的灾难，人类早期，对水的崇拜带有明显的实用性目的。水对于农业的影响深入到人的精神生活之中，人们对水和由水而生的自然现象既崇敬又害怕。

老县城有关于“蛟”的传说，县志上认真地记载着这样的话：蛇雉交，其卵遇雷入地，久而成蛟。山中蛇、雉最多，不知伐蛟之法，难免不受其害。

一度我将“蛟”认作迷信，认为蛇与野鸡根本就无法交配，更不要说产卵这样的荒唐事情。世界上究竟有没有“蛟”这个物种，我持怀疑态度，就是有，大概也要比大熊猫还稀少，是濒危中之濒危了。县志上大篇幅地介绍防蛟之术，老县城的老百姓也常跟我谈到蛟的话题，谈得煞有介事，不得不让人想，这个“蛟”，它到底是个什么东西。

小时候看过京戏《除三害》，那是对“蛟”的第一次认识。戏中说，晋朝宜兴人周处，勇猛粗鲁，横行乡里，老百姓把他和南山猛虎、桥下蛟龙并列为“三害”。宜兴太守王浚，以三害之说讽劝比喻，周处幡然悔悟，入山杀虎，下水斩蛟，自己改邪归正。从这来看，蛟应该在水里，有书籍解释说，蛟是母龙，无角，有鳞，能害人。

《续水经》说，蛇雉遗卵于地，千年而为蛟，其出壳之日，害于一方，洪水漂荡，吴人谓之“发洪”。

蛟的厉害程度胜于老虎。传说山中有深潭，老虎到潭边饮水，被蛟拖下水吃掉了。苏东坡写诗说，“潜鳞有饥蛟，掉尾取渴虎”。凶残的蛟，成为山中的第一霸，使旧时百姓闻之色变。

善于狩猎的汉武帝，元封五年，曾在浔阳江中亲射大蛟。晋朝郭璞论蛟说，“匪蛇匪龙鳞采辉焕，腾跃波涛蜿蜒江汉”，看来这蛟总是和洪水有关。

蛟的故事在山区流传非常广泛，说是有家女儿，一日在河边洗衣，忽然觉得身体有异，当时并未在意，后竟然身怀有孕，不日，生下三物，皆似长鱼。女子家甚怜爱，不忍弃去，放清水中养之。三月后，此物长大，遂看出乃三个蛟子。这家给三个蛟子取名，大的叫当洪，二的叫被祖，小的叫操岸。有一天下暴雨，三蛟一时俱出，不知所在。后来每当下雨，三蛟必来，女子也知，便站在门口望她的儿子。三个蛟也从水中出头，张望它们的母亲，良久才去。后来，女子死去，三蛟子在女子的墓前哭了两天方离开，附近人闻蛟哭，声如犬吠。

有家人姓尹，全家去走亲戚，留一个十三岁小儿看家。这儿子在家见一个二十余岁青年骑着白马，带着四个随从，穿着黄衣，从东而来。几个人来到尹家，说要暂休息一会儿，这家儿子允诺，于是青年进屋，坐在床上。青年的随从取出斗篷为主人披穿，尹家儿子看见几个人的衣服皆无缝（天衣无缝），马也五色斑斓，毛有雨气，知非为常人。青年歇了一会儿，上马西去，走时对尹儿说，我明天还来。第二日，洪水暴出山谷，沸涌丘壑，尹家即被水淹，危在旦夕。这时，水中忽然现出大蛟，三丈余长，盘于尹家，使其家免受水害。尹儿遂知，此乃昨日之青年。

老城中有开饭铺者，在市上购得一小白鳝，甚爱惜，每天喂以饼食，见其逐日长大，遂放入十字街巨井中。过了一年，忽见井中有两道光炎射出，人们从井口窥之，光乃从白鳝眼中出，那白鳝已大如巨木。一段时间，淫雨不止，天气昏黑，白鳝忽自井中腾空而出，街内井水迸涨，四郊洪水骤至，栋宇俱没，有人避水于高楼亦不能免，其时罹水厄死者甚众。

老县城的百姓畏蛟，其实是畏水，山水一来，六亲不认，一切都荡然无存。老县城有个孩子叫孙友斌，是个惨遭水害的孤儿。他家原有四口人，父亲孙至周在老县城小学当教师。90年代中期，父亲和母亲带着小弟弟到外婆家走亲戚，过河时，突然山水暴发，三人当即被洪水冲走，一个好端端的家就此毁灭，只剩下上小学的孙友斌。

孙友斌一个小孩子，艰难度日，上到初一，终于辍学。老县城的人对山外的人说，这个娃实在可怜，村里也穷，希望城里的好心人能资助娃上学，我们全村人都感激不尽。一个罹难教师的孩子，因为生活无着而辍学，这对我们是个极大的讽刺。我到了老县城，曾寻找询问过这个孩子，说是县教育局已经出资，供他上学，目前已到外面读书去了。

2002 年老县城的洪水冲垮了从厚畛子到老县城的全部道路，坡塌下来了，原来的路径没有了，许多道路成了河床，所有的桥都塌了，22 公里的山道，现在断断续续加在一起，超不过两公里……镇党委书记刘武州告诉我，他们几个人看到当时的情景，蹲在被冲塌的桥边，半个钟头，谁也没说一句话。傻了。

老县城断绝了与外界的一切联系，成了孤岛。

世上没有蛟，洪水就是蛟。

从公元前 185 年至 1949 年，一共是 2134 年，陕南发生洪水七十六次，平均每二十八年发生一次。19 世纪以来，平均五年一次。水患让我们反思，这一切是怎么了？大自然如此肆虐，如此无情，这是为什么？

是水太多了吗？不，是水太少了，存不住了，大山承受不起了。

陕西省的森林面积，康熙三十九年（1700 年）是 5 万平方公里，占土地总面积的 25%；1937 年是 3. 2 万平方公里，占 16%；1994 年回升到 5. 76 万平方公里，占 28. 8%。最新的森林面积数字还没有公布，相信高于 28. 8%。

森林具有涵养水源、调节气候、保持水土、防风固沙、净化空气、保护环境的作用，森林破坏了，一切就乱了。人在生存的过程中，逐渐生成了以自然为敌、以征服自然为目的的理念；到后来，人类掌握了高科技，“征服”了自然，也彻底改变了人与自然的关系，带来了人的辉煌，也带来了人的灾难。

秦岭是青藏高原以东的第一高峰，向来被喻为“北方第一峻峰，天下无双福地”，有着“一山历四季，十里不同天”的特殊环境。这里植物资源相当丰富，有着“秦岭无闲草”的美称。我几次跟着佛坪保护区研究秦岭植物的研究员党高第在山中穿巡，他很随意地向我说着看到的植物，几乎每一样都有着神奇的药用价值，都可以“为我所用”。山道上，他顺便摘下的两棵草，回来后扔到食堂炖鸡的锅里，那汤竟溢出了一种我从未嗅过的奇香。喝上一口，浑身通泰，永不能忘怀。我问党高第扔进去的是什么草，他说是“细辛”。可以开窍通滞，散风止痛，放于炖肉中能芳香去腻，除膻祛腥。自此，我便认识了细辛，只要有机会，就让山里人帮我搞些晾干了带出来，这些细辛使我们家的烧肉味道永远的与众不同，成为众人追询的秘密。还有一次是行走在秦岭山顶第四纪冰川的遗迹，我一下没跳好，崴了脚，脚脖子眼瞅着发面一样地肿了起来，咬牙坚持走到海拔 2900 米的宿营地，就再也挪不动步了。正为第二天的行程发愁，党高第不知从哪儿揪来一棵草，用水煮了让我泡脚。我半信半疑地泡了半天，第二天脚竟然神奇地消肿，好了。问是什么草，他顺口答了一句，我也没记住。于是我又知道了，新鲜的草药远比晒干了装在药铺小抽屉里的药效要来得快。在山里，你用不着害怕得病，周围的草木，顺手摘来全是药，秦岭山地是一个完整的中草药库。

然而山林植物多样性面临的直接威胁是气候变化。

中国农科院专家严昌荣博士就秦岭这片山地的气候变化作过分析。前些年，人们的砍伐森林，垦荒活动，严重地影响了这一地区的生态和气候，使这片大熊猫的栖息地在气候条件上有了比较大的时空差异。森林植被受气候变化的影响是直接的，山林里箭竹开花，苔藓减少，河流变小，都暗示了这一影响。根据记录，1957 年至 2000 年，这里的年平均温度上升了 0.6 度，降雨量下降了 100 毫米，而全球要年平均温度上升 0.6 度，至少要经过一百年。照这样下去不得了，用不了几十年，森林的面貌就会改变。我们不能只注意大熊猫的数量不管别的，大熊猫的栖息条件分两部分，硬件是森林植被，软件是气候条件。我们常挂在嘴边的“温室效应”“全球变暖”，不仅是秦岭一个地方的问题，而且是全世界的问题。美国科学家布朗提出了一个很可怕的预言，他说，“在 20 世纪国家之间的战争是围绕着石油资源展开的，但在 21 世纪则主要是围绕水资源。”

这一危机在中国，20 世纪末便已经开始显现。

大城市缺水几乎成了普遍问题，我还记得 90 年代中期，严重缺水的西安夏季，自来水连续五天淌不出一滴水。为了保证最低生存条件，发动城市消防车定时给小区居民送水，老百姓端着盆，提着小桶，到那红色的汽车前去领取自己的那一份水。逢有谁的盆没有准确及时地接上，水流到地上，马上就会有人埋怨，“可惜了，可惜了。”西安人的水源，少部分来自地下，大部分来自秦岭。秦岭的付出是有限的，在八个国家级大林场同时挥舞油锯的险恶环境下，它能给你藏储多少水呢！那个干渴的夏天让西安人在全国出尽了洋相，上班的自行车后边带个大白塑料桶，上班的同时可以在单位那细水长流的龙头前排队接水。家家的厕所都泛着恶臭，人人的身上都黏黏糊糊。买菜要选择可削皮不用洗的，吃水果要吃水分大而不太甜的（太甜了不解渴）。一没水就要抗旱，一抗旱就要停电（说是将电力支援农业了），于是，越热越干越停电。火炉般的天气日日在 38℃以上，人人挥汗如雨，没处躲没处藏，大芭蕉扇派上了用场。我记得当时我闷在屋里，不敢开窗，外面是滚滚热浪，室内是闷热蒸腾，空调不响，电扇不转，想工作，电脑不亮；想睡觉，席是烫的。一切现代文明远离我而去，我舞着破扇子，穿着大袍子，焦躁地在屋里走来走去，竟然搞不清楚现今是哪个世纪。想象一千多年前，唐朝的长安城是这个样子吗？又想，唐朝至少还有水，八水绕长安，那种浩浩荡荡，那种湿润舒畅，绝不是现在的“干饽饽鱼”能比的。

这几年一直在修水库，引黑河的水喂养西安的市民。黑河发源于厚畛子镇，被堵截于黑水峪口，新建仙游寺脚下（旧寺已淹入水底）。黑河是发源于周至，全程流淌于周至境内的一条清澈的河，它供给了西安饮水，周至人由此很自豪，逢给外人介绍自己时便说，水、旅游、猕猴桃、矿产是周至的四大资源。对厚畛子及老县城地区来说，它们为西安托出了纯净之水，保存了一片清凉，仅这一点便是功不可没的。

世界上没有什么比水更宝贵的了。

而水流的污染则是长期的钝痛。污染的水源已经成为了世界上最大的杀手，据报道，全世界每年有4200亿立方米工业和生活污水排入江河湖海，被污染的淡水占全球淡水总量的14%以上。每天至少有25000人因饮用了被污染的水而死亡。水的生态危机已经到了刻不容缓的地步。

在周至黑河入渭的交汇地带，有数千公顷湿地存在，夏秋之交，这里一人高的茅草遮天蔽日，成为水鸟们的天堂。茅草开着大片大片淡紫色的花，绒绒的，连成梦幻般的锦绣。成群的灰鹤、野鸭，在水面、在草中觅食、歇息……我到了这里，常常感觉着自己要飞腾起来，飞翔在草梢，在水面，在天地间随心所欲……

煞风景的是，黄白色的泡沫和各样漂浮物顺着水流而下，从美丽的紫花从洁净的水鸟跟前淌过，显出了人类的不和谐，显出了“文明社会”的污浊。

——这是上游的工业污染，禁不了止不住的麻烦。周至在去年关闭了自己的造纸厂，但是渭河发源于甘肃的鸟鼠山，一条水下来，不知接纳了沿途多少排泄。我在陕西人代会上提出设立黑渭湿地保护区的建议，省林业部门也有此意。所谓建立保护区，关键是治理河水污染，这不是一件容易事情。但是，我总是希望能保住这片美丽的湿地，保住这些自由自在的鸟儿，我们周围，纯净的空间实在已经不多了。

荒漠正以每分钟11公里的速度蔓延，在中国，荒漠化土地已经占了国土面积的四分之一，每年还在以2460平方公里的速度推进。耕地正以每分钟40公顷的速度减少，每分种还有30公顷的热带雨林被砍伐……看了这些数字，我相信，任何一个有良知的人都会坐不住的，任何一个会思考的人都会为我们的前途而揪心。

“判天地之美，析万物之理”的人类，在征服自然目的实现的同时，也意味着人类孤独航程的起始。人变成了说一不二的天之骄子，我行我素，但骄子很快就会变成弃儿，那是因为自然之家与社会之家的极不和谐。

有一种让人不可思议的现象，时下各城市都在大面积种草，就西安而言，有些很美丽的行道树被砍掉，代之以宽阔草坪。美丽是美丽，现代是现代，给人的感觉终归不实惠，不合中国人的欣赏习惯。西安的市树是槐，槐在西安的定式大概自汉朝就开始了，梅尧臣有诗曰：

汉家宫殿荫长槐，嫩色葱葱不染埃，
天仗龙旗穿影去，钩陈豹尾拂枝来。
青虫挂后蜂衔子，素月生时桂并栽，
我意方同杜工部，冷淘唯喜叶新开。

那些古老高大的槐树，在长安城曾经占据过辉煌，领略过风光，给生存于这座城市的人们以荫蔽。不说别的，就是夏日那些垂吊在树下的青虫，都让人感到亲切，感到有种逝去的不可追寻。西安目前除了几条未改造和正在改造的老街尚有槐树存在以外，槐树已为大量的法国梧桐所替代，这种树全国几乎所有城市的路边都可以见到，淹没了西安的特色。诗人岑参在《登大雁塔》中描绘长安街道是“青槐夹古道，宫馆何玲珑”，当年那种城市特色，至今让人向往。数年前，我到过西安高新科技开发区，那里的确是新兴的现代城市景象，水泥高楼，平整马路，道旁几乎没有什么树木。负责人很果断地对我们说，为什么要种树呢，谁见过国外发达国家城市的道边有树？我们讲的是快节奏，在树荫底下优哉游哉地走，在树底下喝茶聊天不适合开发区的发展节拍，我们种草不种树，太阳底下晒着你就得快快走……我当时听了这位仁兄的发言大吃一惊，社会的任何成果如果都用经济和科技来衡量，我们的生活不知会变成什么样子。我有许多年没有去过高新开发区了，尽管我在一切的文学场合都在呼吁作家将笔触伸向那块地方，我还是不知道那里有没有树，没有树的开发区至少在生态环境上不是最先进的。我们要追求的不是数字，而是现实，最最现实的就是如何让老百姓过得更舒服些，随时随地给大家制造一个舒适环境……

这两年，有关环境的中心话题是沙尘暴。

世界上最著名的沙尘暴是1933年的美国堪萨斯州的“黑风暴”。记者记录当时情景说：上午，尘暴夹着寒气和黑暗呼啸而来。到了中午，天色比夜晚还要黑暗……这是眼睛无法穿越的尘土墙壁，但尘土却无孔不入地钻进人的眼睛、耳朵和鼻子……当狂风消退阳光再次照耀时，世界面目全非。田野消失得无影无踪，只留下沙丘在移动，秋风在旋流翻滚。门前一段50英尺长的小路已不知去向，它被湮没了。农家庭院的围墙、机械和树木均不翼而飞，遭到灭顶之灾。在一人多高的沙滩上，只能看到片片屋顶……

中国北方的沙尘暴一直延续不断，早先老北京是风大于沙，北京春天的大风是生活在北京的任何人都不会轻易忘记的。记得儿时躺在北京的土炕上，透过窗户纸看着窗户棂上堆积的一层细土的影子，听着呼啸的北风，作为一个小孩子，那种感觉是奇妙无比的。外面是天寒地冻的冷，母亲在房内的煤球炉上为我烤棉袄，火苗红红的，舌头一样一伸一伸的，棉袄烤热了，我才肯从被窝里伸出胳膊来……

现在的沙尘暴是沙大于风。前年春天，我回到北京，火车一过郑州便开始昏天黑地，到北京站的时间是早晨，我看着站台上东倒西歪、顶风而立的人群，想象不出车外面是怎样一种情形。一出车厢，真真叫下马威，“哗啦”，一股沙土拍了我个满脸花，那气势足足把我扑了个趔趄。车下头的列车员一把将我扶住说，您走好。我心说，这样的天气我能走好吗！

我对接我的妹妹小荃说，北京怎么是这么个天？

小荃回答，北京就是这么个天。

小荃脑袋上裹着一块纱巾，整个面孔模模糊糊，那语调是一副处变不惊、司空见惯的平静。空气中弥漫着土腥味，噎得人喘不出气，细沙一股股拍打着人的手脸，衣服发出“哗啦哗啦”的声响。给我的感觉是进了喷沙车间的喷沙炉，不知到了目的地时我会不会被打磨成一块毛玻璃。出租车在昏黄的街道上跑不起来，司机开着车灯在骂大街，我的心情很复杂。这就是北京，这就是我的故乡，那些黄瓦绿树，那些殿堂楼阁，此时此刻都和我一样，在黄沙滚滚中挣扎。住进宾馆，听着窗外带哨的北风，听着细土敲打玻璃的沙啦声，我实在没有勇气出门。老友牛志强来看我，带来他夫人送我的一块纱巾，让包了头再出门。我知道，过一会儿我的脑袋也会像小荃一样，变得眉目不清。

北京人将沙尘暴已经看得习以为常，那是每年的春讯，就像桃花杏花要开一样，沙尘暴也要来。当然，每年我们也要种树，三月有植树节，一到这个时候报纸上、广播电视里便传出一些很激动人心的消息，今年植树多少多少万株，绿化多少多少万亩。有人算过，以每年这种速度绿化，中国早被森林覆盖了，连我们的房顶上也长满了树。可是我们种的树都在哪儿呢？我们种的是数字，我们走的是形式。与其说我们种了多少棵苗，不如说我们在这同一块地上反复插了多少根棍儿——也许这样更准确些。

有说法，沙尘暴不受树林阻挡，它飞扬的高度比树高多了，而且也不是中国一国的事。这就难了。作为老百姓只好多准备几块纱巾，将脑袋再裹严一些。科研单位投精神多研究一些既透气又透明又隔尘的纺织品吧，这样还比较实惠。

我还记得1968年参加工作初到西安，那是8月底，一下火车迎接我们的就是绵绵秋雨。那年的雨水多，不紧不慢整整下了两个月，人和物全浸在湿润中。两个月，我没见过太阳和月亮，以致我怀疑西安的月亮是否和北京的一样大小，会不会像面饼一样被这无尽的雨水泡软。之所以对这场长长的秋雨记忆如此深刻，是因为我没有雨鞋，那时候买双高靿雨鞋要八块钱，我没有那么多钱。一双脚就老在雨水里蹚来蹚去……

现在，我高靿、低靿的雨鞋有两三双，能防水的鞋也有不少，可是却没雨了。那些零星的沾着黄土的泥点掉在地上，连它们自己也觉得羞涩，哪里还用我穿雨鞋？干旱的西安难得见上几场雨，在人们因为空气的干燥而鼻黏膜溃烂、口腔发炎、嗓子红肿的时候，所怀念的常常是那永不再来的绵绵雨水，那洇着水气的秋天和冬日。

老县城周边，是原始次生林，道光五年建佛坪厅城时，将城周围遮天蔽日的原始松林砍尽，只留下零散云杉，散落在遗址中。那些扫拂天空的大树，是当年松林留下的纪念塔。以后近二百年，老县城周围的山林基本没有砍伐过。更高处，仍旧保持了原始森林的原貌。20

世纪 90 年代，林场的斧凿还没有来得及伸向这里，政府就实行了“天保工程”，禁止采伐了，这实在是难得。安静的老县城有幸远离了沙尘的威胁，逃脱了被伐的命运，成了名副其实的“香格里拉”。熊猫在竹林里蹿动，羚牛在山坡上吃草，云豹在灌木中伏击，松鸦在大树上做巢。老百姓每天荷锄下地，挑水做饭，吕家的狗儿照旧朝着过路人汪汪，小学校的孩子们朗朗地读着他们的课文：

鸟叫啦，
花开啦，
鸟儿花儿可多啦。
我们爱鸟不捉鸟，
我们爱花不折花。

我在老县城住了些时日以后，深切地感受到，老县城人的心是和大自然相通的。这里的老汉、孩子可以对着猫儿狗儿说话，对着太阳小草说话，一切都是那么自然，没有谁觉得奇怪。在他们的潜意识里，植物、动物都是有感情、有生命的，是和他们一样生长在太阳月亮底下的“人”。老子在周至给我们提出了“道法自然”这个大命题，中国传统观念认为，不仅人和生物有命，就是山川建筑也有命。而且认为天、地、生、人组成的大自然也是有循环、轮回的。“天地感而万物生化”，阴阳是生命的本始，是“天地之道也，万物之纲纪，变化之父母，生杀之本始”。“人法地，地法天，天法道，道法自然”，将天地自然，天人宇宙连接成一个不可分的整体。一个环节出了问题，世界便要出毛病。

一位作家说得特别好，“不要认为远离都市，远离那些水泥制品就是落后。总有一天，人们会发现自己搞错了方向，他们会慌慌张张地掉过头来，追你。”

已经有人开始追逐老县城了，这座恬静的小城正在受到骚扰。

老百姓欢欣鼓舞地为进山的每一位游客带路，为每一位来客充当背工，当一天背工可以挣到30块钱，老百姓需要这些钱。这是老县城人收入的主要来源，竞争非常激烈。

夏天的一个傍晚，一辆大轿车，司机不知怎么有那么大的本事，竟然沿着那崎岖的山路，将一车人拉进了老县城。车上的人背着帐篷、饭锅，带着绳子、相机，全副武装地兴奋着，从车窗后头激动地向外张望着。

我正在保护区的院里吃晚饭，见状，大叫一声：“不好！”扔下饭碗就追那车。

车在村街上摇摇晃晃地开，车后是扬天的大尘。我在车后猛追，大声喊：“站住！你给我站住！”我追过文庙，追出东门，追过城隍庙。村民们在自家的门口端着饭碗，满有意思地看着我追汽车，疯婆子一样地在尘土中大喊大叫。

那帮人下车了，对车下的我不屑一顾。

我知道自己在乡下的邋遢模样不足以震慑任何一个老儿。

我说，你们是干吗的？

他们说，你是干吗的？

我说，我是志愿者，专管这片山的。

众人嘻嘻哈哈，他们开始卸东西。这是装备精良的一群探险者，每个人的背囊都很高档，每个人的行李都很充足，背包和衣服都是名牌，就是脚上很随便的一双鞋，价格也在千元以上。

有闲的人，有钱的人。

村民们更兴奋，他们争抢着来客的行李，这是一批财神爷，是一笔很实惠的买卖。

只有那只黑白花，和我一样在傻乎乎地叫。

我不能劝阻探险者回去，这片山林并不属于我。眼见着，他们的彩色小帐篷一个个支起来了，有人拿着桶奔了溪水，有人开始点火造饭，录放机在林子里吱吱哇哇地唱起来……我一看这情景，大喝一声：集合——

他们的头儿走过来问我，你有什么权力命令我们？

旁边有农民说，这是我们的县委副书记。

头儿对折腾的一帮男女说，县委书记要给大家讲话，过来。

男女们很不情愿地聚集在一起，我知道，这些人其实和我一样，对当官的不感冒，但是现在我要充分利用一下自己的官员身份，以达到一种“重要”的效果。我说，这里是大熊猫自然保护区，不是探险队的训练基地，我以书记的身份要求你们，进入其中，不能扰乱山林里动物的生活环境，不许搞生活污染、声音污染，更不许点火。悄悄地进去，悄悄地出来，除了垃圾，什么也不要带走；除了脚印，什么也不要留下！

他们纷纷向我保证，说周至县的书记真是下到最基层，再没法往下下了。

我听得出他们是在揶揄。

踏着月光我深一脚浅一脚地走回保护站，据说到周末还要来一批“小背囊俱乐部”的成员，还有“行走者协会”的也在联系……这片原始山林对城里人的吸引力太大，山里人对外来者也太欢迎。我说不清这些山林的行走者对这片环境有什么益处，对老县城的人文关怀在哪里，他们感受到了大自然，而给大自然又带来了什么?

这些人走了以后，我在宿营过的地方拾到了胶卷盒和一节五号电池。这些东西永远不会化解，一个五号电池的污染就是一平方米……应该说，这些人还是很节制的，这些偶尔遗落的东西真是小小不言，我们是不是应该表扬表扬他们?

生态危机源于人的心态危机，在人们脱离开贫困，吃饱了肚子以后，目光就开始向四处张望，心理开始犯病，开始厌倦城市，开始“亲近大自然”“回归大自然”了，好像一种完美的生活方式是自家有辆车，有高级房屋，时不常要度假，要自己开着车到深山当两天“野人”，跟大自然亲昵地贴合在一起。殊不知，这种亲近与回归，对大自然来说，又成了一种新的可怕灾难。

不如不回归，各自相安无事地待着就很好。

2001 年，丹麦学者比尤恩·隆伯格激辩环境危机，抛出了一本叫作《多疑的环境保护论者》的书，一石激起千层浪，在环保界哗然一片。隆伯格认为，在全球变暖、人口增长、物种灭绝、资源枯竭等焦点问题上，绝大多数环境保护论者选择性地利用一些科学证据，给公众形成许多错误印象，实际上并没有那么糟糕。他举例说，世界范围内的人口增长率正呈下降趋势，人类的生活质量和福利也在逐步提高，人均寿命已经从1900年的三十岁提高到现在的六十七岁；物种灭绝的速度也并不像媒体宣传的那样危言耸听，今后五十年中将减少的物种大概只有0.7%；资源并不会因为人们的利用而日益枯竭等等。

不能说隆伯格提出的观点正确，但他给我们提示了思考这个问题的另一方面，使我们怀着希望，怀着热情来展望明天。自然界有让人惊叹的再生功能，大自然自己修复创伤的能力是超出人类想象的。

我有一本很厚的《广岛原爆写真集》，是在广岛原子弹爆炸纪念馆买的，写真集里面夹了很多红叶，是广岛我家门口的枫树飘落的。1945年8月6日上午8点15分，这里被扔下了第一颗原子弹，在6000℃高温的冲击下，一切都变为灰烬。有人预言，在今后几十年内，这里将寸草不生，这里不再适合人类居住……然而，在爆炸的当年，电车铁轨的枕木缝隙中就长出了青青的草。写真集里，那些新生的小草在铁轨间，努力地伸张着身体，背后映衬着废墟。这些草就叫“铁道草”，它顽强的生命力至今让广岛人敬重。现在的广岛，是一座鲜花盛开、绿树成荫的美丽城市，我走过日本上百个市镇，只认为广岛是最漂亮的。经历过死的人能真正认识到生的可贵，经历过摧残的自然能真正理解复苏的意义。原子弹的破坏可谓人间至极，恢复起来不过五十年。五十年后，除非特意留下来的纪念，否则你实在难寻那战争的遗迹与苍凉。

中国的西部在开发，开发的根本是改变生态环境。目前，水土流失与土地沙化是影响西部生态环境的首要问题。政府对待西部农民，采取了退耕还林、开仓济贫的政策，对退耕户的补助标准是一亩地补粮 100 公斤，20 元现金，一次性补助 50 元苗木费，补助期五至八年。五年，小苗能够长成大树吗？五至八年后，补助没有了，西部会不会掀起一次新的毁林高潮……

且走一步说一步吧，养树这样的事绝不是三五年的事。但总是好事，总是在解决，在变化。我看过一位摄影家 1983 年照的老县城北面、秦岭梁北坡的一张照片，那是砍伐最热烈的时候，山坡黄土裸露，杂树稀稀拉拉，一副惨败景象。同样的地点，我又看到了今年的一张照片，山林已经郁郁葱葱站立起来，与周围形成一片美丽山景。前后整整二十年，如果这种状况保持下去，过二十年，再过二十年，二十年……再没有“黄肠题凑”，再没有“铁牌号木”，再没有一次性筷子和枕木，再没有掠夺性开发，那将是不能想象的好。

“世界的希望不是在政治家们的手里，不是在企业家们的手里，甚至不是在科学家们的手里，而是在我们的手里，在你我的手里。”

# 第九章　保护神

老县城自然保护区是秦岭山地的一方保护神，它隶属于周至县林业局，是个县级保护区。地方小，名气可不小。小小保护区因为位置重要，是各大国家级保护区包围的白菜心，就引起了各方面的重视，世界自然基金会知道它，美国及许多搞濒危动物保护的洋人也知道这块地方。保护神屹立在老城中央，给人一种荒败过后先入为主的优越。平时在这里常驻的是九个人，保护区的领导和县林业局的负责人定期过来看看，传达文件，组织学习，大部分时间由保护站正副站长主持工作。我吃、住在保护站，加入他们九个人的小集体，参与他们的集体活动。他们住在楼房的西头，我在最东头，是那种开门就是外廊的楼房，花草的芳香、松柏的清气充盈着楼的角角落落。房间里设备良好，有席梦丝，有沙发，有书桌，就是没电。白天，他们搞巡护，我坐在走廊看书，有时也到村里闲转，间或写写稿。写稿的时间有限，主要是已经不习惯用笔在稿纸上涂抹，到了提笔忘字的程度。

保护站的院子很安静，除了炊事员做饭时在水井前嘎啦嘎啦的压水声，几乎听不到什么声响。到了周末，保护站的院里就停满了车，这些车与保护站没有任何关系，都是慕名来旅游，来“回归大自然”的。7月的一天，院子里最多停过近百辆车，据说那天西安市的气温是40℃，而坐在老县城的阴凉下还要穿长袖衣服。来“城”里“探幽”的红男绿女大多转一圈就走，这里没有歌厅，没有商店，没有游乐场，留不住人。大部分游客对那些断壁残垣没兴趣，他们是看不懂。

一天，我在压水机前压水，一个年轻游人过来跟我搭话，他说老县城在外头吹得挺好听，真来了一看，啥也没有，就是一点儿破房子烂砖头。他说上山的时候有人告诉他画家刘文西正在老县城写生，他问我刘文西住在哪个房间。

我说不知道。

他说，听说作家叶广芩也在这儿。

我说有这回事。

他说，那么叶广芩在哪儿？

我说，刚才还在这儿站着。

他说，妈的，谁也没见着。没劲……

我想，我能和破砖烂瓦被划在一堆也是一大荣幸，这位来老县城感到失望的年轻人想看看画家、作家，也算是一种补偿，就像在烂瓦堆中或许有能捡块印花瓦当的侥幸。

也有周六在这儿住下来的，有位画家，来了以后背着个画夹子满世界转悠，满嘴的新名词，满嘴的后现代。我没看到过他的画，却听了不少他的绘画高论。我和老县城文管所的干部何毅、李会雄坐在台阶上听他“讲课”，在他眼里，我们三个是周至县没有文化的“土鳖”，被贬到远离政府中心的老县城来更是提不起来的倒霉蛋，他绝对有给我们进行文艺启蒙的义务。我们三个也的确不行，越听越糊涂，越听越不上路……画家说他准备要考研究生，问我们是什么学历，何毅说他是音乐学院作曲系毕业，李会雄说他是西北大学历史系博物馆专业毕业，我说我是日本留学回来的……画家不再发表议论，拉着我们要照相，说想不到老县城里藏着高人。我们说也不是什么高人，就是对他的文艺理论听不明白罢了，差得远呢。我总觉得，画家的理论，是他正在准备考研究生的复习题，要不不会那么熟，不会那么生吞活剥。

老县城使我们的心态平和，使我们成为小人物。

和小人物一起巡山，到各个观测点去观测，是件很有意思的事。但是我走不远，常常是走到塔尔河口往上一点儿就折回来了。在野外，我是他们的拖累，他们带着我，什么也干不成。巡护员们一听说我要跟着上山，立时脑袋就大，他们知道我一累就成了坐地泡，一队人就跟着成了坐地泡。这点，佛坪保护区的人更有体会。

我在这些巡护员面前充分表现着我的率性和本真，甚至表现着我的缺点，希望他们将我当成朋友而不是领导，希望成为他们之中的一员而不闹什么特殊。但是不行，无论我怎样贴近，他们都保持着距离，让人懊恼极了。

我问他们巡护方面的事，他们正儿巴经地向我汇报一、二、三……让人哭笑不得。后来我不问了，放开时间由着彼此去熟悉。

保护站的站长何麦成是复员军人，打过仗，干练利落，有着侦察兵的精明，人也长得精神。何站长的工资在保护站是最高的，每月

590 元，他说就这，还是涨工资以后的数目，原先更少。590 块，不够他一个人的嚼裹儿，养家糊口全靠他老婆，他老婆是农民，包产到户，种着 3 亩庄稼地。他成年累月住保护站，家里的农活管不上，就全推给老婆。一个男人，有家却养不了，他常常觉得很没面子，特别是在老婆的娘家人跟前，他有点儿站不直。老婆动辄就把娘家人喊来帮着干活，他则满山遍野地追大熊猫，追熊猫在农民眼里算不得什么壮举，是件干不干都可以的工作。但是他放不下，绝不是为了那 590 块钱，是他喜欢。

副站长辛志强是朴实的农家子弟，厚畛子钓鱼台人，家离老县城不远。他原本是林场大熊猫巡护队的队员，成立保护区，就把他调过来了。他的山林动植物知识非常丰富，加之是当地人，是一本活地图，山里的什么情况都知道。挣着 400 多元的工资，还要省出来贴补家用。保护区的经费县上除了按月给基本工资，没有一分补贴。也就是说，钻一天山，受一天累，国家一分不多给。他们要定期到观测点巡视，全是白干。我就想起城里的白领们，出一趟门，哪怕只有十公里，也要报误餐费，要报销各样票证，领取各样补贴……这些，如果能给老辛们，该有多好。我问老辛觉得亏不亏，老辛说，保护区是县属单位，县里边不可能给我们再拨钱了，县长都已经两个月拿不到工资了。老辛说他这辈子就这样了，他干这行上天已经给他回报了，他的两个孩子都是大学毕业，一个农村家庭出两个大学毕业生，不是得天独厚又是什么？为此他得多干好事，多付出，“厚德”才能“载物”，人得知道感恩。

许永永，听名字相当现代，跟那些“田壮壮”们相比一点儿不逊色。他被保护区的人喻为“钻山豹”，四十六岁的人像小青年一样灵活，这片山林的角角落落他熟悉得就如同自己的手。几年前，在周至提起他的大名来，知名度远远高于北京的田壮壮。财政局、林业局、文化局、老干局，周至县政府有46个局，人们封许永永是第47局局长。严格说他应该是城里人，家在周至街道最繁华的十字路口，一座三层楼房，日子过得宽裕自在。许永永曾经属于散兵游勇式的社会闲人，自个儿有汽车，手底下有一帮开车的哥们儿弟兄，专门盗运山里的木料，有丰富的跟警察周旋的经验。我进出山林多坐许永永的车，许永永车技高超，野得没了谱，一条小河，一脚油，轰地就蹿过去了，一副“万水千山只等闲”的样子。这大概是和山林警察斗智斗勇练出来的真本事，比那个战场上开车的何麦成实战经验还丰富。许永永那张脸永远是一副笑模样，小眼睛眯着，一脸的纹路，不漂亮却很有魅力。有回西安人来拍电视专题片，别人在镜头前都很拘束，这个许永永却表现得轻松自然，他给人家讲巡护员们遭遇羚牛的事，他一会儿装甲，一会儿装乙，一会儿装羚牛，绘声绘色，很能抓人。我想，这个许永永啊，他应当去演电视剧，窝在老县城真是委屈这块材料了。下回写老县城的电视剧，我一定要给这个人物安排一个角色。现在这个许永永改邪归正了，由盗运变为保护，由城里走进山村，卖了汽车，心甘情愿地拿着保护区每月的500块工资，过起了清贫的日子。保护森林、保护大熊猫成为了他的专职。他的女儿跟他要学费，张了两回嘴他也没拿出钱来，女儿埋怨他成天钻山，干这出力不讨好的事。他含着泪对女儿说，女子，爸这是在赎罪啊……

巡护员雷海洋在和村里的玲玲姑娘谈恋爱，玲玲是老县城最漂亮最苗条的女子，深山出俊样，这水灵灵的女孩搁到城里也是拔尖的。当然，据说索要的彩礼也不薄，够雷海洋筹划的。雷海洋爱打乒乓球，早先在新疆边防当兵，他说那个高原的海拔太高了，把他的人搞得老了一截子，复员回来了，分到海拔 1780 米的老县城，比新疆那儿低多了……雷海洋在巡山中，遭遇过羚牛、狗熊，他说他只要看见羚牛过来就上树，树上安全。有一回跟狗熊打了照面，情急之中弯下腰搬石头想砸熊，却没料到石头下面有盘蛇，两面夹攻，差点儿没把他吓死。还有一回他和何麦成、辛志强、李翔风巡山回来，走到傥骆道的必经之路吊沟，正坐在山坡休息，突然一只羚牛疯了一样从上头狂奔而来，"唰"地一个飞跃，跃过何麦成、辛志强头顶，直扑向坐在下首的雷海洋。当兵出身的雷海洋反应还算迅速，就地一滚，滚进旁边的竹林，羚牛擦着他的身体过去了。事后，大家许久回不过神来，别说大羚牛，就是一只山羊从你脑袋上飞过去，不把你吓个半死才怪。

小翠是保护站唯一的女性，是个母亲，把孩子放在城里让丈夫带，自己在保护站当后勤，心在两头牵着。她常常跟我说她想孩子，她大概体会不来她在保护站的凝聚力有多大，有了她这个管家婆，那些男人们从山上下来就有了一种到家的感觉。她不是领导，但她有着领导不能替代的作用，非常重要。我住老县城，保护区要她照料我的生活，因了她前前后后的张罗，使我省了许多麻烦。每每一想起她，我的心里就充满了感激。我说我上山丢人得很，爬不上去，爱要死狗。小翠说她比我还丢人，以前还跟着队员们上山，一上去便感受到那山不是公园的山，根本没有路，真正的披荆斩棘。她说，有一回变天，一时天墨黑墨黑的，明明是下午，却像到了晚上，大炸雷就在脚边炸，让你没处躲没处藏。迷路了，找不到集合地，索性坐在地上号啕大哭起来。小翠是个贤惠的小媳妇，她没有什么远大高深的志向，想的就是跟丈夫孩子一块儿厮守着，过平平常常的日子。可命运却将这个说话也不高声的女人推向了深山老林，与猛兽打交道。这是我敬重她的一面。

保护站有床位四十张，是为来考察的科学家和来实习的学生准备的。大部分时间，这些设施是空着的，有记者、电视台的人、环保志愿者及游人到这里来，以为这里的一切都是“义务”服务，常常“忘”了掏钱，难免让保护站的员工尴尬。殊不知，食堂的饭食是员工们自己将伙食费凑在一起做着吃的。“大爷”们来了，堂而皇之地“上饭来!”吃完一抹嘴，走人。尤其一些记者，走到哪儿都是白吃惯了，自认为“我来报道你，没让你交钱就很照顾了，哪有让我再掏腰包的道理”。这种山外的优越感对老县城保护站极不合适，让九个收入本来就很低微的员工再为你承担吃住，想必，就是稀饭你也难吞咽得下去。我的朋友到老县城保护站住宿，每次我都要叮咛他们：别忘了给人交店钱！西安政协的张林征老大姐带着下属到老县城来视察，住在保护站，临走，尽管保护站的人说“免了，免了”，还是认真地跟保护站的小翠算了账，这精神让我感动，张大姐不愧是个了解下面情况的大姐。一张床位 20 块钱，一顿饭两块钱，我们掏得起，我们也应该掏。

由于报纸对“北方香格里拉”的宣传，2002 年国庆节长假，老县城保护站住满了游客，荒废后的老城头一次迎来了这么多的客人，初步估计进老县城的游客近五百人。保护站饭厅里的几桌饭成了“流水席”，不住地添饭不住地吃光，怎么也填不饱这些人的肚子。仔细观察，原来是有的游客交了钱，吃饭时偷偷换人，你饱了换我，我饱了换你，人数没变，人却变了。老县城以大白萝卜最有名，于是地里的萝卜们被一个一个连根拔起，老玉米也掰了，鸡被追得上了麦草垛，黑白花小狗被惹得再懒得答理任何生人……好像是当年那些不谙世事的知青又下了乡，偷鸡摸狗拔蒜苗，以城市的油滑顽劣面对深山的纯朴善良，恣意享受着“共产主义”式的“田园之乐”。保护站的何麦成跟我说这些的时候，气得眼泪在眼圈里转。

我只想说一句：人哪，善待这块净土吧！

保护站的炊事员是从村里请来的一个叫春季的女孩。春季做的饭是农家饭，扯面、蒸馍、熬苞谷豆粥是一把好手。春季不安心给保护站做饭，嫌工资低，想的是能出去，到西安什么的城市里打工，那样不但挣得多也能见见世面。春季常跟我打听西安的事，她很希望能到西安看看。我不敢应承，拐走了春季我怕保护站的人把我撕了。这天春季病了，请假四天，饭就由巡护员们两人一组轮着做，我因为是“书记”，不在排班序列。

我不知道炊事员不在的日子里，我将过上一种怎样的生活。

第一天是雷海洋当炊。中午，大个子的雷海洋人五人六地给我端出一碟菜，菜用小碗扣着，很神秘的模样。看武松般的雷做出这种斯文状、服务状，只让人觉得好笑。揭开那碟，几乎让我喷饭，一盘熏肉炒土豆片，炒得非常粗糙，肉肯定是买自村里农户，在“武松”的整治下，一片肉切得有手指厚，土豆片也异常的雄伟壮观，与肉相得益彰。我夹了一块肉填进嘴里，嚼了足有一分钟，尚不能下咽。“武松”在一边不安地搓着手，看着我，我说有点儿费牙。“武松”就嘿嘿地笑。

第二天早晨，武松们打了一锅拌汤代替稀饭。我不想喝那东西，我说我要冲一包奶粉。武松们问我为什么不喝拌汤，我说这东西让我想起了“文革”，那时候我用它刷过大字报。武松们面面相觑，想说却又说不出什么。午饭是陕西饭“老鸹沙”，在我眼里“老鸹沙”就是疙瘩汤。望着一大碗黏糊糊的“汤”我问有没有干的，答曰：无。就只好喝汤，武松们个个吃得很热烈，又掌辣子又搁醋，呼噜呼噜，满头冒汗。我问他们晚饭吃什么，武松们说还剩下大半锅。我知道那锅的概念，是烧柴的大灶，烧一锅水能灌六个五磅暖水瓶。何麦成窥出我的心思，下午就带着人去河里钓小鱼，让我等着，说晚上保准给我做出一碗香喷喷的鱼汤。《封神演义》里姜太公钓鱼用直钩，老何们的鱼钩是用大头针弯的，和老姜的有异曲同工之妙。鱼自然一条也没钓上来，夸下做鱼汤的海口无法兑现，何麦成情急之中跑到八里地外的都督门老冯家买了两条小鱼。回来后剖开鱼肚子做汤，竟是满肚鱼籽。我说他们太残忍，把“母亲”给吃了，饭桌上便没人再动筷。后来何麦成不知从谁家给我要了一碗甜浆子，以此代替“老鸹沙”。甜浆子是豆浆和苞谷糁煮的稀饭，很好喝，不是经常能喝到的。

在武松们面前，我恣意表现着我的“娇”气，我爱看他们那为难的样子，像大姐戏弄小兄弟一样，我时常故意地给他们出点难题。他们很宽厚，很朴实，不跟我计较。我知道，他们对我的迁就，是出于对文化的敬重，出于对作家职业的神秘感。我常这样地反问自己：叶广芩，你以为你是谁？

炊事员请假的第三天，保护站唱了空城计，一大早武松们就出去了，大院子里进进出出就我一个人。我坐在院里廊下看县志，看到两任县知事被杀，心里有些乱。我望望厨房的门，锁着，都 11 点 40 了还不见生火做饭，不知武松们玩的什么花样。日头偏西，小翠过来喊我，说保护站的人集体出动给村东王德智家收麦子，王家管饭，让我去吃。就跟着小翠去了，路过王家麦地，见武松们还在干，便也象征性地挥了几下镰，有些扭捏，有些装模作样，自己也觉得挺恶心，主要是不好意思白白地在王家的饭桌上端碗。保护站的王院龙不知从哪儿变出个照相机，"啪啪"地照相。我知道自己在做秀，为了一顿饭在卖力气，哭笑不得。

王德智款待"麦客"的饭很丰盛，有自酿的酒，还有大块的肉，武松们在王家吃得昏天黑地。天黑了，摸回保护站，熄灯睡觉。

第四天，全体人员帮村西张大荣家扬场，张家照例管饭，有酒有肉。

第五天，春季上班来了。

这是一个很团结的集体，在深山，他们有着生死与共的共同经历，每每提及那些与死神擦肩而过的故事，常常是泪水盈眶。

大自然有着自己的伦理尊严，秦岭这片山水，是用鲜血来保卫的。

每回进山，在凉风垭山口，见到那一片杜鹃林，我都会想起一个人——北大生物系毕业生曾周。他的身边也有一棵杜鹃，尽管细弱，却是一棵真正的秦岭杜鹃。

杜鹃树忠诚地陪伴着他，淡粉的花在风中轻轻摇曳，与漫山遍野开得热烈灿烂的同类相比，它未免太孤寂，太冷清，但它仍顽强地伸展着花瓣，努力使自己袒露在春晖之中。这棵细小的杜鹃是曾周的同学从高山上挖来种在这里的，他们走了，不忍心把他一个人丢下，便让杜鹃伴他度过这山中漫长的岁月。十八年过去，昔日的同学们成了国家栋梁，成了大熊猫保护专家，走出了国门，走向了世界，我们可以经常在电视上看到他们的面孔；而他，却永远地留在了这里，留在了佛坪保护区三官庙保护站的西侧。

1985 年，我来到这里时，他刚刚躺下，他的同学们尚未走远，他们给杜鹃浇的水还没干透。

记得那个夏天，我整天跟着向导刘老汉翻大山，钻林子。林子里很热，也很闷，昏昏然中猛听到一声绝唱，啼响空山直入白云深处：

“不如归去——”

心儿一颤，抬头观望。

刘老汉望着白云顶端说是四声杜鹃。又说能叫全四个音的只有佛坪有，尤以三星桥这儿最多。我听过杜鹃啼血的故事，一声啼叫一口鲜血，化做一簇灿灿的杜鹃花。传说让人对那小小的生灵生出无限的爱怜和崇敬。我向四周睃寻啼血的杜鹃，满目却是一片绿，寻不见一丝异色。失望中，又听谷底传出一声紧似一声的“不如归去——”但我终于没见到那只精灵般的鸟儿。

那个娃儿，永远归不去了。刘老汉慢腾腾地说。

我问哪个娃儿。

刘老汉说，打北京来的学生娃儿，跟踪大熊猫，从对面那崖上掉下去了……他初进山来也是我给他带的路，后来熟识了，他就自己走……

我就抬头看对面那崖，崖很高，刀削般的齐整，顶上长满了油松，白云擦过，奏响低低的吟唱。

就这样，在曾周的殉难之地，在“不如归去”的啼叫声中我初识了他，由于他的存在，这山这水，这古老的三星桥便蒙上了一层凄美的悲壮。

在山里，不少人跟我谈起过曾周，说那是个活泼爱唱的大学生，自信中还有那么一点儿固执。三官庙保护站的站长说，那天早晨，曾周背着馒头出去寻找熊猫，天黑了也没回来。大家都急了，连夜打着灯出去找，他的同伴带着哭音的呼喊传遍了大山的角角落落，加急电话一直挂到了北京林业部……直到第三天，人们才在三星桥的崖下看见了他，他伏卧着，像在酣睡，腕上摔坏的手表停在 4 月 17 日晚上 8 点 40 分，那是他遇难的时刻。他使用过的地形图挂在树枝上，太陡了，无法取到，只好永远地挂在那里了，像面飘扬的旗……

我说，三星桥古碑旁应该再立个新碑，让人们都知道，这里不仅仅是有名的古道，更有它辉煌的一笔——20 世纪 80 年代有一个青年将生命奉献给了大山，奉献给了自然保护事业。

后来，在三官庙的阳坡上，我见到了属于他的碑——一块未经雕琢的大青石，石上刻着他简短的一生。这精巧又别开生面的墓碑是他的同学们，那伙跟他一样活跃的年轻人的主意。

也巧，那天在山里，我遇见了从广东专程来给他扫墓的父母。他们长久地坐在墓旁，默默无语……

我对曾周父亲说，墓碑的铭文不足一百字，真是太短了。

那位父亲说不短，跟儿子的生命历程恰恰相配。几年前，他唯一的儿子以汕头市第一名的好成绩考进北大生物系，不久前刚刚参加完研究生的考试。儿子说过，他的物种生态位方面的研究考察不应该是空白的。从他父亲那儿，我看到了曾周的照片，一双明亮的眼，坦诚而清澈，孩子般的望着外面的世界……

我几乎年年进山，也几乎年年到曾周的墓前来看他。我们彼此已经熟识，应该说是老朋友了。初识时我们都还年轻，如今，他青春依旧，我的鬓间已银丝缕缕。

今年，我又来到曾周已不算簇新的墓前，天气还冷，墓背阴处的残雪还没有化尽。他的墓碑被重新修过，保护站的年轻人在上面刻下了21 世纪守护者的心声——“看见你，我们更热爱这片山林”。

我默默地与曾周墓相对而立，心内有些酸涩，更多的是自豪。他走得太早，太早……凝望里，他说，在我的身上，他看到了生的可贵；我说，由他的墓碑我知道了死的价值。摘下几朵洁白细巧的野草莓花递给他，在靠近坟墓的刹那，我分明感受到了他的气息。

当晚，我宿在三官庙保护站，月亮升起来了，远山近树变得清朗透明。溶溶月光下，我想他或许会由那缥缈的山间走来，因为他就是在那里消逝的……月夜中，我又嗅到杜鹃花的阵阵细香，随着微微的风，空中传来几声“不如归去——”的啼叫，缓慢清脆，四个声儿叫得极全。

我料定了，他已与这清风、这明月、这山石、这林海融为一体，无法分开了。

最近我读到了一部夏天敏写的中篇小说《徘徊望云湖》，写的是黑颈鹤保护区老百姓遇到的尴尬事情。小说提出了一个很重要的问题，人在自身温饱没有解决的情况下，还要保护野生动物，还要承受动物的侵害，这是所有保护区面临的第一个直接问题。因为是保护区，一草一木，包括草丛的长虫石间的蚂蚁都属于保护之列，碰也不让碰的。老百姓的生活方式受到了严格规定，超越了规定就是犯法，就要受到制裁，对于尚未完全摆脱贫困的山民来说，这是很难接受的事实。

一入秋，老县城的百姓就忙了，几乎家家得派人到地里守夜，防备野兽糟蹋即将收获的玉米。9月初的一天早晨，我看见张家的小子红着眼睛，迷迷瞪瞪地从城门洞进来，一副狼狈不堪的样子。一问，是跟豪猪“战斗”了一夜。不但野兽吃玉米，“家兽”也吃玉米。我到张春季家走动，看见张家的几只花猫，将张家笸箩里晒的玉米啃了个稀巴烂，猫啃老玉米，转着圈啃，啃得很地道，也不是一日之功了。张家男人对他的猫却很宽厚，嘿嘿地说，让它们啃去嘛，能啃多少？

我最近看到一篇记者段云奎写的报道《一场没有失败者的较量》，文字不长，说的是重庆市巫山县闹野猪的事。这个省级贫困县，连续八年和野猪为争夺粮食而战斗，抵得上一场“抗日战争”了。他们的境遇和老县城人的遭遇有相似之处。随着森林植被的恢复，原来一些和森林有距离的村庄逐渐到了森林边缘，有的甚至被森林覆盖，森林中一些久不见踪影的野兽也逐渐出现，并与村民比邻而居，成为了抬头不见低头见的街坊。最先出来跟农民叫板的就是野猪，巫山县的野猪跟老县城的相比尚算“斯文”，老县城的野猪是属于那种天不怕地不怕的“霸主”类型。一猪、二熊、三老虎，野猪的“势”就在于它的家族作战，群体作战。一头野猪你可以围追堵截，一群野猪，被围追堵截的就不是猪了，而是你。野猪的繁殖力非常强，母猪一年怀两胎，每胎十余崽，存活率极高。它们的食性很杂，动、植物都吃，对苞谷、洋芋尤为喜爱。饱受猪患的巫山县，据调查野猪数目在一万头以上，“鬼子进村”的现象时有发生，“它们通常昼伏夜出，每当黑夜来临，野猪们就成群结队地‘进村扫荡’。它们一般不攻击人，只顾整夜‘嘴耕’不息。一亩种满了土豆或红薯的地，几头猪两三个小时就能拱个底朝天。某农民承包的 6 亩地，成了一群野猪的伙食团……”为此，“2001 年 10 月，巫山县经过慎重考虑，正式做出了‘搬迁十万农民，为野猪让出家园’的决定。按照这个决定，巫山县将在今后一定时期内，把居住在高山地区的十万贫困农民逐步搬迁到低矮平坝地区，既让他们拥有一个能够更快地脱贫致富的生活环境，又为野猪等野生动物让出家园，从而真正实现人与自然的和谐发展。”

佛坪保护区三官庙村民冯保泰单独住在一条沟里，他们家的母猪两年连着下了两窝野猪崽，这事引起了保护区野生动物研究人员的注意。

我和保护区的小刘到冯家去看“小野猪”，爬坡过坎走了近半个小时，到了冯家。冯家门口的猪圈里，几头小猪正拱着它们的母亲吃奶，小猪个个活泼且野性十足，一边吃一边吱吱地叫唤。冯家的女主人胡秀英对这窝猪崽很不满意，她不客气地催促小刘赶快把这窝崽子领走。因为小刘跟她说过，不许她随便处置这窝杂种，这些杂种有研究价值。

胡秀英说，小崽子们将母猪的肚皮都咬烂了，我们家就这一头母猪，全指望它下崽吃肉呢，却不想连着两年弄了这么些吃不中吃、看不中看的东西。胡秀英说，这头母猪已养了七八年了，去年一窝下了六只，其中有两只是野猪模样，今年下了十一只，都是野的。

我细看那些猪崽，果然与众不同，它们身上有条平行的红线，腿长、嘴长，耳朵竖起，凶得很。试想数月后再长出獠牙来，冯家怕要变成《西游记》里猪八戒的老家，福陵山云栈洞了。

我问女主人野猪肉可好吃？

胡秀英说，去年那两头，稍大一点就养不住了，呼地一下就从圈里跳出来，根本不把栏杆当回事。只好杀了吃肉，肉怪味倒是没有，就是膘少，发柴，肉丝丝太粗，不好吃。

再看圈里的母猪，安静地卧着，亮着伤痕累累的肚皮任着子女们去撕咬，母爱精神让人感动。家猪为“爱情”付出如此代价，也算对得起浪迹山涯的“夫君”了。女主人说，他们家单独一户住在沟里，周围再无人家，这头母猪到了发情期便越圈而逃，漫山遍野地逛。全家人经常四处寻找，找着了就往回吆，找不见就由着它去跑。有一回他们家的小女儿上山寻猪，迎面看见一头高大威猛的公野猪与他们家的母猪相伴而归，吓得她掉头就往家跑，回家许久，偷看门外，野猪将自家的猪一直送回圈内，徘徊半天方才离去。

在我大夸野猪有“骑士”风度的时候，小刘正忙着将各种数字往小本上记，他说这中间牵扯到了一个遗传与变异的课题，混交种通常指同种内不同宗、品种、品系、变种间杂交产生的后代。冯家的猪崽就属于这种情况，在遗传上具有不同性状宗代的子代，很有研究价值。这些杂种可作为培育新种的种源，对于进化的发生十分必要，在生物学上有着重要的意义。

冯家不管什么意义不意义，他们只希望保护区快点将这窝祸害领走，不能白领，当然得给钱，价格不能低于正常的猪。

中国的自然保护区，使用频率最高的一个词就是“社区共管”。这就是说要加强老百姓的环保意识、参与意识，保护区帮助他们获得可持续发展的知识和技能，转变对环境和自然资源不利的态度。在保护区内，不能修路，不能开荒，不能狩猎，不能采药，不能使用农药。总之，将老百姓传统的生存方式彻底堵塞了。一度，保护区和老百姓的关系变得很紧张，为了保持环境的原始，老百姓付出的代价是落后与贫穷。而且这个代价还具有长久的持续性，不可能在短期内改变。

“社区共管”，就是当地老百姓和保护区共同维护这一地区的生态环境，保护区为农民脱贫致富提供新的途径。佛坪保护区为老百姓提供山茱萸树苗，派专家指导农民科学养蜂，以增加收入。全球环境基金会在佛坪保护区办指导农民致富的学习班，聘请科学院的专家来给农民讲课。老县城保护区隶属于周至县，它的级别太低，攀不上那些高大精深，没有经费，只有巡护员的工资，县里拿不出更多的资金，一切便靠了巡护员的觉悟，靠了老百姓的良心。眼看着成熟的庄稼让狗熊、野猪糟蹋得一塌糊涂，老百姓拿着啃得稀烂的洋芋找到保护站，让保护站给个说法。保护站的人就说，让我们怎么赔，拿自己的工资赔吗？老百姓吃了亏，保护站的人又不赔钱，就骂山野的畜生，把保护站跟狗熊、野猪划在了一条线上。

现在的政策是保护区和老百姓坐下来，共同商量环境保护和致富的事情，老百姓有保护境内资源的义务，保护区也有帮助老百姓富裕起来的义务。共同的前提是这一地区的动植物资源不能受到破坏。保护区对老百姓提供一定的经济援助，已有前例。就大鼓坪保护站来说，区里拿出六万元滚动资金，让农民发展经济作物的种植，改良农民的土蜂，养牛养羊，举办科学知识讲座，提高老百姓的文化素质等等。在扶植的基础上，宣传环境保护的重要意义。听说云南的哀牢山国家级自然保护区在“社区共管”活动中搞了一个有意思的活动：重新把猫请回来。保护区为120户农民每年提供30元钱的养猫费，要求每户养一只猫，小猫由保护区以低于市场的价格提供。一时社区内百姓争相购养小猫，放弃使用剧毒捕鼠药。猫—鼠生态食物链的恢复，使村民家中可以安全放置粮食和林果，不必再担心鼠害。自然界的发展，依赖于保持生物的多样性，这已经是不争的事实。

这两年，老县城的猫、狗等家畜也大有发展。我初到时，村里只有两三只小猫和一两只小狗，现在多了，黄猫、花猫、白猫们房前垄后地蹿，鸡们一群群在场上转。许多人家养了狗，秋收时节狗们都派上了用处，拴到地头上，“汪汪”一叫，吓唬野物。

老县城是狩猎之城。

老县城的居民世代久居深山，过去户户以狩猎为生，安夹下套挖陷阱个个是高手。三官庙、大鼓坪的住户谈起老县城的猎人，无不敬佩，大有老县城的猎人才是真正的猎人之认定。佛坪的人说，要说狩猎，在整个陕南地区老县城是“高精尖”，老县城的猎人把套子甚至放到了西河，放到了三官庙，涉猎的范围大极了。

老县城的人对野兽的套路太熟悉了，就像熟悉自家的猫儿狗儿。

80 年代，我在佛坪保护区采访，佛坪的科研人员在周至境内的鲁班寨拍羚牛专题片。一伙人在高山上等了几天，好不容易等着一大群牛奔过来了，大家都很兴奋，做好了拍摄准备，突然那群牛转了向，呼啦啦转往别处去了。人们正奇怪，见大石头后面转出一个人来，紧接着又出来几个，都是老县城的山民。这些人手里拿着砍刀，拿着祭奠山神的黄表纸，拎着钢丝圈，到这边放套子来了，硬将一群羚牛惊跑了。这边的科研人员非常恼火，等了几天的事让几个“闲打浪”给搅了，下面再等一个月也不准有这样的机会。他们将这些人扣了，当下拉到照相机前一个个照相备案，把那些套子全部没收，一通教训，让从原路回去。对这些农民你能怎么样呢？我曾开玩笑跟“佛保”的人说，那些山民大概是头一次让人照相，心里不定有多美呢。背后是青山绿水、蓝天白云，哪儿找这么好的景致啊，没跟你们要照片就是很客气了。佛坪保护区的人告诉我，他们在老县城一个山民身上，一下就搜出八个麝香包，了得！那些人当时全被记录在案，我后来到了老县城，将案上那些人在心里一一印证，好家伙，都是老县城的“精英”！

这一地区狩猎的主要对象是林麝，取麝香，能卖大钱。所用工具是普通的钢丝，窝成一个活套，搁在林麝的必经之路上，麝一过此地，就钻入事先安好的套，越挣扎活扣越紧，根本跑不了。其实道理很简单，主要是经验，看好了麝的行走路线，一套一个准。

一根钢丝，连诱饵都不用，真正的“空手套白狼”。

我还看到过生铁打造的兽夹子，很厚重，有齿状的咬合，夹到谁的腿，必然是粉碎性骨折。夹子的力度很大，至少我是没有力气将它掰开，它的模样丑陋，它存在的本身，就充满着杀机和血腥，让人望而生畏。

勇猛强悍，冷峻凶狠，是老县城人性格的另一个方面。他们有着猎人在鲜血与尸体面前不动声色的沉稳，有着常人不具备的耐性和冷静。过去老县城的人猎过熊猫，他们吃过熊猫的肉，也并没有感到什么不安和内疚。当然，那时候保护大熊猫的政策还没有出台，在他们眼里，熊猫和山里的兔子是一个档次，不过是数量的多少而已。

保护区的巡护员告诉我，老县城的猎手是真正的猎手，包括书记、村长在内，都是打猎的行家，他们现在不打就是了。过去，套着麝，将麝香包一割，顺手将肉剥了，架在火上烤，自家带着米，带着苞谷酒，有吃有喝，那叫舒坦，比我们现在巡护员滋润，我们现在只有干馍和咸菜。

反盗猎，对保护区来说，是个永无休止的话题，是要花大精力与之作不懈斗争的工作重点。

70 年代甚至更早的时候，山里人并没有多么浓厚的经济意识，猎杀完全是为了满足生活所需。我看到了《最后的熊猫》书上的一份对大熊猫盗猎者的审问记录：

法官：你做什么职业？

冷志中：在卧龙种田。

法官：你用什么方法杀死熊猫？

冷：绳索陷阱。

法官：绳子是哪儿来的？

冷：从桥上割下来的。

法官：你设了多少个陷阱？

冷：六七十个。

法官：你想捕什么野兽？

冷：麝香鹿，还有野猪。

法官：说说你发现熊猫的经过。

冷：我看见了雪地里的脚印，起先我还以为是人。然后我发现熊猫就勒死了。我知道杀熊猫是不对的，我想把这件事情瞒起来。我用刀切下脚；然后我把身子刨开，拿出内脏。我把这些都藏在林子里，最后我把皮和肉带走了。

法官：你有没有看到尸体上有什么特别的地方？

冷：一个无线电项圈。

法官：你把它怎么办？

冷：我把它割断，藏在岩石下面。

法官：你把肉怎么办了？

冷：我带回家，我老婆用萝卜炖它，我们吃了一些。味道不好，所以我们就拿它喂猪。我还送了一些给我妹妹。

在这里，我们首先感到的是狩猎者的愚昧与落后，这使我们在为大熊猫惋惜的同时也为农民的无知而叹息。熊猫肉炖大萝卜，也就是这样的人能做得出来。70 年代对中国动植物保护来说，尚算不得全面展开，随着经济的发展，随着人们商品意识的增强，随着某些人道德品质的逐渐沦丧，人们对大熊猫，对珍贵野生动物的捕杀已经变得有目的、有计划、有组织。在金钱的驱使下，什么都可以杀害，包括大熊猫，也包括人。

1988 年 4 月 7 日《纽约时报》报道：中国以非法杀害大熊猫的罪名逮捕了 203 人，没收了 146 张熊猫皮，熊猫皮在香港和日本可以售得高价。

1987 年，最高法院宣布，非法杀害熊猫，私自出售熊猫皮，至少判刑十年，甚至可判无期徒刑或死刑。掉脑袋应该说是再严重不过的事了，但这也无法阻止盗猎的现象。《公安报》报道，有一名盗猎者告诉警察，我一辈子都赚不了那么多钱，即使冒生命危险也值得。要不是被你们抓到，我就成大富翁了。

为了钱，盗猎者铤而走险，在秦岭制造了一起特大血案。

2000 年 12 月，全国第三次大熊猫调查工作在秦岭地区紧张进行着。老县城保护区抽调了李翔风、王院龙、许永永、李东群四个人参加全国调查。12 月 16 日，在佛坪保护区龙潭保护站的调查小组跟往常一样，上山调查这一地区大熊猫的生存状况和数量。来自全国各地的组员在沟口分成若干小组，先分头进行调查，然后再汇总情况。

佛坪保护区的赵俊军和太白保护区的李先敏被分到了一组，两个人沿着龙王桥沟往山梁上走，山上雪很厚，气温在零度以下，环境非常艰苦。很快，他们发现了熊猫的新鲜粪便，两人一边追寻着踪迹，一边搜集着数据，走着走着，竟然来到了一个棚子跟前。老林子里怎会有这样的“建筑”，两个人好奇地站在棚口往里面望，只见棚子的地上搁着一条羚牛腿，无疑这是盗猎者安置的机关。小赵毕竟年轻，没有经验，他决定靠近看个仔细，就在他抬脚迈进棚子的刹那，整个棚子塌落下来，二十余块二三百斤的大石头从上面砸下来，将赵俊军严严实实地砸在下面。石头落下来的时候，赵俊军狠命推了旁边的李先敏一把，李先敏身子一歪，上半身躲过，下边一条腿让层层落石压在了底下。赵俊军连哼也没哼一声，在石头堆里没了声息。李先敏疼昏过去，许久醒来，下半身已动弹不得，叫了几声赵俊军，不见回音，就拼着命呼喊救命。

喊声被对面梁上搞调查的队员听到了，他们赶紧放下手里的工作，先下沟，再上坡，往发出呼救的地方赶。赶到这边梁上，又听不见声音了，他们大声喊着两个人的名字，没有反应，找了半天也找不到人，只好跑回保护站求援。

保护站技术员党高第立即带人上山搜寻，陕西省大熊猫调查队负责人金学林、雍严格一边通过电台向上级汇报情况，一边组织村民、队员上山寻找，终于在晚上九点钟，才发现了“大砸”的地点。

大家赶快将大石头搬开，先救出来的是李先敏，他已奄奄一息，由于天气寒冷，身负重伤，加之被压了十几个小时，已全然不知自己是死是活。他的一条腿已经碎了，现场的人谁都知道，他这条腿是保不住了。赵俊军是后被挖出来的，几十块石头砸在身上，他几乎成了肉饼。看得出，石头砸下来的时候，他本能地想保护自己，身背工作包的他，呈半蹲姿势，头、脸被压挤在膝盖上，舌头也被砸出来了，全身骨头没有几根是完整的，一只脚被压入泥土，深约五公分。

现场惨不忍睹，看见的人没有不落泪的。

山民们不说话，调查队员们悲痛万分。

这就是震惊佛坪、震惊全国的“12·16‘千斤砸’案件”，是盗猎者直接向动物保护者的宣战。

“千斤砸”，这一古老、笨重又科学的大型捕猎工具在秦岭山区已经绝迹了二十多年，如今又出现了。所谓“千斤砸”就是用二三米长的木棍十余根，用钢丝捆成井字形木架，采用踏板原理支撑，内设触发机关，上压千斤石头，专门用来捕获大型野生动物的工具。

据说破这个案子相当艰难，当地老乡一口否认在此设过机关，并说这样凶险残忍的捕杀非本地老乡所为，谁都知道国家正在秦岭搞“猫调”，不可能干这样的事……公安部门动员大家仔细回想前后的可疑线索，有两个巡护队员回忆起月初巡视回来，在蔡家沟遇见过两个外地人，都在三十岁左右，背着牛仔包，拿着斧子，说是佛坪10亩地的人，到药坝来找活干。公安部门认为这是一个线索，就找到10亩地，10亩地在佛坪东北，与宁陕、石泉县接近。经过一番化装侦察，查清了10亩地有个叫见用林的，他长期安夹下套猎捕野生动物。见用林在汤坪镇有个师傅姓何，叫何老大，何老大常年以狩猎为生，和他兄弟何老二两人平时游手好闲，不务正业，年龄虽然不大，但都是有经验的老猎手。根据人们对何家哥儿俩的描述，很像是巡护员在山里看见的那两个人。

侦察员化装成收天麻的客商，来到汤泉镇，从侧面了解，何家兄弟俩已不知去向。侦察员通过暗线，摸底调查，终于摸清了何老大在太白金矿打工的消息，便赶到太白金矿，在一采矿点将罪犯嫌疑人何老大抓获。后来接到耳目密报，说何老二有可能流窜到铜川某煤矿。抓捕小组立即赶到铜川的照金镇，制定了抓捕计划，准备晚上十点将何老二抓获。到了煤矿他们才发现，这里的民工居住比较分散，并且抓捕小组谁也不认识何老二，在夜晚，仅凭身份证上一张十年前的扫描照片，困难很大。何老二是个生性多疑的人，他凭感觉已经察出有些不对头，公安人员追查到他的住处时，他撒腿就往山上跑。干警们也一齐扑出，七八个手电筒一齐照向逃跑的何老二。干警边追边喊："站住！""站住！"何老二根本不听，依旧跑，开始胡钻。干警鸣枪示警，何老二听到枪声，一头跌进长满刺槐的山沟里，被擒。

这两个人，在1999年5月至2000年12月，先后五次非法进入佛坪自然保护区，在保护区内设置"千斤砸"八处，安放钢丝猎套五十余根，猎杀国家一级保护动物羚牛四头，二级保护野生动物黑熊一头、苏门羚两头、林麝一头；一般野生动物野猪两头、毛冠鹿一头、豪猪一头；设置的"千斤砸"致全国第三次大熊猫调查队员一人死亡，一人重伤。

何老二被判无期，何老大被判死缓。

盗猎者，真让人恨之入骨！

老县城位于各保护区中心，我问过保护区主任，保护区内有没有偷猎现象。主任向我郑重表示，在老县城保护区范围内，保证没有一个夹子，没有一个套子。我对其他保护区的人说老县城没有安夹设套的，他们说不可能，有才是正常，没有反而不正常，成立保护区的目的就是将来取消保护区。但是老县城保护区主任仍旧坚定保证他的保护区内没有盗猎者，保护站的两个站长也说没有。问到山上帮助巡视的志愿者和搞熊猫调查的队员，也说在老县城区内没见任何盗猎痕迹。我想起当年老县城那些被人家记录在案的“精英”们，总觉得不可思议。

金盆洗手，竟然洗得这样彻底？

后来我几次上山，也的确没有看到夹套，也就是说狩猎的中心改了风气，变狩为护了。我问何麦成，这是怎么回事。他对我说，靠宣传教育，靠觉悟。

我听着这个结论不踏实，让他说仔细点儿。何麦成说，老县城人少，就几户人，谁今天进了山，走的哪条道，去干什么保护区的人都清清楚楚。何麦成说，我们不上山的时候就在村里转，你别以为是瞎转，我们心里明白得很呢。保护区刚成立时，“精英”们也不是那么听话，祖上千百年传下的营生一时哪里丢得下？1997 年，村里的张达化在易家坪放了一个套，目的是套吃他庄稼的野猪，不知怎的却套了一只苏门羚。保护区抓住这件事，罚了张达化 300 块钱，还要写出检讨。300 块，对山里农民来说不是个小数，掏得心疼啊！可保护站毫不通融，一分不能少，平时很熟稔的哥们儿，这会儿谁也不认识谁了。张达化交了钱，保护站对他说，我们不白收你的钱，也委任你个负责人干干，就让你当村里的检查员，山上如果发现套子，立即来报告，不报告，就是你干的，就再罚 300 元。

这主意也就是精明的何麦成想得出，张达化骑虎难下，只得硬着头皮“上任”，发现了情况就来报告，发现了情况就来报告……村里就这几个人，一查一个准，后来再没人干了。主要是大家觉得没意思，划不来。

老县城区域相对封闭，比较好管理，进区只有城北面、城东面和城西面三条道。城北秦岭大梁顶上有车路，是进入保护区的主路，有专人把守，外边人进入需登记。城东安置了最东头的王三泉家，城西安排了张金科家，一家搁一个本，凡是从这儿路过的，一律要登记，从源头上有效地控制了区内流动人口的进出和管理。我问何站长，给这两家什么报酬。何站长说，到年底下一家给他们提个挂历就行了。送挂历的时候，他们一家还要管我们一顿饭呢。

狩猎的人加入了保护的行列，老县城人对野生动物的理解比别处更深刻，他们对山上的野物很熟悉，哪块地界是某只黑熊的领地，哪个岩洞是某个母熊猫育崽的巢，三群金丝猴的界线划定从哪儿到哪儿，野猪通常从哪条路线下来捣乱……

2002 年 3 月，村东头三泉的媳妇跑来说，沟里有只金丝猴不行了。巡护员李育鹏跟过去看，看见一只老猴躺在地上，已经昏迷，赶紧抱到三泉家，用盐水往嘴里灌，已经张不开嘴，后来不到一个时辰就死了。李育鹏说，那个猴太老了，老得一颗牙也没有了……有人在都督门也发现一只金丝猴，报告保护站，王亚平用背篓背了回来，是只雄猴，很老了，喂洋芋，喂苹果，不吃，最后咽了气。

就是说，老县城的人已经有了自觉的动物保护意识。这个原本就与山林融为一体的村落，更深地融入了大山。

# 后　记　感念这方净土

将《老县城》稿件交到老朋友牛志强手中的时候正值仲春，窗外桃红柳绿，细雨霏霏，是北京难得的湿润春天。在东城的一个饭馆里，我们说了很多环保的话，说了很多生态的话，说得最多的是秦岭的动物们，都与作家和编辑无关，与周围的红男绿女无关。在感叹生态保护的迫切性的同时，我们没有想到，“非典”已经在北京，在我们周围张开翅膀，将众多生命笼罩在它的阴影之中。

从北京回来的第二天我住进了医院，不是“非典”，却让我体验到“非典”时期的医院状况。短短一个半月，“非典”在广州、在北京、在全国以至全世界闹得沸沸扬扬，几乎到了谈“典”色变的程度。我住的病院里，但得能过得去的病人纷纷出院。有史以来医院里出现了出奇的清静，大部分病房空空荡荡，留下的病人或是固执，或是无奈，默默地坚守着自己的病床。医护人员小心谨慎，工作一丝不苟的同时，口罩在层层加厚。我孤寂地躺在床上，臂上吊着瓶子，终日望着天花板发呆，房顶上几点水渍几点黑斑已心中有数；没有探视者，医院被列为劝阻人们少来的“是非之地”。有领导作为“任务”

礼貌性地在床头一站，便匆匆离去，竟也感动得我数小时心情不能平静；手机所能收到的信息几乎全是有关“非典”的小段子，一时好像全国的人都成了“段子作家”，不能串门聊天，就在手机上开开玩笑，博得朋友一笑；护士一天四次，往病房的角角落落喷洒“84 消毒液”，包括桌椅板凳和床头的鲜花，凡是手能触摸到的地方永远散发着酸叽叽的气息，让人脑涨头昏；窗户老开着，无论下雨刮风，空气随时畅通无阻……有一天，我想逛逛商店，从医院偷跑出来，一头钻进出租车。司机看见我的出处，窥见我手上埋藏的输液针头，警惕地盘问我发不发烧，是什么病症，嘴里叽里咕噜态度十分不友好。我说，你拉不拉，不拉我投诉你，他才极不情愿地发动了车。我晃进了商场，偌大商店竟寥寥数人，营业员们都戴着口罩，跟顾客保持着距离，让人时刻想起“敬而远之”这个不太常用的词汇。

一个“非典”，把人们的生活搅乱了。

这是一场谁也没有预料到的灾难。

不少人有种感觉，它可能和生态的不平衡有关。

5 月 23 日，深圳市疾病预防控制中心和香港大学宣布，SARS 病毒与野生动物关系密切。他们从六只果子狸标本中分离到三株 SARS 样病毒，基因分析显示，该 SARS 样病毒是人类 SARS 病毒的前体。有科学家继续提出，病毒在猫、猴、鼠、蛇等动物身上同样存在。在广东河源、佛山、中山最初发现的 SARS 病人中，多数有野生动物接触史。那个被称为 SARS 首发的全国第一例病人某先生，就是经营野味餐饮的厨师。于是，喜欢矫枉过正的中国人立即谈狸色变，餐桌上 90 元一斤的果子狸一下跌价，无人再敢问津。许多人工饲养的果子狸被大肆虐杀，保命在此时是第一位的。SARS没被发现时，果子狸会被人吃掉；发现了SARS，果子狸会被人杀了扔掉；这个自然界的小小生灵，它招谁惹谁了！

果子狸是个平和内敛的灵猫科小动物，之所以成为美味佳肴，是它名字中的“果子”两个字害了它，这个名字明确告诉人们，它是吃果子的。由果子人们联想到用果树枝烤出的北京烤鸭，之所以好吃是因为有种果木的甜香。外在的力能使鸭子成为美味，何况自己吃果子，将果子之香与自己的肉融为一体的狸。果子狸由此而遭难。殊不知，果子狸吃果子极少，深山里并没有许多的苹果、鸭梨等着它将自己的肉豢养得充溢着果香。严酷的生存环境，逼得它吃老鼠，吃青蛙，吃树叶，吃虫子，吃一切让人类恶心不能接受的东西……但是人却赋予了它一个充满食欲、使人垂涎欲滴的名字。命名的本身就具备了居心叵测、杀机暗含的野心。傻乎乎的狸成了无辜，上了大当。

果子狸是SARS的元凶？

那个有着一双闪亮大眼睛、一个肉乎乎小黑鼻子的笨拙小家伙，会是元凶？将被赶尽杀绝?!

愿苍天有眼！

果子狸于我们并不陌生，小时候，常见母亲责怪地点着孩子的脑袋说，这张小脸，脏得花狸虎似的。“花狸虎”何许物也？果子狸是也。黑脸白鼻梁，眼下、耳前、眉毛都有斑，颇似京剧的丑。憨傻胆小，性格死犟，一条道走到黑，不撞南墙不回头，撞了南墙也不回头。上世纪80年代，我在西安动物园采访，第一次见到果子狸。黑褐的身体，尖尖的牙齿，见人羞得抬不起头。当时，饲养员正在笼里清扫笼舍，果子狸不知是为了讨好还是为了躲避，顺着柱子往梁上爬，笨手笨脚地爬，“嘭”地掉了下来，打个滚，再爬，再掉下来，砸在饲养员身上……

秦岭山地是果子狸的故乡，也是偷猎贩运野生动物的货源地。自然保护区的范围有限，更广袤的山地实则处于防不胜防的状态。一条幽暗神秘的贩卖野生动物的走廊，越过秦岭南下，到武汉，到广州，直达各个酒楼饭庄。有人估计，全国餐桌上的野生动物，有三分之一是在广东被吃掉的。野猪、狗熊、麂子、娃娃鱼，果子狸是野味中的主打。山中有捕狸高手，有贩狸专业户，有外来收购者，流水线，一条龙，俨然有序，针插不进，水泼不出，于不露声色中发财致富。果子狸不是国家级保护动物，在2003年5月国家林业局发出“停止捕售野生动物，对养殖野生动物场所实行全面监控”的紧急通知之前，尚没有引起有关部门的重视，于是出了问题。

这才是真正的因嘴伤身。

值得欣喜的是，中国有位叫刘广伟的厨师，号召全国同行开展了一个“百万中餐职业厨师拒烹珍稀野生动植物”的活动，“到目前为止，内地31个省、自治区、直辖市以及港澳台地区3000多名厨师填写了‘绿色厨艺大使’的申报表，共发展厨师签名24万个。”（《采风报》）这无疑是野生动物的福音，也是人类的福音。无论是散在于山林的还是人工豢养的果子狸们应该是松了一口气。

…………

秦岭山地，老县城周边，远离着城市，却又与城市紧密相连，这里的每一个细微变化，都会成为生态环保的警示和焦点。2002年6月的一场大水，使佛坪损失惨重，岳坝乡的乡长在灾害中壮烈牺牲。时隔不久，紧接而来的又是一场山火，将县级领导在内的九名干部吞噬于烈焰之中。水火交加，人们惊愕地问：秦岭是怎么了？

是大自然的惩罚还是老天爷的报复，我们究竟得罪了谁？

十数年来，我有幸接触了这片山林，亲近了山中的百姓和生灵，这是作为陕西作家得天独厚的条件。我们有这样的地域，值得我们去探索，去记录，让世人了解它，喜爱它。1998年，我最初向省作家协会提出到秦岭山地深入生活的申请，当时只抱着探访未知领域的新鲜，而绝没有后来的观念冲撞与思想沉重。倘若我能预料到这种结局，我会早些进入这个领域。三年的老县城生活，使我思考了许多写作之外的事情，作家不过是一个职业，一种发言的形式，一种生存方式的载体，与自然的博大精深相比，如同沧海一粟。我们能知道的，能做到的实在太少。今年初，我接到西安市委组织部的第二次任命，继续在周至挂职一届，这就意味着我在这里可以再滞留五年。五年后，我已经接近退休年龄了，退休后大概再不能离开这片山地，如同熟识的朋友，彼此已经相识相知，如同相融的亲人，彼此已经难舍难分……

在《老县城》成书的过程中，我应该感激的是西安市委的主要领导和组织部门的同志。他们给了我极大的支持和方便，这种理解是对文化的理解，对秦岭山地的尊重，也是他们对这片山林的关注和热爱。没有他们，我的写作计划不会完成。我常对文学界的朋友们说，成为西安的作家是我的幸运，也是我的福气，我感谢命运对我的厚爱。

西安文联是我“领工资的地方”，我常常抱愧于她，不知自己为她究竟做了什么。我周围有一批无声无息默默为我做着各样工作的同事，收发、财务、清洁……琐碎又麻烦，他们是极普通的人，你在任何报纸、杂志上也不会找到他们的名字，永远不会。但是他们托着你，让你踩在他们的肩上，任劳任怨地抬举着你。文联书记对我说，叶广芩你什么也不要管，什么也不要想，你就想着怎么把你的小说写好，其他的事我们来干。我还能说什么，我还有什么理由不拿出全部精力来干文学这件事情！在一群爱我的和我爱的人当中，我有种如鱼得水的舒展与洒脱。在我长期的挂职岁月中，他们是我的大本营，是我安静充实的后方基地。我不能设想，没有西安文联兜底，我从深山返回城市时会是怎样的惶惑，怎样的飘浮，怎样的无所依托。

周至是关中文化大县，古有“金周至”之称。百姓多是元朝骑兵的后裔，至今仍有马营、骆驼营、团标、阿岔、军寨等与兵阵和蒙古语相关的大量村庄存留。乡亲们刚毅直率，动辄便“抄家伙”，文明礼貌固有讲究的必要，基因的遗传也不能忽视。常有高颧细眼、狭额阔嘴的蒙古样汉子蹲在屋墙下端老碗，操秦音，直喉大嗓，百分之百的舍我其谁。一问，竟是周至八百年前的土著，让人惊叹忽必烈的征战大概是在昨天。我应该感念的是周至县委的容纳，他们没有把我当“外人”，无论是对我工作的支持，还是对生活的关照，都是极到位的。挂职之前，有朋友告诉我，乡下的干部从村到县，全部“黑完了”，让我一下来便怀了警惕与小心。的确，我们的文学工作者写了大量有关县级和乡镇一级干部的文学作品，不知是哪里错了位，给人的印象是这些干部大部分属于贪污腐化之徒，欺压百姓、鱼肉乡里是司空见惯的事，实在挑不出毛病的也要开出一朵“男女关系”的小艳花。这实在是应该纠正的。坏的自然也有，一口袋豆子里还有些个瘪壳的呢，何况是一群人。好的毕竟是大多数，谨慎、敬业、努力、清贫是他们的主体。县委书记的工资是最高的，每月各种补贴加上也只有1200元，这是西部地区的平均水平。

在整个县委领导班子中，我的工资是最高的，年龄是最大的，而我的工作经验是最缺的，什么也不会干，什么也干不了。郭学民县长让我领着一帮人去干扩路拆房的事情，竟吓得我半宿睡不着觉。因为听说这是件很麻烦的工作，拆迁户抱腿的、磕头的、躺在路当中横陈的，掂着铁锹准备拼命的，很是难对付，不是我这文人能胜任得了的。后来听说是县长故意吓唬我，跟我开玩笑，一块石头才落了地。对待这一班人，我常常产生一种大姐般的心态，深感兄弟们为官一方的不易。在严寒的冬日，在没有暖气的房间里，常委会议往往开到半夜，除了开水，没有别的供应。脚冻得丝丝拉拉地疼，鼻子流着清鼻涕，心内难免有种酸涩溢出，暗暗地嘱咐自己，记住他们，这是我生命历程中难得的同伴。百年之后，我们都不存在了，但是这一刻将在时空的点上永存。

老县城村和老县城大熊猫保护站是我蹲点的地方，人质朴，经济落后，却是生存的另一洞天。有几次，我从老县城直赴日本广岛，从广岛又直回老县城，从贫穷的谷底直上现代的峰巅，瞬间的变化让人体验到差距的存在。这种撞击是审视彼此的最佳角度，它让人感到地球是个完整的圆，老县城是起点也是终点。严格说，世间没有绝对的贫穷与富裕，没有绝对的落后与先进。老县城抛弃的，正是广岛人追求的；老县城向往的，正是广岛人厌烦的。每小时240公里的新干线，与蜿蜒崎岖的傥骆道完全可以通过海陆空衔接。生活的丰富多彩，生命的延续与张扬，在任何地方都是相同的，没有质的差别。

我会永远怀念为研究大熊猫曾经和我一起在密林里穿行的国内外动物研究专家、世界野生动物基金会的官员。怀念保护站的同志和山里普通的百姓，感谢他们为我所做的一切。我忘不了，背工们背着我的行囊，艰难地攀登在第四纪冰川的遗迹上，我空着手远远地落在最后；在体会到“不公平”的同时，更体会到他们的可敬可爱。这是真正的父老乡亲。没有保护站的支持，没有站上巡护员相伴，我大概在深山里待不下去。记得元旦时节，保护站用从山下拉来的有限柴油发了几个小时电，点亮了站上所有的灯和那台没有天线的模糊的电视。电视里直播着维也纳金色大厅的新年音乐会，电视前面的巡护员和山民竟也是一脸的庄严。

我想念行走于傥骆道途中，那一个个接力赛般传递我的向导。他们中有些已经不在人世了，有些仍旧在山中默默地生存着；他们的名字大多被我忘记，就是再见，也多为陌生。但是他们曾经真诚地帮助过我，教给我野外生存的知识，为我提供过方便，在漫长山道上为我排除孤独寂寞。应该感念的还有我在周至的文化朋友们，他们无偿为我提供了许多难得的材料，甚至放下手中的工作，陪我考察傥骆道的重点路段，吃尽苦头，任劳任怨，凭的是对文化的执着和对友谊的看重。在文学造诣上，很难说孰高孰低，孰上孰下；在民间文化、民俗风情上，我承认，他们都是我的先生。2003年，春笋初发的时候，这些朋友在自家的竹林里，为我的作品开了一个别开生面的研讨会。到会者三十余人，完全是自发，无论是县委书记还是村长，无论是企业家还是农民，大家一律的小板凳，环绕而坐，谈我的“老县城”，谈我的“傥骆道”和“大宅门”及其他作品。从文以来，我没有参加过自己的任何作品研讨会，这是第一次。农民们为我开的研讨会，我必须参加。也管饭，是主家的捞面，一人一大碗，拌着园里的青菜和油泼辣子，毫不做作，人人吃得热烈而认真。正如谈论我的作品，说的都是实话，那些话实在得像手里的油泼面一样禁饿。他们是《老县城》这本书的基垫，是我的主心骨，有他们在，我不愁写不出这本书。

2003年6月于周至楼观台

（《后记》文字有所删节——编者）

## 又进青木川

地震后今天的青木川是什么模样？

今年在油菜花盛开时节，我又走进了青木川。

同行有省人大科教文卫的同志们，调研的是抗震救灾的立法问题。依惯例我们先到了宁强县，想的是从县城往西直插青木川，这条便捷的公路一度成为这几年旅游的热线。可是我们被告知，必须走老路，从宁强返回大安，从大安再到阳平关，过燕子砭，再到青木川。那条近路因为搞建筑，行走重车，已经毁坏殆尽，不能通行了。只好又走上了当年初进青木川的老路，沿着金牛古道往回折，道路迂回盘绕，上上下下，人在车中如豆子般地摇。

行走两个多小时，车近青木川，沿途多是运建筑材料的大车，腾起的尘土使路边的草木变得眉目不清。路右侧有青木川玉泉坝小学，正在建设中，地震时两栋楼震坏了，省人大支援了 100 万，落地重修，说是今年 4 月完工。路左边有政府和香港红十字会援建的搬迁户移民点，几排整齐平房，四室一厅，院后有灶房、猪圈、沼气池，一应俱全。盖房子每户补贴 3.5 万，其余部分自己筹集。我注意到，房子盖得很结实，与传统方式不同，里面加上了不少钢筋，用的都是外地拉来的红砖，不再是本地土坯和简易水泥砖。房子盖成，香港人要过来验收，不合格不给钱。想起地震时和作协的同志们到这里采访，在不远处看到一处处震塌的房屋，看到焦虑愁苦的乡亲，总是有些无着无落的凄惶。现在好了，那些塌了房的张家李家在不久的将来就会住上新居，心里觉得很欣慰踏实。

青木川的新街上已不能走车，被沙石砖料堵塞，几乎家家都在修整房子，一场地震，青木川可以说没有一间不受到破坏的房屋了。魏辅唐的新旧宅院已经修饰完毕，坍塌的屋顶墙壁恢复了旧貌，雕花的窗棂刚刷过桐油，墙砖也将作假的青灰剥去，做了旧。当地文物局长告诉我，这次修整老宅，发现了魏辅唐藏物的暗楼，楼上足有三大间。上楼的梯子是装在楼板上的，不用时往上一推，与楼板混成一体，谁也发现不了。我上去看了看那暗室，明亮干燥，倒是藏匿大烟、枪械的绝佳所在。这个老魏，鬼得很！

恢复最迅速的是辅仁中学，地震期间墙裂檩斜的大礼堂已经面目一新，“凤凰舞台”的匾额高挂在正中，巴洛克浮雕的柱子站立在舞台两侧……地震期间我曾经和辅仁中学周校长有过一次会晤，他为学校没有一名师生伤亡感到庆幸。这次见了我们，激动地把大家领到正在兴建的操场，展示学校明天的远景。他指着几次修好又震坏的办公室对大家说，这个房间就是小说里女校长谢静仪的住处，现在是我在使用，小说里边的邱校长就是我……我看见办公楼前有一堆被压挤得变了形，沾满泥浆的铁架子床，大约是从震塌的房间里刨出来的，我说，把这些床留着吧，也让将来的人看看地震给学校造成了什么样的损害。

老街上也到处在修房盖房，文物局的同志坐镇青木川，监督街上住户在改造房屋内里结构的同时，必须保证外表民国时代的古旧风貌不得随意更改。街上，那些木窗板门再次被安装上来，原先贴过瓷砖的被责令铲除，没有谁提出不同意见。青木川的人不傻，他们很知道要抓住这次机遇，坏事变好事，修整过的青木川将是一个充满历史韵味，古色古香的文化小镇，越有味越能和经济效益挂钩。我看到，墙上那些历史标语仍旧被保留着，改建的房屋做了旧，标语也按原样做了旧。难得的是在一家院里的雕花窗棂上，修缮中竟然发现了六十多年前的标语，“抗战必胜”。六十多年前雕这窗户的人是怎样一种心劲儿，让人揣摩，让人感动。

地震使青木川牵动了不少人的心，我在震中，亲眼目睹了几个西安年轻人，用自己的小车拉了满满几车东西，顶着骄阳送到了青木川镇政府。镇上干部将他们送的物品认真登记了，手续交接完毕，几个人转身往回走，连口水也没有喝，遗憾的是我当时竟然忘记了问他们的姓名。但这件事一直搁在我的心里，每每想起，心头便热乎乎的。在震后的重建中，全国各地各方面支援青木川约5000万人民币，“知恩图报”大概从徐钟德由四川大学返回家乡时便形成了风气，今天的青木川人自然不会忘记这一点。

因为搞建设，农家乐的营业基本停了。我问马上临近“五一”，镇上有无能力接待游客，干部们摇摇头，说以目前这模样，这道路，怕是要让游人吃苦了。我问什么时候能行，他们说得明年。我明白，游客此时到青木川便是添乱。但我也觉得，看看地震后的青木川，看看建设中的青木川，未必会让人失望，就像看到一个闭门梳妆的女子，也是一种难得。老街上店铺依旧开着，廊桥上的集依旧按日子摆着，魏辅唐的少校参谋主任依旧在老暗的柜台后面给人在《青木川》书后签着字，桥下的河水依旧哗哗地流着……

青木川，一本翻不尽的书。

## 回周至

汽车从涝峪下高速，开上了沿山公路，秦岭如同一幅优美画卷，依次在眼前展开。山川依旧，山路依旧，山风依旧。这条走了八九年的路，我对它永远充满憧憬，充满激情，充满无限的依恋。

从 2000 年到 2008 年，我在这里工作了整整八个年头。八年，于一生来说是个不短的时光，我们的一辈子能有几个八年呢？我把周至看成是承载我生命历程，存留人生记忆的重要地方。俗话说，人有双重父母，两处家乡，对外人言说故乡的时候我常常说起北京和周至。活了多少年，在周至我才学会了如何理解脚下这片土地，理解了容纳接收我的西安。周至洗净了我的心肺，让我以平和的、生命的、包容的视角贴近生活，审视人生，这份恩情无以为报。

现在离开周至已经五年了，这次周至的朋友让我回去看看，这是必须的。我怀念他们的每一份友情，怀念那些豆架瓜棚，怀念那些清风明月，怀念那简陋略显苍白的街道。

天下着小雨，窗外的景物湿润清爽。车在 108 国道上行驶，道路两边已是绿树成荫，花草摇曳，宽展的六车道一马平川地畅快，一改往日的憋屈坑洼，现在我已经认不出它了。这条道曾经是中国的战略命脉，为了修建它，周至人付出了血汗的代价，问及五十岁以上的周至人，哪个没在这条线路上抡过锹推过土拉过石头？这条连接着厚畛子、老县城，连接着秦岭腹地的必经之路，凝结了周至人在那个时代几乎全部的苦力和心劲儿。80 年代从周至南关出城到马召镇进山，关中平原南部由此而终结。沙石的路面，巨坑相连，猪狗相逐，尘土飞扬，实实让人怵头极了。一年又一年，周至人一遍遍地改造它。我也一次次地走过它，这条繁忙的进山之路，常常的不尽如人意。曾几何时，它彻底变了模样，如今它的美丽整齐是空前的，一排六车道，中间有花栏，两旁有街灯，那些装饰、那些造型，那些休憩之地，无不透出现代气息，考究、大方、从容、别致，透出了周至人在关中地域特殊的性情——豪爽、坦诚、坚韧、不俗。

周至人将这条道路自豪地称为“金周大道”。

路边有大片的水面，碧波荡漾，绿柳依依，细雨中别有风韵。我问这片美水来自何方，周至人说来自骆峪水库，叫沙河。目前他们正在建造沙河水街，建成后这里将被列入中国最长水街之一。

我知道脚下这片水域的过去，那是一条平时永远干涸，大雨必定发水的臭河沟，壅塞的垃圾臭气熏天，汽车过此要关上车窗，行人过此要掩鼻奔跑……谁也拿它没办法。

我指着清波涟漪的湖水问那些垃圾哪儿去了，建设者说都用大卡车运到垃圾填埋场去了，他们日夜不停，整整运了两个月。

我很想过去拉拉这位建设者的手，盩山厔水的县城拒绝垃圾堆，骆峪清水给喧嚣的县城带来了恬静和安宁，水街是今人留给人间的信物。一湖清水，贮藏了周至人的信念、激情、梦想、愿望。凭借沙河之水的改造，点化了人们回归自然的天性；随着绿水青山，我们走向人间天堂。

离开周至才几年，街道的变化也让我目不暇接。我在周至期间是县里经济发展的窘迫时节，每年财政收入3000万，干部发不出工资，一月月地欠着。记得我到老县城和青木川周边去做调查，一行三人，给5000元，包括汽车油钱在内的所有花销。就这5000元还是打了书面报告经过县财政局特批，破了天荒的。捉襟见肘的费用，让我们一分一分抠着花，连复印资料也是将小块的拼凑成一张一并复印，省钱。吃饭自掏腰包，没有补贴；住宿基本靠熟人，能蹭就蹭。我曾经在青木川镇书记宿办合一的办公室睡过几个晚上，至于书记本人，到外头去挤吧，他在这里比我有本事。

真所谓“穷并快乐着”。

收入3000万的县委，会议室没有暖气，一溜平房，常委会每周晚上政治学习一次，会议也多安排在晚上。不知多少个冬日的深夜，我跟他们坐在四面透风的会议室里，脚冻得生疼，吸溜着鼻涕，讨论着周至县的一二三四。小干事不断地给大家的杯子里倒开水，我多用它来暖手，因为手已经麻木。看着日光灯下围桌而坐的一张张年轻的、不年轻的脸，我常常的跑神。我想人生中于这样的时刻大概不多，我应该记住他们，他们是我周至的同事，在这寒冷的冬夜，在秦岭的北麓，这间简陋的会议室。老鼠咚咚地从头顶跑过，硬风将窗外的树梢压得很低……

问及周至现在的收入，说已经达到年2.1个亿。我惊奇得说不出话来，这是几年前想也不敢想的数字。老旧的会议室已经不复存在，取而代之的是正在建设的高楼。问及我曾经的办公室，说是顶棚塌了，成了危房，也在新楼的囊括之中。我还记得无数个秋日的月光下，我推开办公室的南窗，望着清辉中南墙穿来绕去的藤蔓想起了白居易，元和年间白居易在周至做县尉。三十一岁尚是单身的他大概和我一样无从打发这寂寞的后衙时光，于是他从山野挖来一丛野蔷薇，种在南墙下，并为之作诗一首：

移根易地莫憔悴，野外庭前一种春。
少府无妻春寂寞，花开将尔当夫人。

这首诗在白居易众多诗篇中或许常被忽略，但是此情此景，此时此刻，我的心和白居易勾通了。白居易将千年前的文化气息留在了这里。这是地域的财富，是周至文化人的得天独厚。我常常与外地人招摇说，在文学造诣上，我无法和白居易攀比；但是在周至为官的链条上，一环环捯上去，我们会碰撞在一起，这绝对是我们的缘分。后来我和文学朋友在山野里也挖了许多野蔷薇，种在我的小院内，春天来了，满墙一片锦绣，那些花朵瀑布一样高高垂落下来，人们纷纷来照相。有人问我是什么花这样精彩，我自豪地回答：周至的白居易花。

办公室、会议室都不在了，只有那些树还在，树下明朝正统十四年立的官训碑还在。历史倏忽的隐去让我的心掠过一丝悸动，有些隐隐的痛，这痛只属于我自己。我的身边站立着文友冷梦，她理解我的失落心境，默默地挽起了我的胳膊。是的，在与情境的交替辉映中，我们学会了沉默。这沉默就是力量，它教会了我们支撑和避让，教会了我们用微笑展望。

周至在大步朝前行进。我对年轻的县委副书记杨向喜说，2.1个亿，我们那时要是有这笔钱该多好！向喜对我笑笑，难做回答。下边的话我没有说，那时若是很富足，若有充足的腰包，恐怕很多感觉大概没有那般细腻，没有今天的厚重。走过的人永远会守着心中一份涩涩的苦味，一座县城，一代人的驿站，云在动，水在流……我指着明英宗时立的碑对向喜说，什么都可以推倒重来，唯有它不能动！它在这个院里已经站立了六百年，是我们行为道德的底线。碑文被人用红漆重重描过：

尔奉尔禄，民膏民脂。
下民易虐，上苍难欺。

向喜说他会守着它。

我觉着欣慰。

情感在延伸，它是充实的，有质地的，涵盖了过去，涵盖了未来。与我携手同行的周至人和身后赶上的年轻周至人，大家相约、相知、相融、相依，一群人的凝结使这里的福气不散。我心里明白，对这片土地充满敬畏和感恩的我，在今后的日子里将以生命和文字相许，永远地不离不弃。

天地大美，祝福周至！

# 感知京城旧王府

王府建筑是仅次于皇宫的建筑组群，一般可以认为，王府是缩小的紫禁城。在清王朝存续的二百多年里，共分封了一百位宗室，一百位满族贵族，还有一百余位蒙古族贵族及汉族贵族。粗略算来，有清时期，在北京内城，先后应有品级不一的王公府邸二百七十余处。

——摘自冯其利《寻访京城清王府》

我幼年生活在北京东城，最早居住老君堂胡同，后来搬入东四十条附近的西颂年胡同，所居均是标准京城四合院，两进带后花园，宽敞而规整。广梁大门、倒坐南房、垂花门、抄手游廊，传统的建筑填充了我青少年时代的记忆，并对它们情有独钟。

家的周围还有许多皇族府邸，常听老辈们说道它们，到我记事的时候，它们大多已经成为了政府机关或是普通宅院，但规模和建筑相对保存完整。我能记得的有北新桥船板胡同西口的肃亲王府、铁狮子胡同的和敬公主府、朝阳门内的九爷府、成贤街南边方家胡同的循郡王府、东四九条的贝子府、东城慧照寺的蒙古王府等。那时候，没有历史知识，只是用一个少年的眼光，不系统地认识这些府第，肤浅而零乱。

## 理郡王府

王大人胡同的理郡王府靠近胡同东口，50年代我知道它时它已经变成了侨联宿舍，我在方家胡同小学上学，每天要从侨联的门口路过。侨联里住着一个同学，上课经常迟到，老师派给我一个任务，路过她家的时候叫上她。这样，我每天得到理郡王府里边转一圈。王大人胡同是条东西走向的大胡同，明朝的崇祯皇帝在江山逝去时自缢于煤山，即现在的景山。追随他同时去的还有太监王承恩，王承恩把自己吊死在崇祯脚下。这一举动得到传统文化的肯定，他所住的东直门北小街西边的这条胡同就被叫作了王大人胡同，北京人发音往往爱滚字，书面上是“王大人胡同”，说出来则变成了“王当儿胡同”。理郡王弘皙是康熙帝废太子胤礽之子，雍正二年，胤礽病薨，六年，弘皙进封亲王，乾隆四年，高宗谕责弘皙“居心叵测”，削爵，以胤礽第十子弘㬙袭理郡王。以后代降一等，到了“溥”字辈还承袭着辅国公封号，到了民国，一切终止。理郡王府在王大人胡同路北，侨联是路南的大楼，北边王府内是家属院。我进去时院内大格局已经破坏，盖了家属楼，偶见老式砖房和四合院，但已无法与王府相联系。据说当年的郡王府是相当有排场的，府门三开间，正殿五开间，东西配殿各五间，正殿有群房七间与内院东西配房相连。后寝及配房均是五开间，沿府侧内墙有群房。整个郡王府有房218间，是座规模不小的府第。后来郡王府的后裔们将王府及所属的马圈、坟地周边等设施陆续卖出，西路作为空地曾闲置过，最终才被侨联征用。郡王府的后墙外是后永康胡同，我在那里住过一段时间，至今对那潮湿的南墙根和那残破的老砖留有记忆。

## 肃亲王府

一般王府大门为五间启门之形式，亲王府大门可覆绿琉璃瓦。大门两侧多建有带抱厦的旁门，为平时的出入口。前庭院倒座房及左右阿斯门用低矮的辅助用房连属。进入大门是主体庭院，是整座王府最大的院落……正面为王府的主要建筑正殿（俗称银安殿），亲王府七间，郡王府五间。王府的最后一重院落，正中为两层的后罩楼，亲王府九间，郡王府七间。主轴线上的门、殿、楼、寝要严格按规制建造，因此绝大多数的王府在规划建造时，往往在一处或数处宁可低于朝廷的规定以免逾制。

船板胡同西口的肃亲王府是个没有规制的府第，40年代末，从外表看不像王府，倒像个大院。我们家在东直门大街居住过一段时间，院落的后门就开在船板胡同，平时家人进出都是走后门，前面院落被政府某部门征用了。肃王府离我们家不远，且常有走动，按说应该熟悉。这座宅子原本是道光年间大学士宝兴的宅邸，有房屋200多间，进门是倒座房，有过腰房，两进院落。北边是花园，东边是马圈。后来宝兴将房屋售出，到了荣禄手里，荣禄将它转赠肃亲王善耆。1900年6月20日，义和团攻打东郊民巷，两千余教民在洋兵保护下涌入东郊民巷的肃亲王府。6 月 24 日，肃亲王携家人离开王府，王府随即被毁。紧接着肃亲王以“御前行走”身份跟随慈禧、光绪流亡西安，走时匆忙，置亲眷于不顾。后来两宫回銮京城，肃亲王大病一场，因无家可归，遂在门头沟冷各庄祖坟居住。肃亲王是追求新派的人物，得了荣禄所赠府邸以后，将正所东院改为祠堂，在北边花园里盖了两层小楼，在家里安装了发电机，装修了法式客厅，安放着钢琴，顶棚有玻璃吊灯，院里有假山喷水池。民国后，肃亲王远走旅顺，该宅院后来一度被日本人占领，1945 年以后，由肃亲王第十九子宪容收回。40 年代后期，恭亲王之孙溥心畬成立了“满族协会”，从颐和园搬出，居住在肃亲王府。溥心畬（溥儒）是中国有名的书画家，与我家关系甚笃。在我们家里，我的四哥叶喆民当着老家儿的面，给溥心畬磕了头，拜其为师。不久前，说及票友的事，四哥告诉我，溥心畬在肃亲王府期间，他常过去，有时看见他的老师坐在院里弹弦子，唱曲儿。后来溥心畬去了台湾，宋美龄欲拜师学画，溥心畬的原则是拜师必须磕头，这样一来当然不了了之。肃亲王的后人现居美国，我的四哥到美国去，就住在肃亲王后人家中。我的一篇小说提到了肃亲王家的事，四哥对我说，写作要慎重，金家的后人还在，不可说错了。“文革”中，我路过船板胡同的肃亲王府，王府的一部分已经变成了织袜厂，其余的只剩临着东面胡同的老房一部分，那老房也是斑驳颓败，摇摇欲坠的样子，想必它今天已经不存在了。溥心畬 1963 年在台湾去世，一心想回北京看看，最终也没有回来。

## 谟贝子府

东四九条西口路北有贝子府，是贝子奕谟的府邸。府邸规模不大，大门开在九条，后墙背临十条，整座府邸分为东西对称的院两部分。前面提到的溥心畬在肃亲王府居住一段时间以后就搬到这里居住。我们家的一个朋友姓窦，其外祖父闫义辅，早年留日，是医生；父亲是邓宝珊的机要秘书。他们曾经买下了贝子府对面的院落，院落很齐整，是标准四合院。据这位朋友说他们家买的是珍妃娘家的马圈，是否如此，没有考证。如今，“马圈”依然为窦家所住，房屋格局完好，但是对门贝子府的老房却几易其主，贝子的两位“毓”字辈后人，结局都不好：年长的那位搬到天桥在小店里混日子，后来流落街头冻饿而死；年少的那位因贪污公款，被投入监狱，最终死在狱里。一代王孙，下场如此，不禁让人感叹。窦姓朋友告诉我，因为住对门，当年胡同里不少人曾经亲眼目睹了从这里将川岛芳子带走的情景。日伪后期，川岛芳子在这里住过，她是肃亲王第十四女，过继给日本人川岛浪速。这次是从日本途经大连到北平，住在这里。“由是时起，病态渐行恶化，甫抵北平，即卧病榻，既无所事事，又不外出，以迄于被捕之日。”川岛芳子因汉奸罪名被国民政府抓捕，据人说，一天大清早，来了许多带枪的人，将川岛从东院提出。川岛好像是被从床上叫起来的，还没有梳洗，脸色很难看……五六十年代，贝子府成了某单位的家属宿舍，我有同学在其中居住。进去找她玩耍，只感觉院子很空旷，有几棵大树，树上有老鸹窝，院子西北角有座很不错的亭子，大概是花园的位置。同学家住西屋，离亭子不远，房子很老，窗棂上还糊着高丽纸，光线很暗，两扇不大的玻璃窗，透进窗外幽幽的绿。眼见着那一座座房屋，我常常猜测着那个本名叫作金壁辉的女人是从哪间屋被抓走的，走出去的她再没有走回来，她被枪毙了。以后贝子府的东边院落改成了九条小学，老房拆了，盖了楼房，楼门紧临着胡同，几乎没有回旋余地。本世纪 90 年代，一度我借居在窦姓朋友家。夜深人静时，月光透过窗棂，窗外树影婆娑，胡同口隐隐传来车辆路过的声音，我便想起了珍妃，想起了川岛芳子，想起了在这里演绎过的一个又一个历史人物，时光往往乱了……1976 年地震后，贝子院内由防震棚改装的简易房见缝插针，小蘑菇般涌出，空旷的院落再不空旷，贝子宅院的风光荡然无存。现在西边大街又修了地铁某号线，到此刚好是一个车站，将府第切掉了一块。平安大街的扩建，将宅院的北部占用了一部分，使那座凉亭几乎靠近了墙边。我每每从十条走过，所能见的残留就是墙内的亭子，它还颤巍巍地站立着。最近不知是谁，将它修缮了，描绘得色彩缤纷，站在一堆烂旧中显得有些尴尬。

## 庆亲王府

在北京的王府中，我比较喜欢的是定阜街的庆亲王府。定阜街在德胜门内大街东边，到今天也是一条幽静的胡同，胡同两边是槐树，绿荫满地，荫凉清爽，有“青槐夹古道”的意境。在京城现代化快速发展的今日，在高楼耸立的水泥“森林”中，还能保留这样让人能发怀古幽情的胡同，实在是难能可贵的。庆亲王府是北京现存王府中还算比较完整的一座。第一代庆亲王永璘为清乾隆皇帝第十七子，嘉庆皇帝的同母胞弟。老庆亲王府在前海西街路北，即和珅府的一部分。道光三十年（1850 年）庆亲王永璘的后人奕劻袭辅国将军。咸丰元年（1851 年）皇帝命奕劻由老王府迁至定阜大街原大学士琦善的宅第，即现在的庆亲王府。

庆亲王府坐北朝南，有高大的院墙，掺过糯米汁的白灰还在尽职尽责地粘结着斑驳的墙砖。庆亲王府的大门躲在高墙之后，想必原来东西有阿斯门出入。正门三间，出入只是一间，门侧的石鼓矮小单调，竟然同普通人家的一般。低调的府门是最后一代庆亲王载振的改装，辛亥革命以后，他在王府西院居住，将朱红大门改为普通小门，将原门前的辖喝木等陈设全部拆除。几代辉煌已经过去，末代庆亲王深谙自己不过是胡同里的一个清朝遗老，与他的父亲，老庆亲王奕劻相比，相差甚远。奕劻是清朝末年有名的历史人物，很得慈禧信任。光绪二十年正月晋封庆亲王，十月奉旨在紫禁城内乘二人肩舆，赏食亲王双俸。从将军品级的近宗一下跃升为“铁帽子”亲王，这是不多见的。八国联军进北京，庆亲王弈劻随同两宫仓皇出走，弃家眷于不顾。幸亏庆亲王府坟地护卫章京张福茂进城救护，接走了王妃、世子等，使家眷得以安然无恙。而奕劻的三弟奕功留守京师，就没有他的兄长那般幸运了。史书记载奕功：“光绪庚子，东西洋联军陷京师，两宫仓皇出走，公自以世受国恩，不能扈从，深用忧愤。七月二十一日城破，次日率妻祥氏、妾瑞氏宋氏李氏、子载捷、女五人，同时引火自焚或投井死。事闻，赠建威大将军，太子少保，谥忠烈，入祀昭忠祠。”

庆亲王奕劻是朝廷重臣，也是导致清朝覆灭的所谓“两王三贝勒”之一。奕劻饱受袁世凯贿赂，家财抵国，他住进定阜街以后曾经大兴土木，一排五套院落，房屋近千件，主房九处，大如宫殿，建筑考究而精致。不同的是房顶用的是灰瓦而不是琉璃瓦，逾制在封建时代是杀头的罪过。“庭院深深深几许，杨柳堆烟，帘幕无重数。”院落最深处有绣楼，绣楼呈凹字型，两层，雕栏画栋，造型独特，在今天看来依旧是美轮美奂，堪称建筑史上的绝笔。“回廊四合掩寂寞，碧鹦鹉对红蔷薇”，庆亲王的妻妾们不但拥有精致的绣楼，还拥有美丽的服饰和可观的排场。据说 1902 年左右，美国公使夫人在公使馆招待了十位王府的福晋和格格，其中有被慈禧收为养女的恭亲王长女荣寿固伦公主，有庆亲王的两个妻妾和三个女儿等等，这成为北京一场规模盛大的活动，“光是那些皇族公主们随身带来的仆人们就达 481 人之多，这还不包括沿途参加戒严、站岗和护送的数百名士兵”。

与绣楼同时修建的还有戏楼，可容三四百人看戏，奕劻以及后来的载振每年生日或有喜庆事，都要大摆宴席演戏。著名京剧演员谭鑫培、王瑶卿、陈德霖、杨小楼、王凤卿等都曾到府演唱过。可惜“文革”中在此戏楼演出京剧《红灯记》时，剧务人员在后台吸烟，不慎引燃幕布、道具等，火势蔓延，1300 平方米的戏楼被大火焚毁。

如今的庆亲王府东部变做了北京卫戍区办公场所，中部和西部依然存在，是家属宿舍。老百姓门住在大殿一样的高房里，住在古色古香的绣楼里，别有一番风情。今年夏天，我借助《华夏地理》的缘分，得以进入其中，领略了那些保存尚好的幽深走廊，那些长着银杏的宽展庭院。抚摸那些露出麻底的廊柱，欣赏那雕花的栏杆，体味着历史老人匆匆的脚步，想象着某位格格从绣楼的窗户探出身来，狭窄的过道里走过几个鹅行鸭步的太监……正恍惚间，却见一位老大姐，正在自家屋前侍弄花草，过去搭讪，知道大姐姓李，背后的大屋顶就是她的家。我说，能在这样幽静的院子里居住真好。她告诉我，她在这儿已经住了二十几年了。这屋子高大轩敞，接着地气，凉快，夏天可以不用空调，被隔断的房顶里头还藏着彩绘，那是过去王爷的顶棚。我不禁感慨，在喧闹京城，还能在房门外养鸟弄花，甚是难得……李大姐说，一到节假日孩子们都回来，大家还是喜欢平房，喜欢这遮满树荫的大院子，喜欢这陈旧的游廊。现在这里属于部队家属院，也是北京文物重点保护单位，正因如此，老房才相应保护下来。是的，房子常年不住人就坏了，庆亲王府之所以还有昔日旧模样，当与这些认真保留着“原状”的居住者有关。

## 涛贝勒府

庆亲王府的东边是旧辅仁大学，辅仁大学的前边全种的是银杏树，这些树也有年头了，就使得定阜街西边半条街是槐树，东边半条街是银杏。

原辅仁大学是20世纪初创办的天主教大学。地址属于载涛贝勒府邸一部分。载涛是载沣的七弟，是朝廷训练禁卫军的首席大臣和军咨处大臣，是位英俊倜傥的贝勒。1925年，载涛生计困难，将贝勒府租给罗马教廷，由美国天主教本笃会在此创办辅仁大学。1952年，辅仁大学与北京师范大学合并，一直保留着当初的模样。1929年，辅仁大学办了附属中学，高中部随大学部设在（今柳荫街27号）涛贝勒府。校名定为“私立北平辅仁大学附属中学校男生部”。涛贝勒府在易手给学校时有过一次大修整，为的是更能满足校园功能。例如将大殿改成礼堂，将厅堂改成教室，将院落改成图书馆等等。修缮改装设计者是个懂文化有心计的人，他在改造过程中力保建筑原貌。正因如此，作为校园的贝勒府才被完整地保留了下来。1952 年辅仁男中改为北京市第十三中学，延续至今。辅仁大学的建筑风格为中西合璧式，考究精细，在今天看来也是一座很有特色的建筑。特别是沿街栅栏柱子上的小石狮，每一只几乎都是精雕细琢，一丝不苟的完美。辅仁大学西侧有小胡同，路西有小门，牌匾是“北京第十三中学”，墙上有标识“涛贝勒府”“北京文物保护单位”字样。看形制，既然东边辅仁大学属于贝勒府的花园，那么这条叫做柳荫街的胡同也应该是府内的一部分。

我们进入贝勒府，里面已经修缮一新，大概府邸初建时也不过如此了。这里原是康熙第十五子愉郡王允禑居住的愉王府，光绪二十八年（1902 年），醇亲王奕譞的第七子载涛过继给钟郡王奕詥为嗣，承袭贝勒爵，迁居于愉王府，称涛贝勒府。载涛民国年间一直被视为皇族领袖，解放后曾任全国政协委员。有人说电视连续剧《最后一个王爷》取材就有涛贝勒的影子。但那毕竟是艺术，不可较真儿。看得出北京十三中对贝勒府的恢复做出了很大贡献，五间架梁的正门，万字不到头的椽头，金龙和玺的彩绘，力争恢复昔日贝勒府的框架和感觉，在那一个个幽深又崭新的院落里，藏着学校的“资料室”“教员办公室”“会议室”，没有修整的老房墙上，还保留着“红卫兵永远忠于毛主席”的大标语。这些，依稀让人寻找到 1925 年以来，贝勒府走向平民化的脚步以及它所经历的沧桑。五间梁的大门前有两棵二百年的老榆，无言地默默站立着，目睹着府邸的兴盛和衰败，动荡和变迁。值得一提的是门前的一对汉白玉石狮，造型很有特色，阔鼻瞠目，生动活泼，在其他地方是没有见过的。感到门前的两棵松树甚不合格局，有点煞风景，一问，原来是1979年栽种的。

载涛对马有研究，解放后被军队聘请为养马顾问。贝勒府内西侧曾经是马圈和跑马场。我特意穿过教学楼走到这个地方，跑马场已经变成了学校的操场，一群男孩子正在打篮球，阳光下，那一个个健康灵动的身影为这座百余年的王府增添了无限活力，为曾经沉闷的日月引出了新的话题。

## 恭王府

我坐在恭王府天香庭院的廊下，望着细雪般飘落的槐花，心头一阵迷茫，今兮何兮，我为何坐在这里？庭树不知人去尽，春来还发旧时花。古槐树下，庭院的主人已经远去，所替代的是熙熙攘攘的参观人流。一批又一批，不间断，无停歇，人们迈过府邸高大厚重的门槛，穿过一座又一座精美的垂花门，感叹着房宇的高大，赞美着檐下和玺彩画的精致，谈论着清朝王爷的阔绰。一个母亲，领着小孩由中路的嘉乐堂出来，从我身边走过，母亲教导孩子说，听着，你得当大官，当大官就可以住这么多房子，你看看咱家现在那一点点地方……这个母亲大概没有想到最初建筑这座大宅的是和珅，那个敛财无数，卖官爵的贪官于嘉庆年间被抄家处死，下场并不美妙。倘若那孩子长大以后真有和珅的本事，那位让孩子“当大官”的母亲恐怕肠子也得悔青了。

不少人都见过恭亲王的照片，据给他照相的苏格兰摄影师汤姆森回忆说，恭亲王“中等身材，体态清瘦，说实在的，他的外貌并没有像其他在场的内阁大臣那样给我留下那么好的印象。然而用颅相学的角度来看，他的天庭确实饱满。他的目光敏锐，静坐时脸上流露出一种异常坚毅的神情”（选自《老照片中的大清王府》）。和珅死后，此处私宅便赠给了庆王。同治朝时，由于恭亲王奕䜣协同慈禧发动政变有功，慈禧太后便将此宅赠予他，而成为恭亲王府。恭王府是中国现存王府中保存最完整的清朝王府，是全国重点文物保护单位，它代表着中国的王府文化。奕䜣是一等贵族，所以他的府邸不仅宽大，而且建筑也是最高规格，显示其不可逾越的等级，明显的标志是门楼和房屋的开间数量。亲王府的门楼五间，正殿七间，后殿五间，后寝七间，左右有配殿。低于亲王等级的王公府邸绝不能多于这些数字，屋顶绿琉璃瓦也是不能替代的。

恭王府分为府邸和花园两部分，拥有各式建筑群落三十多处，处处体现着堂皇富贵的风范和民间清致素雅的风韵。府邸建筑分东、中、西三路，每路由南自北都是以严格的中轴线贯穿着的多进四合院落组成。

府邸最深处横有一座两层的后罩楼，后墙共开 88 扇窗户，内有 90 间房，俗称“99 间半”，取道教“届满即盈”之意。楼房美丽大气，窗子造型别致。这里原是王府女眷和女仆们住的地方，后来曾经做过辅仁大学女生宿舍。恭王府在八国联军进北京的时候，没有像其他王府一样遭到劫掠毁坏，很大原因是它作为了当时日军的司令部。据冯其利先生说，日本人并没有劫走恭王府的字画珍宝，但是他们拍了大量照片，若干年后，他们依据这些照片，又派人买走了它们。

清朝灭亡以后，王府的命运五花八门，有皇上的时候府邸归宗仁府管辖，产业并不属于使用者本人。宣统退位，隆裕太后下召，将各宗室所占府邸划为私产。时局的变化，使大多王府面临着被卖、被占的结局。奉系军阀张作霖，用七万银元半掠半买，将顺承郡王府弄到手。顺承郡王府在北京锦什坊街，张作霖将王府五间正殿改为七间，对其他殿宇也做了改动扩充。草莽出身，当然置“规制”而不论（读lìn），我行我素，整出一座“大帅府”。用文化人的语言说，“并没有给这个城市以新的精神”。时至今日，北京城内的众多府邸或被机关占用，或沦为大杂院，或改作寺院，或变做了私人宅院。有的仅剩几块老砖，有的残留几个石礅，有的被众楼包围，有的被改建得面目皆非。有人用“不伦不类”“无人再识”来形容它们当不为过。“想秦宫汉阙，都做了衰草牛羊野。不恁么渔樵没话说”，让人感慨。

相比之下，恭王府是幸运的，它能从多个单位占用的大杂院中挣扎出来当有赖于多方的努力。1981 年，国务院机关事物管理局在同有关单位的多次磋商的基础上，形成了《关于恭王府住户搬迁情况的报告》，报告中建议，恭王府内腾出的房屋无论产权属于哪个单位，均移交给恭王府，由文化部负责接收管理。在恭王府的展出照片上，我看到了府邸腾出的艰难，填塞于各处的自建房、改装的花厅、胡乱拉扯的电线、随意而铺的管道、堆置在耳房的浴缸……我也看到了贺敬之写给谷牧的一封亲笔信，谈到了搬迁中不好解决的问题。谷牧批示，“我一定会过问。”在从上到下的共同努力下，今天的恭王府被修缮一新，对外开放，让人们见识了封建社会王公贵族们生活的一角。

想必就是恭亲王在此居住期间，这座府第也没有现在这般的漂亮整齐，管理得这般井然有序。

沧海桑田，几经变换，其实却不过百年。

## 棍贝子府

我虽然生长于京城，对这座城市的旧时存留却并不完全熟悉。眼见着，老祖宗留给我们的东西在地面上越来越少，在一切向着现代化、标准化、高端化看齐的今天，在京城偶见一处老屋，便如同见到老旧的亲戚一般亲切。由不得要停下脚步，探寻个究竟，凭吊一番昔日的主人。

每回路过北二环，目光都会被路南的一处庭园吸引，早先那里是一片破旧，一汪臭水，数间大屋顶的灰瓦房，引不起人们的注意。近几年变了，臭水被疏通，两岸修了白石栏干，水里养了花鸭子，养了大白鹅，岸边的土山树木葱郁；凉亭掩映，假山流瀑，五彩牌楼；在五月藤萝的辉映下，几处殿宇藏匿其中，好一处美园林。我每回路过，都是在车上，每回问同车人，那里是哪儿，回答皆曰，不知。也有人说，后头大楼顶上有“积水潭医院”的标识，大概是医院吧。

有后花园的医院，积水潭奢侈得很哪！

难以抑制好奇心的冲动，我到医院去了，尽管没灾没病。

去了以后才知道，这里原来是清朝棍贝子府旧址。棍贝子府位于后海西侧南岸，新街口东街 31 号，其府最早为康熙帝第三子诚亲王允祉新府。允祉卒后，其第七子弘暻继为府主。弘暻于雍正八年（1730 年）被封贝子，故此府又称固山贝子弘暻府。据《乾隆京城全图》载，此府东起水车胡同，西邻光泽胡同，北抵积水潭南岸。占地面积大，规制严整，府正门面阔五间，大殿面阔七间，东西配楼面阔五间，后殿面阔三间，后寝面阔五间。主体部分在西路，东部以花园为主，规模很大，园中有亭台楼阁，古树参天，山石点缀，土山环绕。园内有一湖，湖中有一土石相间小岛，湖水引自积水潭。弘暻之后府主分别是永珊（弘暻第三子）、绵策（永珊第三子）、奕杲（绵策嗣子）。奕杲于嘉庆三年（1798 年）承袭不入八分辅国公，改迁别所，此府改赐仁宗四女庄静固伦公主，又称四公主府。嘉庆七年（1802）庄静公主下嫁土默特贝子玛尼巴达喇。棍贝子即棍布札布，博尔济吉特氏，四公主曾孙。光绪六年（1880 年），棍布札布袭贝子爵，成为此府的末代府主，这里又称棍贝子府，直至清朝灭亡。府内花园面积颇大，园内有东西两座土山，引玉河水入园为潭。1956 年积水潭医院在王府旧址上建成，将原有建筑大部分拆除，唯花园中的山石树木、花厅和两幢重楼尚存，现成为医院的后花园。

炎炎夏日，绿水边的树荫下，有风从南边吹来，带过一股来苏水的气息。难得轰轰烈烈的京城闹市还有如此清净的所在，让人有相识恨晚的感觉。我坐在水边长凳上，长凳的另一端坐着一位年轻女子，从那蓝白条相间的衣裤上看出她是个病号。女子默默地坐着，并没有感觉到我的存在，她看着一池水，眼睛一动不动，那思路分明是走得远了。无外是为了病吧，为了命运的多舛，为了生命的艰难，愁呢。是的，前面是生死循环的医院，后面是幽静苍凉的王府，这是一个多么好的反思场所。那些老贝子，那些老公主，那些在这里住过的数不清的老病号，带着各自的心情走了。现在，我和她坐在这里，彼此并不相识，却在一条凳子上坐着，想着不同的事情，这是一种缘分。昨天，府邸的女主人四公主肯定在这里停留过；明天，谁又将在这里出现？昨天、今天、明天，说不定我们思考着同一个命题，“我是谁，来自何方，到哪里去”，记起研究龙凤文化的朋友庞尽的话，“未生我时谁是我，已生我时我是谁；而今我知我是我，死后谁知我是谁”——据说这几句话是他的朋友在一个山野小庙里看到的，当时小庙外风雪交加，一片苍然……

现在，阳光下的棍贝子府给我们提供了一个深刻的命题。在烦杂浮乱的城市生活中，在枯燥单调的工作压力下，一个人抽空到这儿来坐坐，给我们的心灵一个短暂的休憩，给我们的思路一个缓冲的余地，应当是个很不错的选择。

## 醇王府花园

醇亲王载沣是光绪皇帝的弟弟，但在长相上不如他的哥哥光绪载湉。光绪的照片留下的不多，有张成年后当皇上的标准照，明显地做了修饰，丰额广颐，英俊潇洒。但是相比较，我更喜欢德国人埃米尔·威廉米拍的光绪在王府当小王爷时的照片。照片上的光绪三岁，是个可爱的小男孩，左右各梳一条小鬘鬏辫儿，骑在大马上，很高兴地看着镜头，引得看照片的人跟着会心一笑。但是想到这个天真的小男孩接踵而来的命运，便立刻觉得这阳光闪过得太匆忙，这单纯的笑让人的心泛起一阵悲凉。其弟载沣在光绪二十八年与荣禄大学士的女儿结婚，后任军机大臣，光绪崩，奉懿旨立其长子溥仪为皇帝，载沣本人担任监国摄政王，所以后海的醇亲王府又叫作摄政王府。跟不远的恭亲王府一样，这两座王府在京城都是典型王府建制，在建筑与设计上做到了极致。现在醇亲王府被国家宗教局使用，不能随便进入，但我们从那巨大的红漆大门仍能想象到昔日的辉煌与威严。武昌起义以后，载沣辞去摄政王职，退还藩邸。1928 年移居天津英租界，1938 年移居日租界，1939 年又返回北京醇亲王府。1951 年卒，享年六十八岁。

醇王府分为正院、住宅、花园和马圈几个部分，溥仪的弟弟溥杰在后院树滋堂居住，在东跨院认真堂读书。府东边的马圈现在是北京第二聋哑学校，依旧是过去古色古香的广梁大门，没有改变。据北京民间文化研究所所长高巍说，1925 年元月，孙中山曾经到醇王府来看望过载沣。在府中的宝翰堂内，孙中山赞赏载沣 1901 年以皇帝御弟身份到德国的举动，1901 年载沣去为德国公使克林格在北京被杀一事代表朝廷向德国皇帝赔礼道歉。孙中山称赞他“在那样尴尬的环境中还能做到不卑不亢，显示了智慧和辩才，在屈辱中保持了一份尊严”。那次拜访，孙中山送了载沣一张照片，照片背后写着“醇亲王惠存孙文赠”。载沣很珍惜这张照片，一直摆在他的书房里，直到去世。据《北京最后的王府》作者朱文轶说，王府的一些王爷有收集奇珍异宝的习惯，慈禧曾经捉弄上代醇亲王奕譞，在她妹妹，奕譞的福晋的葬礼上，前来吊唁的慈禧要求妹夫，将阖府的所有珍宝都作为她妹妹的陪葬。这一来，使醇王府的经济元气大伤，溥杰生母刘佳氏因此而发疯。

醇王府花园在王府的西侧，位于后海北岸，现在这里是已故国家名誉主席宋庆龄的故居，可以买票进去参观。新中国成立后，党和政府计划为宋庆龄在北京修建寓所，宋庆龄一再逊谢，后由周恩来亲自筹划，决定藉以王府花园葺旧更新，建一仿古西式两层小楼作为宋庆龄居所。王府花园内碧水环绕，山石嶙峋，花木荫翠，芳草萋萋，楼堂亭榭，错落其间，十分优雅。宋庆龄于1963年迁进园内，一直工作、生活到1981年5月29日逝世。

园内一条长长的游廊，红带子般穿行于绿树荫间。游廊的起始，南楼下湖水旁，有“明开夜合树”，树名叫卫矛，夏日开白花，昼开夜合，相传是清朝词人纳兰性德亲手所植。因为这所园林在清初属于纳兰性德父亲大学士明珠所有。湖水东边土山上有扇形凉亭一座，造型别致。北岸草地上有南房七间，北房七间，现在南房西部盖起了两层小楼，成为了宋庆龄的住所。小楼宽敞明亮，里边间量很大，双人床、沙发、书桌、打字机，甚至小厨的锅碗瓢勺，都保留着居住时的模样，简朴精致。让人看到了端庄秀美的女主人的日常生活和工作环境，一下拉近了她与我们的距离。小楼的北边旧存的七间北房，是宋庆龄宴请来宾的地方。南北房之间形成了一个庭院，庭院里有两棵巨大的西府海棠，是醇亲王北府原栽古树。每年的4月10日前后开花，花开时节美若云霞，一片灿烂。宋庆龄常常邀朋友们来这里赏花，也将果实做成酱，与工作人员分享。现在，这两棵西府海棠到了春天满树繁花的时候，也成了京城人们赏花的一处胜景。周恩来总理也是喜欢海棠花的人，他居住的中南海西花厅是光绪父亲摄政王的西花园，园内的海棠树为清末所植，总理对其十分喜爱。1961年，周恩来总理去日内瓦开会，正值海棠花盛开之时，夫人邓颖超摘下一朵海棠花夹在书中，托人带给总理。周恩来回京后，把海棠花镶在镜框里，挂在墙上。我们可以想象，被留住的海棠花的美丽典雅以及它传递出的深深情义。

宋庆龄室内有张相片十分感人，弥留之际的她躺在床上，胳膊上插了输液管，显然的生命已经走到了最后时刻。廖承志弯腰站在床头，右手抚着宋庆龄的手臂，左腋下夹着标有“特急件”的文件夹，他正向即将离去的宋庆龄通报全国人大“授予宋庆龄中华人民共和国名誉主席荣誉称号”的决定。让人唏嘘。

小楼的西北角有鸽笼，一群灰白鸽子在咕咕鸣叫。笼舍内放置着食物和水，仿佛它们的主人刚刚转身离去。夕阳中，晚风里，传来阵阵笑声，是一群带着红领巾的孩子在草地上荡秋千。宋庆龄一生喜欢孩子，她在世时，孩子们是这里的常客。如今，人走了，这爱依旧延续着，绵绵不绝。

匆匆地走，慢慢地感受，关于历史，关于文化，关于生命，关于未来。抓不住的靡丽苍凉；理不清的恩恩怨怨；看不完的万千变化；道不尽的前世今生……让我们珍爱这份文化存留。

## 紫禁城遐思

今年7月应故宫博物院之邀，在《文艺报》的组织下，我和几个文学界朋友到故宫去赏月。我们下午五点“进宫”，进去的时候大批的游客正往外走，大概是6点关门吧。很快，太阳落在了西宫墙后面，紫禁城被笼罩在一片阴影当中。旧时的主人和今日的游客都走尽了，偌大黄圈子里就剩了我们这些人，一种别样的滋味由心底涌出。这是以往从未有过的，尽管天光还亮，我的心还是有些忐忑。儿时无意间听老辈谈过故宫犄角旮旯的故事，似乎很遥远。此时此刻这些故事竟然凸现出来，仿佛哪个夹道里会走出几个面色阴暗的太监，哪座影壁背后会闪过石榴红裙的一角……我的几个亲戚在故宫博物院里工作，谈及故宫的夜晚，他们都说没有经历过。一下班，办公室和内宫的门就锁了，安全起见，拉电关闸，内里不允许任何人停留，连值班的也没有。

日落后紫禁城的空寂可想而知。

接待我们的是故宫博物院副院长李云儒。我读过他不少文章，这次是头回见，从他的长相到谈吐，让我有种家族式的亲近。将他的照片拿回去让家人看，都说像我们家的二伯父，我的二伯父在京师工业学堂当过教习，在民国期间便去世了。

“入太庙，每事问”，我们不知道的实在是多，人多话也多，让主人有些应接不暇。

## 漱芳斋的多宝格

御花园西北角有座不起眼的厅门，我们跟着李院长鱼贯而入。里面是个院落，院中有戏台，上面有“升平叶庆”的匾额。戏台较颐和园畅音阁的大戏台要小，但是更精致，台的背景是一大块水晶镜子，就是说，看戏的不光能看到演员正面，还能看到演员后面，思路挺独特。戏台对面的大屋子就是有名的漱芳斋了，漱芳斋是皇宫西五所的头所，歇山顶，构造精致，摆设考究，是帝后们经常活动的场所。每年正月初一，乾隆到庙里上香完毕之后，都要到漱芳斋新春开笔，书写“福”字，送给大臣们。殿内后部有小戏台，大部用竹子建造，古朴典雅，很是别致。戏台对面是桌子，为进膳观戏用，演的看的彼此距离很近，可以直接交流。据说，梅兰芳、杨小楼、余叔岩、马连良等大腕都在这个小戏台上唱过戏。小小方寸之地，展示过顶级的戏曲精彩，有过无与伦比的艺术辉煌，了得！由小戏台“风敬存”的匾额抬头望去，我看见房顶的玻璃吊灯，吊灯造型流畅，色彩艳丽。问李院长是否后来之物，院长说是慈禧时旧物，舶来之品，产自比利时。光绪的时候宫里就有电灯了。

最让我注目的是殿内东墙的多宝格，金丝楠木的隔架，每层都摆满了物件，有瓷器、玉器、金器、珐琅器……尊贵高雅，精美异常，非民间物件能比。据说，乾隆喜欢文物，喜欢小摆设。这里面许多东西都是他的收藏，每一件都价值连城。管理员介绍说，当年周恩来总理在这里会见外国元首，元首问身后多宝格里的东西是真是假。总理说，你们住在北京饭店，这里头随便哪一件拿出来都可以盖二十座北京饭店。

这是几十年前的话了，搁现在恐怕是无法估量了，除了惊叹之外让人再说不出其他。我看着内里一件天青色的汝窑花瓶，那是件无可挑剔的精品，它应该来自河南，当是万里挑一的贡品。如今，隔着多宝格的玻璃与我无言相对，彼此似乎都有话要说。我的家庭是陶瓷世家，几辈都是研究陶瓷的，四兄是古汝窑遗址的发现者……

## 重华宫的“北炕”

漱芳斋西面，走过一个过厅是重华宫，和漱芳斋一样，这里都属于故宫的未开放地区。跟经常接待外宾的漱芳斋相比，这里更有古旧的味道，荒凉歪斜的井亭，斑驳的院砖，脱色的木头影壁，糊着高丽纸的窗户。故宫的工作人员告诉我们，这里属于库房区域，房内的隔扇、几案、摆设、帐幔都不能用手去碰，里面所有木头都是金丝楠木……于是大家就有了小心翼翼的收敛，碰坏了哪儿都是了不得的事情。

重华宫是乾隆做皇子时读书的地方，成婚以后改为居住之所。之所以叫“重华”，是学习颂扬舜帝（姚重华）之功德的意思。重华宫前后三进，头进是“乐善堂”，二进是“重华宫”，后头还有更适合居住的“芝兰室”。乾隆正月初三在这里请大臣们喝茶、作诗。小小的院落紧凑规矩，不奢华，不张扬，有种内敛的沉稳。“芝兰室”东面有大炕，铺着锦缎褥子，墙上用翠鸟羽毛做的画，数百年过去，鲜艳如新。“芝兰室”最后的居住者是同治的瑜妃、瑨妃两个妃子，即后来的荣惠太妃和敬懿太妃。两个孤寂的寡妇在这苍凉的环境中度过了苍凉的日月。直到清廷结束，溥仪出了宫，两个老太太还一起摽着劲儿，誓死不离紫禁城。民国政府不能把俩老太太硬扔出去，让前清室总管内务府大臣绍英去做工作，准备了两辆汽车，把老太太们接出紫禁城，移住到了北兵马司的大公主府。

让我熟悉的是“芝兰室”西套间的“北炕”，我将它叫作炕，可能另有名称。“北炕”是东西走向，单人床宽，外面有楠木的落地罩，“炕”上有两个厚方垫子，中间有小矮桌。看着我们（不让我们在里面照相、乱动）的管理员说这个是坐着休息看书用的，不是睡觉的。但这样坐着的“炕”于我却曾经是“床”，我在这样的“炕”上可是睡了不少日月。家里孩子多，父母顾不过来，儿时，我就随着三哥叶广益住在颐和园里。三哥在园子里工作，住在德和园东边的小院里，院里的房又高又大，哥嫂住在里间，我一人住在外间，外间也有这样的“炕”。雕花的木框，滑润的炕沿，我只能顺着躺，因为它的宽度刚好是一张单人床。至于长度，贯穿于房子的东西，容我两个都绰绰有余。我不知道德和园东边夹道里这一排排面目相同的院子过去是干什么用的，都有谁住过。躺在上面，望着糊着白印花纸的顶棚我曾经浮想联翩，为这个“炕”编造过一个又一个主人，一个又一个故事。可能我编故事的能力就是由那座特殊的“炕”传递而来的，指不定是其中的哪一个将他的思路和精气通过“炕”传给了我，尽管我还是个不谙世事的小丫丫。

如今见到重华宫的“炕”，明白了那不是睡觉的炕，是读书思考的所在。重华宫“炕”的周围是用蓝缎子遮盖的壁橱，里面都是书，“炕”的上面是个夹层，据说也是藏书用的。

我在颐和园睡觉的“炕”周围早先或许也是有书的，可惜我一本也没见过。

人去“炕”空，昔人何在？

## 御花园的乌鸦

傍晚的御花园一片蝉声，蝉们下雨般聒噪成一片，让人想起“十万蝉声作雨凉”的句子，那描述简直到位极了。花园里空荡荡的，落日依楼阁，薄雾拥殿廊。我想，这恐怕就是这座五百年前园林的原始状态了。今日熙熙攘攘的人都是过客，古时园子里各样心态的人也是过客，都走过去了，将来不知是谁会站在这里听蝉鸣。

一只乌鸦，毫无顾忌地擦着我滑翔低飞，一阵黑风，悄没声儿地落在不远的玉石栏杆上，回过头来，瞪着阴鸷的小眼望着我。都说乌鸦丑陋不祥，“啼涩喉咽”“枯哑哀音”“贪痴突悖”“龌龊野孤”。总之，给它的好词不多。可眼前这只乌鸦却肥硕精彩，态度闲适，沉稳雍容，颇有帝王家眷气势。我从来没有这样近地看过乌鸦，其实它很大，流线形的身材巧夺天工，晚霞的余光下一身闪亮的毛羽纹丝不乱，刷过油般的闪亮。原以为它的毛色是死黑污浊的，极近才看出它的黑羽中闪烁着蓝绿，反射出青紫，流光溢彩，色调丰富，随着光的改变有着春水般的变幻。古代有神话，帝俊的十个儿子在天上肆虐人间，十个太阳同时照耀，大地一片焦土。英雄后羿将九个太阳一一射杀，射杀时天空有金玉碎裂之声，流火飞扬，金羽四散，九阳落在地面，竟是九只三足金乌。乌鸦是太阳精魄的化身，戏词里头也唱“金乌坠，玉兔升，黄昏景象”。马王堆出土的汉墓帛画，里面代表太阳的也是一只三条腿的乌鸦。金乌坠，坠到御花园来了，今天的北京，高楼塔般林立，哪里有乌鸦的驻足之地，唯独紫禁城的御花园，还收留了天地的儿子们，这也是紫禁城人去园空后的一景了。想必在光天化日之下，在游人如织之时，是看不到它们的身影的。紫禁城是它们最后的栖息地，也是它们原本的家。明朝史料《治世余威》载：“每早朝钟鼓鸣，则乌鸦以万数集龙楼上。”风水先生们将此种景象称为“鸦朝”。彼时，皇上久不上朝，大臣们也把早朝当作了稀松事情，大殿前头稀稀拉拉没有几位，衰败之象已经生成，只有乌鸦们还一丝不苟地按点应皇帝的卯。

紫禁城的主人一个个换了，只有它们没换。

帝俊之子，太阳精魄，幻彩生姿，天潢贵胄。我为它的美丽而感动，禁不住跟它打招呼，嗨——

它不理，是高贵的冷漠，没有要走的意思。

## 御膳房的莜面丝

到了吃饭时候，我们来到位于紫禁城西北角的御膳房吃饭。说是御膳房，门楣上也有蓝底金字的匾额，我感觉就是今日单位的招待食堂罢了，真正的御膳房可能不会在这儿。封建时代紫禁城内有外御膳房和内御膳房，外御膳房在景运门外，今日珍宝馆的南边；内御膳房在养心殿。其中各位有身份的主子也都有自己的小厨房，真正吃御膳房大灶的不多。听说退位后的溥仪曾经为御膳房的伙食发脾气，后来听人介绍，承袭了慈禧小厨房的全套设备和原班人马，他才满意了。

同行的一位问李院长：今晚有没有满汉全席？李院长说：满汉全席没有，但是有几样慈禧爱吃的菜。

席面上，雷达向我推荐一盘红烧肘子，他说很入味。我尝了，果然，吃到了小时候吃烧肘子的味道。那肉糯烂醇厚，入口即化，美味！莫言说有点儿咸。我想，要是夹在芝麻烧饼里就正好了。李院长说红烧肘子是慈禧的喜爱之一，又指着旁边的拌莜面丝说，这个也是。我奇怪御膳中能有如此山野吃食。李院长说是慈禧西逃，路过山西，觉得当地莜面不错，便带回了宫中，时时要吃上一口。阎晶明说，他的老家山西太谷有曹家大院，里面有“三多堂”，名字来源于慈禧。老佛爷西行，走到太谷，没钱了，拿东西换银子，用德国人送的一个小火车头模型、一棵玉石白菜、一幅古画，三件玩意儿换了钱，换了去路的舒适，自然也换了从未食过的莜面。我夹了一箸莜面丝，没甚味道，不过如此，再不伸筷子了。又上了核桃酥，也说是慈禧平日中意的，我嫌甜。如今的身体状况已经让我对油、糖一类的食品望而却步，不敢问津了。可是这都是老佛爷的最爱，老佛爷是从不忌嘴的。我听一个御厨的遗孀说过，慈禧在吃上没有节制，小零食不断，吃东西想起一出是一出。有时在园子里遛弯儿，走着走着停住了，要吃鱼羹，厨子就得拿出带着的小灶，当场制作，当场品尝。慈禧喜欢清炖肥鸭，喜欢吃夹肉末的马蹄烧饼和一咬流油的炸三角。一个七十多岁的老太太怎禁得住这些油腻，秋天，拉肚子，拉死了。

## 武英殿的土耳其浴室

吃过晚饭，顺着故宫西夹道往南，西边是“中国第一历史档案馆”，那里面收藏着世界的许多独一无二，收藏着成千上万至今无法破译的皇家秘密。此馆建于“文革”，属于“违章建筑”，与故宫的风格极不协调，听说不久要拆。同样不协调的还有路东的宝蕴楼，那是袁世凯当总统时盖的办公楼，中西合璧，土洋结合，让人想起了铁狮子胡同的段祺瑞政府大楼。不同的是宝蕴楼墙上已经爬满了爬山虎。李院长说，这个楼嘛，虽是后盖的，也算文物了。不拆，保留了。

最不协调的当属武英殿西边“浴德堂”的“土耳其浴室”了，在一片黄琉璃瓦的房顶中，突然出现了一个白色穹顶，上面有透明的圆盖，以便于通风采光。从门缝往里看，“浴室”在房的后部，贴着白瓷砖，有条道与后面相连。人们说，这是乾隆为香妃建造的浴室，香妃是西域人，生活习惯与中原不同，建此浴室一来尊重她的生活习惯，二来以解她的思乡之苦。

武英殿内建浴室，总是让人匪夷所思。武英殿是紫禁城内重要所在，它与东边的文华殿遥遥相对，文与武担纲着江山社稷的重要责任。武英殿是一座很完美的殿宇，歇山大屋顶，须弥座汉白玉石栏，月台将大门和殿门连接成一体。当年李自成在武英殿登基，第二天便匆匆撤离了紫禁城。李自成选择武英殿宣告大顺政权建立的举止让我一直不能理解，正统的太和殿就在一步之遥，怎的就没迈上去呢？

李院长说“浴室”的说法只是一家之言，也有人说这里是熏书用的。我回家以后查资料，觉得这个说法比较靠谱，康熙当年曾经在武英殿设立书局，殿的左右廊为修书场所。嘉庆年间夏天曾经清理宫内存书，将书籍存储于武英殿，怕蠹虫噬书，用药熏。也有人说，宫中修《四库全书》需用大量宣纸，这个圆顶的建筑是用来熏宣纸的。

也有人说，这个“浴室”自乾隆年间建成以后就一直没使用过。

洗澡也罢，熏纸也罢……今人是搞不清楚了。

## 文渊阁的小花猫

我们到文渊阁的时候天已经黑了，这里平日不对外开放，用铁栏杆将其与前面的文华殿隔离开来。相对，后面的草便长得高，也更加静谧。紫禁城的文渊阁建于城东，与其他黄琉璃瓦宫殿不同，文渊阁的屋顶是青色琉璃瓦，青色主水，藏书怕火，以水压火，东方亦为水，智慧的象征。紫禁城内的一切建筑都应了“惟王建国，辨方正位”的原则，是有规制、有讲究的。中国的文化具有方向性和空间感，北京的形胜为“北枕居庸，南襟河洛，右拥太行，左环沧海”，是绝佳的风水宝地。这些是我当年写电视剧《全家福》，在这里体验生活，故宫古建队的黄师傅告诉我的。

文渊阁的格调样式模仿宁波藏书楼天一阁，两层，绿色阑干，回纹装饰，是专门存放《四库全书》用的。《四库全书》是1772年开始，由乾隆皇帝主持，历经十三年编成的一部大书。分经、史、子、集四部，共收古籍3505种，79337卷，装订成36000多册。参与编纂的有360多人，著名学者纪晓岚、王念孙、戴震都在其中，纪晓岚为总编纂。据记载，《四库全书》修成时，乾隆皇帝曾经在文渊阁前大摆宴席，款待所有的编纂人员，除了这300多人以外，还有亲王贵胄，够品级的官员……一时，文渊阁前，珍馐罗列，换盏推杯，万岁三呼，热闹非凡。巨著完成，喜悦是发自内心的，无论是皇上还是普通文人，对待中华五千年文明，必用真诚的文化良知和优秀文化人的操守认真地传承，这是时代赋予历代文化人的责任。

文化是精神的感应，我坐在文渊阁的台阶上，背靠着沉沉的阁楼，想着这短短的几级石阶，修书的十年间曾有多少人上上下下。他们是我的前辈，是刚刚走过去的一拨中国文化人，他们的气息还留在文渊阁没有散尽。望着暮霭中，站立在阁前的我的同伴，雷达、阎纲、刘锡诚、莫言、李敬泽、阎晶明、樊希安、张陵、石一宁、冯秋子、祝勇、周晓枫、胡殷红……当然，还有长得像二伯父的李云儒……我突然一阵恍惚，他们中的谁谁难保没参加过《四库全书》的编撰，难保不是360多位中的一员。天下同归而殊途，一致而百虑，同样的人换了时空，莫非都是旧时相识？想不分明疑是梦，思路不知随风何处。

一只黄白花的小猫，悄悄地从文渊阁后走出来，猫很小很小，大概还没有断奶。文渊阁的台阶对它来说太高了，它欲下不能下，害怕得喵喵叫，后来索性寻到台阶旁边的斜坡，慢慢蹭下来，蹒跚着朝我走来。我抱起了它，它很轻、很瘦，在我的掌心微微颤抖。我摸了摸它的小鼻梁，它又喵了一声，将小脑袋扎进我的臂弯里。文渊阁内还有如此娇小的生命，如此让人心动的温柔，令人不可思议。它从何而来，如何生存，为何出现在紫禁城的深处，它的祖先有过怎样的经历，它怎么会偏偏在此刻出现，似曾相识一样地向我们靠近？一连串的疑问让这只小猫在神秘之外带上了宿命性质。

“六朝文物草连空，天淡云闲古今同”，或许是哪位编纂者的遗爱。

# 在平民百姓中间

## ——日本杂记

### 初踏上这片土地

飞机倾斜着盘旋下降，海天交接处那条迷濛的、泛着淡紫色光芒的带子时而移到窗顶，时而滑到脚下。耳部有些不适，俯身望去，东京已在眼底。红的、灰的、蓝的屋瓦，反射着太阳的光泽；小河在田地里穿过，亮得刺眼，树极少，水泥的房屋裸露在骄阳下，蒸腾着阵阵热浪。

是一个滚热的，令人望而生畏的世界。

——不愧为太阳之国。

《十洲记》说："扶桑在碧海中，树长千丈，一千余围，两干同根，更相依倚，日所出处。"中国称日本为扶桑，大概在《山海经》中便已有记载了。传说中，金乌，即古代图画上那只三条腿的鸟儿，是太阳的化身，夜晚歇息在东海扶桑树上，早晨从这里升起。

脚下这个狭长的岛屿竟容纳了一个太阳，想来很让人眼热呢。

下了飞机随着乘客来到海关入口。入口处，"本国人"与"外国人”分开进行入境检验，我想了想，排到“外国人”的队伍中。

海关人员坐在玻璃围成的小阁子里，阁子跟北京海关检查站样式相差无几，甚至连那个笑容可掬的检查官也跟中国的没什么两样。

身前身后的人都在讲汉语，东北话、天津话、上海话，像是飞机在天上兜了一圈又回到了北京。

轮到我，递上护照，检查官嘀里嘟噜说了些什么。我蒙了。

对方又重复了一遍，身后一位天津口音充当了翻译，说我的证件中少了两张入境登记卡。

我记起来了，在飞机上离开了座位，空中小姐给每人都发了表格，唯独丢了我。原想着找她们要一份，后来竟忘了。

“对不起，这个卡片我没有。”我用日语第一次跟日本人打交道了，心儿腾腾地，天知道我说的是不是日语。

我的日语是拣来的“哑巴日语”——会看不会说。一篇文章，净是假名（字母）还可以对付，汉字一多就张不开嘴了，不知道该怎么发音。

“文革”期间，我在黄河滩上放猪。我的四兄，在湖北咸宁放鸭。

鸭子赶进沟塘河汊，便可以不予理睬；猪儿吆进旷野荒地，也可以撒手不管，时间充裕得无法打发。

于是，猪倌与鸭倌之间扯起了一条学日语的线。

我每周收到一份湖北寄来的日语讲义，四个眼儿的活页纸写得密密麻麻的，一页一页地编了号码。我将它们按顺序装订起来，放牧余暇便拿出来读。怕人家说是“里通外国”，更有“投敌叛国”之嫌，自然是于没人处，偷偷摸摸地，做贼一般。

凭着活页纸上的那些罗马字注音，我艰难地读出了第一行假名“阿、依、乌、埃、奥”，念出了第一个日语单词“米刀哩（绿色）”。这真是日本话的“绿”吗？我听了那陌生的发音，反问自己。也许什么都不是，让日本人听不过是一组莫名其妙的音节而已。但我坚信它是日语。“绿色”，在那昏黄的黄土原上，在那纷乱狂热的炽烈气氛中，我渴望着充满生机的，给人以希望和信赖的绿，渴望着心中的绿色良田，有朝一日能获丰收。

没有正规教材，没有语言环境，没有会话对象。

有的是滔滔的河水，往来歇息的雁。

我把自己所学的日语命名为“黄河日语”。

讲义写到342页时我毕业了。达到了一种什么程度？大专？本科？研究生？

孰料，十几年后黄河日语还要经受考试，考场竟设在日本海关——

窗口里递出两张卡片，让我补填，从表情，手势判断是叫我别着急到一边慢慢填去。

我照办了。

通过。

至于那位给我的日语打了几分？不知道。

在楼下大厅旋转的皮带上，找到了我的皮箱，用小车推着向大门口走去。心里默念：出门往右坐汽车，再倒京成电铁到上野，换山手线到巢鸭……出趟门真是不容易呢，已经背了一路了。

“您回来啦，一路辛苦！”

一个机场工作人员向我鞠了一躬。我忙不迭地还礼，心里想，挺客气呢，跟中国不一样，下飞机时，那个站在机舱门口的民航空中小姐连句“再见”也没说。

那人帮着我一直将车推出检查口。

“让您受累!”我说。一想，又赶忙换了黄河日语，大声说：“谢谢!”

出了大厅，轰地，一股热气扑面而来。外面是38℃的高温，是眩目的阳光，陌生的语言，滚滚的车流，花花绿绿的广告……一股喧腾的洪流，一下将我淹没了。

日本……

## 清水町的家

我是到日本来探望丈夫的，他在日本国立国语研究所担任外国人研究员。

我们住在板桥区的清水町，在东京市区的西北角，是平民百姓的住宅区。

住的房间有六张席大，两面是窗，从地到天，几乎占了两堵墙。玻璃是推拉式的，装着滚珠，尽管很重，推起来并不费劲儿。对着窗有个壁橱，也是推拉式的，上下两层，大到可以在里面睡人。据说，日本式的房子都有这种大壁，能放被褥和许多杂物。晚上从里面把被子拉出来，铺开就能睡觉，很科学。中国的床的确太占地方，偌大的一块有效面积白天整个被闲置起来不被利用，于住房紧张的中国人来说实在是一种浪费。

日本人居住的房屋，为了适应气候与风土，适应那频繁的地震，大多数都是木头的。当然，钢筋水泥的房屋也不少，说实在的，在日本找块砖头，其难度不亚于在三秦田野里找块秦砖汉瓦。有的房屋，外表看来是洋式的，但内部依旧保持了日本房屋的独特构造，地板上铺着一寸多厚的草垫，日语叫“榻榻米”，进屋的时候必须在门口脱了鞋。房内一进门有个小灶间，有煤气，有水，每月租金两万四千日元，约合人民币三百元。就这，在东京已是相当便宜的了。一般租一间这样的房，每月要交三万日元。没有浴室，不包括厕所费、水电费、煤气费……在与房主签定契约时还要交礼金和押金，所以租一间房子要准备相当于房费五倍的款子。中国留学生的经费都比较紧张，房租几乎要占去全月收入的三分之一，这是个很让人头痛的问题。房主板桥弥一，是日中友协的常务理事，对中国人有一种特殊的感情和关切。由于我的到来，他腾出三楼一间屋给我们作卧室。坐在榻榻米上，可以嗅到东京湾吹来略带腥味的海风，看见蓝天下飞快奔跑的云，那是一个很风凉的所在。

家是临时的，却相当现代化。

写字台、转椅、冰箱、彩电、洗衣机、地毯……

睡觉，躺在榻榻米上，跟躺在地上没什么两样。天花板仿佛一下子高了许多，人变得矮小了，向四下看，满目是桌子腿、墙旮旯、吸尘器的轮子、书架的底部，人的视觉角度变成了耗子，十分不舒服。

窗外，下面是普通公路，上面是高速公路，汽车往来穿梭，二十四小时从不间断。夜幕降临，汽车更欢势起来，“立体声”有愈晚愈烈之势，让人无法安眠。躺在床上看着上下跑汽车，这是一种什么样的滋味哪？记不清在哪篇报纸上读过一位同胞写的访日观感，其中说，“外面静悄悄的……竟不知不觉到了早晨，拉开窗帘，阳光射进来，众多的汽车在公路上跑，无声无息。”想必这位同胞下榻的是有双层玻璃，隔音隔热的高级宾馆。而我，却像成千上万普通的日本市民一样，睡在公寓里，享受着听“立体声”的待遇，从天黑到天明。

这幢楼房有三层，从门口的信箱看，住了六户，人们互相之间不见往来，我来了好长时间，竟没见着一个邻居。

3 点多钟，天就大亮了。

7 点 40 了，街上还空旷旷的，偶尔有背着书包的小学生跑过，各家各户的窗帘都拉着。与中国“日出而作，日入而息”的习惯不同，东京的人爱睡懒觉，机关九点上班，商店十点开门，真正热闹的时候是傍晚和夜间。

是了，我慢慢地也学会了睡懒觉。

待在家里十分寂寞。怕迷路，不敢远走，只能在家门口附近转悠。

左边一家二层小楼住着一户南朝鲜人，所能见的是门口的一堆鞋和一个小男孩。那孩子很瘦小单薄，像是有病，每天傍晚都要站在电线杆下面仰着脑袋发愣。有一回我走过去问他看什么，他说在观察。老师留了作业，让每个小学生都观察一样东西，认真做好记录，期末检查。他的伙伴们无一例外，都观察花，而且都是月季。他偏不，他要观察电线杆上的麻雀。我抬头看看那电线，上面真的落了一只雀儿，贼头贼脑地四处张望，理理嘴，抖抖翅膀，接着扑楞楞地飞走了。这有什么好观察的？真不知这小东西如何填写他的观察记录，想象的成分一定少不了。

斜对门一座楼是日本共产党的荒马座剧团，没见他们排过什么戏，也很少有人出入。有时我从那门前过，看见房里的墙上挂了很多剧照，像是个话剧团。一天晚上，剧团里忽然响起了鼓声，咚咚地，忽疾忽徐，敲出各种花样，足足响了半夜。早晨，我起来一看，那座楼房神话般地不见了，几辆吊车正在忙碌，赶着把墙壁、窗框、楼梯装在卡车上运走。

三天以后，那里成了一片平地，一点儿房子的痕迹也没有了。

我们住的公寓有一架电话，归六家使用。因为离我的门口最近，所以它一响，我就去接。

事情往往坏在我手里。

对方提出的那些日本名字的发音，我压根儿对不上号。虽然六家的名字都贴在那里，哪个名字怎么读却不知道——无能为力。

误了别人多少事，实难计算，往往连自己的事也给办糟了。

有一次，某某君来电话找丈夫，我回答说："不在。"对方在电话里沉默半天，没再说什么，把电话挂了。

回到房间，我猛然意识到自己犯了个大错，将"不在"说成了"去世"，看来这个麻烦惹得真不小呢。

紧张、不安，却无法补救。

中午，丈夫回来了，说某某君往研究所打了电话，告诉他中国高等教育出版社明天派团到日本……

"他没说别的事？"

"没有。"

某某君真够精明的。

自此，电话铃再响，我也不去接了，不管是自己的还是别人的。有时铃响得实在不像话了，二楼上的一位女房客便下来接。

“叶桑，电话！”她远远扔过一嗓子，也不管我听见没有，把电话一撂，上楼去了。

我在楼梯上碰见过她几次，一个脸色苍白，肿眼泡，厚嘴唇的女人，穿着一件出土文物一样颜色的连衣裙。每次相遇，我都客气地向她问好，寒暄几句“今儿个天儿不错呀”之类，然后侧过身去请她先走，我们老北京人有这个美德，有这个传统。

对我，她采取一种爱搭不理的应酬状态，我要不先打招呼，她可以脸儿绷得平整整地从我跟前擦身而过，好像世界上根本就不存在我这个大活人。

傲气得很哪！

在国内，邻居关系对我是非常重要的，可以说，就像家庭关系一样，成了生活不可缺少的一部分。我常出差，孩子要托付给邻居阿姨；天冷了，要请孙嫂帮忙做棉活；对门老张两口吵了架，小媳妇总要过来哭一鼻子，即便没给她解决什么问题，只是两句安慰话，走时还一个劲儿地道谢。至于彼此之间带鱼与螃蟹、核桃跟红枣之类的交往就更多了。

我不习惯没有邻居的生活，不习惯这种各自封闭的状态，人不能没有交往。

除了我的房门以外，各家的门都关得紧紧的，里面有灯光，有笑声，有热闹的爵士乐，有喷香的炸大虾味儿……

外面，冷冷清清的，跑上跑下只有八只猫，两只老的一黑一黄，下面是黑黄相间，丑陋异常的一群，一看便知是二者交媾产生的后代和后代们杂交产生的混种。猫像主人似的在楼里挨家乱窜，开运动会般楼上楼下地追逐，肆无忌惮地在我洗衣服下水用的管道口拉屎。几次跟板桥告猫们的状，他都说没法子，日本猫多，大概居世界第一。后来他从商店里买来几个上面画着猫逃跑图案的小纸袋，里头不知装的什么药品，说是挂在洗衣机上，猫闻见味儿就会避开。

第二天，挂纸袋的正下方，有一泡鲜猫屎。

猫屎有一股恶臭，足让人能把早饭从胃里倒出来。在打扫猫屎的当儿，我看见“出土文物”蹲在门口给那只黑猫喂牛奶。

脑袋里冒出个计划。

小时候，我们家买了几只小油鸡，怕猫吃了，就提着猫脖子在小油鸡们面前把它狠打一顿，让它一看见鸡就想起这顿打。受此启发，是不是也可以把猫装进洗衣机里，盖上盖儿，干转它十分钟呢？

逗引了那猫几次，均未上手，许是它窥出了我的“图谋不轨”。后来，见了我索性掉头就跑，钻进“出土文物”屋中。

思来想去，为避免“国际纠纷”，只好忍了。不过，从此更讨厌她了。见了面，我会视若无人地昂着脑袋走过去，再不给她让路。

后来，我的看法发生了动摇。

有人在我洗衣机的周围洒了香水。

有几次出门回来，见门上贴着小纸条，写着几点几分谁来过电话，电话的主要内容及接话人的回复内容，有条有理，一清二楚。

落款：福田宽子。

宽子，无疑是二楼那位女性。

真是怪人，让人摸不透。

问及房东板桥，他说，日本房客之间都是这样，门一关，各成一统，谁家有几口人都不知道。像福田宽子这样，已算是“爱管闲事”的了。

我读过一本反映日本社会弊病的书《最后的世界》，作者石川达三曾提到过现代城市居民的通病——独立主义。他说，那是一种无论什么事，只要跟自己没有直接的关系，便采取视而不见，听而不闻，毫不关心的态度。不讲义气，拒绝人情，完全是一种封闭自己，不想让个人生活泛起半点风波的处世态度。

跟其他人谈起日本邻居之间的冷淡关系，他们说，日本人本性就是如此，其特点就是沉默寡言。欧洲人把沉默寡言视为愚蠢，视为一种对人性的拒绝，日本人则认为这是一种美德。有人说，欧洲人的自我是一个孤独的单元，日本人的自我是一个孤独的家。这使我又想起了那一个个封闭的门，尽管其中有笑语欢声，有炸大虾的香气，却永远不会打开。“两千年悠久历史培养起来的这种民族性，在某种程度上根深蒂固地影响了日本人的生活与行动。”

这是一位日本评论家说的。

## 服装

迫切需要买身连衣裙。

刚下飞机，我就感觉到自己引得许多人看。

在北京我为自己的一身西装得意过，它出自著名服装设计师之手，无论剪裁还是做工都无可挑剔。临出国前，我穿着这身行头去单位走了一圈，大伙儿都说人是衣裳马是鞍，这身皮一披，让我年轻了六七岁。

平日不讲究，钻煤窑，下工厂，去林区，方便随和，大众化，给被采访者一个亲切感，消除了他们的拘谨。想不到，方便随和中竟丢了六七年的青春。这身出国西装，让我体会到了服装对于人精神面貌的重要，穿上它，自觉不自觉地挺起了胸脯，直起了腰板……自我感觉良好。

谁知，十分“良好”的一身儿只跨了一个东海便吃不开了，前前后后不过两个小时的时间。

与日本妇女服装相比，它最大的弊病是松散宽大，严肃有余，活泼不足，像个患浮肿病的板着面孔的老婆子。人们说，中国人与日本人属同一人种，辨认起来十分困难，但是也有诀窍：一看走路，二看穿着。中国人过惯了田园式的生活，又受过“忙中有错”的训导，故而干什么都是不慌不忙，四平八稳的，走路如同散步，打太极拳一样，是多年练就的慢功。另一点，唐宋之风犹存，中国人在穿着上向来不肯让身体受半点委屈。

当然，日本和服与中国古代服装更近似，宽衣敞袖，飘飘欲仙，成为日本独特的民族服装。日本的旅馆里，每个床上都放一件消过毒的“尤卡他”——和服式的浴衣。以其式样特殊，常引起外国人的兴趣，不穿一穿决不罢休。我便是其中之一。

日本当初在奈良建都以后，从宫室建筑到服装章典，无一不学习中国。国内人分四等，贵族、公民、部民、奴隶。各类人在服装上有严格的区别，什么等级穿什么质量、什么颜色的衣裳，决不能乱来。绸子之类丝织品只有贵族才能穿用，平民不许问津。贵族的服装也极为繁琐，我在京都参观了日本古代服装展览，穿着上最为复杂的大概要数平安时代中后期公卿的装束与女官的装束了，仅从外面粗粗地一看，便可看出那女官至少穿了六七层衣服。

1868 年，明治天皇向欧洲学习，实行维新，服装也起了很大变化，出现了欧式服装。穿这类服装的男人叫“摩登巴”，女的叫“摩登卡”。新兴的资产阶级有了钱，也开始穿起绸子这类不属于他们那个等级的料子，但没有政治地位，不敢穿在外面，往往做成里子，以衣服衬里的质量来显示其富有，这也是日本一个特有风俗。最近见了一位老日本通，他告诉我，当今服装行业中，日本服装的里子是最考究的，这与他们的历史不无关系。

太平洋战争时期，日本妇女穿的“国防服”是长裤。现在的日本妇女，无论冬夏，一律地穿裙。

据说，有几种女人穿长裤：一、暴力集团的；二、流氓；三、嬉皮士。

我无论如何也得把腿上的长裤换掉。

日本服装出奇地贵，一套毛料男西装卖到十万日元，一件连衣裙六七万。

有人告诉我，东京的马食町，专门出售便宜服装。

那条街上有三四家这样的商店，崭新的衣服挂在架上，堆在台子上，任人去翻，去挑，去试。不像其他大商店，一进门，一个售货员跟上你，推荐呀，介绍呀，不把你搞得心烦意乱，掏出钱包来决不算完。

裙子二百日元（人民币三元左右）三条；绣花抽纱上衣，五百日元一件；毛衣七百日元一件；毛呢大衣四千日元一件是很不错的了，百分之百全毛。我在森林一样的服装中转来转去，看惯了红卫服、一字领的眼睛，在这里看哪件都挺新颖别致。买了一条碎花连衣裙，两条短裙，两件灯笼袖衬衣，花了不到三十元人民币，很满意，很高兴。

现在看来，国内个体户服装小摊上的价格要得有点儿太狠了。一双长筒尼龙袜卖到四元，在这里，几毛钱就可以买一双。国内服装设计与实际往往脱节，眼总瞄着国外，设计出来的衣服可以在国际获奖，可以轰动京师，却让人穿不出来。哪个妇女肯穿那拖地的长裙去捅煤炉子？哪个姑娘愿意顶着一根花羽毛去挤公共汽车？

日本服装设计虽然花样繁多，但面向消费者，服装新而不怪。一种服装的流行寿命是极短暂的，稍一过时就不便再卖出去。夏天还没过完，商店里已经换上了秋季服装，那些纱裙之类马上被拿到马食町这样的地方来处理，价格可以一下跌几档。会买东西的日本人，抓住换季的时候买衣服，可以省不少钱。服装如果积压在商店里卖不出去，商店要交税，税率极高。所以，再大的百货商店也不敢积压，隔段时间就要来次大甩卖。

男人夏天也是西服，天气再热也规规矩矩地戴着领带，穿着外套。今年是日本战后最热的一年，气温到了38℃。带我们去岚山参观的那位汽车司机，穿着西装，颈部、袖口的纽扣都严严实实地扣着。日本人在上班时间穿衣服是非常讲究的，个个都是西服革履，整齐笔挺。但是一到了礼拜天，人人都换上了家常便装，全家出去游玩，衣服五花八门，什么样的都有。

在新潟海滨，面对一件露后脊梁的游泳衣我很是犹豫了一阵子，但是看看海滩上，穿三点式的女人不少，下面的裤头只挂住一点胯，看上去很有被海水冲下来的危险。男的更会玩花样，连游泳裤也懒得穿了，在前面不便见人处套上一个怪模怪样的长鼻子动物，便毫不掩饰地在人群中走来走去，让人不敢正视。

青年人穿得最随便，甚至有点不修边幅的味道。衣裳松垮，多不系扣子，裙子长过小腿，很邋遢，据说是流行式样。相比较，中老年人服装比较规整，女人上下一套的裙装叫 one—piecc，以中间色为主，很和谐，突出了身体各部分线条。

我参观了五泉的“日都服装公司”和福岛的“东和被服厂”，那里有一大批人在搞服装设计。设计师捕捉信息的本领很强，并且每时每刻不停地设计新式样，每种服装的产量并不多，很少成批生产，这也是日本服装百花齐放的一个原因。在电车上，在众多的女乘客中，穿同样服装的人几乎没有。

穿和服的人在日本已经不多了，尤其在年轻人当中。

日本和服穿起来很复杂，仁井妙子教了我一个晚上，什么“伊达衿”“带扬”“带缔”“振袖”等等，光名字就够我记的。

妙子说，她曾在穿和服的指导室专门学习过，是这方面的行家。“现在的年轻姑娘自己都不会穿和服，首先她们拿那长袖和华丽的带子就无办法。把这些带子一条条折好，系出规定的扣子来是很需要技巧的。我在指导室学习的时候十五分钟可以将全部带子系好，现在不常穿了，得用半个钟头到四十分钟。要想把和服穿得很妥帖，只有到美容院请专家给穿，领子呀，腰呀才能处理好。否则家里给穿，总能挑出毛病来。”

我拿出板桥夫人送我的一套和服，在妙子的帮助下，练习穿脱，挣得满脸通红，最终也没学会。

每年八月十三日是盂兰盆节，按规矩日本妇女要穿着和服打着灯笼到寺庙去。

那时，我正住在新潟木村老太太家中。

晚饭过后，老太太换上了和服，也给我拿来一套，帮我穿。八十多岁的老太太，手脚相当利索，不到五分钟就把各式各样的带子系完了，然后扯上大伙儿去永莲寺了。

穿和服走路十分别扭，迈不开腿，连台阶也上不去。脚上的木屐也不听话，鞋底前半截是斜的，使人的身子老往前栽，脚趾缝让绳勒得生疼，简直是受罪。我只好迈开步小跑，觉着形象一定很怪，望望过往行人，并没人理会自己，心中不禁好笑起来，原来日本妇女都是用这种姿式走路的。

## 买东西

“雅——克依——毛——”

一声带拖腔的吆喝使我想起儿时严冬的夜晚，缩在温暖的被窝里，倾听小巷深处传来略带悲凉的“硬面儿——饽饽——”的叫卖及阵阵清脆的梆子声。

我拉开窗朝外望，是卖烤薯的。

到了晚上九十点钟有个卖汤面的老汉从窗前走过。“拉——面——”接着是一声喇叭“呜——哇——”，拉面两个字的发音跟汉语一模一样。老汉卖的拉面实际上是切面、压面，很细，碱性大，煮出来发黄。

拉面车有个玻璃罩子，跟我们的个体户卖馄饨，卖酱猪心、猪舌头的一样，点着一盏小灯，旁边是一个滚开的锅，现买现下。面熟后捞出来，浇上面汤，洒上酱油，搁一块炸豆腐，几粒葱花，爱吃辣的浇上一勺油泼辣子，闻着也挺馋人的。

卖晾晒衣服用的竹竿儿的，收买废旧杂志的，卖烤鸡肉串儿的，卖烧章鱼的，各有各的吆喝，在窗外时常此起彼伏，撩起人的阵阵思乡之情，唤出童年那熟悉的“磨剪子来——抢菜刀——”，那诙谐的“萝卜——赛过梨呀——”

一日，外面乐声大作。

众多日本歌星轮番演唱，清水町竟开了次一流歌手演唱会。

推门出去。

门口停着一辆专卖食物、杂品的售货车，样子很像四五十年代北京夏天卖冰激灵、雪花酪的车。只不过布棚子换成了玻璃柜，绷铅皮的木“冰箱”变成了带玻璃的冷藏罐。车头驾驶员旁边的椅子上，一个四喇叭立体声的收录机调到最大音量，唱得正欢，戴白帽着白裙的车主人在墙根阴凉处乘凉。

见我围着车转，“白围裙”跑过来，是个二十出头的小青年。

先是一句莫名其妙的“对不起”，接着再问买什么。

洗衣粉、手纸、刷碗剂；酱油、醋、辣椒油；烤肉用的锡纸，包食品用的塑料卷……都是主妇日常必用之物。

“沙拉油？蛋黄酱？”他变戏法儿似的从车的腹部掏出了一个个小瓶小罐，大概是怕我因直观看不到所需的东西而离去，使他损失一笔买卖。

“这是最受日本欢迎的‘褐色恋人’，销售量居全国之最。butter，玉米油提炼出来的植物性脂肪，防止妇女发胖。饺子，一份三百五，两份便宜，六百元。”他拿出两盒饺子，是蒸饺，个儿大，包得漂亮，一盒六个。我领教过，肚里的馅并不怎么样。

我推回去，用中国话说：“关公门口卖大刀哩。”继而又换日语，“我从饺子的故乡来。”

“呀——中国人，真正中华料理呀！”他摸着后脑勺，不好意思地笑了，收起那两盒饺子。

“有黄酱吗？”

我最近找了个窍门，把日本酱用水调稀，配以肉末、姜末、葱花，做成炸酱面，请客，已香倒了几个日本人。

“有。”“白围裙”说，“地道名古屋酱。做酱汤颜色好，味香。”

“多少钱？”

“五百元一袋。五百克。”

“太贵，这钱在中国能买二十五公斤。”

“四百五卖给你啦——”

“八百元我买两袋。”

“……行！”

从买酱以后，他常来。录音机自进入清水町便换上了中国磁带，

“春季到来绿满窗”“忘不了你的情，忘不了你的爱”“喝了一杯再来一杯”“那天我走上高高的山巅”，还有“好花不常开，好景不常在”，杂七杂八不知从哪里凑来的，看样子是专门给我放的。

“那个‘何日君再来’不好。”

“为什么?”

“中国人不喜欢。”

“很不喜欢?”

“很。”

自此，“好花不常开”从磁带上抹去，换上了邓丽君唱的日本歌《他人船》。

我们熟识了，他叫我“叶桑”，我叫他“达桑”。

有一回我请他进屋来坐，喝西湖龙井。他正儿八经地从车上拿下两瓶橘子汁，连同一张名片恭恭敬敬地放在桌子上，算是拜访礼物。他在榻榻米上正襟危坐，一反平日街上的油滑之气。

他说对中国的茶和茶史很感兴趣，并且还知道中国有个叫陆羽的，写过一部《茶经》。还说，攒够了钱一定去中国，做关于茶的考察。

雨季到了，再没见他的车过来，直到我离开日本。也许此时他在我的窗口正播放歌呢，而那门内再不会走出我。他一定会失望吧。

日本，食物非常之贵。当然，他们挣得也多。一个桃，二百五十日元，三根葱，一百三十日元。鸡肉最便宜，牛肉最贵。虾仁、鱼等海味价格比中国低，并且十分新鲜，这是沾了海洋国家的光。

我每天早晨去买菜，购回一天所需。后来房东的儿媳妇静子告诉我，日本的家庭妇女都是下午买菜，没有早晨起来提篮子上街的。于是，我也改作了下午。原来这里面还很有些奥妙呢。

傍晚，快要关门的时候商店要进行抛售，尤其是水果店、菜店，价格特别便宜。白天三百元买三个西红柿，到了晚上，能买一箱子。商店如果星期一休息，就星期天下午去买，星期二休息，就星期一去。日本的主妇们买菜还有一个窍门——等报来了再买菜。每天随报纸同来的还有小广告，有的和报纸一样大，有的像练习本那么大，上面写着某店几号到几号廉价出售什么商品，什么东西价格最低。主妇们在家里把几个商店的价格做过反复比较以后，再出门，心里有了底。去这个店买蛋，那个店买奶，家门口的小店没便宜货，可以绕过去不进。总之，每日的菜谱要由广告上公布的价格决定。不似我们，吃什么早早定好，到商店一买了之，直去直回。

作为一个外国人，要像普通日本人一样地生活，有时也会遇到意想不到的困难。

要吃韭菜虾仁馅的水饺，进了菜店，才猛孤丁想起，出来时忘了查字典，不知道韭菜怎么说。环顾店内，没一把韭菜，看来得有点小麻烦。

我对女老板用手比画着，要买“长的，绿的”。

她拿来一把芹菜。

“这边要白的，那边要绿的。”

“这个?”她又取出一把葱。

“不要空心的，要实心的，扁的。”

对方摇摇头，愣愣地看着我。我也愣愣地看着她。

“请等一等！”一个姑娘飞快地跑到冰箱跟前，从底下取出两捆绿莹莹的韭菜。

我很高兴。

女老板抖着胖身子也笑了。

“尼拉，”姑娘把韭菜朝我扬了扬，又对老板说，“中国叫韭菜。”

“你懂汉语？”我用中国话问她。

“懂呀。我是东大中文系的学生，来这儿勤工俭学，能有机会跟您讲汉语真是很高兴呢。”

“你帮了我的忙。”

“哪里。我是第一次跟中国人讲汉语，我的话您能听懂吗？”

“能。很不错的普通话呢，比中国的广东人讲得还标准。”

“真的呀——”姑娘被感动了，“以后请您常来。”

“买韭菜？”

“尼拉——”

同一样东西，同一个厂家出的，一个商店与另一个商店价格竟不相同。

我很不习惯，常用国内统一牌价来看日本价格，往往吃亏上当。

有一回，从横滨回来，又渴又饿，在车站小摊上花了一千日元买了一个西瓜（日本卖西瓜论个不论斤，也不知怎么日鬼的，那瓜个个都长得滚圆，一个模样，一个甜度，能在商店里摆，百分之百全是熟的）。抱着瓜艰难地走回家，却见家门口小摊上同样大的瓜六百元就可以买下来。

“好瓜。多少钱买的?”小摊主人搭讪着问，因为常在他摊上买菜，彼此都熟识了。

“五百元。”那五百我打了埋伏。

“是‘大卖出’买的吧?”小摊主人朝我笑笑，看来他心里什么都明白。

在日本，想到什么就可以买到什么，无论是哪一国的，只要有钱。北京的臭豆腐，镇江的香醋，四川的金钩豆瓣，河北的金丝小枣等等，在商店里都可以看到。

四月九日，中曾根首相在电视中，向全体国民呼吁，要“大家都来购买和使用外国产品”。日本是个无资源国家，立国谋生必须依靠贸易，贸易是双方的，舶来品打动不了日本人的心，他们对国产品有一种特殊的偏爱——他们的工业产品在世界上是一流的。为此，作为首相，不得不手持教鞭，在事先预备好的各类图表上，向他的国民仔细说明购买外国产品的必要性，要人民帮助政府尽快消除对外经济贸易上的磨擦。

日本的铁道公司有自己的大百货商店，这些商店都集中在最热闹的车站附近。听说不久前在筑波车站新开张了一家百货店，用的是最先进的电子设备和计算机装置。顾客来买东西，把一条皮带样的电子传感装置系在腰上，后边就会跟上一个机器人，帮你拿东西，为你服务。要买肉，只须按一下电钮，切割机就会把你要的部分切好，递到你手里。

我去筑波参观博览会，很想去那个商店看看，由于赶车，竟眼睁睁地错过了。为了弥补遗憾心情，只好安慰自己说，不去也好，万一那传感装置失控，切割机在猪肉与人肉的选择上发生混乱就麻烦了。

不少商店，开门十分钟内，经理带领全员站在店门口，向进来的每一位顾客鞠躬，感谢光顾。几乎与你的脚迈进店门的同时，立即会听到一声“依拉下依（欢迎）”，声音总是那么热情、欢快，好像从没有倦了或厌烦了的时候。

商店的招牌很吸引人，巢鸭有家西友百货商店，牌子几乎天天换：“连日大开放，大出血！特别奉仕！”“本日大卖出！”看到这条我就想笑，黄河日语上讲，抗战时期，中国百姓往往把这句话倒过来读。

驹込车站有个弹子店，门口天天堆放着许多花圈。初时不解，后来才明白，日本买卖开张，各铺号均送花圈以贺喜。看那花圈，竟与我们追悼会上的花圈毫无区别。在日本，吊唁也送花圈，只不过比贺喜的花圈素净些罢了。

商店的等级分明，什么样身份的人进什么商店已成规律。“三越”百货商店是日本首屈一指的一流百货商店，无论日本桥附近的本店还是各处的分店，门口都卧着一个大铜狮，算是标记。在这里买东西，价钱比别处贵很多，说穿了，一半是卖东西，一半是卖派头——提着“三越”的口袋在街上走神气。难怪像马食町一些廉价商店的口袋就不受欢迎了。我知道几位住在日本人家中的留学生，在马食町买了东西，快到家时，把纸袋扔了再进家门，一来怕主人不高兴，二来怕让邻居们看见。这样的事在中国没有。

价钱一流，服务态度也是一流的。

我跟木村老太太逛了几次“三越”。

售货员不是站在柜台里，而是在你身边迂回，看你脸色，揣你心意，随时准备向你出击。

我对一个学龄前儿童用的静电画板多看了几眼，立即有一个四十多岁的男服务员走过来，拿出各式各样的画板，介绍性能，做示范表演。得知是给女儿买的，又拿来女孩玩的拼板，用数百块碎片，拼成“拇指姑娘”“小红帽的故事”等图画，说是既“可以锻炼孩子的脑筋”又能“培养克服困难的精神”，“七八岁正是孩子智力开发的关键阶段”等等。

一个静电画板三千八百日元，顺便又推销出一盒两千元的拼画，日本人真会做买卖。

我要买条连衣裙，过来五六个女服务员，抱来十几条适合我身材的连衣裙。

试衣室里，甲蹲下为你拉裙角，乙弯腰替你扎腰带，丙又从后边替你扣纽扣，动作轻盈，熟练，我反而插不上手，像个橱窗模特似的，任人摆布。衣服穿好，我被拥到穿衣镜前，服务员拉上围缦，知趣地退出，恭立在门外。

连试几件，均不中意，几番劳累人家，心内已是不忍。那几位却不住口地说：“对不起！”“实在对不起——”“请再试试这件！”

最后，闭着眼睛定下一件，并不满意，纯粹是出于怕麻烦人罢了。商店里靠这种“热情”做成了多少桩顾客并不称心的买卖？大概不少。

星期天去了家新开的店，东西便宜，与服务员的热情程度也成正比。

店内顾客以穷学生居多，中国的、美国的、印度的，见不到衣饰华丽的贵妇人之类。

丈夫正在翻看一件大衣，被一个男服务员劈手夺去，“这件不卖！”

“为什么？”

“贵。三万元。”

言下之意是“你们买得起吗？”

因为我们讲中国话，就另眼相待，可恼可恨！

我对正把大衣往架子上挂的售货员说，“拿过来，我要。”

他看出我神情不善，匆匆将衣服递来。

“我要找你们经理。”

“何必呢，”丈夫总是唐僧似的，“小伙儿找个差事也不容易。”

“中国人不是软赤包，谁都可以捏，你小子等着——”

售货员站在那里呆若木鸡。

我说的都是中文。

## 战争孤儿

早晨是新闻节目时间，电视台十二个频道从各自的角度播放不同的新闻。

几乎有半个月的时间，电视的新闻节目连着播放日本遗留在中国的战争孤儿回日本认亲的消息。

日本投降以后，撤退时丢下不少孩子在中国，有的寄托、送给中国的夫妇，有的匆忙间被扔在街头。有一位妇女说，她从学校放学回来，看见家空了，邻居告诉她，父母带着小弟弟坐上一辆卡车走了，临走给她留了一句话：“好自为之”，她一下就瘫了，那时才是个三年级的小学生……四十年过去了，这些孩子已经长大成人，成了干部、工人、技术人员、艺术家，他们的命运已经同哺育他们长大的家庭结合在一起，同这块广阔的土地结合在一起。对亲生父母的记忆恍惚如梦，但他们知道自己是日本人的孩子，他们手中有亲生父母留下的凭证，有无私的养父母关于其身世的详细叙述……俗话说，人有双重父母，两处家乡。毕竟是日本的血统啊，怎能不牵肠挂肚地思念呢？

电视上的认亲活动是分批的，一批十到二十个人不等，挨个给予特写镜头，并加以介绍。

电视里如果初步认准了，就要通过厚生省，当面认亲，验血，做种种化验……科学认亲，并不是两方说了算。四十年，双方变化都很大，谁也不敢百分之百下定语：“你是我爸爸。”

这是日本厚生省组织的最后一批认亲的孤儿，来自东北的C市。

电视中，一个妇女含着泪说：“四十年前，我被丢在中国，一下子成了孤儿，这不能怪我的父母亲，谁不疼自己的孩子？现在，我也是几个孩子的妈妈了，很能体会到做父母的心情，我知道，只要有一点儿办法，他们也不会这样做。今天我到日本来，见不到亲人也不要紧，但我想知道，我是谁的后代？是哪里人？真实姓名是什么？日后，对自己的孩子也有个交待……”

“妈妈，您还记得我吗？”

“妈妈，您在哪儿……”

“妈妈呀——”

没有谁，在那一声声发自肺腑的呼唤下能无动于衷。

我决定去看看他们。

先打电话询问八木庄司先生，他一向从事日中友好工作，是个很受爱戴的老头。

二次大战期间，八木在北京待过，现在与老妻住在高岛平一大片新盖起的公寓中。他家地方不大，房间内堆得满满的，墙上挂着溥杰、叶圣陶诸位老先生赠送的字画，架子上堆摆着中国来日访问的团体、个人送的纪念品……现在，这位八木先生又在学习盲文，已经用盲文跟洛阳一个盲人按摩医师通过几次信了……“我爱中国，”他说，“我把中国也看作自己的祖国，战争孤儿是历史造成的。这是一部我们大家都不愿回顾的历史，中国人民，日本人民，在那个阶段都失去了很多……”

我托他的事，他一口答应下来。

第二天一早，八木就到我家来了，他不但打听到了战争孤儿们的居住地点，电话号码，最近两天的活动安排，而且还找来了《每日新闻》《读卖新闻》所有有关战争孤儿的报道，满满一大手提包。老头儿大概一宿没睡觉。

吉冈教授的夫人喜美子也要陪我去，她说她想为那些“可怜的孩子”做点事情，也怕我一个人斜穿过东京，跑那么远的路，丢了。

9 月 17 日下午，我和喜美子来到了战争孤儿们居住的青少年体育活动中心。

一个讲堂一样的大厅，乱哄哄的，室内地上很脏，空气内泛着香水味、烟味，茶碗边上积着一圈圈黄色茶渍……

四十五名残留孤儿在厅里接待来访者，三五一群，随便交谈。来看他们的有百人之多，都是热心肠的中、老年人。青年几乎没有，那场战争于他们太遥远了，对这些事，他们很冷漠。谈到对这次认亲活动的看法时，有人说："没任何感觉。"因此，大厅的黑板报上，用很醒目的字体做标题，批判了"没感觉论"，措词激烈、尖刻，看了觉得很过瘾。

孤儿来日认亲，在日本人中有各式各样的议论：有人说，这是战争的罪过，是日本政府的责任，没什么好推卸的，政府应当承担起来。能否找到亲人在其次，主要的是应该使这些流散在外国的日本人的后代回到祖国的怀抱，体会到祖国的温暖。这事几十年前就该做了，拖到今天，实在于日本政府脸上无光。也有人说，战争已经过去了四十年，一切都成为历史了。让这些年近半百的"孩子"回来，他们不见得能适应日本这个社会，不见得比在中国过得更好。还有一种说法是，认亲可以，定居不妥。中国母亲在最困难的时候收养了他们，含辛茹苦，培养成人，确是很不容易的。现在，却要携家带口地投奔日本，丢下已经年迈的中国父母，实在是有点……

看法不一，对这批认亲的孤儿采取的态度也不一，来大厅的人并不都是认亲的，也并不都是友好的。这点"孤儿们"看来比我更有认识，他们对待来访者谈话很有分寸，很留有余地。

在这里，我听到了熟悉的东北话，听到亲切又带点土味的乡音，心头顿时火辣辣的。这儿是他们的祖国，但我的心，比在场的任何一个人离他们都要近。

有个矮老头儿，胳膊上戴着一个白布箍儿，写着"通译"两个字。

“您是翻译?”

“自愿的。我的中国话，没有问题，”老头儿一点儿也不谦虚，“中国话，难。我会的。五十年前，中国满州的干活，中国话的，没问题。依玛（现在），会社俸仕，年龄老了，养老金的干活。我们犯罪，他们受罚，良心没有!”

老头儿的中国话委实不怎么样，却又很健谈，简直不给我插话的机会。可以理解，这个老兵是怀着什么样的心情抛开清闲的生活而义务到这儿来当翻译的。灵魂的不安，良心的指责，或许还带着为亲友，也许自己，暗中寻访失散的骨肉的目的。

大厅的后部坐着三个中国妇女，我和喜美子向她们打了招呼，三个人立即站起来了，脸上也有了笑。

三个穿得都很漂亮入时，看来出国前做了一番精心的准备。

她们夸我的汉语说得好，“跟电台里的一样标准”，问我是不是到过中国，是不是早些时候回来的战争孤儿。我说我是中国人。她们不信。亮出证件，才信了，大家立即亲热起来，无拘无束了。

关凤英告诉我，她的父亲已经从外地打来电话，明天就要到东京来见面。“四十年没见过，心里紧张得很呢，真不知道他是什么样，像不像我?还有，脾气好不好?我心里有一个父亲，不知道能不能跟明天要见的人对上号……电话里没提到母亲，大概已经不在人世了……”

“别想那么多啦，明天一见面什么都清楚了!”

“你够幸运的啦，来了四十五个人，找着亲人的才几个呀!”

“明天见了父亲你有什么打算呢?”

“先让他回C市看看，看看我被养父拾到的地方，再看看养父、养母的坟。”

“来日本定居?”

“准备的。这要跟他商量。”

“丈夫?”

“不，明天要见的那个人——父亲吧。”

关凤英很坦率，她说已年近五十，丈夫和三个儿子都已参加工作，是工厂工人，一家五口都挺勤快，到日本不会给父亲增加什么负担，还可以照料老人。

“真是件值得高兴的事儿!”

“……谁知俺们受的那些苦哇……”关凤英哭了，李凤与李云清的眼圈也红了。

问她俩，都说没找到亲人，并且已经彻底失望了。

“找不到也只好算了，原本来的时候就没抱多大希望，人家给了一次机会，作为女儿，应该找一找。这回总算安心了，父母怎么样是父母的事，儿女的心总要是热的。”李云清说，“在中国生活得也挺好，真到日本来也难习惯，要是二十来岁还可以在这儿奋斗一番，如今都快当奶奶了……”

“明天乘新干线去参观京都、奈良，这回来日本，权当一次旅游罢了。”李凤说。

只好这样安慰自己，我知道，她们心中是很酸苦的。

李凤托我给她在免税店买个照相机，要Nikon牌的，说是她出去不方便。

说办就办：我和喜美子转了好几家商店，换了几趟车，总算买到了 Nikon，回到青少年活动中心时，天已经黑了，孤儿们都去吃晚饭了，我们提着照相机袋站在厅院里等。

大门口开来一辆汽车，停在不远的花坛边，车上下来一个驼背、干枯的小老太太，让人扶着，向四处张望。

“准是谁的妈妈。”喜美子说。

果然，一个妇女泣着，由大楼里奔出来，见到老太太，猛地收住脚步，直愣愣地望着。

“花子吗？”老太太在两个搀扶者中间，困难地抬抬手。

“妈——”被叫作花子的妇女怯怯地走过去，双方默默地审视着。

“花子。”

“妈——”

两双手拉起来了，泪在无声地淌，没有电影中大叫一声扑入怀中顿足痛哭的场面，东方人自有东方人的气质、东方人的感情表达方式。

吃饭的人陆续回来了，有个烫头发的妇女，听说我们是来给李凤送相机的，问是不是李凤的妈妈送来的。

“她的母亲不是没找到吗？”

“对外头是这么说，其实来日本之前就找到了呢，娘儿俩已经在C市见过面啦。”

“可是，为什么要那样说呢？”

那位妇女说，李凤的日本母亲住在她姐姐家，生活不很富裕，老太太跟着女儿、女婿过日子，多有不便。几年前，李凤通过别人打听到母亲的下落，母亲也专程前往C市看望了女儿。女儿的工作不错，日子也过得挺红火，一大家子人，和和睦睦，老太太放心了。李凤也算过细账，凭她的年龄，文化水平，工作能力，在日本要站住脚是很不容易的。无论在中国还是日本，与母亲的感情维系永远不会泯灭，而与四十多年未见过面的姐姐之间的感情能否维系下去尚在未知。姐姐能否接纳、承担一个新的家庭？当家的不止姐姐，怕还有姐夫、甥男甥女，许许多多的人……母亲有母亲的难处，李凤有李凤的想法，权衡之下，她决定留在中国，并且这次来日本，母女不相认，以朋友相见。母亲来活动中心看过她，各自心里都明白。有种说法，如果认了，李凤来日的一切费用将由其日本的母亲承担……

不认亲的原因有很多，李凤的情况只是其中一种，另一种原因是父母死在那场战争中，根本就没回来，或是死于战后的饥馑，死于漫长的四十年岁月中。还有一种因为是父母一方再嫁再娶，实有难言之隐，像《人证》中的那位女主人公。再有，就是兄弟姐妹的排外性，一个自称是哥哥、姐姐的陌生人，骤然闯入一个家庭，甚至有的带有长子、长女的身份，这对其他成员来说不能不是个威胁。

然而，毕竟日本政府在这项工作中做了很大努力，战争孤儿们对此很满意。他们说，我们有两个母亲，一个日本，一个中国。一个生了我，一个养了我，两个母亲的爱是均等的。日本是我的祖国，中国也是我的祖国，日本有我的根，中国有我的心……

后来，国研的同事们请我吃饭，在饭桌上我跟高桥部长谈起了战争孤儿们的事，讲了关凤英、李凤和李云清，讲了她们的矛盾心情。

部长听着听着哭了，当着饭店里许许多多的顾客哭了。他说："中国人在自己最艰难的时候养育了敌人的孩子，这种无私的爱是举世无双的，中国的母亲们是伟大的，是世界的典范。"

在座者全体起立，"为中国母亲们干杯！"

"干杯！"

我高高地举起了酒杯，为了我的母亲！

## "皇军们"

东京的九段街，是一条令人反感的街。

二次大战或者更早，这里是军人的集聚地，是军人的地盘，有名的"军人会馆"就设在这条街上。

今天，军人云集的情景已不复存在，"军人会馆"也改名为"九段会馆"。现代化的高层建筑，错综复杂的高速公路已彻底改变了这条街的旧貌。但是，当你沿着林荫路漫步的时候，仍旧能从这里、那里看到当年的痕迹，从树丛石缝间嗅到残留下的战争气息，撞见悠悠荡于阴暗处的军国主义的阴魂。

那天，我在去私学会馆的路上，边查地图边走，猛抬头，只见背后的树丛中露出一匹马的腿部，惴惴然撩开枝叶，原来树间立着一个骑马的军人塑像。年深日久，雕塑的低凹处已长出层层绿色的苔藓，变得阴晦黯淡。就这，也依旧遮不住骑马者冷酷的面容和浑身的杀气。他是谁？不知道。但这个形象对中国人来说并不陌生。攻打卢沟桥，南京大屠杀，残酷的大扫荡，到处都有"他"的影子。

我决计离开这里。

走了没有两步，路边插一木牌，写着白漆大字“战没者墓地由此向前”。

我下决心，折回去乘车，哪怕只有一站路。

车站对面是靖国神社。

那里是世界一切爱好和平的人们所唾弃的地方。

我认识了山本老太太，一个白头发的，很有气质的老人，长得很像“阿信”，一辈子的经历也颇似阿信。现在老太太开了个公司，掌管得井井有条，儿女们都大了，各自成家立业，老太太身边只有一个当中学教师的小女儿。山本老太太每年收入不低，积蓄也不少，生活却很简朴。我去她家，她让我看袜子上的补丁，说，“穿带补丁袜子的在日本大概也没几位了。别人说我小气，我不这样看，在花钱上，我对自己要求很严，把钱花在有用的地方，只要有意义，花多少我都不心疼。”

的确，这个老太太对中国留学生的照顾是无微不至的，“离开了妈妈，家里不知怎样惦记哩！把我这儿当个家吧，也让你们的妈妈放心……”老人絮絮叨叨地，把每一个住在她家或是去看她的中国学生都看作“孩子”。东京的留学生不少人都认识她，称她“奥卡阿桑（大妈）”。

我与奥卡阿桑住的板桥三町目相距不远，半小时路程，而且是一条笔直的日本小街，两旁满是日本式的小店铺，卖米的、卖菜的、卖药物卫生用品的、卖烧墨鱼的、卖烤肉串的，一家挨一家。晚间吃完饭，我常沿着小街，挨家逛，逛到街尽头就是奥卡阿桑家。

每次进门，奥卡阿桑都要拿出好吃的招待，然后对沿路各商店买来的便宜货加以评论。

“这个漆碗上当了，胎子不是木的，是塑料的。”

“这件西装很漂亮，但在日本不能穿，像三菱银行的事务服。”

“这套茶碗是真正的清水烧，价钱也便宜。在日本买瓷要看瓷质、釉色，不能看牌子，假冒的有的是。”

有时，聊着聊着，就聊到她故去的丈夫身上。

“那是个好人，我一生都敬慕他。”老太太说，“他从来不说任何人的坏话，有看法就说在当面，毫不隐讳。我跟他一起过了几十年，没听到他背地里说一个人的不是。单凭这一点，就是个了不起的人呐……

“年轻的时候，他在中国天津待了十年。那时候，日本跟中国打仗，他是个医官。不管怎么说，最美好，最值得怀念的时光是青年时期，他的青年时期是在天津度过的，十年哪！他怀念天津，却一直没有机会去，两国没有建交，人民之间的往来哪像今天这样随便。他想得很苦，尤其是到了晚年，得了肝病，垂危的时候还念念不忘去中国，去天津。

“我今年抓紧治病，养精蓄锐，明年到中国去，而且要乘船去，我的丈夫当年就是乘船走的。沿着他走过的路，带着他的照片，一起看看中国，看看天津，看看他待过的地方变成了什么模样。九泉之下，他也就瞑目了……”

老人晃动着满头白发，说到伤心处，有些哽咽。

人的一生，年轻时的记忆最牢固，最宝贵，如同一幅多色彩的图画。年轻的时光，便是画面上最闪亮、最突出的高光部分。在日本，有相当一部分老人，他们的年轻时代是在中国度过的，能够活下来已是不幸中的万幸。他们记忆中的突出部分，是杀掠，硝烟，血泪；是冷酷，残忍，暴戾；是狼一样的性格；是火一样的无情。

傍晚，我来到房东板桥弥一家，他明天要携夫人去中国旅游，正在准备行装。老两口每年要去一趟中国，对有些风景名胜知道得比我还详细。我是来送行的，并且自带了白面和饺子馅，依照中国“上马饺子下马面”的风俗，包一顿水饺，为房东夫妇饯行。

“在日本吃中国水饺，千载难逢!”

主人很高兴，特地邀了两个同行者和一个送行者一道来吃水饺。日本也有中国饺子，实际上是锅贴一类，真正放在水里煮，而且饺子不破，保持原味儿，他们还没见过。几个人钻在厨房里，一道工序一道工序地看，还拿笔记录，画分解图。

两个同行的都当过“皇军”，去过中国的，一个在山东枣庄，一个在北京南口。送行的人叫营原宗一，东京都议会议员，也在中国打过仗。

“皇军”们围着桌，兴奋地吃着水饺，喝着酒，“为日中友谊”，“为子子孙孙，世世代代友好下去”干了杯，人人脸上都红扑扑的。

“今年去中国的哪儿呢?”我问主人。

“山西。交城。”

“苦地方。解放前那儿流行了一首民歌：

交城的山来，交城的水，

不浇那个交城就浇了文水。

…………

交城的山里没有好茶饭，

吃的是莜面栲栳栳还有那山药蛋。”

我唱着，主人眯着眼打拍子。晋中古老歌曲特有的旋律将他的思路扯远了，心已不知飞到什么地方。许久，他说：“听说交城还没有对外国人开放，我无论如何也要说服旅行社，让我去那里看看。”

“年轻时在那儿待过？”我想起了山本老太太的丈夫。

“待过，我在山西、河北待的时间最长。”

望着坐在对面的板桥弥一，我忽然觉得他长得很像《地雷战》里那个偷地雷的渡边，机警、多思，清瘦、干练，连那眯眼的神态，摸下巴的举动都很像。我不禁暗自称赞：我们的演员真是把日本兵演活了，惟妙惟肖。

“现在中国老一辈人对日本没有好感，提起日本兵来都咬牙切齿的。我来日本，我的老公公很不以为然，他今年八十了，在太原住了大半辈子。‘上小日本那儿去干什么？八抬大轿抬我也不去，——杀人太多，我眼见的，血都不往地里渗，顺沟流！我多少好朋友死在他们手里……忘不了！这辈子到咽气也忘不了！没招他们，没惹他们，也把我弄进宪兵队，挨打不说，在雨里罚站……现在又友好了，不计前嫌了，记着，害人之心不可有，防人之心不可无！’”

“打你公公的兵不是我。”板桥慌忙解释，“虽说那时我在太原，可是分在新兵营，在双塔寺附近。我们不站岗，每天就是一二一地操练。”

我笑了，说：“老爷爷是这么认为的，到了他孙女这辈又是一个看法了，她心中的日本是铁臂阿童木，是咪姆，是玛亚，甚至有时还很遗憾地跟老爷爷说，‘怎么还不打仗呀？’”

“两代人，不，是三代人的差距了，”板桥笑着说，“看法自然大不相同。”

“现在日本的年轻人认为，二次世界大战已是历史书上的一章，作为现在的日本人，无须记恨什么，也无须承担什么。他们跟我们不一样。”南口兵说。

“可是，前几天中曾根参拜了靖国神社，这对中国人的感情是一种伤害，包括我的公公在内。”

“皇军”们都不言语了，大伙儿的心情是复杂的。

过了一会儿，板桥指着营原说：“他的哥哥在中国战死了。”

营原低着头，看着杯中的酒，没有说话，我也真不知该说什么了。

“你杀过人吗？”我问山东兵。话一出口又立即悔了，职业的习惯，提问题总爱一针见血，不留情面，往往忽视了场合。

“那是没法子的事，”板桥替山东兵回答，“命令。不干就得死。不是被上司处死，就是被对方打死。”

营原声音低沉地说：“不少日本人的亲人，都把性命丢在了中国。对日本兵来说，那里是泥沼，是炼人场。”

“那是什么日子呀，”板桥老太太插话了，“独生子也得去当兵，丢下女人、孩子在家饿肚子。结果出去的人死了，在家的也死了，东京成了一片火海，一片废墟……”

“现在知道啦，那是侵略战争，可当时并没认识，只当为国尽忠是男儿本分，结果跑别国土地上‘尽忠’去了。金质勋章、武士道精神……一场梦哪！我们要用自己的经历告诉一切人，战争不要！”

板桥拿来一幅很大的中国地图，铺在榻榻米上，花白头发们凑在一起，各自寻找自己待过的地方。

“保定！”

“石家庄！”

“居庸关！”

山东兵会说简单的“协和语”，即日本侵略中国所创造出来的日语、汉语的混合语，也就是国内电影中日本兵的语言，“米西米西”“死拉死拉”“统统死拉地干活”之类。“八路，大大地厉害，枣庄、徐州铁路，统统地破坏了地干活！”他很认真地说着，仿佛就是昨天的事情，说完还耸耸肩，一副无可奈何的神情。

自从战败以后，他一直没去过中国，明天早晨就要动身，到那片广袤的土地上去踏寻年轻时的梦，怎能不令他激动呢！他趴在地图上，不厌其烦地沿着当年的路线“行军”。那线路一步步由沿海伸向腹地，在腹地绕圈子，又一步步地退回沿海，最后停在胶东半岛……

“我是由这儿上船回国的。”他指着地图上的某一个点说。

几个人又凑上去，认真地看那个点。

于是，每个人又开始了自己的“行军”。

是一种追忆，有对逝去年华的感慨，有对旧地的怀念，有对战死同伴的依恋，也有对所做所为的痛悔……

如今，他们都献身于日中友好工作，很多人成了日中友好的中坚分子。例如板桥，在繁忙的事务之余，办起了一个汉语学习班，完全是义务的。每届四十人左右，已经送走了七届毕业生。每到上课，他都要去张罗，招待教师，安排学员，清理教室……

“中华民族是个了不起的民族。”他不止一次地对我这样说，“日本兵在中国干了坏事，犯了罪，但中国人很理智地把日本士兵和一小撮军国主义分子区别开来，说我们也是受害者而不加以记恨。我们到中国去，照样受到朋友般的接待，热忱的欢迎。中国人心胸博大，了不起！我们要深深地谢罪，将后半生献于日中友好工作，让更多的人了解中国，了解这个伟大的民族，以补年轻时的过失。”

“皇军”们深深的自责感动了我，我想起了与福岛的日本青年们手挽手发出的共同誓言：

“打倒军国主义！日中不再战！”

两国人民的心是相通的。

## 僧人

庙多，是日本的一大特点。连最不起眼儿的小街口也要立着一座最不起眼儿的小庙，不及一间屋子大。常见有背孩子的女人扯着庙前的铃铛当啷当啷地摇，堪称街头一景。

我住的十条路口，就有这么一座庙，跟乡下的土地庙似的，又小又破，香火却极盛。水果、鲜花几乎天天换，时不常还有家做的糕饼什么的供奉在那里。庙内不知站着一尊什么神，光头，像是少林寺里出来提水的小和尚。那神还围了一个小孩子吃饭用的小围嘴儿，戴了一顶红毛线织的小僧帽。

一问才知道小庙里站着的是地藏菩萨，是专门保护行人和小孩的神。

日本人信佛教，比中国人有过之无不及。跟木村一家去逛京都和奈良，比我大不了几岁的木村逢庙便拜，我问他："你真信？"他说："我们家祖祖辈辈都信佛，到我这儿成了一种习惯，无所谓信不信。"

日本的佛教宗派很多，各派之间差异也很大。不仅所依经典不同，寺院构造不同，就连僧侣修行的方式也有很大不同。

东京的浅草，有人说那里是北京的天桥，上海的城隍庙，很值得一看。

进了庙门，两边都是卖小零碎的摊贩。卖钥匙链的，卖衣服的，烙烧饼的，做米花糖的，沽稠酒的，唱着卖着，好不热闹。

甬路尽头是观音寺，殿堂很雄伟，屋顶起坡平缓，斗拱体积很大，屋面出檐也很深远，典型的日本庙宇。殿内还有一层殿，最里面才是佛龛。几个僧人在那里看守，收纳礼金。施舍三千元叫"纸礼"，五千元叫"中札礼"，一万元是"大札礼"。交了钱就可以进到内殿，跪到龛跟前、菩萨的脚下。不交钱只能远远地站着看。我能看见菩萨，不知菩萨能否看见人堆中的我。一万元，我舍不得掏，在国内是我两个月的工资。

和尚们穿着考究的黑纱衣，领口、袖口纸糊般的挺，不见一丝污迹。脸由于不常晒太阳（大概缺少海滨浴场的日光浴），一个个白细细的，保养得十分好。有的留着分头，还抹了很重的油，从人跟前一过，一股化妆品味儿。

日本的和尚与中国的不一样，有意思！

去新潟的永莲寺，趁那里的僧人在堂上念经，替死者超度亡灵的工夫，我绕到后面，观看了他的“家”。

客厅里高朋满坐，谈笑风生。和尚的妻子儿女正与来访者围坐小桌前，边欣赏着影星三浦友和的电视吸烟广告，边聊着家长里短。墙边立着男式、女式两辆摩托。据说，和尚出去做法事，路远，就骑摩托，真可谓现代化了呢。

隔着大玻璃窗我瞭了一眼和尚的厨房，三开门淡绿大冰箱，自动点火带烤箱的煤气灶，自控电饭煲，各种新鲜蔬果，各样精美点心，不知是客人送的，还是准备待客的。墙角堆着一箱麒麟啤酒，日本名牌。

我想起了秦岭山脉北麓，沣峪口的一个尼姑庵，那里住着几个离群索居的老尼。为讨水吃，我也涉足过那厨房，乌黑、昏暗，满房寻不见一丝亮色，寻不到一棵青菜，连那待客用的碗也是黑釉粗瓷，简陋至极。问及庙内收入，却并不少，除国家按月给予补贴外，自种的粮食可以自足，香火钱也挺可观。

由此看来，中国的僧人们未免过于教条，跟自己有点儿过不去。到达彼岸，道路千条万条，有骑马的，就有驾摩托的；有摇木舟的，就有乘鱼雷快艇的；有古刹青灯，淡泊一生的，就有喝酒吃肉，娶妻生子的；有口念弥陀，苦修苦炼的，就有走后门，贪捷径的。东京柴又，寅次郎的故乡，有座叫帝释天的庙宇，大殿的外墙全是一幅幅巨大精美的木雕，每一幅都是法华经上一个故事，一共十一幅。其中有幅《龙女成佛图》，说的是女人本不能成佛，龙王的女儿便将价值“三千大世界”的宝珠献与释迦。佛受之，曰：“善哉！善哉！”答应了龙女的要求。

我想，佛连宝珠都收了，决不会那么死心眼儿，认准了“苦行”不放。中国的释迦弟子们，今天真应该去东方取取经了。

日本国际青年实行委员会将我分配到高田宗彦家去住，到达福岛的当天，高田先生便告诉我，说给我安排了一次到普应寺坐禅的活动。

我说，偶尔坐一回禅也成不了正果，更何况又没有那值三千大世界的珠子。

主人笑了。

寺院住持中泽孝昭为了表示郑重，八月天，他穿了三四层衣服。里面是白宽袖短衣，外着灰色和服，和服外面又罩了一件宽大纱衫。脖子上挂着黄香袋，胸前斜穿着白玉环，两缕丝绦由环间穿过，垂荡下来，十分好看。中泽手持念珠，口诵佛号，加上那宽衣大袖，颇像历史小说中的人物，我觉得一下倒退了几百年。

普应寺内收拾得整洁利落，地上一根杂草也不见，没有香客也没有僧人，里里外外只中泽一家。

中泽的老母亲，一个慈眉善目的老妈妈和她的儿媳已在家中等候多时了。

客厅很宽敞，日本式的。厅外是绿草如茵的庭园，有流水，有石桥，有土山，还有日本式的石灯，古色古香，十分典雅。清风带着花香由院内徐徐吹进客厅，拂动壁上挂的字轴。轴上“香风起”三个字，笔法飘逸，如龙蛇飞舞，似能脱出，随风而去。

我说："法师不出家门就能临水登山，探幽寻静，在东京可是找不着这样的好庭园呢。"

中泽半开玩笑地说："出家之前我是平民百姓，出了家可成了贵族了。"

"我今年去了中国，"他说，"朝拜了经山万寿寺，遥拜了天目山，感慨无量。宋朝是禅宗的全盛时期，许多日本僧人渡海去中国学习，日本的佛教是直接由中国传来的，中国对日本有恩师之情啊！"

我说，我对宗教一窍不通，现在的中国青年，对佛学感兴趣的人不很多，称得上凤毛麟角。

我问他佛教的精髓是什么。

"顿悟。"

他用笔写在纸上。

我不懂。

"直指人心，见性成佛。这靠的是主观觉悟，明心见性，西方就在眼前。"

我还不懂。

"比如说，我出家，也是顿悟。我原是学英文的……"

像是发生了地震。

"大学毕业以后，我在某公司就职。后来，自己又在东京创立了一个公司。诸行无常，诸法无我，世间一切变幻无穷，唯有涅槃寂静，最终我还是选了出家这条路……"

正说着，中泽的妻子端上饭来。这是一个瘦小俊美的日本妇女，迈着小碎步蹭到客人面前，跪下，用漆托盘，毕恭毕敬地将食物摆放在每人跟前。

“做得不好，可能不合您的口味，请多多包涵了。”她朝我温柔地一笑，很有些腼腆，然后弯着腰退出了。有客人在，主妇一般是不上桌的。

看那轻盈的脚步，最多有二十五岁。

饭是云饨，像中国的汤面。我的碗里有大虾和蘑菇，中泽的碗内只有蘑没有虾。另外，每人还有一块油炸豆腐，咬开来，里面是一个白果。

中泽说，他一向吃得很清淡，我如果不介意可以在他的庙里住些日子。

我说后天就要离开福岛，明天还要去地方报社参观。

“将来来庙中住吧！这里很清静，你看，花园东边的小楼上全是客房，什么都是现成的，不管是你还是你的朋友来日本，尽可以住到我这儿来，吃住我都管，住一两年都成，我很高兴有人能住在庙里。当然，可别嫌我的伙食差哟！”

我正要谢他，榻榻米上忽然滚出了一个大红球，球后跟出了中泽的一双儿女。女儿四岁，穿着小粉裙，很可爱的样子；儿子刚刚会走路，正牙牙学语，屁股上还兜着尿布。

中泽把儿子搂在怀里，问他要不要吃面。他说要喝水，拿起父亲的茶杯一饮而尽。

“还——”

等不得人倒，便把桌上所有的剩茶底挨个儿喝了个精光，小肚子喝得圆滚滚的，前襟湿了一大片。

小姐姐在一旁大声嚷：“够啦！不要喝啦！”去夺弟弟手里的杯子。

“他是渴了。”中泽说，笑眯眯地看着儿子。

“问一个问题，如果提得不合适您可以不回答，也不必生气。”我鼓起勇气说，“日本和尚娶妻生子，这点中国人很不理解，也觉着这是违反了‘色即是空，空即是色’的佛教原理。不知日本的僧人是怎么理解这个问题的？”

“世人把‘色’单纯误解为‘女色’过于片面，其实它的含意是十分博大的，包含了世间一切因素，有形的、无形的。由于明治维新，西洋文明进入日本，日本社会分化为一个复杂的、繁琐的社会结构。你去人家布教，正碰上人家吃饭，主人给你端出肉来，你怎么办？执意不吃，会让主人难堪，不知所措。下次来，人家就要特意另做，是布教呢？是添麻烦呢？因此寺院随着社会的变化而变化，禅宗不是孤立于社会的宗教，也就随之改变了。明治五年四月，政府发出布告，允许和尚食肉、娶妻、蓄发。为此，还曾经有过一场激烈辩论，使佛教分为新佛教与旧佛教两派。我四十一岁才结婚，一个人，洗衣做饭，寺庙内各类杂务，事情太多，压力太大，就讨了夫人。现在轻松啦，每天五点起床，在佛殿先向祖师灵位谢恩，再替信男信女们祈祷安宁，为三界之内有缘的、无缘的灵魂诵经，然后清扫庭院，接待来客，有时还参加死者的葬仪什么的……”

吃完饭，中泽领着我到大殿去参观。

“日本寺庙靠什么来经营呢？”我问。

“施主的布施是寺庙的主要收入。第二次世界大战以后，日本有个土地运动，将地主的土地、山林全部没收。如今，普应寺所幸尚遗有微薄田地，可顾温饱。资本主义以通货为中心，极其自私自利，因此，宗教如果受到国家权利者的庇护，就失去了活动的自由，也会引起老百姓的反感，不会从内心选择信仰自己喜欢的宗教。所以，我拒绝国家的一切援助。我的寺院里，建筑和不少器皿、文物被指定为国宝，但其修理、保存的费用我全部自己掏，不向国家要一分一文的补助费。中国作家巴金先生说‘作家创作的原材料是生活’，至理名言哪！同样，我们寺庙生计之根本，就是千千万万个信奉者的布施。”

正殿内供奉着释迦牟尼佛，偏殿内供奉着普应寺历代住持的牌位。

“这是去过中国的古先印元禅师。”中泽指着正中一座塑像说。

那坐像颜色已经发黑，金漆脱落，露出了木的质地。与其他圆脸、长耳、方口的模式化佛像不同，这是一个普通和尚塑像，弯着腰，眯着眼，嘴微张，看样子进入了深层的思考之中。一个与我的祖先有过交往的日本人，一个连结中日友谊桥梁的先驱者。

我向那垂眼端坐的开山禅师鞠了一躬，不是为了一尊神，是为了一个人，为了他和我祖先的友谊，为了他的勇敢精神。

……离开普应寺时，天已经很晚了。

## 女人与男人

日本广播电台 1958 年搞了一个调查，“外国人怎样看日本”，让外国人用动物比喻一下日本人。三百位外国听众列举了六十八种动物：有鹿、蜜蜂、鸟、鸽子、麻雀、杜鹃、蚂蚁等等。总的来说，这些动物个儿都不大，有窝，拖家带口的，这大概与日本人个子小，好动，勤劳大有关系。所以一看见日本人就让人联想到了蜜蜂、蚁蚂什么的。

日本人顾家，尤其是日本男人，拼命地工作，任务就是养活老婆孩子。这样一来，大男子主义就特别严重，衣来伸手，饭来张口，一切家务活都推给女的。男孩子也不干家务，倒是女孩子放学回家要帮妈妈干活，这种教育从孩提时代就开始灌进人们的头脑中来了。难怪有人说，日本是男人的天堂，这里具备了男人需要的一切，从表现能力到享乐。

早晨我在楼上整理卧室，常常望见后窗小楼内的一对夫妻。男的是公司职员，每天早上骑自行车去上班。女的快要生产了，挺着硕大的肚子爬到楼顶上去晒衣服。看她攀铁梯的吃力劲儿，真让人替她捏一把汗。男的夹着皮包走到房门口，大声喊："库此！库此！"女的小跑过来，弯下身，将皮鞋整整齐齐地摆在丈夫脚下。那双鞋原本就放在离他不远的地方，伸手就可以取到的，但是他不。男人跨上车，并不骑走，愣愣地等着什么。女的由房内出来，用一条毛巾轻轻地为丈夫擦汗，男人身子挺得直直的，双手扶着车把，丝毫没有将手巾接过来自己擦的意思，甚至不肯弯下腰去俯就一下。女的笑眯眯的，觉得一切理所当然。是爱的表示吗？男人的爱呢？

我去国立国语研究所，看到研究室的女研究员铃木美都代和高木翠，每天为大家烧开水，沏茶，清理卫生，甚至谁买了水果，谁请客人喝了咖啡，那些削皮、洗碗都是她们的事。

我问宫岛室长，"你们为什么不干呢？"

“因为女人专爱干这样的事。天职。”他说。

我不禁暗自庆幸，幸亏这种做法没有作为新技术引进到国内去，否则我们办公室里那两位男士便会找到理论根据，连扫帚把儿也不摸了。

住在高田宗彦先生家里时，有一天他开车带我到磐梯山青年活动中心参观。半路上，他腰里挂着的无线电接收器忽然吱吱地响起来，“是纯子的电话。”他停下车跑到路边一个电话亭往家里挂电话。

“没什么要紧事吧？”高田回来时我问。

“让我买菜。”看来高田很不情愿，“说郡山的超级市场大，东西全……”

车子七绕八绕终于绕到超级市场的停车场，市场果然很大，里面熙熙攘攘尽是人。看得出来，高田不常来这里，提着筐子东一头，西一头地瞎撞。“啧啧，要买什么也不说清楚！”他的脑门上渗出了汗。

“看着买吧，比如蘑菇、芹菜、牛肉……”我完全是冲着会说这几个日文单词才说的。

“得了，买几个罐头吧，省事。”他就近抓了几个罐头看也不看地扔进筐里，扭身就走。我这才发觉周围提筐子的竟没有一个男人，怪不得他要冒汗，怪不得他要买罐头，否则一个大男人提着一筐鲜菜，站在一群娘儿们中间等着排队算账，也实在有点儿太丢份！尤其是在日本。

那天晚上，饭桌上没有他买来的罐头，大约是不能用。该不是拿错了，买了几听动物饲料罐头吧？因为不管是人吃的还是狗吃的，只要是罐头，常常被放在一个货架上出售，不细看，真有弄错的时候。

男尊女卑，在日本尤其明显。

“我睡下你才能睡，
我醒之前你就得起。
你要认真做好一日三餐，
你要永远漂亮、年轻。”

这是红极一时的日本歌手佐田雅志唱的《男子汉宣言》之一段，这首歌被日本评为最佳歌曲。这样的歌在中国流行不起来，起码会遭到几亿妇女的反对，首先全国妇联就不答应。

在日本，女人就业比男人难，工厂不愿雇用女工。日本政府有规定，不许妇女深夜劳动，女人不能加夜班。再说，技术刚刚熟练便要结婚，紧接着是退职、养孩子、料理家务。厂方培养一个熟练工人很不容易，这样一算，划不来。有的老板说得更绝，“女人嘛，个个都是自私自利的，缺乏对工厂的赤胆忠心。”有些厂，招女工，也不能做到同工同酬。1946 年日本政府提出过男女同工同酬，但是又说，“即便不遵守这项法案也不会受到处罚”，这样一来，同工同酬就成了一纸空文。我在新潟参观了一个食品厂，尽管明知犯忌，还是打听了该厂的工资情况。一个叫武田惠美的三十岁女工，每月应得工资十二万日元，扣去健康保险、厚生年金、雇用保险、社会保险、所得税、村民税等，到手只有十一万。同样，一个叫北川英世的男工，每月可拿到二十三万，是女工的一倍。

不光工资有区别，连说话都有区别。与其他外语不同，日语男人有男人的话，女人有女人的话，从语调到用词，到口头语，全不一样，说错了要闹笑话。

在木村老太太家里，我和她的几个儿媳一块儿包饺子。

“厕所在哪儿？”我问。

轰地，几个媳妇都笑起来。

“说得不对吗？”我问她们。

大媳妇说：“你把厕所叫‘便所’，那是男人的粗话，女人不能这么说。要含蓄。”

“厕所的含蓄称呼是什么？”

“御不净啦，御手洗啦，toilet 啦，都行。”

“在中国厕所的含蓄叫法是‘一号’。”

“‘二号’，在日本指的是外室、小老婆、爱人。”

“爱人？”

“爱人就是情人，非正式夫妻关系。”

这下麻烦了，中国夫妇一惯是互称爱人的。

日本有许多专供男女幽会的旅馆，love hotel，直译过来是“爱旅馆”，这些旅馆居于幽深的小巷，门终日关着，隐蔽又诡秘。

有些男人有外室，但大都是比较富裕的阶层。找一个“二号”，替她租一间公寓，每月给二十万元生活费，时常来此落落脚，方便时住一宿，平时由“二号”自便。“二号”也清楚自己的位置，决不找上本家去。每月轻而易举地挣二十万，再打点零工，比一个女工辛辛苦苦干一个月挣得多。夫人们受了冷落，往往去找私人侦探调查，闹出纠纷，为报纸、电视提供新闻。说来说去，倒霉的是女人。

妇女问题，在80年代的日本成了一个敏感问题，年轻的姑娘们已不甘于走母亲的道路，纷纷反抗，力争得到最起码的权利。与中国妇女相比，日本妇女是落后了，与其先进的科学技术发展几乎不成比例。

也有仁井妙子这样的女性。

我是在日中友协办的中文学习班的毕业典礼上认识她的，她个头不高，言语不多，是宴会上唯一穿和服的人，很引人注目。那天吃的是日本饭，每人跟前两个小木盒，一盒米饭，撒着黑芝麻，另一盒是菜，里面有一个炸大虾，两块烤鱼、几个肉丸子，还有紫菜、海带丝、渍生姜什么的。主人出于礼貌，把我安置在首席，打横跪坐着，像小人儿书里战国时候的王。左右两排矮桌，跪着数十学员。

漫长的宴会让人难以支撑，平时没有跪的习惯，两条腿何曾受过这样的委屈，先是酸，接着是疼，是麻，继而腿肚子开始转筋……

妙子过来斟酒，悄悄地说："您可以把腿伸直，在桌底下放平，他们看不见。"

我照办了，果然轻松了一大截。

她再转到我跟前时，我用汉语道了谢，问了她的姓名。她听懂了，激动得脸都红了。

宴会后，她和几个学员约我去喝咖啡，并且一定要我讲汉语，而且要"讲慢点儿"。只要听懂一句，他们立即哈哈大笑起来，高兴得手舞足蹈，像猜中一个谜似的。

认识了妙子，使我在这座陌生的城市里有了一个女伴。她常来信，来电话，对我的记者职业很羡慕，认为神秘又有趣。日本报业几乎没有女记者，一百人中找不出两三个，她们认为，这不是女人干的事，就跟打棒球不是女人干的一样。妙子是地地道道的东京人，跟她一块儿出去，我省了许多功夫，用不着拿出一半精力在地铁车站寻找那蛛网般的线路标志了。她在莲昭中学教数学，喜爱油画，参加过两次东京举办的画展。我送了她一幅自己画的白描，她很喜爱，由此，共同语言渐渐多了。

遵丈夫的嘱咐，我不敢问她的年龄、收入和婚姻，交往了许久，还不知她的丈夫在哪里工作。

天气转凉，我的归期已定，双方都有些恋恋不舍。

这天，她约我参加了南葛市中学的文化祭，我捧着校长送的一束鲜花，来到了车站。天下着雨，时间还早，我们到一家吃茶店喝茶。

我要了一份热狗和热咖啡。确实冻坏了，这日子在北京早穿毛裤了，在这儿还得穿裙子。

妙子要了一份巧克力冰激淋，她不怕冷。

妙子说，她每年都要到中国去旅行，去过中国很多地方。她爱中国，所以要学汉语。她说，中国妇女是最幸福的，既没有西方妇女的那种“自由性”，又没有日本妇女的“奴役性”，中国妇女有自己的独立性，她们可以在各行各业发挥自己的聪明才智。而日本的妇女，却还犹豫在从事职业还是待在家里之间，甚至有时还产生怕接触社会的古怪念头。

“……前不久，有人给我介绍了一个……”妙子用棍搅着冰激淋，眼睛并没看我，“他是个经理，人很好，收入也不错，见了几面双方都满意。”

我惊异她的独身。

“对方要求结婚以后就辞职，不让教书了，在家操持家务……我想了许久，没有答应，我离不开数学，离不开学生，也离不开父亲……回绝以后，又后悔，都快五十的人了，总得有个归宿……”

妙子声音低缓，眼中似有泪光。

“母亲去世早，弟弟、妹妹都小，只有父亲一个人。我是长女，要帮着父亲挑起这个家，我一结婚，家就散了……现在，弟妹们娶的、嫁的，都办完了自己的事，老父亲又到了风烛残年。他全靠着我，我一走，他准……到那时，这个世界上就剩下我一个了……”

她说得很吃力，我听得也很吃力。

秋雨中，在这个偏僻小站的吃茶店里，我的心被窗外那纷乱的雨脚扰得乱糟糟的，变得阴沉湿冷了。

我找不出合适的话安慰她。她也不想再说话。彼此就这么默默地坐着，听着外面的雨，相对黯然。

盘子里的热狗早已变冷。

该分手了。她往东，我往西。

我们隔着铁轨在两个站台上遥遥相望。暮色中，对面的站台上只有她一个，撑着伞，瑟缩着，单薄又瘦小。

我想起了一个英国记者的话：“我从未见过这样的社会，在这里很难说清是男人还是女人遭受的命运更不幸。”

## 年青人

一个日本朋友对我说，他到中国去，看到年轻一代在奋起直追，有种紧迫感。后生可畏，中国在崛起，赶上日本是明天的事了。

日本的青年是什么样子？

我有意识地接触了一批年轻人，有工人、农民、售货员、教师、学生、公司经理、社会活动家。在政治问题上颇有见地，头脑很清晰，他们既受中国儒道之影响又受到欧美思潮之冲击，是自由派与保守派的混合体。资本主义国家的青年并不都是颓废的，不可救药的只是极少数。我接触的年轻人，他们清醒地估计着自己在社会中的位置，也意识到他们所拥有的优势，故而奋发地追求着。我的邻居是个大学生，每天由学校回来极少出门，闷在小屋里做功课。有时到了吃饭时间，出来打个电话，让面铺送一碗汤面来。吃完了便把碗放在大门口，由饭铺来人取。其刻苦精神不比国内临近考试的电大学生差。

要在新的，迅速变幻的技术革命中站住脚而不被淘汰，在严酷的，只认钱的社会中扎下根，活下去，没有真本事是不成的。因此，日本大学的升学竞争是相当激烈的，许多妈妈望子成龙心切，在孩子还是婴儿的时候，便抱去让他学英语。

由于一头扎在书堆中，缺少必要的社会交往和实践，所以日本青年的思维往往不似中国青年那样活跃。我去大阪，住在一个叫荣山庄的学生宿舍里。招待我的是西安交通大学的王兆安。听说祖国来了人，认识的、不认识的，来了一屋子，有的甚至乘车从大阪大学宿舍赶来，询问国内近况。"老百姓的生活具体有了哪些改善？""胡耀邦视察西南、西北都讲了些什么，其意义何在？""整顿党内不正之风的具体措施是什么？有没有什么可'透露'的情况？"……更多的是他们在一起议论问题，议论社会的现象，经济政策的实施，文学创作的解放……看那郑重、认真之神态，似乎人人都是中央政治局委员。争论起来，面红耳赤，各不相让，能从房里吵到楼道去；谈到得意之处又大放卡拉 OK（录音），齐声高唱。我在那里住了两个晚上，隔壁楼房的主人向荣山庄管理人员提了两次抗议。荣山庄里也有日本学生，他们从来是关起门来读书，不介入任何讨论，彼此间也不展开什么讨论。有人说这是民族性的问题。日本中央大学教授小盐节谈到这一点时说："过去的日本教学方法还可以，可是今后要在国际社会中生存下去，就行不通了。因此有时我会故意地挑拨他们，让他们生气，或者把他们分成几个小集团，好让他们不受拘束互相轻轻松松地讨论问题。"

中国十年动乱，恶浪涌过东海，在日本登陆。至今东京大学的墙壁上还残留着当年的痕迹。

我去南葛市高校参加他们的"文化祭"，那里的学生在图书馆老师的带领下做了一件很有意义的事。他们搞了一个从昭和四十年到六十年（1965—1985）的日本风俗调查，调查的对象是日本青年。每年发生的重大事件，流行的服饰，流行的玩具，流行歌曲，流行语等等。我特别注意了一下，在我高中那个时代，日本的高中青年在干什么。

1969 年的大事记上写着："东京大学安田讲堂被封锁""全国各地高校毕业式混乱""高校之间展开辩论""警官队进入都立青山高校"。

日本政府规定，警察不能进入学校。哪怕国家元首去学校参观、讲演，警察也只能在校外警戒。所以 1969 年青山高校这件事，在日本成了轰动一时的新闻。

1969年日本青年的流行语是“造反有理”。

“你们那场‘革命’真不怎么样，”庆应大学商学院院长藤泽说，“但是，它让中国人知道了领袖是人而不是神，这个收获靠说教是达不到的。”

他还谈到了那个时期的日本青年，不少人在思想上也发生了混乱，他们大多是反抗型的理想主义者，在日本也要像中国一样“掀起文化革命”，改革教育，改革社会。“他们自称是‘解放军’，占领了学校，占领教室，打老师，给老师挂牌子。中国学生不上课了，他们也不上课。中国出了个交白卷的，他们就反对考试制度。早稻田大学的带头不考试，至今日本社会上流散着一批没经过考试的大学毕业生。我们大学医学院的也跟着闹，拒绝考试。不考也行，留级！结果全年级集体留级！为了表示‘革命’，最简便，最直接的办法就是说话带脏字，张嘴‘巴嘎’，闭嘴‘巴嘎’（大概跟中国‘他妈的’很有一比）。那天我夹着包去上班，一群戴袖章的学生在庭院里站着，都是我的学生，都是些好孩子，这时却不认识了似的。一个跟我说话，一开口先冒出一句‘巴嘎’来。我说：‘今天才知道，你的名字叫巴嘎。我可是有名有姓的教授藤泽益夫。’周围的老师都替我担了一层心，挨打，那是司空见惯的。我早想好了，别说打，就是挂牌子也不允许。侮辱人格！只要把牌往脖子上一挂，我当时就碰死。”

现在的年轻人与60年代比，变化简直太大了。

当然，也有一批（极少）“新型的日本人”，他们无所谓什么精神，与美国亨利·大卫·索罗的“不服从”论又不相同。这些人大多处在十七至二十二岁，即危险年龄阶段。他们的工作观、伦理观都受自由派的影响，在五光十色、风云变幻的社会面前有一种茫然的失落感。无须费精神去读书，也不为任何人卖命，一切听之任之，随它去。

他们也结帮纠伙，各成一派，形成了众多的“族”。东京的“族”很多，“阳光族”“挽歌族”“暴走族”“原宿族”……

听说原宿族很热闹，每到礼拜天在明治神宫附近的原宿集会。

挑了一个星期天，我上午就跑去了。

平时很肃静的原宿街此时被年轻人占领了，街上百分之八十都是青年。便道两旁小摊很多，一家挨一家，像老北京的晓市。卖的人是十八九的小青年，买的人也是十八九的小青年。所卖的东西大多是旧货，也有新东西故意作旧处理过的。破旧的呢大衣，带油渍的燕尾服，磨毛了边的礼帽，揉成一团的衬衣……商品黯淡无光，价格却出奇地贵，往往高出新的几倍。他们有他们的独特心理——东西越贵越好。

年轻人在马路上三五成群，唱歌跳舞，个个穿着都奇特而引人，有其独到之处。问其为何作如此装束，答曰：“能引起别人对我的注意，这是一种幸福。”他们非但不拒绝陌生人的照相，反而引以为荣，有意在镜头前做出各种姿势。交通阻塞了，没有车辆行驶，有人横躺在路当中，一对男女在喝橘子水儿，仿佛那儿不是马路，是公园的绿草坪。

几个男的，穿着紧身黑衣，腰间、腕间缠着闪亮的、锋利的刀，在人群中张牙舞爪。

一男一女，男的头发染成粉红色，披散在肩头；女的前面梳着刘海儿，相当漂亮，走过去看后面，是个秃子。与前清中国男人发式正好相反。

两个小伙子，不知在头发上抹了什么膏，一个头发像带了静电，太阳神似的向四周“放射”；另一个头发拐成直角，被大风吹折了一般，向一边偏倒。

那个穿长裙的女孩，衣服松垮得要滑下来，脚上是一双不配对的鞋，一只比另一只至少大了一码。

商店门前，有个男的在跳霹雳舞，周身都在动，头一点一点地，像只鸡。我来的时候他就在跳，回去时仍旧在跳，汗把衣服全湿透了，并没有停止的势头。有人说跳这类舞可以上瘾，达到一种迷蒙、恍惚的境界而失去自我控制。

我难以说清他们。

有一天，回家去正要过马路，只听一阵雷鸣般的呼啸，眼前风一般地驰过七八辆摩托车。车的主人戴着防风帽，有意地卸掉了车的消音设备，使引擎的吼声塞满了整条街道。震聋发聩的响声使人的鼓膜一时失去了听的能力，许久才恢复过来。我想，这就是风靡日本的暴走族吧？报上说他们无视红绿灯，开快车穿过闹市如入无人之境，也常在无人处欺负行人或单行车辆，吸毒、打群架。据他们说，这样做是为了发泄对社会的不满。由 70 年代开始，暴走族挑起的事件不断发生，引起了人们的注意和厌恶。我在新潟海滨的公路上，常看见路侧竖着这样的大牌子：“本县公路不欢迎暴走族。”暴走族们也很敏感，做了坏事，稍感不妙，驱车便跑，警察追不上他们。到了 1981

年，暴走族在日本已增加到三万九千人，大部分是高中学生。日本警视厅发出公告，予以取缔。往往适得其反，越禁越狂了。我来日本两个月，已多次碰到过他们。

在东京，常见年轻人戴着耳机走路，边走边听，日本将他们称为“head phone”，汉语该如何译，我从字典上没查出来，这个词很新。日本的家电公司生产了这种立体声单放耳机，颇受欢迎，耳机携带方便，播放部分只有一本小人儿书大，可以将立体声磁带放进去，装在口袋内。扭开开关，左耳是音乐伴奏，右耳是演员演唱，实惠又经济。目前，head phone 已扩大到国外，不光东京，与我乘船同来中国的一位美国姑娘，也自称是 head phone 族。她整日都戴着耳机，无论是看海景还是去餐厅吃饭，都可以听到她耳机内发出的沙啦沙啦的声音。

这种做法也影响了我，花三千日元买了一个，自己录了几篇《齐晋鞌之战》《鲁仲连义不帝秦》之类，每日听诵，久而久之，竟会背了。

此物值得提倡。

## 跟着丈夫做夫人

我的丈夫应日本政府之邀，在日本筑波大学教书，我带着女儿顾大玉前去与他团聚。

汽车停在树林中的一栋白楼前，丈夫说到家了。

提箱而入，鞋被甩在进门一个叫玄关的地方，人人都光着脚在屋里跑，挺别扭，但舒服。屋很大，满铺着地毯，门很多，进进出出不知该走哪个。房内的家具、电器设备都是日本方面准备的，我们有使用权，无所有权。

餐间杯盘狼藉，脏乱之相惨不忍睹。据说是昨日中国留学生们开欢迎 Party 的遗迹。问欢迎谁，说是欢迎我，并且单单挑了我到日本的前一天开欢迎会，以祝贺全家团圆。那些人说了，有女主人在他们便放不开了，万一女主人要很严肃呢。我一笑，猜想他们是借由头来此唱卡拉 OK，跳舞，以解留学生涯的孤寂与疲惫的。后来果然证实，他们常借了各种事情来此吃喝聚会，一进门便如同进了“解放区”，全身心都来个大放松，人人争抢着说中国话，言“在鬼子的地界憋得够呛！”

到筑波的第二天起，我便很自觉地充当了清洁工的角色。落地窗很大，占了大厅南面一堵墙，在收进窗外鲜花草坪的同时，擦玻璃的任务便显得突出而艰巨。与地毯同样颜色的窗帘，看上去轻柔细软，摘下来才知厚重无比，洗衣机无法转动，只有泡在浴缸里用手搓。推着吸尘器满屋跑的情景很欢快，但两趟下来便大汗淋漓。房间大有大的难处，也有大的痛苦，每晚睡在卧室一隅，都想着外面众多的角角落落，想着那比门还方便的大窗，先怕贼后怕鬼，总觉得哪儿有什么响动，有什么不妥帖，睡得极不安稳。于是开始怀念国内那简陋的家，水泥地，半扇窗，崩了簧的旧沙发……

几日下来，心烦意乱，更有来参观“夫人”的日本人前来凑热闹，便得提了精神端茶倒水，亮着笑脸让人看。

筑波是日本的科学城，有日本的“硅谷”之称。这里集中了日本的高精尖科研单位和技术人才，也集中了来自世界各地的专家学者。除了日语以外，英语在这里也可以流通。这里住着各种肤色的人。日本是个等级森严的社会，诸多专家中，我的丈夫级别是最高的，逢有正式场合都是“领衔主演”。于是，一张中国人的黄脸，将诸洋马扎扎实实地压在后面，很有些风情。为此，这也成了在筑波的一道风景，中国教授加上拔尖儿的中国留学生，无论走到哪儿别人都看得重，硬气得很。

但是这种硬气却不属于我。

在这里，任何时候我都是个“家庭妇女”，我没有名字，被人们称为“奥库森（夫人）”。我不敢往国内写信，向国内的同事们说什么呢？说我怎么用微波炉转鸡，怎么跟爬上阳台的藤蔓作战，怎么骑着车去商店寻找中国的松花蛋……谁也想不到，一个充满活力的记者，如今会终日泡在无休止的家务中。

某节日，筑波要招待外国专家和他们的夫人，我们也在被邀之列。招待会七点开始，五点多钟，家里突然来了一群女留学生，说是来帮我梳洗打扮的。她们说，中国的“奥库桑”在晚会上必须光彩照人，气质出众，不能太窝囊了。

这样，我就被她们强按在沙发上，豁出一张脸不要，由着她们去折腾。抹膏子点红唇，描眉毛画眼睛，闹腾了半小时才算集体通过。某人说我的发式缺少夫人风度，她带来了假发套，毫不含糊地扣在我的脑袋上；某人说我的连衣裙不够“中国”，建议换上那件毛料旗袍；某人又说项链该用绿珠子的，又跑回宿舍取来珠链子；临出门，挑剔的女伴们认为鞋跟的高度不理想，于是又与某人脚上的鞋子对换……终于，像新产品出台一样，我被拥着走出家门，不像去赴宴，像是去拍电影。

整个晚会我都觉着自己在演戏，说着别扭的日本话，做着优雅的斯文状，接受着男洋人虚假拙劣的恭维，端着笑容去跟别人没话找话。更难堪的是暗中几次被丈夫喝斥：站到我后边去！遂只好赶紧寻找自己的位置。每回归位，心内都颇委屈与不忿：这小子一出国张狂成这种样子，在国内他敢！大厅玻璃上映出一个东方女性的窈窕身影，经过仔细辨认，我确认那是我，一个戴着别人假发，穿着别人鞋子，假模假式的陌生的我。我朝着玻璃里那位作了个斗鸡眼，那位立刻一脸丑相……主持人不知又在搞什么花样，大家纷纷举杯高呼“万岁”，丈夫从角落里挖出了我，我跟在他后面，继续做微笑表演……

在中国留学生们的眼中，这晚我或许很够格，很为中国夫人争了面子，增了光彩。可是真正的我在哪儿呢？

## 广岛情愫

我每年在西安与广岛之间候鸟一样地飞来飞去。

熟识了，习惯了，也很方便，早晨坐上飞机，中午就到了。有时从“老孙家”给丈夫孩子端上一大饭盒现做的羊肉泡，到了广岛竟还没有凉透，只是让海关的小姐们惊诧。同样，每当我挟着广岛出产的一包包黏糊糊、臭哄哄的纳豆通过中国西安海关时，也常让这边把关的人手足无措，他们闻着那股让人不能容忍的味道，不知是什么怪诞的物件。

我是西安人，我也是广岛人。

广岛西区的铃之峰上有我的家。那个被叫作铃之峰的小山是个幽静美丽的所在。每天早晨推开窗户，濑户内海便像一幅画铺在你面前了，听着哗哗的涛声，迎着潮润的海风，有花在窗下开，有鸟在树上叫，不由你不为之感动。

离家不远的坡上有座庙宇，叫国泰寺。早晨傍晚，国泰寺尖塔的银顶在霞光里熠熠闪亮，宛如与天相接的宫殿。看广岛导游书我才知道，这个尖顶的银塔是1990年由泰国援建的，里边供奉着释迦牟尼的佛牙，是座佛牙舍利塔。

有一天，我攀上了那座塔，这里很少有人来，寂寞的看塔老头儿对我说，这是为纪念广岛原爆所遇难的十四万人建造的慰灵塔。我注意到了他将原子弹爆炸简称为“原爆”，这是广岛人的普遍叫法，外边的人不这么说。我让他说说原子弹爆炸的事，他不想说。我说我是中国人，是作家，我想听这个。老头瞪大了眼睛看着我，说他没有想到会有中国人来这儿。后来他说，1945 年 8 月 6 日那天，天空万里无云，他和他的家人在防空洞里待了一个晚上，到早晨警报才解除。那天，人们拖着疲倦的身体回家睡觉，学生们被集中拉出去义务劳动……早晨 8 点多钟就听到飞机响，天上有两架美国大型 B29 轰炸机，从东往西飞。他说，那时候人们的军事经验相当丰富，听飞机的声响就能辨出它们的型号来。天上常有 B29 在飞，老百姓已经习以为常，大家戏称它们是“B29 定期航班”。但是在那天，人们还没有反应过来，就感到一片白色的闪光，啪，轰！一声巨响……

老头儿再不往下说了，下边的叙述大概让他很为难。

后来，我为这个“啪”和“轰”查了不少资料，才知道老头儿描述得准确，“啪”为闪光，“轰”为爆炸，所以世界语将原子弹的名称就译为“啪轰”。资料说，原子弹是在广岛上空 577 米处爆炸的，爆炸中心热度在6000 度以上，冲击波每秒4. 4 公里，相当于2 万吨高性能 TNT 炸药能量。6000 度高温下，什么都没有了，只剩下一片灰烬。资料馆里，有不少当时留下的物件，有映着人影的石阶，有烧焦的饭盒，变了形粘在一起的玻璃瓶，揭下来的皮肤……让人触目惊心。

我为这些无辜的生灵而叹息！

同时，作为一个中国人，我的心情又是很复杂的。因为每当从那些遗物前面走过的时候，同样让我想到了南京大屠杀，想到了旅顺的万人坑，想到了卢沟桥那场悲壮的激战……在资料馆的留言簿上，每每提起笔来，却难写出一个字，有这种感觉的不只我一个人。我的一个日本朋友说过这样一句话，他说，当时若没有十四万广岛人做出这样的牺牲，世界上还不知要牺牲多少个十四万。大概广岛人不会接受他的观点，毕竟是一家之言。

战争，受苦难的永远是平民百姓。

在今天，我们应该呼吁的是对人类的关注，对世界和平的关注！

广岛人经此劫难而变得大彻大悟，对和平的热爱，对生命的热爱成为他们的生活目的。不惟人，连鸟也如此，我在广岛和平公园，在诗人草野心平的祈求世界和平的诗碑前掏出照相机，正要按下快门，一只小鸽子匆匆飞来，落在碑的正中，扭过脸平静地对着镜头，与我坦诚地对视，协助我构成了一幅生命与和平的画面……

来往广岛，使我对生活有了更深的理解。

## 感受地震

今年3月24日下午3点28分，日本广岛发生6.4级地震，深度60公里，震中是吴市，吴市与广岛相距十几公里。

地震那天上午，我突然想去吴市。

就去了。我爱人正好也休息，跟我一块儿上了船。

老实说，我还没有亲身经历过那么厉害的震动，年轻时在北京，感受过邢台地震，后来在西安，感受过松潘地震，都是波及，晃晃而已。这回是震中，地动山摇了。

3点28分，我打算从吴市坐电车回广岛。吴市的车站和大商店连为一体，二层是车站和服装店，一层卖食品。我和爱人乘着电动滚梯正往二楼走，猛然，头顶发出轰轰的声音，我以为是上头在过电车，感到这车站的设计实在是有问题，后来觉出不对了，震动越来越大，上面的灰尘开始哗哗地往下落，滚梯也开始左右摇摆，脚下传出嘎嘎的声音……

地震！

一旦反应过来，我的脑袋轰地一下子，有些无所措手足了。

一块天花板从上面掉下来，落在爱人和我中间，立时他的头上、衣服上全是灰。也是上苍保佑，我和爱人的距离不过两三尺，天花板下落，滚梯上移，三个因素的缝隙就是那块板子，稍微有一点偏差后果不堪设想……我惊呼一声：快下去！回身就往下跑，心里只有一个念头，下面比上头安全。于是，滚梯往上，我往下，一步三跨，也不知怎的就奔了下来。

地还在震动，顶上的玻璃吊灯已经摇得秋千一般了，周围稀里哗啦响声一片，有人在喊叫，有小孩在哭……我想，这个时候不能朝外跑，外面高楼林立，电线纵横，安全程度比里面更小。爱人也跟下来了，本来他已经快到上面了，见我下便也下，说要砸就砸一块儿。他紧紧拽着我的胳膊，再不松开，大有生同床、死同穴的悲壮。不远的一个售货员，抱着柱子，紧闭着双眼，一副听天由命的无奈。看着摇晃的地面，听着隆隆的声响，使人感到了人类的渺小与脆弱，什么钱财利禄，什么待遇名声，都不复存在了，除了把生命寄托于自然，寄托于脚下这块不安的土地，你没有任何选择。如果一切轰然倒塌，那就让它塌吧，人应该画句号的时候谁也阻挡不了，这样走便也就走了……没什么不好。

地震的时间在我的感觉里很长，长到了让我难以继续忍受的地步，它的完结是戛然而止的，正如它的到来。当人们从惊恐中恢复过来，才发现四周的变化：不少商品挪了地方，有的货架倒了，不远的高级洋酒全跌落在地上，空气里满是浓郁的酒香……我自己竟然站在一个卖“五目御饭”的摊位前，喷香的饭还冒着热气。于是庆幸，真砸在饭里面，支持十天半个月的大概没什么问题……

走出商店看见人行道拱起来了。地上有裂缝，墙上的砖也掉下来了。电力停了，新干线停了，高速公路封闭了，桥出了问题，也就是说广岛与吴市虽然近在咫尺，我们却回不去了。正在着急，说有公共车可以绕道，就不管三七二十一地上，真是绕道，二十分钟的路走了近四个小时。原本约好与西北航空广岛支店的朋友们六点聚会，都八点了，我们还在路上晃，急得无法，向周围的日本乘客借用手机，说了许多很诚恳的话，却没有一个人肯借。也是我的行为超出了日本人的规范，变得不太合情理，然而世态之冷漠，却又让人发指。快9点了，才赶到地方，西北航的朋友还在那里等，他们说不敢离开，地震了，不知我们出了什么事情。听着熟悉的汉语，听着安慰的话，受惊的又经过冷淡的心才逐渐地暖和过来。

回到家中，家中尚无大害，只是架子上的东西掉下来一些。尚未安顿好就接到了国内外亲戚朋友的电话，连驻日使馆也有电话来，说是今天中央台的新闻联播播报了广岛地震的消息……一时被殷殷的关切包围着，有些小得意，觉着还有这么多人想着我，多亏了平时的好人缘。

热爱生活，爱护亲人，善待朋友，这也是地震的一番教诲。

## 刷碗也疯狂

初到日本，为学费所迫，不得不进一家高级宾馆操刷碗业。刚一去谈工作领班的就把我留下了，让我立马上阵。我说我今天连点思想准备也没有，他说今天缺人，既然来了就干，干完了回去怎么准备都行，那是你自己的事。

穿上了领班给的白工作服，扎上白头巾，我对镜中自己的形象很是得意了一阵。若不是领班扔过来一条长到脚面的塑料围裙，我的好心情不会被破坏。领班把我带进操做间，将我丢给几个日本老娘儿们，我向她们做自我介绍，说我是研究国际经济问题的。她们很不以为然，甚至没问问国际经济是怎么回事。

我被一个抹着蓝眼圈的女人推到大水池前，那里头泡着许多碗碟，水面上飘着一层黄油，是婚礼上撤下的奶油蛋糕所致。我将手伸进油腻腻的污水，感觉十分不良，但一想到下了班就可以挣到数千日元，心里立即轻松了许多。原以为科学技术发达的日本刷碗也一定是自动化，现在才知道，再怎么自动化，这第一道工序也得由手来完成。我刷过的盘子被人一排排码在塑料架子里，推进蒸气消毒清洗机，进行再次清洗消毒后用布搌干，方可收藏。真正的自动化只是消毒机里那么一小段，就这，也是世界级的先进设备了。

我刷碗的速度要以秒计算，平均每两秒钟刷三个盘子。一天工作五个小时，就是一千二百个，一千多个盘碗放在那里该是多大的一堆，很难想象出来。领班之所以让我仓促上阵，是因为这天有四家婚礼，分别在四个大厅举行，共计六百余人。这些人吃一道菜换一个碟，喝几口汤换一个勺。只是换得痛快，却全不顾刷碗池前受苦受难的我，从而让我真切地体会到了什么叫万恶的旧社会。婚礼大厅内乐声四起，笑语喧喧，高帽厨师如上战场，华服侍者跑进跑出，装满脏餐具的小车亦相应而来，流水线般推到我面前。一个跟我一样穿戴的小伙，负责把盘内残物倒进污桶，把盘子放进水池。他的动作很敏捷，也很顾及到我，放盘时尽量不让那脏水溅到我身上。但我顾及不到他，我的脑子完全为脏盘子占据，只是两个字“快刷”，否则那些盘子会像山一样堆起来。

从中午刷到天黑，一双手泡得惨白肿胀，两条腿站得酸疼僵直，当最后一个盘子从池里捞出时，领班来了，他向我很有力度地弯了一下身子说：叶桑辛苦了。我才明白，他一直在办公室里用电视在监视，这就是日本的现代化！

我说我这个下午把一辈子的碗都刷完了。池对面的黝黑小伙说，岂止一辈子，连孙子的碗都刷了。我说你是谁？他说他叫姆基加纳，印尼人，在攻社会比较学博士学位。我说叫姆基挺好，怎又添加纳？他说一个是名，一个是姓。我说“母鸡”顺口，对方不懂汉语，只是发愣，碗架子后头倒有笑声传过来，那是武汉来的硕士生曹勇。

来的次数多了自然也摸出此行中的规矩，大凡新来者，没有坚硬的后台，都得站在水池边刷碗，就像监狱的新犯人得睡在尿桶旁边一样。加纳的位置是特定的，不允许别人替代，是日本娘儿们的安排。因为他长得漂亮，她们都爱他，就让他倒剩饭，这是很高级的工作。工间休息时，她们都争着跟他说话，这个高大粗壮的印尼小伙把日本男人比得没了颜色，就引得女人们有些神魂颠倒。外国女人不善掩饰感情，又都是五十岁以上的老大妈，话便说得很露。无奈加纳的日语比我还糟，她们的话他大部分听不懂，煽不起情来。加纳跟我讲话又常用英文，这就使得那帮老娘儿们十分恼火，她们讨厌我就老让我站在池边刷碗，来了新人也不替换。

曹勇是学工业管理的，他说既然我们上午的课都不多，不如上早班，十点半下班了，剩下一整天时间可以干很多事。加纳非常赞成，他说我们这些学问者终日被一群文盲呼来喝去太有辱斯文，太令人沮丧。我也同意上早班，主要是我想从水池子里解放出来，伸伸腰。

我们三个都改了早班，上早班的还有一个姓黑田的日本研究生，他主要研究李贺的诗，汉语口语不敢恭维。我们的到来，使宾馆早班刷碗组的人文化水平上升到世界的、历史的最高档次。基点最差也在硕士生以上，这实在是饭店经理应该引以为荣，大可吹牛的事。

早餐是自助式，装满各种吃食的餐具在长桌上一溜摆开，任人挑选。客人早餐时间一过，我们就进入大厅，坐在桌前舞刀弄叉，大模大样地吃上一顿，这是饭店认可的。满厅的食物都归我们几人所有，那情景简直比国王还辉煌，气氛也像童话书里的描述。吃的时间只有二十分钟，在这段时间里我们要填满肚子并且将中午的一顿也提前装入，还要用塑料袋将银盘里的火腿片，竹筐里的小面包之类兜回去，以作晚饭。不拿白不拿，撤下之后这些食物将全部被倒掉，浪费是惊人的。

有利就有弊，早班的劳动量更是惊人的，那些巨大的银盘沉重无比，甭说刷，连搬动都十分困难，有时得两个人抬。所以除了刷碗以外，我们还得充当搬运工的角色。但这一切被学工业管理的曹勇安排得有条不紊，我还是在水池边管刷，黑田和加纳负责搬运清理，曹勇管理清洗消毒，最后集体擦拭、收藏。大家对这个分工都满意，心情愉快，工作效率也高，更可喜的是每人体重都开始大增。曹勇说叶桑脸上的肉都长横了，我说看看你的肚子吧，那还能叫肚子吗？最惨的是加纳，胖出了美男子之列，损失难以计算。但他说他不后悔，黑田也说不后悔，跟我们在一起，他的中文论文答辩顺利通过了。

有一天领班发话，早班要减掉两个人。

我们知道，曹勇犯了一个错误，他将这一切安排得太科学了，我们也干得太出色了，这是我们事先没有料到的。倘若像那些“糊涂”“好色”的大妈们一样，或许不会如此。

于是我和黑田撤去。告别的时候黑田说了一句很地道的中国话：天下没有不散的宴席。

可是天下却有刷不完的碗。

## 白夜涅瓦河

2005年、2007年随作家代表团两次去俄罗斯，两次到过彼得堡，彼得堡涅瓦河边的白夜给我留下了深刻印象。

夏秋之交，彼得堡的气候凉爽宜人，空气里散发着芬兰湾的海洋气息，让人精神抖擞。代表团下榻在涅瓦河边的酒店，时间安排得相当充裕，很多时间都是“自由活动”。

晚上九点了，太阳仍旧高高挂在天上，像我们下午的两三点钟。在国内这是晚饭后的休息时间，过一会儿就该“钻被窝睡觉了”。可是在这里我却没有一点儿睡意，宾馆的窗帘不遮光，在明晃晃的艳阳下我总觉得这觉睡得有点儿怪，不知是午觉还是晚上觉。睡不着觉就出去散步，沿着长长的涅瓦河朝前走，走过一道桥又一道桥，四周都是高大的金发碧眼的人，我的小眼睛黑头发在这里绝对属于另类。当地人有的趴在栏杆上看河里的船，有的光着膀子躺在草地上晒太阳，有的坐船沿河而下，在船上吹拉弹唱，喝伏特加大声尖叫，好像他们都比我闲适，比我有钱。

我中学时代学的是俄语，还有过一个通过通信认识的叫作“柳芭”的朋友。柳芭是彼得堡人，她给我寄来过一张黑白的大照片，很美也很艺术。但是我没给她回寄照片。因为我没有。小学毕业照过一张相，那是毕业证书用的，又小又傻，拿不出去。后来两国关系疏远，俄语基本不用，大部分忘了。但幼年的记忆毕竟是牢固的，这两次到俄罗斯来，自己还是提前做了些准备的。当我在市场上帮着朋友用俄语砍价，在作家交流会上用俄语做简单交流时，也的确让同行的中国伙伴们吃了一惊。俄国朋友为我流利的发言鼓掌（其实我是背的中学课文），我说，好几年的俄语，岂能全是白学！颇有些小得意。

由俄语自然喜欢俄罗斯文学，我们这一代人，从小是读着俄罗斯小说，唱着前苏联歌曲长大的。俄罗斯的文学令我们憧憬，令我们从青少年时代就十分着迷……众人围着茶炉饮着茶，那个茶炉是从画上和电影里看到的，有黑面包，有酸黄瓜还有盐和鱼子酱。木窗外面是淅沥的雨，湿漉漉的白桦树……那种遥远的，充满俄罗斯味道的乡村与我们的心灵贴得是那样紧，令我们对俄罗斯民族和文化充满了崇敬。《复活》《战争与和平》《安娜·卡列妮娜》，契诃夫的中短篇小说，高尔基的三部曲，都是看了一遍又一遍的。伊凡·布宁的中篇小说《乡村》、契诃夫的中篇小说《草原》、还有肖洛霍夫《静静的顿河》等等，俄罗斯作家们对大自然的敏锐感觉，对人物的鲜活刻画，对细节的准确捕捉，是值得我们中国作家学习的。同时，屠格涅夫、叶赛宁、果戈里这些俄国大师们对土地的依恋更让我们感动。我们都知道，俄罗斯前总统叶利钦说服流亡美国的诺贝尔文学奖得主索尔仁尼琴回国定居，开出的条件是莫斯科郊外一个包括了一段河流及一片森林的村庄都划给作家。作家无论走得多远，对于乡村的热爱，对于山川自然的深情是永无改变的。美国作家梭罗的诗歌、美国的乡村民谣、哥伦比亚作家马尔克斯的《百年孤独》等等等等，不管在哪个时代，不管在哪个国家，文学都有它自身的根基和魅力。

在我开始学着写小说的时候，中国“文革”刚刚结束，正是五六十年代的文学积累，正是这些作品的重新出版，将我引领进了文学的殿堂。俄国作家创作出的作品的典型性、真实性，对人性入木三分的剖析，使我明白了文学应该刻画的内涵，作家笔端的立足点，那就是“人”。

涅瓦河很长也很幽静，走了多久，我记不清了。太阳渐渐变低，我来到涅瓦河的拐弯处，路边有座教堂，葱头式的屋顶在阳光下闪着美丽的光芒，有种温馨与神圣。教堂的附近是墓地，用墙围着，有许多树，我走了进去，墓园里没人，只有我一个。俄罗斯的墓地像是一座艺术的博物馆，各种雕刻、各种装饰让人目不暇接。在这里我见到了音乐大师柴可夫斯基，见到了文学大师陀斯妥耶夫斯基，如同见到了老朋友。我不由自主地跟他们的雕像打着招呼：“您好！”我相信艺术是没有国界，不受语言限制的，我也相信，在此刻彼此的心灵是相通的。这种情感是不死的，它不会因为地域和幽明而隔断，因为我们都是艺术的宠儿，尽管各自在造诣上有着差别。一只乌鸦停留在陀斯妥耶夫斯基的墓碑上，我向它靠近，乌鸦动也不动，它太老了，已经没有了一点儿飞的力气。陀斯妥耶夫斯基是我非常敬重的作家，他的小说《白夜》被改编为电影，60 年代我看了一遍又一遍，那份忧郁和细腻，那份悲凉和凄美，对我影响极大。如今来到了涅瓦河畔，彼得堡的白夜使我更加体味到了小说的内涵，体味到了作者难以遮掩的忧伤和失落。《白夜》说的是少女娜斯晶卡终日厮守着一个年迈的老太太，老太太怕她出门，用大别针将娜斯晶卡的裙子和自己的紧紧别在一起，只有到晚上睡觉的时候才摘开。娜斯晶卡爱上了年轻的房客，房客要离开彼得堡到莫斯科去一年，让娜斯晶卡等他，说回来就结婚。一年到了，娜斯晶卡每天晚上在白夜中到涅瓦河边去等待她的情人。小说的第一人称“我”此时见到了等待中的少女，深深地爱上了她，并且陪着她一起等待在涅瓦河畔。“我”陪着娜斯晶卡等了四个夜晚，莫斯科的情人仍旧没有回来，娜斯晶卡彻底绝望了，就在她将要投入“我”的怀抱的一刹那，她的情人出现了，娜斯晶卡欢呼着向那人跑过去……文学有着它永恒的魅力和思考，文学的思考就是理解生命的意义和生活的真谛。对命运的反思大多是悲剧性的，无论是“我”，无论是安娜还是卡秋莎，都是把人生的美丽撕裂给大家看，产生一种生命的震撼。法国哲学家狄德罗说过，“文学不是美丽诗句后的一片掌声，而是长久沉默后的一声叹息，从而引起人们深深的不安。”

彼得堡的白夜啊！

我看看手表，指针已经指向了凌晨两点半钟，就是说在这夜深人静的时候，我还在国外的墓地转悠，这于我人生经历中真是件不可思议的事情。抬头看看太阳，刚刚沉到对面楼房的房顶。墓碑上停留的那只乌鸦，仍旧垂着头静静地待着，眼神迷离而遥远。

我沿着河朝回走，最终像那只老乌鸦一样，停在河边的座椅上。我感到了疲惫和即将回到人寰的烦恼，我感觉着涅瓦河白夜的风，感受着冬宫逼压过来的豪华和俄罗斯文化的浸润。突然地，我觉得自己就是等待在河边的娜斯晶卡，淡淡的忧愁将我护住，眼里竟有了清冷的泪。

3点多，太阳终于隐入房后，周围没有了阳光。紧接着4点钟，一片朝霞升腾起来！

图书在版编目 (CIP) 数据

老县城 / 叶广芩著. — 北京 : 北京十月文艺出版社，2022.1

(叶广芩文集)

ISBN 978-7-5302-2017-7

Ⅰ. ①老… Ⅱ. ①叶… Ⅲ. ①散文集—中国—当代 Ⅳ. ① I267

中国版本图书馆 CIP 数据核字 (2021) 第 064531 号

老县城

LAOXIANCHENG

叶广芩　著

出　　版　北 京 出 版 集 团

　　　　　北京十月文艺出版社

地　　址　北京北三环中路 6 号

邮　　编　100120

网　　址　www.bph.com.cn

发　　行　新经典发行有限公司

　　　　　电话 (010) 68423599

经　　销　新华书店

印　　刷　河北鹏润印刷有限公司

版　　次　2022 年 1 月第 1 版

　　　　　2022 年 1 月第 1 次印刷

开　　本　880 毫米 ×1230 毫米　1/32

印　　张　14.25

字　　数　315 千字

书　　号　ISBN 978-7-5302-2017-7

定　　价　58.00 元

质量监督电话　010-58572393

如有印装质量问题，由本社负责调换。